Azizè Flittner · Am ersten wirklich heißen Tag des Jahres

AF237144

Für Kalle; sowieso, aber auch, weil Du mir erst bewusst gemacht hast, *wie* ich schreibe.

Über dieses Buch

Tereza ist auf dem Weg zu einer Freundin, als sie zufällig mitten in einen Tatort stolpert: Der Lehrer David steht neben der Leiche eines Schülers, scheint aber nicht zu wissen, was diesem Moment vorangegangen ist. In Panik nimmt er Tereza mit auf eine Irrfahrt quer durch die Republik. Währenddessen rätselt Davids Exfrau, die ausgerechnet mit dem Leiter der Ermittlungen liiert ist, über das immer seltsamere Verhalten des gemeinsamen Sohnes. Was verbindet den kleinen Jakob mit dem Erschossenen? Hat er die Tat mit angesehen? Und wie viel weiß René, der beste Freund des Opfers, der seinem Vater nicht erklären kann, wie eine Sportpistole aus dessen Waffentresor verschwinden konnte?

Wie in einem zähen Fiebertraum liegt hier das Unheil immer nur einen Halbsatz, eine falsche Handbewegung entfernt. Alles hängt von Tereza ab, die bis zum Ende nicht wissen wird, ob sie neben einem Mörder oder einem Traumatisierten im Auto sitzt.

Azizè Flittner ist Schriftstellerin und Theatermacherin und lebt äußerst glücklich in Köln.

AZIZÈ FLITTNER

Am ersten wirklich heißen Tag des Jahres

– ROMAN –

Die Deutsche Nationalbibliothek verzeichnet diese Publikation in der
Deutschen Nationalbibliografie; detaillierte bibliografische
Daten sind im Internet über www.dnb.de abrufbar.

Mai 2021
© 2021 Azizè Flittner
Satz, Layout & Umschlaggestaltung: Die Buchprofis der Buch&media GmbH,
München
Herstellung und Verlag: BoD – Books on Demand, Norderstedt
Printed in Germany

ISBN 9783753453194

PROLOG

Der Tag, an dem Mad-T begriff, dass sie nicht wie bisher würde weiterleben können, war voller Vogelgezwitscher und Sonnenschein. Das seidige Schimmern der letzten aprilhaften Tage war von der Straßenoberfläche verdampft; das Blau des Himmels so stählern, dass man meinte es müsste, schlüge man dagegen, einen vollen Glockenton hören lassen. Aber in dem Moment, in dem Mad-T, wie jeden Mittwoch, einen Schritt hinaus aus dem Gebäude machte, in welchem ihre Tanzschule untergebracht war; sich der Absatz ihres rechten Schuhs in einer Rille des gepflasterten Gehwegs verfing; die ersten sommerwarmen Strahlen auf ihre Haut trafen, ohne die gewohnte Kälte von ihr vertreiben zu können; ein Spatz aufflog und sie ihm mit dem Blick folgte, bis das Himmelslicht ihr fast die Augäpfel ausgebrannt hatte: In diesem Moment platzte in ihr eine solche Leere auf, dass sie kurz nach Luft schnappen musste, um nicht vornüberzukippen.

Oh, sagte sie leise, während sie ihren Fuß befreite, trotz der unförmigen roten Tasche an ihrer Schulter das Gleichgewicht zurückgewann und sich aufrichtete. Oh.

Die Leere schien sich jenseits ihres Körpers ausgedehnt zu haben, übergequollen zu sein. Ein Ächzen arbeitete sich Mad-T's Brust herauf; sie hielt es zurück. Hielt es aus und stand still. Lauschte auf die plötzliche Geräuschlosigkeit in ihrem Kopf, die Pausen, die sich auf einmal zwischen alle Laute zu schieben schienen.

Oder waren sie schon immer da gewesen? War das Gedränge aus Ansprüchen, Terminen und Sorgen, von dem sie sich bisher umzingelt geglaubt hatte, viel weniger dicht als vermutet? Und sollte es Auswege geben dazwischen, Auswege in etwas Anderes, Weiteres, Auswege viel einfacher, als sie sich jemals gedacht hätte?

Noch konnte sie keinen erkennen. Und doch war da eine merkwürdige Sicherheit, dass sie einen solchen nun betreten würde, bereits die ersten

Schritte darauf gegangen war, ohne es zu bemerken. Wie auf rohen Eiern tasteten sich ihre Füße in Richtung ihres Fahrrads, um diese Konzentration, in der sie plötzlich über nichts mehr nachdenken musste, nicht zu zerstören. Behutsam löste sie das Schloss, klemmte die Tasche auf den Gepäckträger und machte sich auf in Richtung ihres Elternhauses, viel früher als geplant. Was immer sie dort erwarten mochte.

Eine Mahlzeit, immerhin. Der zweite Teil dessen, was sie sich am Vortag gekocht hatte. Sie machte das gerne so: die doppelte oder gar dreifache Portion kochen und im Mini-Kühlschrank ihres Zimmers aufbewahren, sodass sie möglichst selten in die elterliche Küche hinunter musste. Eine Kochplatte im Schlafzimmer war nicht erlaubt, nicht einmal eine Mikrowelle: Den Geruch von gekochtem Essen wollten die Eltern im Obergeschoss nicht haben.

Plötzlich war das nicht mehr schlimm. Nicht einmal mehr ärgerlich oder unverständlich. Der Ort, an dem sie nur noch lebte, weil sich ihr zu viele andere Möglichkeiten verschlossen hatten, war jetzt eben der Ort, in dessen Richtung sie fuhr. Sonst nichts.

Es wunderte sie, dass die Leute sich nicht nach ihr umdrehten: Rauschte nicht die Luft ohrenbetäubend durch ihre Lungen, erschreckte niemanden das Gebrüll des Blutes in ihren Adern? An einer Kreuzung musste ein Wagen kreischend bremsen, weil das Schillern eines Laubbaumes Mad-T von der Ampel abgelenkt hatte. Der Fahrer walzte auf sie zu, WAS MACHST DU DA MÄDCHEN, und sie, geblendet vom Gleißen seines Hemdkragens, murmelte nur: nichts. Ich mache nichts.

Dann stand sie vor der Haustür und hörte das Türschloss wie Eis knacken und wusste, es war das letzte Mal. Deswegen rief sie auch laut »Ich bin wieder da!« in den dunklen Flur, statt die Treppe hinaufzuhuschen. Dass darauf nur ein gleichgültiges Brummen von irgendwoher zu ihr drang, störte sie nicht weiter. Sie war viel zu sehr damit beschäftigt, sich nicht im Knarzen der Stufen zu verlieren.

Oben angekommen, entnahm sie der Sporttasche die verschwitzte Trainingskleidung und legte sie in den Wäschekorb. Dann packte sie ihren Laptop, eine Packung Studentenfutter, zwei Bücher, ihre Ladekabel und Kleidung für vier Tage ein. Warum für vier, hätte sie nicht sagen können. Vielleicht, weil das ungefähr dem Rhythmus entsprach, in dem sie für gewöhnlich die Wäsche machte.

Aus dem Badezimmer holte sie ihren Kulturbeutel, nach kurzem Überlegen noch eine Packung Binden (ja, in den nächsten Tagen würde es so weit sein, und nein, auch diesen Sommer würde sie sich keine Tampons angewöhnen, ihr Inneres verknotete sich zu der Zeit auch so schon genug), legte sie zu allem anderen und stand ein wenig unschlüssig herum, nachdem das *wüüü-ip!* des Reißverschlusses verklungen war.

Ach ja, fiel ihr dann wieder ein. Essen.

Sie nahm den Teller mit dem Couscous-Salat aus dem Kühlschrank und setzte sich in die Nische am Fenster.

Nach einer Weile hörte sie gedämpfte Schritte die Treppe heraufkommen und fragte sich, woher sie die Anspannung nehmen sollte, mit der sie sich sonst gegen das wappnete, was diesem Geräusch zwangsläufig folgte. Dann war es schon zu spät und vollkommen gleichgültig, denn ihr Vater fragte, ob sie mal wieder den Vögeln das Futter geklaut habe. Worauf sie ihn mit gleichmütigem Lächeln grüßte. Und er (verblüfft, vielleicht?) einen kurzen Moment verstreichen ließ, bevor er mahnte, wenn sie ihretwegen Viecher hier reinkriegten ...

»Ich lasse nie etwas stehen, Papa. Ich wasche immer sofort ab. Ich mache immer alles sofort, ob ihr es sagt oder nicht. Ist dir das noch nie aufgefallen?«

Erst, nachdem sie das gesagt hatte, drehte sie sich ganz zu ihm um; denn nicht nur dem Vater musste es scheinen, als hätte sie das erste Mal seit ihrer Kindheit wirklich mit ihm gesprochen. Die glänzenden Kugeln im Kopf ihres Erzeugers standen starr, als wüssten sie nicht, wie sie die letzte Phrase zurückhalten sollten, mit der er, das schien er zu wissen, den Normalzustand wiederherzustellen versuchte: Dass sie auch im Esszimmer oder der Küche essen könne, wie alle normalen Menschen.

»Ich zahle jetzt Miete, Papa. Da kann ich wohl essen, wo es mir gefällt.«

»Bei uns gefällt es dir also nicht?«

Mad-T öffnete nun weit ihre eigenen Augen, und eine Mischung aus Erleichterung und Ungläubigkeit war es, die ihr ein leises Lachen entlockte: Konnte das sein? Konnte er wirklich in der Vorstellung leben, dass seine und die Art der Mutter die einzige war, miteinander und mit anderen umzugehen, ja, zu sein? Wusste er wirklich, *wirklich* nicht, dass in anderen Häusern mehr gelacht als abgerechnet wurde, mehr gesorgt als hausgehalten, mehr vom Tag erzählt als von den Unzulänglichkeiten aller Menschen außerhalb und innerhalb dieses Paares, das sich vor einem Vierteljahrhundert aus welchen Gründen auch immer gegen eine Abtreibung entschieden hatte?

»Was gibt's da zu grinsen?«

Nun war die Leere auch hier, zwischen ihnen; aber nicht trocken und felsig wie früher, sondern weit und sanft und sehr, sehr warm. Und Mad-T fragte: »Hättet ihr das schön gefunden? Wenn es mir bei euch gefallen hätte?«

Aber die Leere endete vor den Hausschuhen ihres Vaters. Oder vielleicht auch nicht, vielleicht gelang es ihm nur mit einiger Überwindung, doch noch einmal zu fragen, was das nun wieder solle.

Mad-T wusste es nicht, aber es machte ihr auch nichts mehr aus. Mit der Sicherheit eines Menschen, für den es sonst nichts mehr zu tun gibt, nahm sie ihre Sporttasche, zum ersten Mal einen schmutzigen Teller stehen lassend, und ging freundlich nickend an ihrem Vater vorbei. Soeben war ihr jemand eingefallen, so deutlich, so selbstverständlich, dass alles, außer diese Person unverzüglich aufzusuchen, absurd gewesen wäre.

»Von wegen, du lässt nie was stehen.«

»Irgendwann ist immer das erste Mal, Papa.«

»À propos: Dieser schmierige Kerl hat sich wieder hier rumgetrieben. Hat dich nicht erreicht bei den Tunten, was? Ist die Straße rauf- und runtergeschlichen. Hat ganz frech Guten Tag gesagt, als ich ihn mir genauer angucken wollte. Als wär nix. Aber richtig ans Haus rangetraut hat er sich nicht.«

»Was hätte er auch hier gesollt?«, erwiderte Mad-T, nahm den Schlüsselbund von der Kommode neben der Tür und betrat die Treppe nach unten. Der Vater stapfte hinter ihr her.

»Sich mal ordentlich vorstellen«, rief er, »ist ja wohl nicht zuviel verlangt.«

»Vielleicht hat er darauf gewartet, dass du zurückgrüßt.«

»Das ist mein Haus«, brüllte der Vater, »und wer sich hier –«

Mad-T hatte schon das Wohnzimmer durchquert und beobachtete nun die Mutter, die sich jenseits der offenen Terrassentür an einem der Hochbeete zu schaffen machte. Ich fahre für ein paar Tage zu Kathi, murmelte sie.

»Hä?« Die Mutter richtete sich auf.

»Ich fahre für ein paar Tage zu Kathi«, wiederholte Mad-T.

»Aha. Arbeiten musst du nicht?«

»Mal sehen«, sagte Mad-T. Ihre nächste Schicht im Callcenter sollte schon am folgenden Morgen sein, die im Programmkino dann abends im Anschluss. So wenig sie die beiden Jobs mochte, war jetzt doch auch kein Gefühl des Hinschmeißenwollens in ihr. Und Kathi hatte sie noch nicht einmal angerufen. Doch im Moment war die einzige Aussage, die sie machen konnte, eben die, dass sie zu der Freundin fahren wollte.

»Wie, mal sehen?«, fauchte die Mutter. »Was ist das denn für 'ne Einstellung? Du weißt genau …«

»… dass ich mich nicht auf euch verlassen kann, egal, was kommt. Ist schon gut, Mama. Grüßt Miro von mir. Ich wünsche euch was.«

Zwischen den fassungslosen Blicken ihrer Eltern hindurch ging, ja: *ging* Mad-T, zum ersten Mal, festen Schrittes aus dem Haus.

Draußen bestieg sie ihr Fahrrad nicht gleich. Sie packte bedächtig die Sporttasche in den Korb, schloss auf, nahm ihr Telefon aus der Gesäßtasche und wählte die Nummer der Freundin, die sie so lange nicht gesehen hatte. Doch am anderen Ende meldete sich niemand, und Mad-T legte auf, da sie keine Ahnung hatte, welche Art Nachricht sie hinterlassen sollte.

Erst, als sie am Bahnhof der Kleinstadt angelangt war – das Fahrrad im Unterstand verstaut und den Blick auf dem Fahrplan, der ihr verriet, dass der nächste infrage kommende Zug erst in zwei Stunden abfahren würde –, begriff sie das, was sie nicht eigentlich Kathi, sondern sich selbst seit Verlassen der Tanzschule vor einer halben Ewigkeit ständig hatte mitteilen wollen: Dass sie so gerne einmal weinen wollte, einfach nur weinen, und dass sie dafür keinen sicheren Platz wusste in dieser ihrer so genannten Heimat; dass die zwei Freundinnen, die sie gegen Ende der Schulzeit, nach Jahren der Isolation, endlich gefunden hatte, zum Studieren in andere Städte entschwunden waren, und der junge Mann, den sie seit einigen Monaten traf, bei aller Liebenswürdigkeit mit ihrer Ratlosigkeit auch nicht viel anfangen konnte. Dass aber, könnte sie nicht bald jemandem ihren Kummer ohne Wenn und Aber vor die Füße schütten, die Chancen nicht schlecht standen, dass sie mit mehr als nur ihrem bisherigen Alltag bräche. Dass es also im Moment nichts Wichtigeres geben konnte, als den einzigen Menschen aufzusuchen, der sie jemals hatte weinen sehen. Jedenfalls seit ihrer Kindergartenzeit.

Hier also stand sie und wusste nicht, ob sie jemanden vorfinden würde in dem kleinen Haus im Norden. Mehrmals begann sie eine Textnachricht, um zu fragen, ob die Freundin sie überhaupt würde empfangen können. Verwarf sie dann. Denn was, wenn Kathi nicht zu Hause war, oder aus irgendwelchen Gründen für ein großes Ausschütten keine Zeit hätte? Was würde sie, Mad-T, dann tun? Sie konnte jetzt nicht zurück. Nicht wegen der Häme ihrer Eltern, sondern weil sie nun einmal losgegangen war und ihr schlicht die Kraft fehlte, diese Bewegung abzubrechen.

Also führte sie sie fort. Bezahlte am Automaten für eine einfache Fahrt, durchquerte den Bahnhof, deckte sich in der Fußgängerzone mit Wasser, Brezeln und einem Armband für Kathi ein

und stand plötzlich am Eingang zu der Straße, die zu ihrer ehemaligen Schule führte.

EINS

Er ist heiß, dieser Tag. Der erste wirklich heiße Tag des Jahres. Vom satten Grün seines Hemdes ist kaum mehr etwas übrig, so dunkel klebt es ihm an den Rippen.

Die Rippen. Ihn wundert, dass er darüber nachdenken kann: Rippen. Sie zeichnen sich deutlich unter dem schweißgetränkten Stoff ab, die Rippen ... Der Anblick erinnert ihn an das, was Paul vor Kurzem gesagt hat: Kein Grund, zum Hungerhaken zu verkommen. Das stimmt sie auch nicht milder.

David ist in dem Gedränge am Kaffeeautomaten keine Gelegenheit geblieben zu fragen, wen genau der Freund mit *sie* meinte. Kein Grund, hat der nur wiederholt.

Was könnte ein Grund sein?

Was hat er bis eben eigentlich gemacht? Es ist sonst nicht seine Art, minutenlang den ganzen Unterarm in fließendes Wasser zu halten, so groß die Hitze auch sein mag. Zeit für das fleckige Handtuch, das er nicht leiden kann, da es zu selten gewechselt wird.

Erst jetzt fällt sein Blick auf das, was auf der Ablage unter dem Spiegel liegt: neben einer Sonnenbrille, die ihm bekannt vorkommt. Ohne den Gegenstand benennen zu können, weiß er, dass er ihn kennt, dass er so etwas nicht zum ersten Mal sieht – und dann schiebt sich ihm ein Nebel vors Gehirn und er ist davon überzeugt, dass er noch einmal nach nebenan wird gehen müssen, will er ihn je wieder loswerden.

Das Handtuch nimmt er mit.

Unerklärlich schwer lässt sich die Tür öffnen; er muss brutal werden, ehe er instinktiv den übergroßen Schritt ins Lehrerzimmer machen kann

den er sonst nicht täte

der ihm

nun aber wichtig erscheint

Zunächst findet sein Blick nichts als ein Mädchen, das sich am gegenüberliegenden Türrahmen festhält.

Er hat sie hier noch nie gesehen. Natürlich, das Gebäude ist riesig und viele Schüler wird er bis heute nicht bewusst wahrgenommen haben. Sie hier aber ist keine, die so leicht im Gewühl untergeht, so klein sie auch sein mag (er selbst ist nicht besonders groß). Und das hat sie weder der Kombination aus dunkler Haut und hellen Augen, noch der pedantisch frisierten Lockenpracht oder den wie reifes Obst schwellenden Konturen zu verdanken. Auch nicht ihrer knallbunten Aufmachung – diese Saison meinen die meisten, sich wie Clowns kleiden zu müssen. Sie hier hätte das nicht nötig. Da ist etwas an ihr, was sicher verhindert, dass ihre winzige Gestalt leicht übersehen wird. Als würde das Leben selbst ihr aus jeder Pore leuchten, auch jetzt noch, in dieser seltsamen Erstarrung, in der das Mädchen sich befindet …, das keine Tasche bei sich hat … Merkwürdig, in diesem Gebäude jemanden anzutreffen, der nichts am Arm trägt.

Jetzt scheint sie etwas sagen zu wollen. Ihre Lippen formen Worte, ohne dass sich der Unterkiefer sichtbar bewegt. David setzt zu einem entschuldigenden Lächeln an, da ja kein Ton zu hören ist, unterbricht sich aber und folgt ihrem Blick.

Als er endlich zu sehen bekommt, was da neben, hinter, um ihn am Boden klebt, sackt alles in ihm zusammen. Hinter seinen Ohren wird es heiß, ein Blutschwall nimmt ihm kurz die Sicht. Unter der Wucht des Begreifens entringt sich ihm nur die sinnlose Frage: Warum bist du hergekommen?

Als hätte dies mit ihr zu tun.

***

Etwas ist anders heute. Normalerweise ist er nicht so kurzatmig, normalerweise merkt er die Schmerzen in den Muskeln nicht so – überhaupt, Schmerzen? Hat er die so schon mal gehabt beim Trainieren? Eine gewisse Anstrengung, ja – aber so ein Reißen, so ein Widerstand in allen Muskeln? René ist fast, als wolle er jeden Moment aufhören. Das kennt er nicht. Das Plateau – jener Zustand, in dem die Maschinen sich plötzlich zu bewegen scheinen, ohne dass er die geringste Kraft aufwenden müsste, dieses leichte Schweben in die Bewegung hinein und wieder hinaus – liegt noch nicht einmal in Sichtweite, und müsste er an diesem Punkt doch schon längst erreicht haben. Vielleicht geht ihm aber auch der riesige Bildschirm auf die Nerven, auf dem irgendein Promi seine Dampfdusche vorstellt. Dampfdusche, WTF?, denkt er, und fragt sich gleich darauf, ob Ben zum selben Thema »Dampfdusche, geiler Scheiß« gemurmelt hätte. Tatsächlich irritiert ihn auch der Fernseher an anderen Tagen nicht so. Alles macht einfach weniger Spaß ohne Ben. Selbst die Klamotten der sportelnden Mädels leuchten für gewöhnlich bunter, ihre Ärsche wirken verlockender – weniger verlockend sehen sie jetzt auch nicht aus, aber das zu bemerken, hat einfach nicht die gleiche Wirkung wie sonst. Und dabei hat René schon etwas genommen, um auf jeden Fall das Plateau zu erreichen. Als hätte er geahnt, dass das heute schwierig werden könnte.

Oft wird er das nicht machen, allein ins Studio. Er wird Max öfter aktivieren müssen, auch wenn Ben sein bester Kumpel ist: Der Zuverlässigste war er nie. Und Josh, nun, Josh – da muss René innerlich doch fast lachen. Josh ist ein Supertyp; nur wird, wenn er so weitermacht wie bisher, irgendwann sein Roller unter ihm kollabieren. Bei der Vorstellung prustet René leise los: Münsterplatz am Nachmittag, alles schwitzt, keiner lacht, und mitten in einem Taubenschwarm kracht es plötzlich und in alle Richtungen fliegen kleinere und größere Portionen Josh an René vorbei

ein Auge nein zwei

nur nicht die von Josh

vielleicht ist das doch nicht der beste Kopfkinofilm. Aus irgendeinem Grund fröstelt ihn dabei.

Die Augen bleiben

stehen. Oder liegen. Ungefähr einen Meter von ihm entfernt

Jetzt

reicht es ihm sowieso. Sein Pensum hat er zwar noch nicht ganz voll, aber von einem Moment auf den anderen hört er auf zu treten, steigt vom Spinbike und braucht jetzt ganz dringend etwas Saures zum Trinken.

»Nicht schlecht, René«, grinst der halbwarme Kerl, der sich als sein Trainer ausgibt und dem er mittlerweile aus dem Weg geht, wo er kann. »Du steigerst dich immer weiter.«

Er nickt dem Typen ausdruckslos zu, fühlt sich aber gleich zufriedener, als jemand herbeieilt, um sein Gerät direkt nach Verlassen zu reinigen. Die Vorstellung, dass vor ihm jemand genauso geschwitzt haben und seine Suppe sich mit der seines Vorgängers vermengen könnte, wäre zu ekelhaft – Handtuch hin oder her.

Die Bar, er will an die Bar. Die Vitamin-Cocktails dort hat er anfangs zwar gemieden wie die Pest. Mittlerweile schwört er auf sie. Er gibt es ungern zu, aber von denen fühlt er sich wirklich besser, gleich wieder alle Batterien aufgeladen nach dem Training. Weiß ja sonst keiner, dass er für sowas bezahlt.

»Super Springtime«, fragt die bildhübsche Brünette mit dem filmreif wippenden, unrealistisch glänzenden Pferdeschwanz, »wie immer?«

»Kannst du heute noch was dazu machen?«, fragt René. »Etwas, wodurch es mehr Wumms kriegt, ich meine …«

Die fein abgezirkelten Brauen heben sich, der Mund bekommt einen freundlich-besorgt-skeptischen Ausdruck – oje, denkt er, garantiert antialkoholische Veganerin, die jetzt denkt, nach Feierabend renne ich mit ner Keule durch die Gegend und mixe Hauskatzen mit Wodka –

»… einfach, dass er n bisschen schärfer wird oder saurer oder …«

Da strahlt sie wieder ihr Perlenschnüre-gehören-eigentlich-in-den-Mund-Lächeln, »Ach sooo! Da könnte Grapefruit passen, wenn es um die Frische geht. Oder Ingwer, für die Wärme, aber die brauchst du im Moment wahrscheinlich nicht unbedingt.«

»Nee«, lacht er mit einem winzigen Zwinkern, das ihm keiner nachweisen könnte, aber ein unwillkürliches Spitzen ihres Kirschmundes nach sich zieht, »für eine kleine Abkühlung wäre ich eher dankbar.«

»Also Grapefruit«, frohlockt sie und macht sich an die Arbeit. »Und weil du's bist, Extra-Minze dazu. Sag's bloß nicht meinem Chef.«

»Unser kleines Geheimnis«, versichert er und lässt sich zufrieden auf einem Barhocker nieder.

Das plötzlich einsetzende Summen aus seiner Sporttasche ignoriert er. Momente wie diesen kann man nicht einfach unterbrechen. Hat es sich also doch gelohnt, herzukommen: Gegen Ende ihrer Unterhaltung muss René das Barmädel fast schon davon abhalten, ihm ihre Nummer zu geben. Sie ist wahrscheinlich zwei, drei Jahre älter als er und hätte sicher kein Problem damit, das ungefragt zu tun. Normalerweise würde er den Kontakt einfach eintippen und dann vergessen, aber schließlich möchte er weiter unbefangen hierherkommen. Je mehr Pausen und lange Blicke entstehen, desto abgelenkter tut er. Unvermittelt lächelt er sie dann wieder an und fragt, ob sie übermorgen auch Dienst habe. Als sie vielsagend verneint, schultert er seine Sporttasche, hebt grüßend die Hand und verkündet, dann sehe man sich wohl nächste Woche und er freue sich drauf.

Jetzt denkt sie wahrscheinlich, er lasse es langsam angehen. Aber Tatsache ist, dass er solche Sachen nicht macht. Er flirtet gerne, es hebt einfach unwahrscheinlich die Stimmung, aber weiter geht er nicht. Dafür ist Mia zu süß und er fühlt sich zu wohl mit ihr. Er weiß, welchen Seltenheitswert das hat. Er ist schon zu vielen Frauen begegnet, die erst nett und lustig wirkten und dann von Woche zu Woche anstrengender wurden. Nicht, dass Mia sich alles gefallen ließe, im Gegenteil. Sie ist sehr geradeheraus, anders als die Mädels an seiner Schule. Das mag er. Das Entspannende ist eben genau das: Dass sie sagt, was sie will, anstatt rumzuzicken. Sie brauchen sich nur kurz gegenseitig anzumotzen, dann einigen sie sich schon irgendwie. Und abgesehen davon, macht ihr Geruch ihn einfach wahnsinnig, unfassbar, dieser Geruch … René hat bis heute nicht ganz raus, wonach sie eigentlich riecht. Wahrscheinlich ist das das ganze Geheimnis.

Jetzt, beim Abtrocknen nach der Dusche, da er nichts weiter vorhat, als nach Hause zu gehen, befällt ihn wieder eine seltsame Schwere. Nicht wegen des Nachhausegehens, sondern das Unwohlsein von vorhin. Wie wird er das nur los?

Unter diesen Umständen ist es gut, dass sein Telefon erneut summt und dass Max dran ist.

»Wo seid ihr, Mann? Glaubt ihr, ich hab ewig Zeit?«

»Was ist los?«, fragt René ungehalten zurück.

»Hat Ben dir nichts gesagt? Gib mir die Penntüte mal her.«

René blickt die Spindreihe entlang und fröstelt wieder.

»René? Noch da?«

»Ja … Ben ist nicht hier. Was soll er mir denn gesagt haben?«

»Ich wusste es! Bist du schon zu Hause? Ihr wolltet doch zusammen trainieren gehen.«

»Ich komme gerade von da. Was ist denn?«

»Heute abend wird bei mir gegrillt, ich hab sturmfrei. Ben wollte sich melden, wann wir zusammen einkaufen gehen. Ist leichter, mit seiner Karre.«

»Echt, sturmfrei? Klar, bin dabei. Ich muss nur noch mal kurz nach Hause.«

»Rufst du Ben an?«

»Wieso, *ihr* seid doch zum Shoppen verabredet?«

Max seufzt: »Also gut, dann mach ich es. Bis nachher, und bring was zu trinken mit.«

Es dauert eine Weile, bis René den verwunderten Blick des Typen zwei Spinde weiter bemerkt. Dann hört auch er das Freizeichen aus seinem Telefon, auf dessen Display er bis eben gestarrt haben muss. Ganz ruhig legt er auf und erwidert mit erhobenen Augenbrauen den Blick des anderen. Der packt mit einem Schulterzucken seine Klamotten und trollt sich.

Seine Augen aber starren René weiter an.

***

Die Haselsträucher scheinen lange nicht gestutzt worden zu sein. Ansonsten wirkt alles so adrett und nichtssagend wie eh – von den paar neueren Tags und verunglückten Abschlussklassen-Kunstwerken abgesehen. Tereza fröstelt leicht in der Mittagshitze, bleibt kurz stehen, mitten auf dem asphaltierten Platz; genießt es, sich vor keinem Blick und keinem gestellten Bein fürchten zu müssen. Auch wenn es die letzten Jahre über nicht mehr so schlimm war – wirklich sicher hat sie sich an diesem Ort nie fühlen können. Die Zeit bis zur Abfahrt ausgerechnet hier zu überbrücken – wie ist sie darauf gekommen? Neugierde vielleicht. Ob sich in den vier Jahren irgendetwas verändert hat. Oder ob ihr hier schon etwas einfallen könnte, am Schauplatz der Träumereien, mit denen sie sich früher durch den Alltag rettete. Einen dieser Träume wiederfinden? Das Gefühl, eine Zukunft zu haben, irgendeine? Das mit zu Kathi nehmen, und mit ihr eine Idee daraus entwickeln, einen Startpunkt. Ja.

Dafür muss sie aber noch einmal richtig eintauchen in die alten Flure, die Atmosphäre des zugleich Vorgezeichneten und Unfertigen.

Tereza schmunzelt und geht die letzten Schritte auf die doppelflügelige Glastür zu. Was sie wohl sagen wird, wenn ihr ein Lehrer von damals begegnet? Dass sie »nur mal schauen« wollte? Niemand wird ihr schließlich glauben, sie sei aus Sentimentalität hier gestrandet.

Weiter braucht sie nicht zu überlegen, denn die Tür lässt sich nicht öffnen. Tereza stutzt kurz, überlegt: Können die Ferien schon angefangen haben? Erste Schritte Richtung Zukunft an Kalender gescheitert, denkt sie säuerlich, bevor ihr der Seiteneingang einfällt. Völlig tot ist ein solches Gebäude schließlich nie. Zumindest eine Putzkolonne müsste noch unterwegs sein.

Ihre Schritte hallen merkwürdig in den leeren Gängen. Ein solches Geräusch hätten sie früher nicht gemacht. Solange sie umsonst zu Hause gewohnt hat, waren Absätze von dieser Höhe undenkbar; grüne noch dazu. Grüne Schuhe. Sie erinnert sich deutlich an den abfälligen Zug um den Mund ihres Vaters: Grüne Schuhe. Bist du ein Clown?

Früher, in einem dieser muffigen Räume, wäre sie gern ein Clown gewesen. Eine, die vor Leben sprüht, die alle dabei haben wollen, weil sie die Leute zum Lachen bringt, und zwar absichtlich. Die wenigen müden Witze, die ihr einfielen, machte sie aber über sich selbst, um den anderen zuvorzukommen, und konzentrierte sich ansonsten darauf, nicht aufzufallen. Was in erster Linie bedeutete, auf keinen Fall das »Falsche« anzuziehen – weder in der Schule, noch zu Hause; eine fast unmögliche Aufgabe. Und dann, endlich, Freiheit, und mit ihr das Gegenteil der früheren

Zurückhaltung: Von ihrem ersten ordentlichen Lohn kaufte Tereza sich die ausrangierten grünen Schätzchen an ihren Füßen. Ihnen folgen seither, sobald sie sich den Besuch des »Vintage-Paradise« (in dieser Stadt sind selbst Second-Hand-Läden großspurig) leisten kann, mehr und mehr Einzelstücke, die es in keine Modezeitschrift schaffen würden – zu eng, zu weit, zu schräg geschnitten, zu wenig zeitlich einzuordnen. Tereza ignoriert alles außer ihrem eigenen Spaß am Verdrehten. Wenn sie schon nach wie vor nicht von einem wirklich eigenen Leben sprechen kann: Wofür sie ihr Geld ausgibt, entscheidet sie immerhin selbst.

Langsam wird sie müde und fängt an sich zu fragen, was sie hier soll. Sie hat jeden Raum aufgesucht, der während ihrer Schulzeit Klassen- und dann Kurszimmer gewesen ist, hat sich auf ihre Stammplätze gesetzt, hat Flure durchstreift und Kreide befingert, ohne Erfolg. Was so wenige Jahre zurückliegt, scheint ihr nichts mehr mitteilen zu können.

Am Schwarzen Brett bleibt sie kurz stehen. Sie betrachtet die Zeitungsausschnitte, in denen jene wenigen erwähnt werden, die von sich haben reden machen, und die immer derberen Kritzeleien, die den von früher bekannten hinzugefügt worden sind. Mit einem Anflug von Größe denkt sie über kindliche Grausamkeit nach; dann reißt sie in einem Zusammenzucken fast denjenigen Anschlag herunter, dessen eine Ecke sie zwischen den Fingern hält.

Ein Knall hat sie innerlich kurz gefrieren lassen. Er ist nicht laut gewesen, aber unerwartet, in diesem Gebäude nicht zuzuordnen. Sie lauscht, nachdem ihr Herz sich schmerzhaft langsam wieder in Gang gesetzt hat, bekommt aber nichts zu fassen als Stille. Sich selbst gut zuredend, wendet sie den Blick wieder den Plakaten zu, wird aber erneut abgelenkt: Gemurmel ist zu hören; nicht leicht auszumachen, von wie vielen Stimmen. Dann ein weiterer Knall, wie der erste. Noch mehr undeutlich gesprochene Worte, und das Geräusch davoneilender Füße. Dann ist alles ruhig. Tereza wagt nicht den Kopf zu drehen; lässt nur ihre Pupillen in Richtung des Hauptflurs rollen.

***

Der Klang eines einrastenden Türschlosses ist herrlich an einem Sommerabend, an dem es noch hell, obwohl der Tag längst vorbei ist, und an dem sich vor einem nichts ausbreitet als Weite und nochmals Weite nach endlosen Monaten im immer gleichen Trott. Carine wird fast schwindelig, und sie muss einen Moment die Augen schließen, als sie kichernd die Stirn gegen das kleine Türfenster legt. Dabei hört sie neben sich Heike in ihrer Tasche kramen und murmeln: »Also definitiv nichts vergessen.«

»Zur Not«, grinst Carine und klingelt mit dem Schlüsselbund vor der Nase ihrer Kollegin herum, »kannst du jeden Tag und jede Nacht herkommen und nach dem Rechten sehen.«

»Ja, reite nur drauf rum!« Heike greift mit Gewitterstirn nach dem Ladenschlüssel und lässt ihn in ihre Tasche fallen.

»Tue ich nicht«, seufzt Carine. »Ich freue mich nur. Mehr, als ich zurückhalten kann.« Und sie streckt die Arme aus, um die andere an sich zu drücken.

»Wie ich es dir gönne«, umarmt diese zurück, »und dich beneide.«

»Du wirst Spaß haben als dein eigener Boss, wart's nur ab. Du wirst die Schlösser austauschen, damit ich nicht zurückkann.«

»Nicht nötig«, lacht Heike und schließt ihr Fahrrad auf. »Du wirst den Laden nicht mehr finden, weil ich ihn völlig umgekrempelt haben werde. Da kommt übrigens dein Mann.«

Dass der Mechanismus noch immer funktioniert; dass sie sich gleich umschaut und dann die Erleichterung über den Anblick von Hakans Wagen sie so überwältigt. *Dein Mann* ist nach wie vor kein Ausdruck, den sie gern von anderen hört. *Mein Mann*, wenn sie es selbst sagt, ja. Das stimmt. *Dein Mann* nicht. Absurd, aber offenbar nicht zu ändern.

»Also mach's gut, *Patronne*«, ruft Heike im Wegfahren. »Und schreib mal 'ne Karte!«

Carine wirft ihr Kusshände nach und geht schnell zu dem alten Mercedes hinüber.

Eine Karte. Ja, vielleicht.

Carine lässt die Gurtschnalle einschnappen, greift Hakans Hinterkopf und surrt: »Was verschlägt dich hierher?«, bevor sie ihn überschwänglich

küsst. Er zieht die Augenbrauen hoch vor so viel Jungmädchenfrischver-
liebtheit und besteht auf einer Zugabe, bevor er den Motor anlässt.

»Ich hatte eine langwierige Vernehmung zu führen«, sagt er müde.
»Vielleicht wirst du bald darüber nachdenken, ob du nicht deinen Sohn
die Schule wechseln lassen möchtest.«

In ihrem Nacken fühlt sie die Härchen sich in den zusammengezoge-
nen Poren waagrecht stellen. Durch die Zähne fragt sie: »Stress mit –?«

»Um Himmels Willen, nein. Aber dort muss heute jemandem die Si-
cherung durchgebrannt sein – zum Glück erst nach Schulschluss. Wir
wissen immer noch nicht genau, was passiert ist, aber es gibt ein Todes-
opfer.«

»Was?!«

»Ja, tatsächlich. An eurer Vorzeige-Schule hat es eine Schießerei gegeben.«

»C'est pas – und wie heißt der Tote?«

»Benjamin. Oberstufe. Den kanntet ihr nicht, oder?«

»Nein.« Carine fröstelt. »Zum Glück nicht. Trotzdem schrecklich –
schrecklich …«

»Ja. Mit seiner Mutter habe ich gerade gesprochen. Falls man es so
nennen kann. Die Leute vom KIT sind noch dort.«

»Das macht Angst. Wenn Jakob das hört …«

»Das wird sich kaum verhindern lassen. Es war ganz schnell jemand
vom Lokalfernsehen da; so etwas lässt sich nicht geheim halten.«

»Was für ein Wahnsinn.« Kopfschüttelnd schaut sie hinaus in die so
unvermittelt belebten Straßen. Die Menschen ziehen als farbige Kleckse
an ihr vorbei, wo vorher nur gräuliches Gewaber gewesen ist. Alle Bewegungen haben sich verlangsamt und gleichsam verflüssigt; die Gesichter
strahlen in unaufdringlicher Heiterkeit. Etwas zieht an Carines Magen,
quetscht ihr Herz. Diese Mutter, die andere Mutter – wenn ihr das nur
helfen könnte. Kann es aber nicht. Dass die Welt immer zugleich so voll
und so leer sein muss. Carine hat das nie verstanden.

Sie wendet sich wieder zu Hakan. »Wenn wir wiederkommen, will ich
alles darüber wissen; jetzt nicht. So einfach lässt sich der Junge sowieso
nicht von *der* Schule nehmen.«

»Ich weiß.«

»Und du bist von dieser Vernehmung gekommen und hast dir gedacht: Hole ich doch mal die Frau ab?«

»So ähnlich.«

»Du bist wundervoll.«

»Das will ich meinen.«

Sie lacht und streckt sich wohlig in dem aufgeheizten Ledersitz. Nicht denken. Kein Grübeln über die Zukunft, über Lagerbestände, Bilanzen, Werbestrategien, über die eigenen oder die Handlungen anderer – ab heute nicht für genau einundzwanzig Tage. Das kann nicht zu viel verlangt sein.

***

Die Tür steht offen, die letzte Tür auf der linken Seite. Die Tür zum Lehrerzimmer. Soviel weiß sie natürlich noch.

Sie gibt ein leises Hallo von sich, das sicher keiner hören kann, schon gar nicht jemand am anderen Ende des Ganges. Noch einmal sträubt sie sich – muss sie nicht doch langsam zum Bahnhof oder ein wenig Proviant besorgen oder Geld – um Himmels Willen Geld, ja natürlich, die Bank gleich um die Ecke, das wäre das Einfachste – aber dann wieder das Schwerste. Weil da etwas an ihr zieht, vom Bauch her, und alles in ihr kann noch so laut dagegen anschreien: Die Bewegung ist stärker. Eine Bewegung, die nicht einmal von ihr auszugehen scheint. Der sie auch nicht im eigentlichen Sinne folgt; weil sie ohnehin stattfindet.

Mit den Fingerspitzen immer an der Wand entlang tippend, nähert sie sich Schritt für Schritt der offenen Tür. Von dort ist nun nichts mehr zu vernehmen. Die zittrige Hoffnung keimt in ihr auf, es könnte alles in Ordnung und der Lärm eben ein Hirngespinst gewesen sein, harmlos jedenfalls; doch hilft es nichts, muss sie weitergehen, muss wissen, was in diesem seit jeher unbekannten Raum passiert. Vorher wird sie nicht wegkönnen.

Als ihre Linke sich endlich um das Metall des Türrahmens legt, ist ihr Kopf nichts mehr als ein riesiger Wattebausch; der Atem klebt unterm

Schlüsselbein. Wie ein Zirkel rotiert sie in den hellen, durch die Grünpflanzen nur noch klinischer wirkenden Raum.

Die Putzleute sind längst da gewesen, denkt sie überflüssigerweise. Die Stühle stehen auf dem riesigen Tisch in der Mitte, der Boden glänzt. In einem tiefen Luftholen krallt sie sich fester in das Halt gebende Metall. Sie hat schließlich noch nie einen Toten gesehen.

Er liegt ihr genau gegenüber, ein bulliger Kerl in Baggypants und mit kurzen, orangegelben Haaren. Sehr merkwürdig liegt er da, das eine Bein wie nach einem Dip angewinkelt. Das Gesicht hat er ihr zugewandt, die Augen zum Glück halb geschlossen. Sie kann nicht genau erkennen, welche Farbe sein T-Shirt bisher gehabt hat. Nun jedenfalls ist es nichts mehr als ein schwarzer Lappen, von dem aus eine rote, klebrige Lache sich langsam auf dem Linoleum ausbreitet.

Hinter ihm steht eine Tür einen Spalt breit offen. Ein hartnäckiges Rauschen ist von dort zu hören. Mag sein, dass es schon die ganze Zeit da gewesen ist, sie weiß es nicht … Plötzlich hört es auf. Als ihr klar wird, was das bedeutet, beginnt schon die Tür, langsam aufzuschwingen.

Ein Bein wird herausgestreckt, ein Bein in beigem Leinenstoff schwebt einen Moment über dem des Toten, bis der Fuß den Boden findet. Ihm folgt ein Mann mit zerschlagenem Gesicht. *Zerschlagen* ist das Wort, das sie benutzen würde, bekäme sie ihre Gedanken so weit geordnet. Seine Züge sind scharf und asymmetrisch, ob von der Natur so gewollt oder durch Gewalt verschoben, lässt sich nicht ausmachen. Er ist sehr dünn. Schatten in den Wangen und unter den Augen. Der tragische Zug um seinen Mund verleiht ihm eine gewisse Schönheit, ja, das kann sie gerade noch wahrnehmen. Er hat dunkelgraues Haar, das ihm teilweise in die Stirn fällt. Gut gekleidet ist er, wenngleich ihm das Hemd am Körper klebt und die Hose an den Knien verdreckt ist.

Er hat sie gleich gesehen und betrachtet sie aufmerksam, während er sich mit einem speckigen Handtuch Hände und Unterarme reibt, die längst trocken sind. Mit seinen schieferfarbenen schmalen Augen versucht er Tereza auseinanderzunehmen. Weiter reagiert er zunächst nicht.

Den kenne ich nicht, ist alles, was sie im Augenblick denken kann. Den habe ich nie gesehen.

Erst in Gedanken, dann mit einem scheu gleitenden Blick stellt sie die Verbindung zwischen dem Mann und dem Kerl am Boden her und aus einem dank langer Übung unterdrückten Zittern fleht sie leise zu Gott. Der Mann lächelt sie schief an, als wolle er fragen, wie er ihr helfen könne; dann erst entdeckt er den Toten.

Die ohnehin magere Brust sinkt noch weiter ein, aus seinem Gesicht weicht alle Farbe, als er sich gegen einen Stuhl sinken lässt und flüstert: Mädchen oh Mädchen, warum bist du her gekommen?

***

Wenn er den Bungalow seiner Eltern nur von Weitem sieht, lässt René sein Longboard schon langsamer rollen. Er hat den Kasten noch nie gemocht. Sie finden ihn *chic,* aber er ist nur niedrig und finster und ungemütlich. Auf den Möbeln kann man es sich nicht bequem machen, weil sie dann vielleicht bald nicht mehr aussehen würden wie aus dem Designer-Katalog; und glaubt man seinen Eltern, sind Möbel in erster Linie dafür da. Nicht, damit man sie in irgendeiner Weise benutzt. Renés linker Mundwinkel kräuselt sich: Wenn ihr wüsstet, denkt er.

Er schließt auf, stellt das Board in die Nische neben der Tür und geht ins Bad, um sich den schon wieder leicht klebrigen Oberkörper mit kaltem Wasser und Eau de Toilette abzureiben. Danach holt er aus der Vorratskammer im Keller zwei Flaschen Cola und ein paar Tüten Chips. Für Bier wird er in den Supermarkt gehen müssen.

Er ist gerade dabei, den Proviant in einer Tasche auf seinem Bett zu verstauen, als es an die Tür seines Zimmers klopft.

»Ist doch offen«, brummt er.

»Ich wollte nur sicher sein, dass ich dich nicht störe«, hört er eine chronisch greinende Stimme.

»Bin sowieso gleich wieder weg. Ich wusste gar nicht, dass du schon da bist.«

»Hast ja auch nicht gefragt. Ich konnte etwas früher Schluss machen, zum Glück.« Eine Pause entsteht. Er hasst das. Dadurch will sie ihn immer dazu bringen, dass er sie ansieht. Möchte er sie loswerden, bleibt ihm nichts anderes übrig, als genau das zu tun; so wenig er ihren Anblick ertragen kann.

Ma trägt das Freizeitkleid, einen schwarzen Sack mit übergroßen Taschen, in dem sie nicht besser aussieht als die durchgeknallte Reformhaustante, bei der sie fast alle Lebensmittel besorgt. Sie lehnt am Türrahmen, die ausgemergelten Arme übereinandergeschlagen, das Gesicht vom Schmollmund ganz verzogen. »Hast du heute schon mit deinen Freunden gesprochen?«, fragt sie.

»Wieso?«

»Vorhin kam ein Anruf von Benjamins Mutter.«

»Was? Die hat – dich angerufen?«

»Ja … Tatsächlich. Unsere Festnetznummer steht wohl noch auf der Klassenliste.«

Das ist unnatürlich. Ganz und gar unnatürlich. So etwas ist noch nie passiert. Kumpels und Eltern – das überschneidet sich nicht. Das hat nichts miteinander zu tun. René wappnet sich innerlich. Was auch immer jetzt kommen mag – es kann nicht gut für ihn sein.

Mit affektiert-unbehaglichem Lachen fährt sich die Mutter durch die Haare und sagt: »Also, René, das ist mir jetzt sehr unangenehm. Ich weiß gar nicht, wie ich es dir sagen soll, aber … Ben ist nicht mehr am Leben.«

Er starrt sie an, die letzte Chipstüte noch immer in der Faust.

»Sag das noch mal«, bringt er langsam hervor.

Sie seufzt und streckt ihm hilflos die Hände entgegen, die Augen ganz wässrig unter den bewegungsunfähigen Brauen: »Ich wusste, es würde ein Schock für dich sein. Aber es ist wahr: Er ist heute am frühen Nachmittag tot in der Schule aufgefunden worden. Mehr weiß man noch nicht … seine arme Mutter konnte kaum sprechen. Ich überlege, ob ich zu ihr gehen sollte.«

Um ihn herum wird plötzlich alles ganz weich, als wären die Möbel aus Schaumstoff und würden jedes Geräusch verschlucken. Dafür dringt aus seiner Faust ein überlautes Knistern.

»Du verarschst mich«, murmelt er.

»Leider nicht, mein Süßer.«

Sie kommt auf ihn zu und legt ihm eine Hand auf den Arm: »Es tut mir schrecklich leid. Ihr habt ja so viel Zeit miteinander verbracht … Kann ich irgendetwas für dich tun?«

»Nein, ich …« Mit der Hand macht er eine fahrige Bewegung, wie um etwas abzuwehren. Wenn er nur wüsste, was. »Und es ist sicher kein Witz?«, fragt er, da die Stille nicht enden will.

»Würde ich über so etwas Witze machen?«

»Nein … wohl kaum.«

Er setzt sich aufs Bett und zieht mechanisch den Reißverschluss an der Tasche zu. Die Mutter zögert einen Augenblick, dann lässt sie sich neben ihm nieder und streichelt unbeholfen sein Haar.

»Das ist wirklich eine schlimme Geschichte. Soll ich dir etwas kochen, Süßer? Wollen wir es uns gemütlich machen?«

Er schüttelt den Kopf, schultert die Tasche und steht auf. »Ich bin noch eingeladen«, sagt er. »Wahrscheinlich wissen es die anderen noch nicht. Dann kann ich es ihnen gleich sagen.«

»Tu das, René. Es ist sicher gut, wenn ihr heute Abend zusammen seid. Das Leben geht ja weiter.«

Erst, als die Tür hinter ihm zu fällt, weiß er, dass das, was er gerade erlebt hat, kein Traum gewesen ist. Alle Spannung, die ihn normalerweise nach dem Training besonders aufrecht hält, fällt von ihm ab. Das Board greift er im Hinausgehen aus Gewohnheit, und aus Gewohnheit nur kommt er nicht ins Schlingern, fällt nicht hinunter wie der nasse Sack, der er plötzlich ist. Die Siedlung löst sich dampfend auf im Vorabend und René fragt sich nur: Was?

Immer wieder:

       Was

          ist

             passiert?

ZWEI

Wenn man nicht sehr groß ist und nie nennenswerte Schwierigkeiten mit dem Gleichgewicht gehabt hat, ist es eine merkwürdige Erfahrung, so weit vom Erdboden entfernt zu sein. Wie es ihr überhaupt gelingt, Füße, die sie kaum spürt und die noch dazu an Pfennigabsätze geschnürt sind, so sicher vorwärts zu bewegen, ohne bei jedem zweiten Schritt umzuknicken, ist ihr ein Rätsel. Sicher kann sie froh darüber sein; wer weiß, was sonst passieren würde. Ihre Eingeweide sind so verkrampft, dass sie sich jeden Moment übergeben möchte.

Was will der schreckliche Mensch von ihr? Er hätte sie laufen lassen, sie selbst den Mund halten können – sie kennt weder ihn noch den toten Skater und niemand weiß, wo sie heute Nachmittag gewesen ist, wer interessiert sich schon für das was sie tut, alles würde sie dafür geben, jetzt nicht über den sengenden Asphalt auf diesen roten Kleinwagen zugehen zu müssen seltsam, woher nur hat sie sich denken können, dass er einen roten Kleinwagen fährt?

Der kurze Druck, den sie im Rücken spürt, während der Mann, an ihr vorbei greifend, die Fahrertür aufschließt, löst noch einmal Brechreiz aus. Sie schluckt ihn herunter und setzt sich hinters Steuer. Für einen Moment sterben alle Geräusche und sie sieht sich hinausspringen, über die Straße, auf den nächsten Baum, hinter den nächsten Busch, in ein Auto, das aus dem Nichts aufgetaucht ist und dessen Fahrer sofort verstanden und ihr rechtzeitig die Tür geöffnet hat; da sitzt neben ihr schon der Revolverheld und dreht an ihrer Stelle den Zündschlüssel. Und mitten im wüstenheißen Stumpfsinn dieses verfluchten Tages verstummt plötzlich sogar die Angst und eine strahlend helle Klarheit breitet sich in ihr aus. Das also war es, denkt es in ihr. Das hat die Leere vorhin bedeutet. Was immer dein Leben gewesen sein mag, ist hiermit beendet.

Aber – bedeutet das, sie hat es vorher gewusst? Und wenn sie es gewusst hat – warum hat sie dann nicht dafür gesorgt, dass ihr Selbstfindungsspaziergang sie überall hinbringt, nur nicht ausgerechnet an den Ort, von dem sie sich über Jahre wie von keinem zweiten weggewünscht hat?

Unsinn. Alles Unsinn. Sie legt Halt suchend die Hände aufs Lenkrad. Gar nichts hat sie gewusst. Ist in diese Sache hineingestolpert, wie Ahnungslose ihres Schlages seit Urzeiten in Sachen hineinstolpern.

So wird es sein. Und da es so ist, bleibt ihr jetzt nichts anderes übrig, als zu sehen, was als Nächstes passiert. Das macht sie merkwürdig ruhig. Und verwandelt den Krampf in ihrem Magen in sichere Wärme.

Nicht, dass sie sich weniger fürchten würde. Aber zumindest wird die Furcht sie nicht handlungsunfähig machen; soviel weiß sie jetzt.

Fahren Sie, sagt er mit dieser knarzenden Stimme, die seit seinen ersten Worten nicht wesentlich lauter geworden ist. Fahren Sie vom Parkplatz herunter rechts und dann immer geradeaus, bis ich etwas anderes sage.

Sie löst die Bremsen und erwartet, dass der Wagen einen Satz vollführt, einen Knall auslösend, der diesen Albtraum auf welche Weise auch immer beendet. Aber offenbar hat sie alles richtig gemacht. Der Fiesta rollt die Einfahrt hinunter und dann auf die Straße.

Auf dem Bürgersteig schleppt sich schwitzend eine Mami mit fünf Plastiktüten und einer schreienden Tochter ab. Ein Idyll. Ebenso die drei Vorpubertären, die Eiscreme leckend unter den regelmäßig vorbei wehenden Bäumen dahin stolzieren … Jetzt dort draußen sein. Frei und ohne jeden Gedanken. Sie würde sich durch nichts und niemanden mehr davon abhalten lassen, jeden Sonnenstrahl einzeln zu schmecken. Ob es jemals wieder Sonne geben wird, denkt sie, für mich?

Der Hagere lacht auf einmal ohne jeden Grund und ängstigt sie damit halb besinnungslos. Zum Glück beruhigt er sich bald wieder. Es scheint nichts mit ihr zu tun gehabt zu haben. Was hinter seinen bodenlosen Augen vorgeht, will sie ohnehin nicht wissen.

Und die Schwierigkeiten fangen erst an. Eis beginnt unter ihrer Haut zu knacken, als sie auf eine riesige Kreuzung zusteuern, von der aus es in alle Richtungen geht – nur nicht eindeutig geradeaus. Sie kann ihn nicht nach dem Weg fragen. Aus ihrem zugeschwollenen Hals käme kein Ton, und wenn doch – was, wenn es dem Kerl nicht passt? Er ist einer von der nervösen Sorte, das erkennt sie trotz seiner eisern gestemmten Ruhe. Sein

Atem ist zu deutlich hörbar, die Sehnen an seinen Unterarmen sind in zu stetiger Aktion, seine Kiefermuskulatur ist zu ausgeprägt für jemanden, der im entscheidenden Moment einen kühlen Kopf behält. Zwischen Haut und Fleisch scheint bei ihm nicht einmal das Mindestmaß Fett zu liegen. Ein Choleriker. Einer, der sich von innen heraus verzehrt.

***

Dieser Sicherheit, dass alles, aber wirklich alles was er in der letzten halben Stunde getan hat, falsch war, ist David bisher erst einmal begegnet. Er fragt sich nicht, was er sich dabei gedacht hat. Das eigentliche Denken hat dort im Lehrerzimmer aufgehört. Aber wohin jetzt? Und hätte er noch irgendwohin gekonnt, bevor die Puppe aufgetaucht ist?

Puppe. Das erste Wort, das ihm zu dieser Erscheinung einfällt, so oft er sie ansieht. Es ist nicht seine Angewohnheit, Frauen mit idiotischen Bezeichnungen zu klassifizieren, aber so sieht sie nun einmal aus mit ihrem etwas zu glatten Teint, den fast schon spiegelnden Pupillen und den Wangen, auf denen man nur die roten Kreise vermisst. Ihr Schweigen, natürlich. Dieses Schweigen, das ihm gleich verboten hat, etwas wie »Gut, dass Sie kommen, ich habe ihn gerade gefunden, ich weiß gar nicht, was …« zu sagen. Diese Art Schweigen, die einen jederzeit entlarven kann, gleich ob seine Absenderin einen der Lüge bezichtigt hat oder nicht.

Rufen Sie einen Krankenwagen, hat er stattdessen gesagt. Und sie – weiter geschwiegen. »Rufen Sie einen Krankenwagen!«, hat er daraufhin gebrüllt, worauf sie, in einer kontrollierten, seltsam fließenden Bewegung, in ihre Hosentasche gegriffen und tatsächlich ein Telefon herausgezogen hat.

Und während sie 112 wählte, er fragt sich, warum: hat er blind hinter sich gegriffen und zu seinem eigenen Erschrecken gleich eine Pistole gefunden. Auf das Klirren, das daraufhin zu hören gewesen ist, hat er dabei nicht achten können, obwohl ihn interessiert hätte, was er unwissentlich heruntergeworfen hat. Aber er musste noch etwas loswerden: Sagen Sie nicht Ihren Namen.

Planvoll? Ist das planvoll gewesen?

Die Adresse hat sie genannt, das Stockwerk, sogar die Raumnummer, und dass hier jemand schwer verletzt sei. Vom Bauch her blute. Sich nicht mehr bewege. Dann hat sie aufgelegt. Schalten Sie es ganz aus, hat er gesagt, und sie hat es ganz ausgeschaltet.

Er hat sie nicht bedroht, mit der Pistole. Die hat er nur in der Hand gehalten und gesagt, sie müssten jetzt hinuntergehen, zu seinem Auto, und er müsse sie leider mitnehmen. Ihr Mund ist noch kleiner geworden, und sie hat sich umgewandt und ist vor ihm hergegangen.

Und dann, auf dem untersten Treppenabsatz, hat er plötzlich den raschen Schritt und den klimpernden Schlüsselbund der Hausmeisterin gehört. Und er hat die Puppe vor sich hergedrückt, unabsichtlich die Hand nutzend, in der er die Waffe hielt, ihr diese so in den Rücken pressend, und ist mit ihr durch den Nebeneingang geeilt. Ob die Hausmeisterin sie noch hat hinaushuschen sehen, weiß er nicht.

Würde er nicht sitzen, würde der Boden jedes Mal unter ihm schwanken, wenn er versucht, sich an das zu erinnern, was vor jener absurd langen Waschung seiner Hände und Unterarme gewesen ist. Nie sieht er mehr vor sich, als den gurgelnden Abfluss. Sobald er weiter zurückgehen will, wird ihm schwindelig, wie kurz vor einem Bewusstseinsverlust. Nur ein Gedanke lässt sich nicht verscheuchen: dass bei drei Einschüssen niemand an einen Unfall glauben wird.

Woher weiß er von drei Einschüssen? Und was hätte er den Rettungskräften gesagt, wenn sie ihn nach dem toten Jungen gefragt hätten? »Keine Ahnung, wie der dahin gekommen ist!«?

Vor lauter Anspannung muss er über die Absurdität des Gedankens auflachen. Kurz nur. Er hat Angst, dass die Waffe losgeht. Sie liegt still auf seinem Schoß, mit dem Lauf in Richtung der Puppe. Das ist nicht gefährlich, er weiß, wie man so ein Ding sichert. Er will das Mädchen auch nicht wirklich bedrohen. Nur die Situation unter Kontrolle halten.

Fahren Sie geradeaus, sagt er. Immer geradeaus, bis ich etwas anderes sage.

Sie schweigt. Hört einfach nicht auf damit. Doch was sollte sie auch sagen? Und er, was könnte er sagen? Nichts könnte er sagen, niemandem könnte er etwas sagen. Und deswegen müssen sie fort von hier.

***

Wie ihr diese Kofferpackerei auf die Nerven geht. Man versucht, eine Ordnung in die bevorstehende Zeit zu bringen, und verwandelt dafür die Gegenwart in ein Schlachtfeld: Blusen und Kleider über Stühlen und an den Fenstern, Strümpfe und Unterwäsche stapelweise auf, statt in den Kommoden; und am Ende nicht den leisesten Schimmer, ob wenigstens im Gepäck alles an seinem Platz ist und nicht vielleicht am Ziel eine dumme Überraschung sie erwartet.

Nur gut, dass der Junge alt genug ist, seine Sachen selbst zu sortieren. Sie wird gleich hinübergehen, die von ihm gebildeten kleinen Stapel begutachten, einen hoffentlich nicht allzu harten Mehr-Unterhosen-weniger-Haargel-Kampf ausfechten und ihn dann alles so verstauen lassen, wie er es für richtig hält. Sie hat genug damit zu tun, das Haus auf Vordermann zu bringen. Auf Hakan möchte sie sich nicht zwei Wochen lang verlassen müssen. In seinem Kopf mag es strukturierter zugehen als in ihrem – an seiner Umgebung wird man das nicht erkennen. Sicher wird es Nacht, bevor sie sich für drei Wochen in zwei verschiedenen Klimazonen sicher ausgerüstet weiß.

Auf dem Weg zur Küche durch das Wohnzimmer stolpert sie fast, bevor ihr klar wird, was sie so abrupt zum Halten gebracht hat: Ihr Sohn, der es gar nicht erwarten konnte, alles für die lang ersehnte Reise zusammenzusuchen, kauert auf dem Boden vor dem Fernseher; in der einen Hand das Smartphone, mit der anderen am Schnürsenkel eines der Schuhe nestelnd, die er beim Betreten des Hauses eigentlich ausziehen soll. Den Kopf dreht er in einem merkwürdigen Automatismus zwischen den beiden Bildschirmen auf und ab. »Und deine Klamotten sortieren sich von alleine?!«, empört sich Carine. »Hallo! Ich rede mit dir!«

Nichts. Mit einer gezielten Bewegung nimmt sie ihm das Gerät weg – ihr wird später auffallen, dass schon das Ausbleiben seines Protests sie hätte stutzig machen müssen.

Aber er bleibt da sitzen auf den Kacheln, kaum atmend, und starrt zu ihr herauf.

»Was ist denn so wichtig?«, fragt sie ungeduldig, bevor die Stimme aus dem Fernseher zwei Laute formt, auf die sie instinktiv reagiert, noch bevor sie deren Bedeutung verstanden hat. Sie blickt auf. Zwinkert beim Anblick eines großen Backsteinbaus. Dann betrachtet sie das Gerät in ihrer Hand. Der Kiefer klappt ihr wie einer Blöden herunter, als sie begreift, dass ihr elfjähriger Sohn gerade dabei ist, auf zwei Kanälen gleichzeitig die Nachrichten zu verfolgen.

***

Er beugt sich halb zu ihr herüber und sie vergeht fast in seinem Schweißgeruch. Wie lange wird sie es neben ihm aushalten müssen?

Kaum noch Benzin, murmelt er. Die Straße hinunter gibt es eine Tankstelle. Fahren Sie dorthin.

Er weist auf die Zapfsäule, die sie anfahren soll; sie hält dicht daneben. Steigen Sie aus, raunt er, und nehmen Sie den Schlüssel mit. Hier herüber.

Er steht dicht neben ihr, während sie tankt. Wo hat er die Waffe? Sie wagt nicht, nach unten zu sehen. Seine Augen tasten unentwegt die Umgebung ab.

Das genügt. Jetzt geben Sie mir die Hand.

Warum?, fragt sie, aber erst im zweiten Anlauf. Wa-, schlucken, und dann wieder: Wa-, Warum?

Damit es schwieriger für Sie wird, wegzulaufen. Sie wollen weglaufen, natürlich wollen Sie das. Würde jeder. Aber leider weiß ich nicht, was ich täte, wenn Sie jetzt zu fliehen versuchten. Und davor möchte ich uns bewahren. Uns beide, verstehen Sie?

Sie antwortet nicht. Was geht es ihn an, ob sie ihn versteht oder nicht? Aber sie gibt ihm die Hand. Merkt deutlich, wie er sich kontrolliert, um die ihre nicht zu sehr zu drücken. Wie die enorme Anspannung seines Unterarms auf Höhe des Handgelenks gedrosselt wird, sodass nur der Daumen verkrampft, die anderen Finger sich kalt und leblos in ihre verhaken.

Nicht umsonst verbringt sie ihre Freizeit seit Jahren in Tanzsälen. Körper kann sie mittlerweile wie Bücher lesen. Der Besitzer dieses Körpers hat offensichtlich weder seine Kraft noch seine Schwäche im Griff.

Auch ohne sein Geständnis, dass er den Grad seiner eigenen Gefährlichkeit nicht kennt – spätestens jetzt wäre der ihr klar. Die Angst, die das auslöst, ist überwältigender als die unmittelbare Bedrohung durch eine Pistole. Tereza will aufgeben, will gleich hier zusammenbrechen und dann soll er ihretwegen ein Ende mit ihr machen, das wäre zumindest – ein Ende. Nur leider kann sie das nicht, zusammenbrechen. Ein paarmal im Leben wäre sie froh gewesen, es zu können (*Bääääm!* Das halbe Gesicht in Flammen, und die Stimme eines ihrer Eltern: »Genug! Kapierst du nicht, was das heißt, genug?!« – *Bääääääääm!)*, aber aus irgendeinem Grund hat sie es bis heute nicht gelernt. Unter ihrem Brustbein die kleine, warme Kugel, die sie schon vorhin auf dem Parkplatz verspürt hat, lässt ihr keine andere Wahl, als immer nach einem Ausweg zu suchen, egal, wie erschöpft sie ist.

In diesem Fall scheint der Ausweg *dicht am Mann bleiben* zu heißen. Nur dicht am Mann kann sie jede seiner Regungen wahrnehmen, beobachten. Um so bald wie möglich voraussehen zu können, wozu er sich als Nächstes hinreißen lassen wird.

Also schlendern sie Hand in Hand zum Tankstellen-Supermarkt hinüber, und ihr Spiegelbild in der großen Fensterscheibe hat tatsächlich Ähnlichkeit mit dem irgendeines Touristenpärchens. Wen kümmert es, dass er beinahe ihr Vater sein könnte.

In dem Kiosk fragt er mit plötzlich heiterer, gelöster Stimme, etwas zu laut nur: was sie zum Trinken wolle. *Du*, was willst *du* trinken Schatz. Sie könnte ihn zwischen die Beine treten dafür.

***

Hält sie sich an ihm fest oder er sich an ihr, er weiß es nicht. Kann kaum glauben, wie bereitwillig sie sich auf diese Charade eingelassen hat. Wirkt er auf sie tatsächlich so furchteinflößend? Bei dem Gedanken friert alles zu in ihm. Er hat bisher nicht gewusst, dass es eine Fremdheit gibt, die

weit über die Gleichgültigkeit des Unbekanntseins, der Nicht-Vertraut-
heit hinausgeht; eine Fremdheit, die schmerzt, die ihn selbst von allem,
was er kennt, isolieren kann: eine unüberbrückbare Distanz zwischen
ihm und allen anderen seiner Art. Diese Fremdheit ist nicht einfach da
wie ihr alltägliches Pendant, die Anonymität. Diese Fremdheit erwirbt
man sich erst. Und haftet sie erst an einem, kann man sie niemals loswerden: keine vertraulichen Gespräche, keine Freundlichkeit, kein noch so
guter Dienst am anderen werden sie jemals von ihm nehmen. Sie ist hier,
sie ist an ihm, und wird es immer sein. Das ist es, was er in diesen großen
blanken Augen sieht und was seinen Kiefer schmerzen lässt, als er sich ein
gedankenloses Freizeit-Lächeln aufzwingt auf diesem kurzen Weg zum
Tankstellen-Supermarkt. Alles an ihm, alles um ihn fühlt sich so falsch
an, dass, sollte die Puppe sich tatsächlich losreißen und fliehen und somit
diese Falschheit für alle sichtbar explodieren lassen, er nicht mehr an sich
halten könnte; er alles zerstören müsste um sich her, damit nichts mehr
sichtbar wäre von der Monstrosität, zu der er, er weiß noch immer nicht
wie, vor nicht einmal fünfundvierzig Minuten geworden ist.

Was möchtest du trinken Schatz?, fragt er. Schatz. Diese unmögliche
Anrede hat er sich selbst seiner Frau gegenüber immer verboten.

Die Puppe schüttelt den Kopf. Es kostet ihn viel, möglichst unhörbar
ein- und auszuatmen und zu sprechen, als ginge es um kaum etwas: Du
wirst sicher bald Durst bekommen, ich kenne dich doch, erst willst du
nichts und nach zwanzig Kilometern überlegst du es dir anders. Aber wir
können nicht an jeder Gießkanne halten. Wir haben noch einen weiten
Weg vor uns. Dabei schaut er ihr in die Augen. Und sie begreift.

Um ihre Mundwinkel zuckt es. Kurz krampft seine Hand an seinem
Hosenbund, hinter den er dieses klobige Stück Metall geschoben hat;
da gibt sie sich einen Ruck und stakst, sich beinahe auf ihn stützend,
zum Getränkeregal. Eine große Flasche roter Fruchtschorle nimmt sie,
während er nach der Cola greift und sagt: Und was zu knabbern. Dies
ist nicht umsonst seine Lieblingstankstelle, sie haben diese wunderbaren
Laugencroissants, von denen er sich zwei eintüten lässt, außerdem zwei
belegte Brötchen und eine Tafel Schokolade, während sie einen Salat und
ein Körnerbrötchen nimmt. Da ist auch Obst, sagt er, schau mal, Kir-

schen, davon nehmen wir auch welche. Erst jetzt merkt er, was für einen mörderischen Hunger er hat, zum ersten Mal seit langer Zeit. Willst du nicht ein paar Zeitschriften, schlägt er vor, du langweilst dich doch immer so schnell. Sie greift ein paar heraus mit einem Ausdruck, als sei ihr ebenso übel wie ihm. Es wird höchste Zeit, dass sie bezahlen.

Diesen ganzen Berg, grinst er die Kassiererin an, und zwei blaue Gauloises. Und die Drei, hätte ich beinahe vergessen. Liebling, du zahlst.

Zwischen seinen Fingern verwandeln sich die ihren kurz in tote Nacktschnecken. Sie wendet den Kopf in seine Richtung und scheint ein Schütteln andeuten zu wollen, doch er zieht ihre Hand zu seiner linken Gesäßtasche und umschlingt mit seiner Rechten fest ihre Hüfte. Sie verzettelt sich ein paarmal mit seinem Geldbeutel, während er seine Wange an ihren Hinterkopf drückt, um den Rest des Ladens im Auge zu behalten. Dort gibt es zum Glück nichts weiter zu sehen als eine verkrachte Existenz, die ganz von der Aufgabe gefangen scheint, zwischen drei Sorten Tiefkühlpizza auszuwählen.

Zum Abschied zwinkert er der jungen Frau hinter der Kasse zu, die seinetwegen sonst was über den großkotzigen alten Schwerenöter denken soll, der sich nicht einmal schämt, seine Freundin den größten Teil des Einkaufs tragen zu lassen.

Doch auf dem Weg zum Auto merkt er, wie ihm die Knie weich werden. Er ist nie ein guter Schauspieler gewesen. Woher auf einmal die Befähigung zu dem Schmierentheater, das er soeben dort drinnen aufgeführt hat?

Er stützt sich mit den Händen am Autodach ab, während sie den Kram auf dem Rücksitz verstaut. Nehmen Sie doch die Getränke mit nach vorn, sagt er müde. Bei der Hitze.

Als sie endlich im Wagen sitzen, schließt er für einen Moment die Lider – seinen einzigen Zufluchtsort für die nächste Zeit.

***

roll
schramm
roll
schramm
roll
kratz
Bordstein kratz nur
roll
leicht den Bordstein nur kratz
geschrammt
roll
Igel dort Igel vielleicht dort
schramm roll schramm
kratzkipp
roll
fast da nur
weiter
Ben
roll
Straße halb
Ben
Straße halbdunkel
roll
Hecken wusch
Ben
Hecken an Mauern wuscheln so
roll
gegen Hüfte stups immer wieder
leicht
roll
Tasche bong ja Tasche baumelt
Ben
schramm
links runter rechts Fuß hoch Sprung

Brett flieg Brett Hand fängt Füße gehen
Füße
Ben
auf Tür auf
Tür zu gehst du mit?
Tür holzt. Tür starrt. Öffnet –
»René! Wann wolltest du klingeln?«
Max rote Haare
ja Max rote Haare ist das
flach Gesicht weiß weiß »Komm rein«
Flur Jacken
Jacken noch jetzt nicht mehr
Ben
Wohnzimmer rund
voll
bunter Teppich Mädchen
Garten hinten vorm Fenster nein
dahinter
an Fensterbank Typen
auf Tischen Schälchen
Nacho Cashew Erdnuss
stehen alle stehen
alle schauen
her
Watte im Ohr
Watte im Ohr nur
dumpf poch nur
Ben
»Wo ist Mia?«
Zehra keine Lippen
Zehra keine Lippen Augen offen weit »Wo ist Mia?«
blinzeln »Was warum Mia«
Max und Zehra Augen
Max und Zehra Augen hin und her

Max »Ist sie nicht bei dir bist du allein gekommen weißt du denn Bescheid?«
Gurt zieht Tasche rutscht
von der Schulter greifen
stell ab
Atem raus
Atem schnell
Zehra Hände Wangen »Oh Mann René
René so krass
so schrecklich«
Augen wischen
ein paar
wischen Augen
andere haben keine haben
sie in den Fußboden gebohrt
rechts
da ist was dunkel
dunkel sehr dicht
murmelt »Ich pack das nicht
pack das nicht« Josh
sehr schwer
Nacken fest
Nägel in Sofa
eine Stimme »Wer macht sowas«
»Was?« das warst du
du selber und wieder alle Augen zu dir
auch die aus dem Fußboden »René
weißt du denn nicht
das mit Ben?«
»Ben
Tot ja
aber was
wie«
»Er ist erschossen worden
Erschossen weißt du das denn nicht?« Zehra

weiß
alles weiß ganz weiß »Jetzt« (du)
»Jetzt
Jetzt wirklich«
alles Filz
im Mund alles Filz
alles leer
im Bauch im Hals
im Kopf
Hände auf Arm
Hände auf Schultern aufhören aufhören alles
bitte.

***

Jetzt ist alles egal. Soll er sie heulen hören. Wahrscheinlich erwartet er von so einem kleinen Mädchen nichts anderes. Wenn sie jetzt nicht alles ausrottet und ausschwemmt, wird sie ersticken oder losschreien oder – irgendetwas, worauf er bestimmt nicht gut reagieren würde.

Hinter ihnen beginnt jemand zu hupen. Sie klammert sich nur weiter an das Lenkrad. Sie wird nichts tun, bevor der Irre auf dem Beifahrersitz aufhört, so selbstmitleidig vor sich hin zu dösen, und endlich ausspuckt, was er von ihr will.

Hören Sie, sagt er endlich, die Augen noch immer geschlossen. Ich kann mir vorstellen, dass Sie im Moment überall anders und mit jedem sonst lieber zusammen wären als hier mit mir. Trotzdem muss ich Ihnen sagen, dass der Ärger wahrscheinlich gerade erst angefangen hat. Da dürfen wir uns beide nichts vormachen. An eines sollten Sie immer denken: Ich tue das hier nicht, um Sie zu ärgern, sondern weil es nicht anders geht. Wir können beide nichts dafür, dass Sie zur falschen Zeit am falschen Ort gewesen sind. Ich hätte es mir auch anders gewünscht. Jetzt müssen wir miteinander zurechtkommen.

Sein Monolog wird durch erneutes, wütendes Hupen beendet. Er wendet den Kopf, öffnet die Augen und fragt: Besitzen Sie ein eigenes Bankkonto? Sie nickt. Wie viel?

Welches Schicksal wählt sie, indem sie es verrät? Ihr wird wieder schlecht, als sie daran denkt, wie hart sie gearbeitet hat für das Geld. Aber nicht zu antworten – ja, auch zu lügen –, scheint unmöglich.

Er scheint zufrieden. Nicht, dass ich Sie ausrauben will, sagt er, aber Sie können sich vielleicht denken, dass ich nicht auffallen möchte, indem ich plötzlich mein Konto leer räume. Es wäre also am besten, wenn wir abwechselnd Ihres und meines benutzen könnten ... Jetzt fahren Sie erst einmal hier heraus, bevor der da hinten die Nerven verliert.

Lass ihn reden, denkt sie, während sie den Wagen auf die Straße zurücklenkt; es scheint ihn zu beruhigen. Nur bitter, dass nichts von dem Gehörten auf sie die gleiche Wirkung hat. Als hätte er ihre Gedanken vernommen, fährt er fort: Alles, was Sie abheben, zahle ich Ihnen natürlich zurück, sobald diese Sache vorbei ist. Wird man nach Ihnen suchen?

Es braucht mehrere Anläufe, bis sie hervorbringen kann: In ein paar Tagen ... vielleicht.

Wohnen Sie allein?

Bei meinen Eltern.

Werden die sich wundern, wenn Sie spontan verreisen möchten?

Wissen sie schon, entfährt es ihr.

Nun ist er hellwach: Wie bitte?

Ich war auf dem Weg zum Bahnhof, vorhin, holpert sie, den Wagen mühsam in der Spur haltend. Wollte zu einer Freundin an der Nordsee fahren. In der Schule bin ich nur zufällig vorbeigekommen.

Wie verschlägt es einen zufällig in eine leere ... fast leere, Schule?

War früher meine.

Er hebt die Augenbrauen: Wann, früher?

Ich habe vor vier Jahren Abi gemacht. Sie hatte ich da aber nie gesehen.

Quereinsteiger. Mein erstes Schuljahr ist gerade zu Ende gegangen. Hm. Und Sie ... wollten Zeit totschlagen? Noch mal kurz in Erinnerungen schwelgen?

Schwelgen, denkt sie bitter, sagt aber nur: Ja.

Und dann … so was.

Ja.

Es tut mir wirklich leid.

Man kann mit ihm reden. Ganz normal reden.

Mein Zug, sagt sie, fährt erst in einer halben Stunde. Mit dem Auto würde ich ihn noch erwischen. Ich fahre zu meiner Freundin in den Norden, Sie sehen mich nie wieder und … ich sehe Sie nie wieder.

Aber Sie haben mich gesehen.

»Das ist egal! Das ist mir alles egal, wenn …«

Sie nur heil aus der Sache herauskommen? Er seufzt. Ich glaube Ihnen, dass das stimmt. Jetzt, in diesem Moment. Aber wenn Sie erst gemütlich bei Ihrer Freundin auf der Couch sitzen, werden Sie mit ihr darüber reden müssen. Und dann wird Ihre Freundin, was vollkommen richtig ist, Sie dazu nötigen, eine Aussage bei der Polizei zu machen.

Mache ich nicht!

Dann Ihre Freundin – oder wem immer Sie sich letztlich anvertrauen. Daraufhin wird man auch Sie befragen wollen, und Sie werden reden. Weil Sie sonst entweder Probleme bekommen, oder einfach nicht mehr ruhig schlafen können – ich kenne Sie nicht, bricht er ihren aufkeimenden Protest ab. Ich weiß nicht, was ausschlaggebend sein wird. Ich weiß nur, dass es sehr wahrscheinlich so passiert. Und dass ich das nicht riskieren kann. Will.

***

Sie richtet sich auf, der Trotz lässt in ihren Zügen das Kind aufleuchten, das sie ja eigentlich noch ist.

Wenn Sie mich entführen, sagt sie, machen Sie alles nur schlimmer. Der – der – tote Typ reicht doch schon, oder?

Das Wort »Mord« nimmt sie nicht in den Mund. Interessant. Sie fährt fort:

Jetzt gleich könnte ich mit dem Zug fahren, und es wäre, als hätten wir uns nie gesehen. Aber je länger Sie mich festhalten – eine Zeugin festhalten – desto schlimmer werden Sie bestraft. Ich meine – wenn die Sie wirklich erwischen.

Er schaut aus dem Fenster. Der Verkehr geht zäh genug, um David mit der Frage zu quälen, wann er die fern hinter der Gartenstadt schimmernden Berge wiedersehen wird.

Aber vielleicht, murmelt er, vielleicht habe ich am Ende dann eben nur das getan. Schlimm genug, aber immerhin ...

***

Ihr ist, als würde sie ganz langsam in kaltes Wasser einsinken.

Was – meinen Sie?, fragt sie angespannt.

Mittlerweile hat sie tatsächlich den Weg zum Bahnhof eingeschlagen. Er scheint sich nicht daran zu stören, obwohl er aus dem Fenster blickt.

Der Junge lag da, sagt er, und seine Stimme klingt fahl: Da lag der Junge, und um ihn herum Blut, und gleich hinter mir ... die Waffe. Aber was das alles miteinander zu tun hatte, weiß ich nicht.

In ihrem Hals flattert der Atem, nicht größer als ein Schmetterling. Sie wissen es nicht?, murmelt sie. Da dreht er sich wieder zu ihr:

Ich kann nicht zulassen, dass andere entscheiden, was passiert ist, bevor ich es selber weiß. Darum muss ich weg, verstehen Sie? Um eine Chance zu haben, eine Chance auf ... Er wischt sich über das Gesicht, jedes Mitteilungsbedürfnis weg; die Augen wieder hart: Und deshalb müssen Sie mit mir kommen. Dass Sie in den Zug steigen, kommt nicht infrage. Sie werden am Bahnhof vorbei auf die nächste Autobahnauffahrt fahren.

Okay, erwidert sie, und noch einmal, wie um sich selbst zu versichern, dass es wirklich okay ist: Okay. Woher sie den Mut für das Nächste nimmt, weiß sie nicht. Aber in ihrem Hinterkopf schimmert eine Idee, dass noch nicht alles verloren, dass der Plan, den sie erst diesen Nachmittag gefasst hat – ihr erster Plan seit Langem –, noch zu retten ist: Könnte ich nur schnell meine Reisetasche dort abholen? Ich hatte sie vorhin eingeschlossen.

Wie in leichtem Unglauben heben sich seine Brauen in beinahe amüsierter Verblüffung. Dann sagt er in einem Ton, als würde er sich selbst darüber wundern, wie normal er das findet: Das ist wohl das Mindeste, was ich Ihnen schuldig bin.

***

Die Nacht ist Musik, die Nacht ist ein schwarzes Wummern und Brodeln die Sterne hinauf, und dazwischen bläht und wölbt sich der Rauch aus dem Lagerfeuer. Alle tanzen, alle trinken, alle schieben Zeugnisse unter die Glut. Woher all die Zeugnisse nur kommen; mit jedem weiteren Bogen Papier sprühen mehr Funken gen Himmel und wird das Gejubel lauter.

Grinsend prostest du einem der Mädchen zu, die die Grillsauce in einem riesigen Bottich anrühren. Nippst an deinem Vodka-Bull und drehst dich mit rudernden Armen zwischen den anderen. Eines der Saucen-Mädchen kommt mit einer großen Kelle auf dich zu. Sie trägt rote Streifen wie Kriegsbemalung im Gesicht, schüttelt ihre glänzende Mähne und sagt: – Hier, probier mal. Wir nennen sie *Tribute – Tribute to* – Aber wie siehst du denn aus, lacht sie, nimmt mit drei Fingern etwas aus der Kelle und wischt dir über die Wangen. So, sagt sie, jetzt gehörst du wirklich dazu. – Die Augen fest auf sie gerichtet, trinkst du den letzten Schluck, jubelst und greifst nach ihrem straffen, sonnengebräunten Fleisch. Doch schon reißt es euch wieder auseinander. Du willst schlagen, aber der vor dir ist riesig und düster; schwitzt, hechelt und hält deine Faust. – Ich hab Neuigkeiten, stößt er hervor, wichtige Neuigkeiten. – Hier, sagt die zweite Saucenbraut, trink erst mal was! und drückt der Düsternis die Kelle an den Mund. Sofort hört das Hecheln und Schwitzen auf, das Riesengesicht erhellt sich, die Augen sind rund wie Untertassen. Dir entgegen streckt sich ein Arm und öffnet sich eine Hand, die voller silbriger Kugeln ist. Die Gäste kreischen und wollen sich drauf stürzen, aber du hebst die Arme und rufst: So einfach geht das nicht, Leute! Die muss man sich erst verdienen. Ich schlage eine Schnitzeljagd vor: Wer das alte Rabenaas zuerst findet, darf alle Patronen behalten! – Donnernder Beifall. Du nimmst die Kugeln, sagst: drei Stunden Vorsprung! und läufst hinaus in die Nacht. Aber schon bei der ersten Fährte befallen dich Zweifel: Ein Strich, ein Pfeil? Und in welche Richtung überhaupt?

Sag doch was!, schreist du in die Dunkelheit. Sag was, du Arsch!

Eiseskälte, dein Kopf dreht sich nach allen Seiten, viel weiter als sonst, einmal komplett um sich selbst, wie dir scheint; dann weht aus der Ferne eine Stimme dich an, der läufst du nach. Läufst und läufst, bis zum Ersticken.

***

Auf dem Gleis. Wirklich auf dem Gleis, in einem winzigen bisschen Durchzug, etwas Luft in diesem Backofen, Luft, die mitgerissen wird von den ein- und ausfahrenden Zügen; und keinen kann sie nehmen. Keinen davon, obwohl sie nicht einmal mehr interessiert, welcher davon sie zu Kathi brächte – in jeden würde sie momentan hineinspringen.

Aber hier steht der Revolverheld neben ihr, gleich hinter der geöffneten Schließfachtür, und scannt jede ihrer Bewegungen. Die Tasche übernimmt er immerhin, nachdem Tereza sie heraus gehievt hat, aber ob das nun Höflichkeit bedeutet oder Kontrolle, könnte sie nicht sagen.

Wohin?, fragt sie, nachdem alles verstaut und sie selbst angeschnallt ist. Er schweigt zunächst, stopft etwas in seine Gesäßtasche, was er vorhin im Kofferraum gefunden hat, und begibt sich wieder in sein selbstmitleidiges Dösen. Mehr als das aber irritiert sie die Antwort, zu der er sich nach einiger Zeit herablässt: Suchen Sie es sich aus.

***

Mord. Junges Opfer. Unbekannter Täter.

Und bei ihnen. Ja, bei ihnen. Das wusste Carine; das hat Hakan ihr gesagt. Hätte ihr etwas bedeuten müssen, aber das wollte sie nicht. Die Abreisehektik schob sich ganz mühelos davor, erstaunlich eigentlich, *wie* mühelos.

Jakob steht auf und streckt die Hand aus. Während sie ihm sein Telefon reicht, sagt sie: »Diese schreckliche Sache – Hakan hat vorhin schon davon erzählt. Aber wie bist du jetzt darauf gekommen?«

»Die Jungs haben gesagt, jemand hat Ben erschossen. Da wollte ich mal nachsehen.«

»Und hattest du mit ihm zu tun, mit diesem Ben?«

»Der war doch in der Zehnten.«

»Du hast ja auch nie von ihm gesprochen. Deswegen habe ich nichts gesagt, weil … na ja. Ich wollte dich jetzt nicht erschrecken, so kurz vor dem Urlaub.«

Er nickt ausdruckslos, so als habe er sie kaum gehört. Nichts kann sie vom Nachhall ihrer Worte ablenken, die nun seltsam schal klingen. Kurz verliert sich ihr Blick jenseits der Terrassentür. In der Geschäftigkeit, in der Vorfreude auf die Reise ist die Tragweite dessen, was der Mann ihr vorhin erzählt hat, bisher nicht zu ihr durchgedrungen. Das Wort *erschossen* hat etwas Lächerliches, Groschenromanhaftes. In dieser Stadt mit ihren Fahrradstraßen und Uferwiesen wirkt es völlig fehl am Platz. Aber ihren Sohn scheint es direkt zu – wie würde sie das auf Deutsch sagen? – affizieren? Nein, den Ausdruck hat in ihrer Gegenwart noch kein Einheimischer benutzt. »Wenn dich das belastet – ich meine, wenn es dir unangenehm sein sollte, dorthin zurückzukehren …«

»Ich gehe auf keine andere Schule.«

»Das weiß ich, Boubou. Ich meinte nur: Nimmt dich diese Sache sehr mit?«

»Ben war ja kein Freund von mir.«

»Aber gekannt hast du ihn schon?«

»Alle haben den gekannt. Kann ich jetzt packen gehen?«

Weiter wird sie nichts von ihm bekommen. Wenn dieses Kind nicht antworten will, kann keine Macht der Welt es dazu bewegen. Nur Warten hilft da.

»Sag mir Bescheid«, kapituliert sie, »wenn du Hilfe brauchst.«

»Bin doch kein Baby mehr«, grummelt er und verkrümelt sich. Nein, denkt sie mit schiefem Lächeln. Bist du nicht.

Verdammt. Bis eben hatte er es fast geschafft, sich zu entspannen, und jetzt das: Kaum eine Stunde auf der Autobahn, bilden sie plötzlich das Ende einer gewaltigen Blechlawine. Das Radio behauptet etwas von bis zu zwei Stunden zusätzlicher Fahrtzeit und David befällt die irre Panik, der Grund könnte gar kein Unfall sein sondern etwas anderes, etwas, das nur mit ihm zu tun hat

»Haben Sie das Navi absichtlich nicht eingeschaltet?«, herrscht er die Puppe an. »Ist doch klar, dass alle heute in Urlaub fahren! Hätten Sie nicht nach einer anderen Route suchen können?«

Er hört sie sehr kontrolliert ein- und ausatmen, zu einer Antwort ansetzen, und fährt dazwischen: »Oh, sind wir schon genervt, ja? Nach so kurzer Zeit? Ich bin es auf jeden Fall, und Sie täten gut daran, es nicht darauf anzulegen, dass das noch schlimmer wird.«

Er wendet das Gesicht wieder ab von ihr, um seine Wut unter Kontrolle zu bringen. Aus dem Augenwinkel nimmt er eine Bewegung von ihr wahr: Sie streckt den Arm nach dem kleinen Bildschirm an der Windschutzscheibe aus. Ist doch jetzt sowieso zu spät, knurrt er. Darauf lässt sie es. Ihm ist vollkommen klar, dass sie ihm damit nicht recht gibt, sondern einfach resigniert. Womöglich denkt, die verlorene Zeit sei ohnehin nur sein Problem. Allerdings lässt sie es nicht ganz dabei bewenden, sondern murmelt: Ich kenne die Strecke halt schon seit meiner Kindheit. Ich brauch da kein Navi.

Nun könnte er sie nach der angepeilten Adresse fragen, um sie selbst einzutippen, doch er will sie auf keinen Fall wissen. Nicht riskieren, dass sie, oder zumindest ein Ortsname, ihm in einem schwachen Moment herausrutscht.

Denn soeben ist ihm sein Junge eingefallen, eben erst. Wie kann das sein? Hat er während der vergangenen Stunden wirklich nur an seine eigene Haut gedacht, an sein eigenes Fortkommen? Der Große wird vorhin auf ihn gewartet haben, wo noch mal? Auf jeden Fall war etwas vorgesehen, verabredet waren sie, ja weil er doch die ersten drei Ferienwochen mit seiner Mutter verbringt, vor der Abfahrt also noch ein Vater-Sohn-Wochenende verabredet war und dann

Soll er die Mutter anrufen, stand das Kind vorhin vielleicht vor der Schule, dann wäre er an ihm vorbeigelaufen, ohne dass sie beide es gewusste hätten, denn Parkplatz und Schulhof sind durch eine Hecke getrennt, was tun? Er greift nach seinem Telefon, es ist aus. Natürlich, er hat es ausgeschaltet. Gleich nach

Er legt das Gerät auf seinem Oberschenkel ab, damit die Puppe das Zittern seiner Hände nicht bemerkt. Schaltet ein, entsperrt: Fünf helle Glockentöne. Jakob hat einmal versucht anzurufen, einmal geschrieben »Wo bist du denn?« und drei Sprachnachrichten hinterlassen. Rasch hebt er den Hörer ans Ohr. Hört erst die Ungeduld, dann die Verwirrung und schließlich die Enttäuschung des Jungen; endlich die Worte: »Ich geh dann jetzt nach Hause.«

Kann er den Kleinen jetzt anrufen? Und wenn seine Mutter in der Nähe ist, oder schlimmer: Ihr Macker?

Egal. Er muss es versuchen. Jakob sucht meist sofort einen Ort auf, an dem er ungestört ist, wenn David ihn anruft.

Er ist gleich am Apparat: »Wo warst du denn?«, legt er los. »Ich hab da 'ne halbe Stunde gewartet, und dann kam die Hausmeisterin raus und wollte mich nicht noch mal nachgucken lassen und hat einfach abgeschlossen. Ich denke, du wolltest mich unbedingt noch sehen?«

»Ja«, bringt David mühsam hervor, »das wollte ich. Das will ich. Aber ich … kann nicht, Jakob.«

»Warum denn nicht? Wo bist du überhaupt?«

»Ich … musste dringend weg. Es tut mir so leid, dass ich mich nicht rechtzeitig bei dir gemeldet habe …«

»Was ist denn?« Ein deutlich zu hörender Schrecken: »Was mit Oma?«

»Nein, nein, Oma geht es gut. Zumindest, soweit ich weiß.«

»Aber wo musst du denn hin, und warum?«

David atmet tief durch. Er hat seinen Sohn noch nie versetzt, und er hat seinen Sohn noch nie belogen. Ihn nicht. Außer bei dieser Sache mit dem Christkind, gegen die er von Anfang an gewesen war, aber Carine bestand nun einmal auf diesem sentimentalen Schwachsinn …

»Es ist etwas passiert, was ich dringend in Ordnung bringen muss. Ich kann dir jetzt leider noch nicht sagen, worum es geht. Aber wenn ich es in Ordnung gebracht habe, erfährst du es als Erster. Das verspreche ich dir.«

»Sagst du mir wenigstens, wo du bist?«

»Das geht leider auch nicht.«

»Aber wann wird denn alles wieder in Ordnung sein?«

»Spätestens in ein paar Tagen.«

»Sicher?«

»Ja.«

Da: eine Lüge. Aber Gewissheit wird der Junge in ein paar Tagen bestimmt haben – egal, in welcher Form. Mehr kann er ihm momentan einfach nicht bieten.

»Aber«, stellt Jakob fest, »dann sehe ich dich vor den Ferien nicht mehr.«

»Aber in den Ferien!«

»Fahren wir denn auf jeden Fall?«

»Ist doch schon alles gebucht!« Und tatsächlich gelingt David ein Lachen, ein ungläubiges, das sagt: Wo denkst du hin! Obwohl ihm dabei flau wird unter dem Zwerchfell, obwohl ein Knoten in seinem Hals gefährlich anschwillt. Sie verabschieden sich, ein vorfreudvoller Abschied, nach dem das Telefon wieder ausgeschaltet wird und die sie umgebende Blechlawine noch unentrinnbarer scheint als ohnehin schon.

Einen Menschen gäbe es noch, den zu sprechen ihm jetzt gerade mehr als alles andere auf der Welt bedeuten würde. Aber Nellie, das weiß er von ihrem letzten Telefonat, befindet sich in diesem Moment höchstwahrscheinlich irgendwo über dem Atlantik. Welche Vorstellung, dass er ihr als Nächstes womöglich bewacht zwischen Betonwänden gegenüber sitzen wird, sie noch in Uniform, frisch herein geeilt vom Flugplatz und die Brauen in ihrer so unnachahmlichen Manier hochziehend: Was machst du für'n Scheiß, Brüderchen?

Er erstickt fast an der Mühe, sich gegen die Verzweiflung zu stemmen. Dabei wäre es vielleicht gar nicht schlecht, wenn die Puppe ihn weinen sähe. So etwas kann große Fürsorge bei Frauen auslösen – einen weinenden Mann werden sie immer für einen guten Mann halten, ganz gleich, was er angerichtet hat. Wenn er weint, wird er nichts dafür gekonnt haben. Und sie werden ihm helfen müssen, egal wobei.

Aber er weint nicht. Nicht hier. Nicht jetzt. Alle Interaktionen mit diesem Mädchen müssen förmlich bleiben. Wenigstens diesen letzten Rest Vernunft muss seine Welt behalten, auch wenn sie längst in Scherben liegt.

DREI

T ja. Da sind wir nun.

Tereza antwortet nicht. Sie starrt in das winzige Hotelzimmer hinein, ohne wirklich zu verstehen, was sie sieht. Dabei hat sie den Ort sogar ausgesucht – beziehungsweise, der Revolverheld hat sie, als klar wurde, dass sie ihr Ziel keinesfalls bis zum Abend erreichen würden, in diesen Kurort fahren lassen, auf der schmucken Hauptstraße den Kopf hin- und her gewendet und sich schließlich mit den Worten: Was weiß ich ... suchen Sie sich eins aus, in den Beifahrersitz zurücksinken lassen.

Kurz war da wieder Panik, weil sie nicht verstand, was er meinte, ihn in seiner beständig köchelnden Wut aber auch nicht fragen mochte. Doch dann wurde ihr klar, dass sich auf jeder Seite der Straße ein kleines Hotel befand. Die Ungeheuerlichkeit, die seine Worte bedeuteten, ignorierend, hat sie einfach das rechte angesteuert, geparkt, von den Lebensmitteln mitgenommen, was er sie anwies mitzunehmen (diesmal trägt doch er die Hauptlast, nicht zuletzt Terezas Tasche) und ist vor ihm her zur Rezeption gegangen.

Vor ihm her. Immer vor ihm her.

Dennoch sind ihr die Blicke nicht entgangen, mit denen er die Rezeptionistin durchbohrte, während diese seinen Ausweis prüfte (und Terezas Kreditkarte einlas). Doch die zeigte auf das, was sie sah, dieselbe gleichmütige Reaktion wie auf Terezas Angaben, und reichte ihnen mit unverbindlichem Lächeln den Zimmerschlüssel.

Einen.

Mit dem schließt der Mann nun die Zimmertür ab, und steckt das klimpernde Ding in seine Ledermappe. Welche er gleich darauf auf dem Nachttischchen der Wandseite des Doppelbetts abstellt.

Da will er also schlafen. Allen Ernstes. Und sie

Im nächsten Moment greift er nach einer der Bettdecken und zieht sie aus ihrem Bezug. Die Füllung breitet er neben dem Bett auf dem Boden aus, den Bezug drapiert er säuberlich darüber. Über alles legt er an einem Ende ein Kopfkissen, die Ledertasche darunter verstauend. Tereza muss an sich halten, nicht vor Erleichterung laut aufzuseufzen. Eine Sekunde später aber bereitet ihr wieder das Lächeln Unbehagen, mit dem er zu ihr aufblickt: »Ich weiß schließlich, was sich gehört.«

Das ist fast flirty, blöd jedenfalls irgendwie, hier, so, und sie marschiert trotzig an ihm vorbei, um ihre Tasche auf der nun leeren Seite des Bettes abzustellen und sich danebenzusetzen. Er beobachtet das, wiegt ein wenig den Kopf und merkt an: Nachher werden Sie die Seiten tauschen müssen. Also näher bei mir schlafen, meine ich.

Sie nickt stumm.

Und Ihre Freundin benachrichtigen, dass Sie sich verspäten.

Tereza nimmt das Telefon heraus, wählt, wartet. Legt auf.

Nicht einmal eine Nachricht hinterlassen?, wundert sich der Mann.

Sie weiß noch gar nicht, murmelt Tereza, dass ich komme.

Was?, rutscht ihm ein kleines Lachen heraus.

Ich hab das doch ganz spontan entschieden. Bisher konnte ich sie noch nicht erreichen.

Und da haben Sie sich trotzdem eine Fahrkarte gekauft und

Mit meiner Freundin geht sowas. Ich fahre einfach hin; wenn sie da ist, freut sie sich. Wenn nicht, weiß ich, wo der Schlüssel liegt.

Der Mann schweigt. Mittlerweile lehnt er ihr gegenüber an dem winzigen Schreibtisch. Sie linst kurz zu ihm hoch: Er betrachtet sie. Misstrauisch. Fragt sich vielleicht, ob er ihr das so glauben kann, oder ob er sich ihr doch zu sehr ausgeliefert hat, indem er ihr die Wahl der Route überließ.

Sie kann es nicht erraten, und sie kann ihn nicht überzeugen. Sollte er seine Entscheidung bereuen, wird er ohnehin eine neue treffen, und das erfährt sie dann früh genug.

Eine Sache will sie aber jetzt von ihm haben: Meinen Freund, sagt sie; meinen Freund würde ich gerne auch noch anrufen.

Freund. Die Augen des Verrückten werden schmal: Von dem haben Sie noch gar nicht gesprochen. Wird der Sie suchen?

Nicht, wenn ich regelmäßig Kontakt zu ihm halte, entgegnet sie und verschließt ihr Gesicht, so gut es geht.

Da haben Sie wohl recht, gibt er zu.

Aber auch Jaron nimmt nicht ab. Per Sprachnachricht Verabredungen abzusagen, findet sie nicht gut, also bittet sie ihn, sie zurückzurufen, und legt auf.

Der Fremde streckt die Hand aus. Sie legt ihr Telefon hinein.

Er blickt noch einen Moment nachdenklich darauf und murmelt: Jetzt müssen wir es also anlassen. Sie nickt. Sieht vor sich die Uferpromenade, auf der sie und Jaron sich hätten treffen sollen. Zum ersten Mal in diesem Jahr hätte sie dafür ihr liebstes Sommerkleid angezogen. Fast schon schmeckt sie eine Kugel Mohn-Sahne aus der *Eisfaktur*, zu der sie Jaron führen wollte, weil er die erstaunlicherweise noch nicht kennt – da stellt der Irre eine Frage, die ihr fast raubt, was ihr an Fassung noch geblieben ist: Möchten Sie duschen?

***

Natürlich haben sie keine Klimaanlage in dieser Absteige. Er öffnet alle Fenster weit – sie wird kaum aus dem zweiten Stock springen wollen – und lehnt sich mit dem Rücken hinaus in die Nacht.

Der Lärm der Hauptstraße beruhigt ihn. Er gibt der Situation etwas Gewöhnliches, nicht weiter Bemerkenswertes, und Gewöhnlichkeit ist das, wonach David sich zum ersten Mal in seinem Leben sehnt. Ständig jemandem ausgesetzt zu sein, die jede seiner Handlungen als merkwürdig und bedrohlich empfindet, zehrt mehr als er dachte an seinem Gemüt. Wie oft hat er Flugträume gehabt als Kind (und nicht nur im Schlaf); und auch später, in nicht einmal unangenehmen Situationen, war da oft ein Reißen in ihm, über den Alltag hinaus zu wachsen, über diesen Jedermann hinaus – denn ein Jedermann war und blieb er, auch als Freiberufler ist man mittlerweile einer, auch und gerade dann, wenn man die wilden Band-Träume seiner Jugend noch ein paar Jahre über die Volljährigkeit hinaus retten konnte ... War es am Ende doch nichts weiter als Mangel an Originalität, seine Frau zu betrügen? Damals wäre ihm alles

willkommen gewesen, was ihn aus diesem pastellfarbenen Doppelhaus-
hälften-Dämmer gerissen und zu etwas wirklich Riskantem gezwungen
hätte. Jetzt steckt in seinem Gürtel eine Pistole

die er einzusetzen wüsste

~~die er eingesetzt hat~~

und er versucht sie

selbst zu ignorieren, damit auch das Mädchen sie vergisst, damit er sich
selbst durch ihre Augen nicht ständig als einen Kriminellen betrachten
muss.

Ein Krimineller ist er nicht.

Er hat eben schießen gelernt als junger Mann, wie zu seiner Zeit noch
die meisten. Nicht mit einem Ding wie diesem natürlich. Es hat nichts
zu tun mit ihm, nur versichern soll es ihn, dass die Puppe nichts Unüber-
legtes tut, nichts, was sie beide teuer zu stehen käme. Im Grunde trägt er
es also auch zu ihrem Schutz.

Aber deswegen hat sie Angst vor ihm, und das zermalmt ihn innerlich.
Macht ihn auch wütend von Zeit zu Zeit. Er kennt diese Angst, meint sie
zumindest zu kennen von

von

Das irritiert ihn so sehr, dass er ihr gegenüber immer einen etwas zu
eindringlichen Ton benutzt, immer ein wenig zu kontrolliert-aggressiv,
als hätte er es mit einem gefährlichen Tier zu tun. Ein wenig erinnert
es ihn an manche Unterrichtsstunden. Er hat seine Sache gut gemacht
dieses erste Jahr, aber in jeder Klasse – das ist nun ein Gemeinplatz –
gibt es diese zwei, drei Psychopathen, die dafür sorgen können, dass eine
an sich harmonische Stunde einem plötzlich um die Ohren fliegt. Diese
zehn Prozent (von einer Soziologin hat er gehört, dass es in jeder Gruppe
nur zehn Prozent wirklich Aggressiver gibt, die unter Umständen aber
die ganze Herde zu einem Amoklauf bringen können – die Genozide
aller Orte und Zeiten lassen grüßen) kann David immer und überall auf
den ersten Blick identifizieren. Die hat er direkt auseinandergesetzt, auch
wenn sie noch so empört »Was habe ich denn gemacht?« riefen. Noch
mehr murrten sie natürlich, wenn sie erfuhren, dass sie den Platz neben

ihrem Spezi gegen den neben dem Klassen-Omega tauschen sollten – denn auch den (oder die) erkannte David innerhalb von Sekunden.

»Ist es Ihnen unangenehm, neben Ihrem Mitschüler XY zu sitzen?«, fragte er dann freundlich, worauf die meisten genervt aufgaben. Wenn doch mal jemand mit »Ja!« antwortete, bat David ihn (oder sie), nach vorne zu kommen und der ganzen Klasse zu erklären, was genau denn so unangenehm an MitschülerIn XY sei. Und das hatte bisher noch niemand getan. Man befand sich halt doch am Gymnasium.

Der Trick besteht darin, solche Maßnahmen zu ergreifen, *bevor* ein Kandidat ernsthaft zu stören beginnt. Das Gefühl zu vermitteln, dem Lehrer könne jederzeit alles Mögliche einfallen, ohne dass man je den Grund dafür erfährt. Nichts regt die Selbstreflexion schließlich mehr an als Verwirrung.

Dachte er bisher zumindest.

Er seufzt und lässt sich in eine halb entspannte Freundlichkeit gleiten: Zu dumm, sagt er. Es gibt gar kein richtiges Abendessen. Aber die Kirschen sehen gut aus, und vielleicht möchten Sie ein Stück Schokolade? Unbestimmtes Kopfschütteln. Oder duschen, fragt er, ohne zu überlegen, möchten Sie duschen? – einfach nur, weil seine eigene Haut nach Kühle nur so brüllt. Erst, als die Puppe ihn schockstarr ansieht, wird ihm klar, wonach sich das für sie angehört haben muss. Er schließt kurz die Augen und bestätigt: Ja, natürlich werde ich daneben stehen müssen – *neben* der Kabine. Außerhalb. Ich dachte nur, Sie würden sich vielleicht über eine Erfrischung freuen.

Sie nickt; langsam, wie hypnotisiert; als könne sie nicht fassen, was er von sich gibt.

Er kann es hören, dieses Nicken. In die Luft schreibt es, dass es nur so langsam ausfällt, um ihn nicht nervös zu machen, um mit daran zu arbeiten, dass nach dieser Nacht schon alles vorbei ist und sie in Sicherheit, im Haus ihrer Eltern, ihrer Freundin, ihres Freundes – an jedem Ort der Welt, der außerhalb von Davids Reichweite liegt. Unsinnigerweise fühlt er sich leicht gekränkt dadurch. Erst in ihren Augen scheint alles, was er tut, schäbig zu werden.

Er steht seitlich zu ihr, während sie sich auszieht. Strengt sich an, erkennbar geradeaus zu starren und gleichzeitig den Rand seines Sichtfeldes klar zu halten. Soweit er es mitbekommt, vollführt sie ein paar erstaunlich akrobatische Wendungen, um fast übergangslos von ihrer Kleidung ins Badetuch zu schlüpfen.

Dann ist sie endlich in der Kabine und er bemerkt verärgert, dass sein Atem erst jetzt wieder normal einsetzt.

Eine sich ausziehende Frau ihm Blick behalten und sich gleichzeitig abmühen, sie nicht wirklich zu sehen. Wann ist er sich das letzte Mal so bescheuert vorgekommen?

***

»René? René wach auf, ich will nach Hause.«

Warum ist es so still? Auf einer Party, meint er, war er doch. Müsste er sein. Aber wenn nicht nur er, sondern auch eine Party hier ist – wo ist dann die Musik? Das Licht ist gedämpft, ja, das stimmt schon mal. Sonst keine Information außer einem Gewirr aus Düften: würzig, süß, scharf und modrig. Ist er hier etwa alleine? Und was kriecht ihm da den Nacken herauf, welche Angst, welches auf keinen Fall anzuschauende Bild?

Eine Hand gleitet um seine Schultern, ein Kuss über seine Wange; süßes Parfum rieselt aus einem Vorhang seidiger Haare auf ihn herab. Er greift nach diesem Rettungsring, der lächelnd auf ihn niedergeht, küsst, umfängt, friert dann plötzlich, als Mia sich wieder aufrichtet: »Hey, wir sind noch nicht ganz allein.«

»Na und«, murmelt er und tastet sich in ihre Jeans. Sie springt auf und zieht ihn am Arm in den Stand: »Komm schon, lass uns gehen. Leere Partyräume sind doch deprimierend.«

Aus einer Ecke tönt die Stimme von Max: »Ja, genau. Lasst mich bloß alleine mit der Sauerei hier.«

»Hey tut mir leid, Max«, sagt Mia. »Wir nehmen schon mal den Stapel hier in die Küche mit, ja? Aber René – ganz ehrlich, ich glaube, der …«

»War doch nur ein Witz«, wehrt Max ab. »Glaubst du, mich interessiert, wie's hier aussieht? Wir kommen doch gerade alle nicht klar. Werden meine Eltern auch verstehen.«

Schwer gelangt René in den Stand, greift nach seiner Tasche und schaut auf sein Telefon: nicht mal ein Uhr.

»Tut mir leid«, sagt er. »Parties von Freunden crashe ich normalerweise nicht.«

»Spinnst du?« Auf Max' Stirn bildet sich eine senkrechte Falte. »Ich bin froh, dass alle weg sind. Ich meine – ihr natürlich nicht, aber …«

»Lass gut sein.«

Max wischt sich in seiner Ratlosigkeit die Augen und nimmt dankbar den Schlauch an, den ihm sein Bruder herüberreicht.

»Macht euch noch 'nen schönen Abend oder Morgen oder was auch immer, ihr zwei. Was anderes bleibt uns im Moment nicht übrig.«

René nickt abwesend.

»Die finden den Bastard«, lässt sich jetzt Zehra aus dem Nebel vernehmen. »Keine Sorge, René. Der kommt damit nicht durch. Klar macht das Ben nicht wieder lebendig, aber …«

»Was soll dann das Gelaber?!« Er hat sie nicht verletzen wollen, aber er hört sich selbst im Moment immer mit einer Sekunde Verzögerung, wie ihm scheint. Alles ist zu schnell für ihn, wer soll da noch mitkommen.

Zehra seufzt nur und macht sich daran, Pappteller einzusammeln. Als sie einen umgefallenen Sessel aufrichten will, versucht René ihr hastig zu helfen, doch er hat nicht richtig hingesehen, oder hingegriffen oder was auch immer, jedenfalls liegt der Sessel im nächsten Moment wieder am Boden und Zehra reibt sich das Knie.

»Das tut mir leid«, stammelt er, »ich weiß nicht …«

»Ich weiß es doch auch nicht«, knurrt Zehra und scheint jegliches Interesse am Aufräumen zu verlieren.

»Jetzt lass mal gut sein«. Woher da plötzlich Max' Hand auf seine Schulter kommt, sagt ihm leider niemand. »Ich hab morgen noch den ganzen Tag Zeit für das Elend hier. Kannst gerne vorbeikommen, wenn dir gar nichts anderes einfällt. Aber jetzt geh endlich schlafen, Mann.«

Mia legt ihm den Arm um die Schultern und zieht ihn mit hinaus, während sie sich verabschiedet. Schweigend treten sie durch die Haustür, hinaus in die totenstillen Straßen; gehen langsam zurück in die Richtung, in die es ihn noch nie gezogen hat.

***

Mag sein, dass das für sie eine Demütigung bedeutet. Aber wie idiotisch fühlt er selbst sich, als er diese Dinger hervorkramt. Sonja hat wirklich ein Rad ab. Ein so albernes Geburtstagsgeschenk konnte auch nur ihr einfallen. Rein zufällig hat er die Teile vorhin im Kofferraum wiederentdeckt und kurz daran gedacht, wenigstens den geschmacklosen Kunstpelz zu entfernen. Aber schließlich soll das Mädchen nicht behaupten können, er hätte nichts getan, um ihr Schmerzen zu ersparen. Also übergeht er die Pein, die es ihm bedeutet, als erwachsener Mensch mit rosa Plüschhandschellen in der Hand vor einer Fremden zu stehen, und sagt einfach: Das wird jetzt wieder unangenehm. Aber wenn ich nur eine ihrer Hände am Bettrahmen befestige, können Sie sogar einigermaßen liegen.

Sie scheint beschlossen zu haben, nur noch die notwendigsten Reaktionen zu zeigen. Stumm hält sie ihre Hand hin, er murmelt: Haben Sie alles für die Nacht? und schließt sie fest. Sorgen, dass sie den Mechanismus überlisten könnte, macht er sich nicht. Er hat noch deutlich Sonjas Sirren im Ohr: Man muss nur in die richtigen Läden gehen. Echte Polizeihandschellen, sogar in der Anfängerversion. Ohne Schlüssel geht da gar nichts. Du wirst mit mir machen können, was du willst …

Ein paarmal hat er ihr den Gefallen getan. Dann hat er sie gebeten, es einfach zu vergessen. Mag sein, dass es andere erregt, sich mit »Herr« anreden zu lassen und so zu tun, als müssten sie sich eine Frau, die sich nachweislich freiwillig in ihre Gesellschaft begeben hat, erst »erziehen«, bevor sie mit ihr anstellen, was ohnehin beide wollen. Ihm selbst hatte das zu viel von Zirkus, und damit kann er nicht einmal außerhalb des Schlafzimmers etwas anfangen.

Aber dies, denkt er und müht sich ab, vor Scham nicht das Gesicht zu verziehen, steht dem in nichts nach. Auch wenn diese Frau sich nachweislich nicht freiwillig in seiner Gesellschaft befindet, auch wenn er einiges zu befürchten hätte, käme sie aus diesem Zimmer heraus – das Klicken des winzigen Schlosses erscheint so grotesk an diesem Ort jenseits aller Polizeiserien, die er an Spektakularität so gnadenlos unter-, an Beklommenheit so gnadenlos überbietet, dass David zusammenzuckt. Kaum merklich, so hofft er, aber doch zusammenzuckt.

So kann er dieses abgeschmackte Tableau nicht stehen lassen. Er richtet sich auf, räuspert sich – aber ihm fällt nichts Besseres ein als: Ich … finde das selber blöd. Ich hoffe, Sie glauben mir das – wenn nicht jetzt, dann später. Und dass Sie einigermaßen schlafen können.

Er verzichtet darauf, ihre Reaktion abzuwarten – falls denn eine kommt. Steckt nur den kleinen Schlüssel in seine Hosentasche. Dann kann er endlich selbst duschen gehen.

***

Jetzt weint sie nicht. Jetzt, wo viel eher die Gelegenheit dazu wäre, als vorhin im Auto. Sie ist auch aus der Übung, fällt ihr auf, spätestens in der Grundschule hat sie mit Weinen aufgehört. Vor anderen sowieso, aber nach und nach auch alleine. Ein Weinen, das bei niemandem Gehör findet, was hätte das geholfen? Hinterher wären da nur Kopfschmerzen und eine Leere, in der die sogenannten Mitmenschen ihre Garstigkeiten umso einfacher verewigen könnten. Ein solches Nachgeben wäre weder in Terezas Elternhaus noch in der Schule ratsam gewesen. Auch jetzt wird sie es sich nicht leisten, gerade wenn er etwas wirklich Scheußliches vorhaben – oder im Gegenteil: Selbst wenn er voll bekleidet aus der Dusche zurückkehren sollte, den abgezogenen Deckenbezug bis zum Kinn hochziehen und sich zum zwanzigsten Mal für all die Unannehmlichkeiten entschuldigen sollte: Selbst dann wird ihr zwar immer noch nichts wirklich Schlimmes passiert, sie aber genauso wenig in Sicherheit sein. Und weinen, begreift sie, geht eigentlich nur in Sicherheit.

Warum nur ist dafür ausgerechnet an der Tankstelle, vor diesem Kriminellen, dessen Pläne sie immer noch nicht kennt, der Damm gebrochen? Und starren jetzt, wo zumindest sein Blick sie kurz nicht erreicht, ihre trockenen Augen nur die Decke an? Um diese Zeit wollte sie bei Kathi sein, und *dort* wollte sie sich ausweinen, all die vergeblichen Anstrengungen der letzten Jahre herausschwemmen und dann ein paar Tage nutzlos auf dem grünen Kanapee (Kathi sagt niemals »Sofa«) vor sich hindämmern, sich bekochen lassen, artig abspülen und sich dann wieder hinlegen. Und endlich, wenn nichts mehr von ihr übrig wäre, hinausgehen mit dem letzten, dem endgültigen Plan für ihr Leben.

Aber das Zugticket, das sie in dieses Krisen-Idyll bringen sollte, musste sie verfallen lassen, um stattdessen einen Verrückten durch die Gegend zu kutschieren – der sie allerdings das Ziel der Reise bestimmen lässt, immerhin. Nur, ob sie heil bei Kathi ankommen, ob er nicht seine Meinung noch ändert, was passiert, wenn sie endlich da sind – es gibt so viele grauenhafte Möglichkeiten, dass ihr diese Entscheidungsgewalt nicht das Geringste nützt.

Was für eine Verantwortungslosigkeit überhaupt, die alte Freundin mit in diese Geschichte zu ziehen. Doch als sie mittags ohne zu überlegen die eine, ihr seit Urzeiten vertraute Auffahrt genommen hat, wusste sie nur eines: Dass sie heute zu dem einzigen Zweck aufgebrochen war, in dem geduckten Häuschen in der Heide Zuflucht zu suchen, und der Typ neben ihr keine Ahnung hatte, wohin. Warum also nicht. Wenn sie einmal dort sind, verschwindet er vielleicht wirklich, auf irgendeine Insel oder sonst wohin, was interessiert es sie. Dort im Nirgendwo, wo keiner ihn kennt und niemand ihn vermuten wird, hört er vielleicht auf, sie als Risiko zu betrachten, da sie bereit ist, zu vergessen. Wie schön wäre das. Im Moment allerdings wäre sie schon dankbar, nur den nächsten Morgen erleben zu dürfen. Denken die Leute an dieses Gefühl, wenn sie von der *Nacht ohne Morgen* sprechen? An ein fremdes Bett gefesselt zu sein und nicht zu wissen, ob der Unbekannte eine Tür weiter das ausnutzen wird oder nicht?

Sie zuckt zusammen, als von ihrer Tasche her ein durchdringendes Klingeln zu hören ist. Japst und richtet sich halbherzig auf. Er wird sie nicht hören durch den Duschlärm, und sollte sie mit lautem Rufen auf sich aufmerksam machen, könnte das böse ausgehen. Es bleibt nur eins:

aufstehen und versuchen, das Bett in Richtung der Tasche zu schieben, ohne allerdings allzu viel Lärm zu verursachen.

Es geht. Aber langsam. Dies ist nicht die stabilste Konstruktion, aber sperrig genug. Mit der gefesselten Hand umklammert Tereza den Bettpfosten, die andere streckt sie verzweifelt nach der Tasche aus. Viermal hat das Telefon bereits geläutet. Noch ein paarmal ruckeln – der Teppich schlägt Falten, ihre Bewegung gerät ins Stocken – der Ton verstummt. Ächzend lässt sie sich auf die Matratze sinken. Jaron ist nur drei Schritte von ihr entfernt und sie kann ihm nicht einmal eine gute Nacht wünschen.

Sie könnte jetzt die Teppichfalten glätten, sich doch noch zum Telefon vorarbeiten und ihren Freund zurückrufen. Aber wenn der Revolverheld sieht, dass er sie trotz allem nicht ganz unter Kontrolle hat – flippt er dann aus? Und macht sie doch mit beiden Händen fest, sodass die Nacht eine noch schlimmere wird als ohnehin schon? Und morgen? Wird er ihr noch freundlich Obst und Süßigkeiten anbieten, wenn er sich ihrer nicht einigermaßen sicher ist?

Tereza steht auf. Noch immer ist das Rauschen aus dem kleinen Bad zu hören. Sie zieht mit einem Fuß die Verwerfungen hinter dem Bett glatt und macht sich an den Rückbau ihrer kleinen Umräumaktion.

***

Jetzt weint er. Wie er seit seiner Kindheit nicht mehr geweint hat, auch in der schlimmsten Zeit mit – oder besser: ohne – Carine nicht. Beide Hände vor, eigentlich schon fast *in* den Augen, die Finger verkrampft, der Oberkörper ein einziges Schütteln. Mit dem eigentlichen Duschen ist er längst fertig, das Wasser lässt er nur zur Tarnung noch laufen.

Seinen Jungen wird er nicht wiedersehen. Jetzt nicht mehr. All die Kämpfe, das Hin und Her mit dem Jugendamt, und dann letztes Jahr endlich, endlich diese Gelegenheit an Jakobs Schule – ihn jeden Tag sehen, und der Kleine endlich alt genug, um zu sagen: so, heute Nachmittag will ich aber bei Papa sein. Dafür hat er die undankbare Übersetzerei gerne sausen lassen. Und jetzt das alles vorbei, vorbei, weil …

Weil eben ins Gefängnis kommt, wer sich nebst Waffe im selben Raum wie ein erschossener Jugendlicher befunden hat. So fraglich auch sein mag, wer außer der Mutter besagtem Jugendlichen hinterher weinen sollte. So wenig er sich erinnern kann, geschossen zu haben, geschossen auf einen Menschen, egal welchen. Schießen kann er, und nicht einmal schlecht, aber auf Menschen nie, nicht einmal auf Tiere. Hobbyjäger hat er Zeit seines Lebens verachtet – aus dem sicheren Versteck heraus, ohne auch nur einen schnelleren Puls zu riskieren, und sich dann Trophäen über den Kamin hängen; jämmerlich. Vor ein paar Jahren ist er hin und wieder noch in einen Schießstand gegangen, aber dabei ging es ihm nur um die Herausforderung der Präzision, um diese kurze Leere im Kopf. Die Verdichtung der ganzen bescheuerten Welt auf einen Punkt. Sicher auch hin und wieder darum, Aggressionen zu kanalisieren. Durchaus wird da zwischendurch das eine oder andere Gesicht über der Zielscheibe geklebt haben (meistens nur das eine), aber das reichte eben schon, um die Hitze loszuwerden und wieder ins Denken und Handeln zu kommen.

Er kann nicht geschossen haben heute Mittag, ganz unmöglich. Aber wer wird ihm das glauben? Sein Junge vielleicht, ja, bestimmt sein Junge. Und? Was soll das während kurzer Gefängnisbesuche nützen?

Aber ins Gefängnis kann er nicht gehen, nicht so, nicht, wenn er selbst der Einzige ist, der nicht weiß, warum.

Also fort, bis sich das ändert? Das schien zumindest heute Mittag die einzige Möglichkeit. Doch wie soll er das Kind von diesem »fort« aus erreichen, ohne direkt gefunden zu werden?

Mit einem letzten kalten Guss ödet er die Tränenflut ein, dann steigt er aus dieser halben Wanne, nimmt seine Kleider aus der Seifenlauge im Waschbecken, spült sie und hängt sie zum Fenster hinaus. Er raucht eine der mitgebrachten Zigaretten in die warme Nachtluft, die ihn und die beiden Stofffetzen langsam trocknen lässt. Den dunklen Himmel zu betrachten, wirkt erholsam.

Als sie sich dem Ortsschild näherten, hat er die Augen geschlossen. Irgendwo verschwunden und dennoch die Situation halbwegs unter Kontrolle; das gefällt ihm. Auch, keine Antworten mehr geben zu müssen. Nur dafür zu sorgen, dass ihm das Ganze nicht völlig entgleitet, und ansonsten: machen lassen. Angenehm. Wie lange ist es her, dass er nicht wie am Schnürchen hat funktionieren müssen?

Auf der Ablage unter dem Spiegel beginnt sein Telefon zu summen. Etwas sticht ihn in die Magengegend: die ungute Gewissheit, dass er sich in diesem Moment irgendwo anders befinden müsste.

»Wo bist du, Alter?«, hört er Paul aus irgendeinem Lärm rufen. »Ich warte seit einer halben Stunde auf dich.«

»Paul.« Die Stimme versagt ihm fast.

»Was ist los?«, fährt der Freund fort. »Sowas ist doch sonst nicht deine Art. Ist was passiert?«

Warum nur ist er ans Telefon gegangen. Aber vielleicht ist es besser, dass er Paul für die nächsten Tage noch eine Erklärung liefert. Zeit. Das Kostbarste, was er im Moment besitzt.

»Oh Mann, das ist mir jetzt unangenehm. Weißt du, mir war übel und da habe ich mich hingelegt … und verschlafen.«

»Na, und jetzt? Kommst du noch?«

»Nee lieber nicht, so leid es mir tut. Aber meine Beine sind irgend-wie … komisch.«

Das ist nicht einmal gelogen. Unglaublich, wie anstrengend ein solcher Heulkrampf sein kann. Nichts zum Angewöhnen.

»Hey«, fragt Paul, und die Geräusche im Hintergrund klingen ge-dämpfter; als habe er einen ruhigeren Ort aufgesucht: »Hast du dir in der Eisdiele Salmonellen geholt?«

»Keine Ahnung …«

»Ruf auf jeden Fall an, falls es schlimmer wird. Wo ist denn Jakob?«

»So schlimm ist es nun auch wieder nicht. Und Jakob wäre sowieso nur am Nachmittag bei mir gewesen …«

»Wäre gewesen? Wieso, hat Carine wieder …«

»Nein, war! War gewesen, bei mir – entschuldige Mann, aber ich lege mich lieber wieder hin.«

»Klingt so. Dann mach's gut, und sag Bescheid, wenn irgendwas ist, ja?«

Irgendwas ist, oh ja, Paul, nie ist da mehr gewesen, wobei deine Freund-schaft dringender gebraucht worden wäre. Aber davon werden dir andere erzählen, später. Was man alles verliert in ein paar Sekunden. Die Sorglosigkeit eines vertrunkenen Abends mit einem zuverlässigen Freund. Nie wieder.

Vielleicht sollte er zur Sicherheit noch Sonja anrufen. Aber eigentlich kontaktieren sie einander nur, um sich zu verabreden, und das werden sie nicht mehr tun. Womöglich weiß sie schon recht bald, warum.

Merkwürdig, wie wenig sie ihm nachgeht. Aber darauf scheinen sie beide es von Beginn angelegt zu haben. In zwei Monaten hat er über sie nicht viel mehr erfahren als ihren Namen und ihre Hobbys. Jetzt ist er sehr dankbar dafür.

Er stellt das Telefon aus. Die Meldung auf dem Display, dass da noch mehr Anrufe und Sprachnachrichten eingegangen sind, gleitet sachte an seinem Bewusstsein vorbei. Nebenan liegt der einzige Mensch, mit dem er in nächster Zeit noch mehr als zwei Sätze am Stück wird wechseln können. Nur, dass sie beide nicht viel davon haben … und es wohl auch nicht wollen werden.

***

»Zu dir?«, fragt Mia überrascht, als sie fast beim Bungalow seiner Eltern angelangt sind. Er schließt in einem Anflug von Überforderung kurz die Augen: »Hey, das hab ich verpennt. Wieso sagst du nichts?«

»Was soll ich denn sagen jetzt?«

»Ich weiß nicht, ich …« Hat er die Stimme erhoben? Hat er Mia von sich gestoßen, oder warum steht sie auf einmal so weit weg von ihm? Ob ihre Augen dunkler aussehen als sonst, kann er bei diesen Lichtverhältnissen nicht entscheiden. Jedenfalls sieht sie ihn an, wie sie ihn noch nie angesehen hat: nicht zornig oder ungeduldig, sondern ruhig, abwägend; mit schräg gelegtem Kopf, die Augen weit offen, der Rest des Gesichts verschlossen. Fast unerträglich, findet er.

Ihre Stimme hat einen ungewohnten Klang, als sie wieder spricht. »Du kannst einfach sagen, dass du alleine sein willst. Ist doch verständlich.«

»Was hab ich denn jetzt schon wieder – das habe ich nicht gemeint!«

»Doch, hast du.« Sie stellt sich vor ihm auf die Zehenspitzen und drückt ihm einen Kuss auf die Wange, als wäre er ihr kleiner Bruder. »Wir sehen uns morgen. Schlaf dich erst mal aus. Und ruf mich an, wenn du reden willst.«

So kann er sie nicht gehen lassen, in dieser unverbindlichen Fürsorglichkeit, die gehört nicht zwischen sie beide. Schnell greift er sie im Nacken und drückt sie an sich. »Du tust mir weh«, ächzt sie, »René – hey, René!«

Vielleicht aber hat sie auch gar nichts gesagt, nichts scheint mehr sicher seit ein paar Stunden. Nur, dass er sie jetzt nicht gehen lassen kann. »Komm mit«, murmelt er.

»Damit deine Mutter wieder Amok läuft?«

»Scheiß doch auf die.«

»Nein René – nein«, und ihre Hände greifen mit überraschender Kraft die seinen, um sie ihm zurückzugeben, »du bist mir zu strange jetzt. Morgen treffen wir uns, ja, und bleiben von mir aus den ganzen Tag zusammen. Aber erst mal musst du ein bisschen klarkommen, und dafür musst du schlafen.«

»Kann ich nicht«, murmelt René. »Kann ich jetzt doch nicht.«

Die Nacht ist so hart und kalt; war es vorhin nicht Sommer?

Noch immer ruhen Augen auf ihm – Mias Augen, keine anderen. So viel ist immerhin klar. Endlich spricht sie wieder: »Ja, das ist scheiße, jetzt alleine da reingehen. Ich komme mit, ja? Ich komme mit und bleibe, bis du schläfst. Denn du wirst schlafen, René. Du bist vorhin schon fast im Stehen eingepennt. Ich komme mit, damit du nicht alleine bist mit … diesem ganzen … und wenn du eingeschlafen bist, gehe ich wieder.«

Er braucht einen Moment, um zu begreifen, was sie sagt; dann schüttelt er den Kopf: »Nein. Ich will nicht, dass du da neben dem Bett sitzt, und nicht bei mir – nein. Das will ich nicht.«

»Warum nicht?«

Ein Gedanke kommt ihm: Wie oft sie ihn neckt, weil er im Schlaf spricht. Aber das sagt er nicht. Stattdessen geht er auf sie zu, umarmt sie noch einmal, und diesmal umarmt sie zurück. Das lässt etwas aufbrechen in ihm, und plötzlich ist er es, der sich zitternd von Mia löst.

»Ich glaube, es geht«, sagt er. »Jetzt kann ich schlafen.«

Sie drückt seine Hände, küsst ihn noch einmal, huscht dann zwischen den Schatten davon. Mit ungeheurem Glück findet er den Weg die kleine Auffahrt hinauf und den Schlüssel in seiner Tasche.

Es gelingt ihm, bis zu seinem Bett zu schlurfen und sich darauf niederzulassen, bevor die Stille ihn in die Knie zwingen kann. Er ist froh, auf Anhieb in ein stabiles Sitzen gefallen zu sein. Sich hinzulegen, wagt er nicht. Alles würde sich sofort drehen, da ist er sicher. Lieber lässt er seinen Blick sich in der immer poröser werdenden Dunkelheit verlieren.

∗∗∗

Wehe, er lässt sie nicht in Ruhe. Was genau sie dann täte, kann sie in ihrer unvorteilhaften Lage nicht wissen; aber leicht würde sie es ihm nicht machen.

Jetzt erst sieht sie, wie dünn er wirklich ist. Er trägt nur ein Handtuch um die Lenden und konzentriert sich völlig auf die Bilder im Fernseher, den er lautlos gestellt hat. Beim Ausatmen spannt sich die Haut gefährlich über seine Rippen. Ihr scheint, dass sich seit dem Morgen, wo er noch glatt rasiert war, ein Bartschatten auf seine Wangen geschlichen hat. Sie verscheucht den Gedanken, dass das bei Jaron genau so ist; dass er sich manchmal ihr zuliebe zweimal am Tag rasiert, obwohl sie ihm gesagt hat, dass das nicht nötig ist.

Dafür ist der Oberkörper dieses Mannes erstaunlich wenig behaart. Nur ein ganz kleiner Flecken lichten Pelzes zwischen den Brustmuskeln. Die Beine hingegen – wäre sie besser gelaunt, müsste sie jetzt ein Kichern unterdrücken. Er glaubt sich unbeobachtet, und sie stellt Vergleiche mit Tieren an. Aber haben sie beide nicht heute Morgen erst ihr Privatleben an der Tankstellenkasse abgegeben?

Mittlerweile glaubt sie ihm sogar, dass dieses traute Beisammensein auch von seiner Seite her nicht ganz freiwillig ist und dass er sie hundert Lichtjahre weit weg wünscht. Bei aller Verrücktheit gibt er sich große Mühe, damit es ihr einigermaßen gut geht. Er hat ihr gleich das Telefon gereicht, als sie sagte, offenbar habe sie soeben ihr Freund angerufen.

»Später vielleicht«, meinte er dann fast tröstend, als wiederum Tereza Jaron nicht erreichte. Ein Interesse daran, ihr das Leben schwer zu machen, hat er also nicht. Ob sie ihr Geld je wieder sehen wird, ist eine andere Frage.

Etwas fasziniert sie an seinen Bewegungen. Die Sehnigkeit seines Körpers befähigt ihn zu einer gewissen Harmonie, die ihm das bei dürren Menschen übliche Steife und Linkische erspart. Sie würde es nicht elegant nennen, doch die Art, wie er den Kopf trägt, wie seine Brust frei und offen atmet, ohne dass er sie herausdrückt, gibt ihm einen Anschein von Stärke. Sie hat noch nie einen Mann wie ihn gesehen, vor allem nicht so nah, so wenig bekleidet und völlig ihren Blicken ausgeliefert. Anfangs aus Notwendigkeit, mittlerweile aus einer seltsamen Neugier heraus, beobachtet sie ihn ununterbrochen. Schlafen kann sie ohnehin nicht. Sie muss sich überlegen, welche Reaktion sie zeigen soll, falls tatsächlich etwas über sie beide in den Nachrichten kommt.

Unglaublich, wie viel der Mann isst. Sie selbst hat vorhin nur aus Trotz die Kirschen und die Schokolade abgelehnt. Dabei verzehrt sie sich nach etwas Süßem. Aber sie kann nicht mit ihm zusammen essen, es geht einfach nicht.

Als die Lokalnachrichten anfangen, legt er sein Croissant weg und widmet sich mit derselben Hingabe den Bildern. Solange aber noch nichts ihn Betreffendes gesendet wird, lässt er den Ton ausgeschaltet. Sein Gesicht wird dabei reg-, wenn auch nicht leblos. So, im weichzeichnenden Licht aus der Flimmerkiste, ohne die schmutzigen Fetzen am Leib, hat er alles Schäbige verloren. Wenn er nicht meint, die gesamte Umgebung kontrollieren zu müssen, ist er einfach nur ein Mann mittleren Alters, der einen anstrengenden Tag hinter sich hat. Merkwürdig der Gedanke, dass sie seinetwegen bis vor Kurzem um ihr Leben gefürchtet hat … vielleicht noch öfters fürchten wird. Am Rande ihrer Nervenmaschinerie taucht kurz die Frage auf, was sie von ihm gehalten hätte, wäre sie ihm unter anderen Umständen begegnet. Dann schnappt er plötzlich nach der Fernbedienung und stellt den Ton laut.

Tatsächlich. Von brutalem Mord ist die Rede. Sie zeigen Bilder vom Lehrerzimmer mit der Blutlache. Die ganze Katastrophe nebst Kreidestrichen, aber die Leiche ist verschwunden. Bis jetzt, heißt es, fehle jeglicher Hinweis auf *den oder die* Täter. Dass das Opfer – Benjamin P. – Lehrer wie Schüler »terrorisiert« habe, wird auch erwähnt. Dann wechseln die Bilder, und der Revolverheld stellt das Gerät ab.

Stumpf sitzt er da und starrt Löcher in den grauen Teppichboden. Dann hebt er plötzlich den Blick. Sie zuckt leicht zusammen, aber um die Augen zu schließen, ist es schon zu spät. Also fixieren sie einander eine Weile.

Keine Sorge, sagt er dann, merkwürdig abweisend. Sie haben es deswegen nicht mit einem Helden zu tun. Sie werden nicht glorreich in einem Kugelhagel mit mir zu Tode kommen. Es bestehen gute Chancen, dass ich einfach geschnappt und weggeschlossen werde und die Welt nie wieder von mir hört.

Das ist eine Herausforderung. Eine Herausforderung an sie. Komm schon, sagen seine Augen. Zeig mir, dass du das kaum erwarten kannst.

Betrunkenen und Wahnsinnigen, sagt ihre Mutter immer, sollte man nicht widersprechen.

Daumen und Zeigefinger von Terezas linker Hand tippen ein paarmal gegeneinander. Eine kurze Rückversicherung, dass wenigstens sie selbst noch bei sich ist. Die hat sie sich als Kind schon angewöhnt. Dann sagt sie: Okay. Ich müsste nur noch mal kurz auf Toilette.

Noch einen Moment bleibt das nunmehr Abgrundtief-Schwarz seiner Pupillen an ihrem Gesicht hängen. Dann nickt er.

***

Geschnappt und weggeschlossen. Hat er das gerade wirklich gesagt? Über sich selbst?

Ihr Gesicht spiegelt es ihm nicht. Vielleicht hat er das eben nicht gesagt. Nur gedacht. Nur befürchtet. Weil der Fernseher bestätigt hat, dass er nicht rein zufällig mit einer Unbekannten in einer Pension irgendwo im Nirgendwo sitzt, und schon gar nicht zum Vergnügen. Dass es einen sehr, sehr zwingenden Grund dafür gibt. Dass andere derselben Meinung sind, und diesem Grund nachjagen werden, nicht wissend, dass er dasselbe tut.

Sag es mir, schießt es ihm plötzlich durch den Kopf. Sag mir, was du weißt. Jetzt erst wird ihm klar, dass sie schon viel früher dort in der Tür gestanden, ihn längst gesehen haben könnte, bevor er sich ihrer bewusst wurde. In der ganzen Ewigkeit, in der er seine Unterarme aus welchen Gründen auch immer gewaschen hat, und durch den lichtlosen Nebel davor – davor kann sie ihn gesehen haben. Sie könnte wissen, was ein Teil von ihm da mit aller Gewalt vor ihm versteckt, in seinen tiefsten Tiefen – nicht einmal im Hinterkopf, sondern noch unterhalb seines Schlüsselbeins, so fest und verbissen, dass er dort ein beständiges Beben verspürt, einen schmerzhaften Knoten, klebrig und schwarz. Nichts, was irgendjemand ansehen möchte.

Diesen Knoten könnte sie lösen.

Und dann?

Was haben Sie gesehen, will er sie fast fragen, da murmelt sie: Vor dem Schlafengehen würde ich ganz gerne noch auf Toilette.

Er hätte nicht so große Angst vor dem Knoten, wenn er sich nichts vorzuwerfen hätte, oder? Die Aufnahme des Blutflecks zu sehen, den Namen dieses Schülers zu hören – das hat ihm nicht nur den Appetit verdorben, sondern wie ein Messerstich mitten in den Bauch getroffen. Nichts zu tun mit der Irritation, die er lange genug mit … Benjamins Namen in Verbindung gebracht hat. Es schmerzt, ja, es schmerzt alles in ihm, eine große Übelkeit ist da, ein niederschmetterndes Wissen darum, dass definitiv etwas falsch ist an ihm.

Die Puppe könnte ihm Gewissheit darüber geben. Gewissheit, und er bräuchte nicht mehr nachzudenken. Könnte aufgeben, jetzt und hier, sich aufgeben, endlich. Das, was er sich nie erlaubt hat, nicht einen Moment, auch wenn es ein paarmal genug Gründe dafür gegeben hätte – jetzt könnte er es tun. Und es wäre vorbei, das Kämpfen wäre vorbei, das Kämpfen immer – er dürfte es ja gar nicht mehr.

Müdigkeit ist da plötzlich, sehr stark. Was soll dieser Wahnsinn noch? Diese Dr.-Kimble-Charade, sie ist doch einfach lächerlich. Eine Frage an die fremde Frau auf dem Hotelbett, und alles wäre vorbei.

Stattdessen schluckt er nun kräftig, um seine Stimme freizubekommen, und presst hervor:

Ich habe mich schon gewundert, wie Sie es so lange ausgehalten haben.

Er nimmt die Waffe, steht auf, geht zu ihr hinüber, macht sie los, begleitet sie ins Bad, stellt sich im Profil zu ihr, während sie sich setzt. Er steht mit überkreuzten Armen und zwar so, dass die Pistole von ihr weg weist. Er hätte das Ding im Zimmer lassen können, aber wo, und sollte sie doch schneller als er aus dem Bad sein, und sollte sie es doch an sich bringen können – Unsinn, Groschenroman-Fantasien, aber kann er wirklich nur das Geringste riskieren? Andererseits: Wie oft wird er noch die Nerven für dieses Theater aufbringen?

Lange hört er nichts. Vor Mitleid wird ihm ganz elend.

Vielleicht verschafft es Ihnen ein wenig Erleichterung, sagt er endlich, zu wissen, dass ich mir mindestens ebenso albern vorkomme wie Sie sich.

Na also. Vom Toilettensitz her ist ein leises Plätschern zu hören. Er ist froh, als klar ist, dass es dabei bleiben wird.

***

Da, die Schatten an der Schrankwand: Sie erinnern an einen Film; nur an welchen, will dir nicht einfallen. Es ist ein gutes Gefühl, hier in einem Film zu sitzen. Einer, der nur aus Landschaften besteht, wäre am besten, nur Landschaften, ständig wechselnd und halb durchsichtig, und du mitten darin. Hügel, Felder, weite windgepeitschte Niemandsländer, in denen kein Mensch nach dir sucht, und wenn, dich ohnehin nicht finden kann, weil du längst verschmolzen bist mit dem Gras, dem Wasser, dem Staub.

Es könnte funktionieren. So völlig geräuschlos und unempfindlich, wie du hier sitzt, scheint der Film sich über dich zu stülpen. Und so, wie jetzt deine Augen sich weiter nach oben drehen, der Kopf ihnen folgt, zur Decke, zu jenen noch viel beweglicheren Formen, zu jenen schwarzen, tanzenden Scherenschnitten; und dann das Blickfeld nach hinten rollt, bis die Ränder dir völlig entgleiten – scheinst du fast selbst einer dieser dunklen Schmetterlinge, dieser flüsternden Schemen zu werden. Oben ist dann unten und du kannst dich in diese Kaskade stürzen, rücklings, angenehm schwindelnd, weil den aufgebogenen Hals nur noch ein Minimum an Luft passiert.

Hier verharrst du, ohne Bewegung, ohne das leiseste Augenzwinkern, ohne auch im eigentlichen Sinne mehr zu sehen, da du ja nun Teil bist dessen, was du bisher nur durch die Augen mitbekommen hast; und so, bestimmt, kann tatsächlich nichts und niemand dich je wieder erreichen. Kann getrost alles aufhören, außer Träumen und Stille und – Leichtigkeit.

**

Deutsch, Geschichte und Englisch. Noch Fragen?

Sie zuckt zusammen. Ist so offensichtlich, worüber sie nachdenkt? Leute, die sich gespreizt ausdrücken, merken das in der Regel selbst am allerwenigsten. Und so, wie er dort als Ägypter verkleidet auf die Kacheln starrt, hat er auch nicht mehr viel Ähnlichkeit mit einem Lehrer. Aber die Frage nach ihren Fragen hat er ohne drohenden Unterton gestellt, also fasst sie Mut für eine eigene: Sie kommen sich albern vor?

Eine kurze Stille. Anspannung auf ihrer, Entspannung auf seiner Seite. Schließlich ein Mundwinkelzucken, das vielleicht einmal ein Lächeln werden könnte: Wirkt das, was ich hier veranstalte, gekonnt auf Sie?

Weiß nicht. Ich bin noch nicht oft gekidnappt worden.

Und ich habe tatsächlich noch nie jemanden gekidnappt. Und kann mir auch nicht vorstellen, dass das jemals zu meiner Lieblingsbeschäftigung wird.

Aber für jetzt … bleiben Sie dabei?

Für jetzt bleibe ich dabei. Obwohl ich es nicht gut finde. Er atmet zweimal kurz aus, was wohl ein Lachen darstellen soll: Sehen Sie, meinem Sohn sage ich immer, tu nichts, was du nicht selber gut findest. Aber jetzt … Jetzt weiß ich nicht einmal mehr, wie weit ich in dem gehen würde, was ich nicht gut finde, sollte … eine verzweifelte Situation eintreten.

Wieder starren sie einander an. Sie hat keine Ahnung, wie; aber es gelingt ihr tatsächlich, zu versichern: Wegen mir nicht. Nicht wegen mir wird eine verzweifelte Situation eintreten.

Er nickt langsam. Dann ist es, als würde ihnen beiden plötzlich wieder klar, wo sie sich hier befinden, und sie wenden beide mit derselben Hast den Blick zu Boden.

Es ist kein Gefühl in ihren Fingern, während sie langsam nach ihrer Kleidung tastet, sie hochzieht und sich erhebt. Wie durch eine zähflüssige Masse hindurch bewegt sie sich zum Waschbecken und verbirgt das Zittern ihrer Hände unter dem etwas zu weit aufgedrehten Wasserstrahl. Kaum etwas hat ihr jemals mehr Angst eingejagt als die Entschlossenheit, mit der dieser Mensch sich in die Ungewissheit verbeißt.

Schlafen?, fragt er, während sie sich die Hände abtrocknet. Als säßen sie in irgendeiner WG-Küche und hätten einfach die Zeit aus dem Blick verloren bei einem Glas Wein und einer großen Portion Wald-und-Wiesen-Philosophie.

Schlafen, murmelt sie.

Und hofft so sehr darauf.

VIER

Paul ist schon immer für dumme Scherze zu haben gewesen, aber diesmal geht er zu weit. Ihm die Augen zu verbinden und ihn über allerhand Irrwege zu führen, mag ja noch angehen. Die Leute lieben es schließlich, einen an Geburtstagen zum Hampelmann zu machen. Als er aber spürt, wie ihm die Kleider ausgezogen werden, ist Schluss: – Paul, ruft er, was soll das denn? – Er hört das Lachen des Freundes: Stell dich nicht an, das wird der Abend deines Lebens! – Um sich hört er Stimmen und Fußgetrappel. Er wird in etwas sehr Unbequemes hineingezwängt, man zieht ihn an den Haaren, dann drückt etwas Schweres auf seinen Kopf. Endlich wird er von der Augenbinde befreit und sieht Paul vor sich stehen, in die schwarzen Gewänder eines Feudalherren gekleidet. Der Freund scheint sich königlich zu amüsieren. – Pass auf, Alter, gleich kommt unser Auftritt! Du kannst doch hoffentlich deinen Text noch? – Habt ihr's bald? – Er dreht sich um. Die Frau, die sie so unwirsch angefahren hat, kommt den langen Gang entlanggestürmt, in dem sie sich befinden. Sie trägt nur Unterwäsche und riesige grüne Plateauschuhe. Doch der Aktenordner, den sie im Arm hält, und der Blick, mit dem sie jeden mustert, flößen Respekt ein. Sie scheint alles hier unter Kontrolle zu haben, was immer es sein mag. Etwas stimmt nicht mit ihren Gliedmaßen; sie wirken zerstückelt, nur notdürftig miteinander verbunden, wie bei einer Marionette. Er schaut sich um. Erst jetzt merkt er, dass sie hinter einem Vorhang stehen. Dies müssen die Kulissen der Schulaula sein. Als er sich wieder zu Paul umdreht, verfängt sich sein Fuß in den Unmengen Stoffs, mit denen er beladen ist. – Er ruiniert noch das Kostüm! erbost sich die Gliederpuppe. – Psst! kommt es vom Ende des Ganges, gleich ist es so weit: Auftritt MacBeth – Lady MacBeth. Alles klar? – Paul! zischt David und versucht sich die Perücke vom Kopf zu reißen, woran ihn die Marionette gewaltsam hindert, dafür drehe ich dir den Hals um! – Na, erwidert der Freund augenzwinkernd, ob du dir das gerade jetzt leisten kannst? Kommt schon, Mylady! – Von Paul unsanft am Arm gefasst, stolpert er zum Ende des Vorhangs, wo ein Kerl mit verdrecktem T-Shirt grinsend sein Käppi lüpft und ihn auf die Bühne hinaus schubst. Da steht er nun, und eine Bleikugel scheint ihm den Hals zu verstopfen. Eine Menge von tausend Zuschauern wäre ihm nicht so schlimm vorgekommen wie dies: eine Geschworenenbank mit dem gesamten Lehrerkollegium, außerdem Carine, Sonja und Jakob. Jeder trägt eine rote Robe und auf dem Kopf eine weiße Perücke. Bevor ihm klar wird, was an diesem Bild nicht stimmt, hört er Paul hinter sich flüstern: – Nun fang schon an! – Anfangen womit? Ihm scheint, als hätte er vor langer Zeit etwas speziell für eine solche Situation vorbereitet, nur ist sie jetzt früher da als erwartet. Es ging um einen bestimmten Text, ja der Text … – Hände! zischt Paul von hinten. David starrt auf seine Hände. Die sind zusammengewachsen, ein unförmiger Fleischklumpen verbindet seine kraftlosen Arme. Unter der Anstrengung, sie voneinander zu lösen, presst er statt der lebensrettenden Verse nur ein Wimmern heraus.

***

Die Hitze wird immer drückender. Sie hat kaum die Hälfte des Badezimmers geschrubbt, als ihr der Schweiß bereits in Bächen über den Körper läuft. Sie ermahnt sich, an die vergangenen Monate voller Nebel und Regen zu denken, aber entgegen ihrem Vorsatz schafft sie es nach getaner Arbeit nicht hinaus auf die Terrasse, um den Gartenschlauch zu entrollen, an den Rasensprenger anzuschließen – das soll ihretwegen der Mann machen. Vielleicht ist es auch ein bisschen kühler, bis er wiederkommt. Besser für die Pflanzen.

In ein Glas Wasser drückt sie eine halbe Zitrone, ein anderes schüttet sie sich über den Kopf, stolpert ein wenig durchs Wohnzimmer und legt sich dann, als ihr nichts Besseres einfällt, auf die kalten Fliesen. Es ist der einzige Ort und die einzige Position, in denen sie nicht meint, jeden Moment wie Gelee zu zerfließen.

Als Hakan heimkommt, liegt sie noch immer so. Bei ihrem Anblick bricht er in lautes Gelächter aus.

»Lach nicht!«, grummelt sie. »Du hast nicht den ganzen Tag gegen Windmühlen gekämpft.«

»Windmühlen?«, feixt er und setzt sich neben sie.

»So ungefähr fühlt es sich an, dieses Haus auf drei Wochen Abwesenheit vorzubereiten.«

»Weil ich auch nur zwei davon hier bin.«

»Was dabei herauskommt, wissen wir ja.«

»Du hast recht«, seufzt er, während er sich die Schuhe auszieht. »Ich habe keine Ahnung. Rotiere nur den ganzen Tag im Präsidium und muss wahrscheinlich gleich noch mal hin.« Ächzend breitet er sich neben ihr aus und tätschelt ihren Oberschenkel. Das irritiert sie immer; sie könnte nicht sagen, warum. Er kommt ihr in solchen Momenten so entsetzlich alt vor. Sie nimmt lieber seine Hand.

»Übrigens«, murmelt sie, »können wir uns die Geheimniskrämerei sparen. Jakob hat es bereits aus dem Fernsehen erfahren. Habt ihr schon etwas herausgefunden über diesen Amokläufer?«

»Nur, dass es kein Amokläufer war. Der hätte sich nicht mit einem einzigen Opfer begnügt, das sich noch dazu an einem Ort befand, an den es nicht gehörte. Drei Schüsse, der zweite bereits tödlich. Da wollte jemand ganz sichergehen. Um die Mutter tut es mir leid; aber sie wird wohl die Einzige sein, die ihn vermisst.«

»Warum?«

»Der Junge ist bereits aktenkundig, und von den Lehrern und Schülern, die wir erreichen konnten – nicht, dass das an einem Tag wie heute besonders einfach wäre –, beschrieben die meisten ihn als äußerst unangenehmen Zeitgenossen. Ich bin gespannt, ob seine Freunde dieses Bild korrigieren können.«

»Wie du so über einen jungen Menschen reden kannst.« Verärgert richtet sie sich auf. »Man weiß doch gar nicht, was mit ihm los war. Er hätte sich noch bessern können.«

»Ich kenne die Sorte, glaub mir, Liebling. Die Schüler bringt man nicht leicht zum Reden, aber die Art, wie sie mich angesehen haben, wenn ich nur den Namen ihres sauberen Kollegen in den Mund genommen habe, hat mir gereicht. Ich will nicht wissen, wie viele er regelmäßig verprügelt und erpresst hat. Die Klamotten – seine Mutter hätte sie ihm nie kaufen können, und er selbst hatte, soweit wir wissen, auch keinen Job. Er muss gut organisiert gewesen sein.« Als er ihr nun das Gesicht zuwendet, seine Augen, diese seltsam grünlich schimmernden Augen, kriecht ihr eine ungute Ahnung den Rücken hinauf. »Dein Junge«, fragt Hakan. »Weiß der etwas davon?«

»Frag ihn doch. Aber er hatte nichts mit diesem Ben zu tun, da bin ich sicher.«

»Den Namen kennst du schon?«

»Jakob hat ihn vorhin erwähnt«, erwidert sie unwillig und erhebt sich. An den wenigen Abenden, an denen Hakan nicht mehr anders kann, als von dem zu erzählen, was er tagtäglich zu verkraften hat, hört sie ihm bereitwillig zu. Bewundert ihn für die Ruhe und Klarheit, die er sich in einer Welt aus Gewalt und Stumpfsinn bewahrt. Ohne sich korrumpieren zu lassen, sogar ohne in die dummen Witzeleien einzufallen, mit denen manche seiner Kollegen sich über den Polizeialltag hinweghelfen. Aber sie begleitet ihn nur bis zu einer gewissen Grenze in seinen Betrachtungen. Bis zu der nämlich, ab der sie vergessen könnte, dass menschliches Leben maßgeblich auch von Zusammenhalt, Freude und glücklichen Wendungen bestimmt wird.

Wie um ihn von einem Irrtum zu überzeugen, ruft sie nun laut den Namen ihres Sohnes. Da der nichts erwidert, geht sie hinauf, um an seine Tür zu klopfen. Er antwortet nicht, öffnet aber nach einem Augenblick selbst. Sein Anblick erschreckt sie. Seine schiefergrauen Augen haben sich merkwürdig geweitet. Er steht ganz starr und sieht sie nur an. Über seine Schulter hinweg entdeckt sie den Koffer, der noch immer leer auf seinem Bett liegt. Den Kleiderschrank hat er nicht angerührt.

Carines Alarmsysteme laufen heiß. Was immer den Jungen so verstört haben mag: Er wird es ihr nicht anvertrauen, wenn sie auch nur einen Fehler macht. Also erst einmal ruhig bleiben.

»Hey«, sagt sie freundlich, »du bist ja genau so weit wie gestern. Wusstest du nicht, womit du anfangen sollst? Das hättest du mir doch sagen können.«

Kurz schweigt er darauf; dann fragt er: »Ist Hakan da?«

***

Wer hat seine Wände mit dieser grauenhaften Tapete beklebt?

***

Er bekommt keine Luft. Ein Gewicht hält seine Stirn nieder, seine Augen sind verkleistert, die Nasenflügel vom krampfhaften Einatmen hoffnungslos am Knorpel festgesogen. Fast wünscht er sich, endlich zu ersticken. Es wäre wenigstens ein Ausweg aus diesem Zustand.

Als zumindest durch seine Ohren etwas zu ihm gelangt, greift er mit der Verzweiflung des Ertrinkenden danach: Süßer, he, Süßer, da ist Besuch für dich.

Langsam gibt er der Entspannung nach, die dieses Stück Realität ihm eingebracht hat, und begreift, dass nichts ihn am Sehen oder Atmen oder Sichaufrichten gehindert hat. Ein kurzes Ächzen, dann kann es normal weitergehen.

Als er den Kopf wendet, fühlt er gleich diese Speckigkeit an sich, die das Schlafen in den Kleidern des Vortages mit sich bringt. Der erste Blick fällt auf den rosaseidenen Morgenmantel seiner Mutter. Sind nicht Ferien? Warum weckt sie ihn?

René vermeidet es, zu schlucken, und vergewissert sich mit einer Frage des endgültigen Wachseins: »Besuch?«

»Zwei Herren von … der Polizei.«

Vielleicht ist er nicht konsequent genug gewesen; muss sich erst hochstemmen und ein paar Mal blinzeln, bevor er sicher sein kann, dass dies ein Tag in seinem wirklichen Leben ist.

»Was?«, fragt er mit müde zur Schau getragener Skepsis.

Die Mutter scheint mehr sein Zustand zu interessieren als die Frage, was diese Nachricht alles bedeuten könnte. Jedenfalls hofft er das aus dem Lächeln schließen zu dürfen, mit dem sie ihm den Arm tätschelt: »Zieh dich erst einmal an und mach dich frisch, ja? Ich unterhalte mich so lange mit den beiden.« Ganz ausgeglichen scheint sie dabei, nicht mehr als die übliche Gefallsucht sie so zum Vibrieren zu bringen. Er kann sich vorstellen, wie hingebungsvoll sie die beringten Finger um die Knie legt vor den fremden Männern, derweil sein Vater in seinem Ledersessel am anderen Ende der Stadt auf den nächsten Infarkt hinarbeitet.

Nachdem sie gegangen ist, stürzt er das Glas Wasser und die Aspirin, die sie ihm auf die Kommode gelegt hat, hinunter, schält sich aus der Schmutzwäsche und macht einen kurzen Abstecher in das an sein Zimmer grenzende kleine Bad, bevor er sich Jeans und T-Shirt überstreift. Die Bullen sollen nicht glauben, er hätte es nötig, sich für sie in Schale zu werfen. Er weiß, dass er nie ungepflegt aussieht; höchstens jetzt vielleicht ein bisschen zerstört. Scheiße aussehen, hat Mia einmal zu ihm gesagt: Das kannst du gar nicht. Mit der Sicherheit, die ein letzter Blick in den Spiegel gewähren kann, schlendert er schließlich ins Wohnzimmer.

***

Es sollte sie wundern, wenn sie nur noch einen heilen Knochen im Leib hätte. Dass das Morgengrauen sich so lange hinziehen kann, hätte sie nicht gedacht. Sie erinnert sich an die eine oder andere Party, am Ende derer sie und viele andere gemeinsam auf den Sonnenaufgang warteten. Aber da war sie so betrunken und hatte zwischendurch so viel getanzt, dass sie nicht hätte sagen können, wie lange es vom ersten Schimmer bis zur vollen Helligkeit dauerte.

Sie kann nur darauf hoffen, dass ihm der Rhythmus des Schuljahres noch in den Knochen steckt. Sie weiß nicht, wie lange sie es noch aushalten wird; mittlerweile dürfte es längst so weit sein. Sie will ihm beim Aufstehen nicht den Blick auf einen Blutfleck freigeben. Aber ihn wecken – sie traut sich nicht. Leute können komisch werden, wenn man sie weckt.

Endlich, als die letzten Spuren Rosa vom Himmel verschwunden sind, spürt sie ihn unruhig werden. Fast wünscht sie ihn in den Tiefschlaf zurück, denn nun beginnt er zu sprechen – oder was Träumende stattdessen tun. Erst ist es nur ein hoher, ziehender Ton. Dann mischen sich Worte hinein – englische, wie sie irgendwann begreift: What, will these hands … What, will these hands …

Sie drückt sich mit der freien Hand das Kissen aufs Ohr. Dieses tiefe Lallen, das Leute im Schlaf von sich geben, hat für sie schon immer etwas Unheimliches und Abstoßendes gehabt.

Es dauert zum Glück nicht lange. Zuletzt steigert er sich in ein Gurgeln und Knurren; dann erwacht er in einem Zucken, das Gesicht von ihr abgewandt. Sie weiß dennoch, dass er nicht mehr schläft. Etwas verändert sich im Raum, wenn jemand aufwacht. Das fasziniert sie immer wieder.

***

Wenn Sie wach sind ... können Sie mich bitte losmachen? Damit ich auf die Toilette gehen kann?

So hässlich die Wandverkleidung auch sein mag, er hätte sich lieber noch ein wenig in ihr verloren, anstatt gleich von der Puppenstimme in das zurückgeholt zu werden, was man kein Leben mehr nennen kann. Seufzend rollt er sich zur Seite, bringt unter dem Deckenbezug das Handtuch in Ordnung, das sich über Nacht gelöst hat, nimmt Schlüssel und Pistole vom Nachttisch und geht zu ihr hinüber. Er bemerkt nur am Rande, dass ihr Gesicht seltsam fahl wirkt und ihre Bewegungen jegliche Kraft verloren zu haben scheinen. Er selbst stolpert noch durch einen zähen Tran.

Ich muss vorher zu meiner Tasche, murmelt sie.

Erst, als sie unverhältnismäßig lange auf der Toilette bleibt, auch nachdem nichts mehr zu hören ist, stutzt er: Sind Sie nicht bald fertig?

Da sie nicht antwortet, wendet er sich ihr zu. Trotz der zusammengekniffenen Knie kann er das weiße Etwas sehen, das sie in ihrem Slip befestigt hat.

Da sitzt sie, zu einem Jammerbild zusammengekrümmt, und veranstaltet etwas, das sich weder als Nicken noch als Kopfschütteln definieren lässt. Endlich hebt sie das Gesicht. Es ist tatsächlich erschreckend bleich.

Auch das noch. Er kennt diesen Ausdruck von seiner Schwester. Um den zu simulieren, müsste die Kleine eine hervorragende Schauspielerin sein.

Einen Moment noch, ächzt sie.

Haben Sie ein Schmerzmittel in Ihrer Tasche? Soll ich es Ihnen bringen?, fragt er, etwas sachlicher als nötig. Es hat ihn immer entsetzt, wie viel Grauen und Hilflosigkeit Frauen zuweilen aus ihrer schieren Weiblichkeit zu erwachsen scheint. Jetzt schüttelt das Mädchen vor ihm eindeutig, wenn auch langsam, den Kopf: Ich habe nichts dabei.

Dann umschlingt sie ihre Beine, die zu zittern begonnen haben. Bleiben Sie so, sagt er und geht rückwärts zum Fenster, obwohl sie nie weiter davon entfernt gewesen sein dürfte, ihm zu schaden. Die Pistole legt er auf die Fensterbank, während er sich die fast vollständig getrockneten Sachen überzieht. Als er zur Puppe zurückkommt, bittet die ihn, kurz wegzusehen, während sie sich ihrerseits ankleidet.

Ich glaube, ich kann jetzt aufstehen, sagt sie. Aber ob ich fahren kann, weiß ich nicht.

***

»Hakan?« Carine schaut ihren Sohn verblüfft an. Es kommt selten vor, dass der Junge sich überhaupt für den Mann interessiert, den er wohl noch lange als nicht mehr denn einen Eindringling empfinden wird. Sie nickt langsam.

»Weiß er etwas über Ben?«

»Jakob?«, dröhnt es von unten herauf. »Würdest du einen Moment herunter kommen? Ich möchte mich gern ein bisschen mit dir unterhalten, mein Junge.«

Carine kann nur ratlos zusehen, wie ihr Sohn, ohne sie weiter zu beachten, an ihr vorbei- und die Treppe hinuntergeht, steif und unbeirrbar, wie ein Lamm zur Schlachtbank. Sie folgt ihm und hockt sich, sobald er sich Hakan gegenüber in einen Sessel gesetzt hat, auf den kalten Fußboden, die Hände unter dem Kinn gefaltet.

Hakan hat sich aus der Küche ein Bier geholt, wischt sich die Stirn und setzt sich aufs Sofa. Nach einem Schluck aus der Flasche wendet er sich mit einem Ausdruck freundlicher Aufmerksamkeit dem Jungen zu.

»Du weißt«, beginnt er, »was gestern Mittag in deiner Schule passiert ist?«

Jakob nickt.

»Hast die Nachrichten gesehen?«

»Die Jungs haben beim Fußball drüber gesprochen. Dann habe ich die Nachrichten gesehen.«

»Welche Jungs?« Mit einer langsam gleitenden Bewegung seiner langen Arme nimmt Hakan einen Notizblock aus seiner Gesäßtasche und schlägt ihn auf. Jakob scheint zu zögern. »Hör mal, Jakob«, versichert der Mann mit einer Sanftheit, die Carine das Blut in den Adern gefrieren lässt, »ich will deinen Freunden nichts Böses. Bestimmt haben sie nichts damit zu tun. Aber vielleicht können sie uns helfen. Sie könnten etwas wissen, was uns bisher entgangen ist, verstehst du?«

Sprich nicht mit ihm wie mit einem Todkranken, will Carine ihn anfauchen, aber Jakob zählt bereits vier Namen auf, von denen sie zwei gut kennt. Hakan notiert alle sorgfältig. Was für ein Unsinn, denkt sie. Was sollen die Kinder von einem solchen Verbrechen wissen?

»Und diese Jungs«, fragt der Bulle weiter, »haben Ben gekannt?«

»Alle haben ihn gekannt«, sagt Jakob wieder – forciert lässig, wie ihr scheint.

»Eure Schule ist aber ziemlich groß. Da aufzufallen, stelle ich mir schwierig vor.«

Jakob zuckt mit den Schultern.

»Und du«, Hakan nippt wieder an seinem Bier, »du hast ihn auch gekannt? Warst mit ihm befreundet?«

»Nä!«, entfährt es dem Kleinen. Er scheint es sogleich zu bereuen. Dem Henker, als der ihr Mann ihr plötzlich erscheint, entgeht das natürlich nicht.

»Dafür«, stellt der nun, noch bedächtiger als bisher, fest, »wirkst du aber ganz schön mitgenommen.«

Carine kann sich nicht mehr zurückhalten: »Jetzt hör mal! So eine Nachricht würde jeden schockieren, ob Freund oder nicht. Was sollen diese Andeutungen?«

»Nichts anderes, Liebling, als helfen, mir ein Bild zu machen. Mich interessiert, warum alle so merkwürdig auf diese Geschichte reagieren, obwohl kaum einer diesen Benjamin gemocht zu haben scheint. Also«, wendet er sich wieder Jakob zu, »warum war der Junge so bekannt an eurer Schule?«

Jakobs Fingerknöchel sind schon ganz weiß davon, dass er sich in einem fort in den Polstern festklammert. Fast unhörbar sagt er: »Er … hatte halt das dickste Auto und …

»Auto?«, stutzt sie. »In der elften Klasse?«

»Der Gute hat seine Schullaufbahn zwischendurch unterbrechen müssen«, lächelt Hakan, »um an einem sicheren Ort die Grundregeln des Zusammenlebens neu zu lernen. – Und sonst? Das Auto? So was reicht schon, um an einem fünfhundert Mann starken Gymnasium auf sich aufmerksam zu machen?«

Jakob zuckt wieder mit den Achseln: »Na ja, er hatte immer die Fenster offen und die Musik auf volle Lautstärke, wenn er angefahren kam … und dauernd Lehrerkonferenzen … da wurde schon drüber geredet.«

Hakan nickt langsam und trinkt weiter von seinem Bier. Zufrieden scheint er nicht, aber er verzichtet darauf, den Jungen weiter zu bedrängen. Wahrscheinlich, denkt Carine, ist er deswegen so weit gekommen: Er weiß, wann er reden und wann er den Mund halten muss. Zumindest, wenn es um seinen Beruf geht.

Jakob zittert förmlich zwischen dem Wunsch, so schnell wie möglich zu verschwinden, und einem anderen Bedürfnis, das Hakan nun an seiner Stelle anspricht: »Aber du wolltest mich auch etwas fragen, oder?«

»Ja …« Die Augen des Jungen springen plötzlich unruhig zwischen den beiden Erwachsenen hin und her. Carine würde ihn sofort in den Arm nehmen, hätte sie nicht vor langer Zeit gelernt, dass sie das nicht mehr so ohne Weiteres darf. Also sagt sie stattdessen: »N'aie pas peur, Boubou.«

»Gibt es schon eine, eine, Spur?«, schnellt es da plötzlich aus dem Kleinen heraus.

Hakans Augen verengen sich kurz, aber er erwidert in scheinbar entspannter Aufmerksamkeit: »Leider nicht die geringste. Deswegen musste ich dir ja diese Fragen stellen.«

Täuscht sie sich, oder lässt daraufhin auch Jakobs Anspannung deutlich nach? Er scheint tatsächlich einen Seufzer unterdrücken zu müssen, als er fragt: »Kann ich jetzt gehen? Ich muss noch packen.«

»Geh nur, mein Junge«, erwidert der Mann freundlich und klopft ihm auf die Schulter, »und vielen Dank. Wenn dir noch etwas einfällt, lässt du es mich wissen, nicht wahr?«

Jakob nickt und geht schnell hoch in sein Zimmer. Sie folgt ihm mit den Augen. Dann schaut sie hoch zu ihrem Geliebten, der ihr stummes Forschen mit offenem Blick und verschlossenem Gesicht erwidert.

***

Wäre sie allein, würde sie jetzt natürlich nicht aufstehen, sondern sitzen bleiben, bis alles ausgestanden wäre. So schlimm war es lange nicht mehr. Das kann noch Stunden so gehen. Aber so lange wird sie sicher nicht vor einem Fremden auf einer Hoteltoilette vor sich hinsiechen. Hoffentlich lässt er sie sich noch ein bisschen ausruhen. Hoffentlich glaubt er vor allem nicht, dass sie ihn hereinlegen will. Er hat ja keine Ahnung, was mit ihr los ist. Sie ist sogar schon Frauen begegnet, die meinten, sie würde sich anstellen. Sollte er diese Ansicht teilen, dürfte dieser Tag noch schlimmer werden, als er es ohnehin zu sein verspricht. Dennoch, sie muss ehrlich sein, alles andere hat keinen Sinn. Auf gar keinen Fall wird sie fahren. Hätte er sie schon einmal so gesehen, wüsste er, dass das auch in seinem eigenen Interesse liegt.

Er reagiert erstaunlich gelassen. Zuckt mit den Schultern und antwortet nur: Erst einmal müssen wir sowieso frühstücken.

Der bloße Gedanke an Nahrung dreht ihr den Magen um, aber eine Tasse Tee wird ihr sicher guttun. Und so, wie sie ihn einschätzt, ist es wahrscheinlich besser, wenn sie das Büfett beizeiten erreichen.

Als sie gerade das Zimmer verlassen wollen, klingelt ihr Telefon. Er reicht es ihr; es ist Jaron, endlich. Wie froh ist sie, ihn nicht anlügen zu müssen wegen heute Abend (nicht direkt jedenfalls: »Übelkeit« kann alle möglichen Ursachen haben). Und sagen zu können, sie werde sich melden, sobald es ihr besser gehe.

Draußen auf dem Hotelflur streckt der Lehrer ihr die Hand entgegen. Widerwillig nimmt sie sie und kann ihre Augen nicht daran hindern, kurz seine gesamte Gestalt abzutasten.

Sie steckt hinten in meinem Hosenbund, sagt er mit ausdruckslosem Gesicht. Und ja, ich wäre schnell genug.

Hat sie gestern Abend wirklich gemeint, so etwas wie Schönheit an ihm entdeckt zu haben?

***

An dem vieleckigen Glastisch in der Versenkung, welche die Eltern mithilfe von Kissen und Teppichen *orientalisch* (wie sie es nennen) eingerichtet haben, sitzt seine Mutter mit einem grobknochigen Kerl von fast unmenschlicher Größe und noch einem anderen, normaler gebauten, der artig ein Notizbuch auf dem Schoß hält. Der Riese trinkt aus einer Tasse, der Normale schaut sich im Zimmer um.

»Ich habe den Herren angeboten, mit uns zu frühstücken; sie wollten nur Kaffee. Aber nimm dir ruhig ein Croissant, Süßer, du hast sicher Hunger.«

Von Hunger kann nicht wirklich die Rede sein, aber die Bullen sollen schließlich einen Eindruck von Normalität bekommen; also greift René nach dem Gebäck, während er sich niederlässt.

Der Riese stellt sich nun mit einem leisen Dröhnen, das die bunten Glaslaternen um sie her zum Klirren bringt, vor. Den Namen vergisst René sofort wieder; speichert nur ab, dass er türkisch klingt. Normalerweise würde er es vielleicht interessant finden, einem türkischen Bullen zu begegnen. Jetzt denkt er nur, noch gibt es eine Chance, dass dies alles ein Traum ist. Der Mann vor ihm überragt ihn, der zu den Größten seines Jahrgangs zählt, um mindestens einen Kopf. Er schaut zu dem anderen hinüber, aber der zischt nur nickend etwas, das kein Mensch versteht.

»Sie oder Du?«, fragt der Riese.

»Meine Lehrer siezen mich«, entgegnet René gleichgültig.

»Ausgezeichnet. Lassen Sie sich nicht beim Frühstück stören, René. Wir haben nur ein paar Fragen an Sie. Sie können sich wahrscheinlich denken, worum es geht.«

René schenkt sich finster Milch in den Kaffee.

»Spät geworden gestern Abend?«, fragt der Riese scheinheilig. René nickt.

»Er wollte bei seinen Freunden sein«, schaltet sich die Mutter ein, »nach dieser schrecklichen Nachricht.«

»Verständlich.« Der Kerl versteht sein Geschäft. Der fürsorgliche Respekt, der in jedem seiner Blicke in Richtung der Mutter liegt – und nur in denen –, bringt sie immer wieder zum Lächeln und stellt sie gleichzeitig ruhig. Sobald er sich von ihr abwendet, blicken seine Augen stählern; nicht bedrohlich, aber unbeirrbar über den immer leicht gekräuselten Mundwinkeln. »René«, fährt er fort, »wann haben Sie Ihren Freund Benjamin das letzte Mal gesehen?«

»In der Schule.« René hustet und wehrt die Hand ab, mit der seine Mutter ihm den Rücken klopfen will.

»Danach nicht mehr?«

»Wir waren … wir waren …« Sein Kopf ist plötzlich leerer als während der letzten Erdkundeklausur. Unterhalb seines Brustbeins sackt jede Empfindung in eine Finsternis, die ihn ganz zu verschlingen droht. Er atmet einmal kräftig ein und aus, strafft die Schultern und sagt: »Wir hätten uns beim Sport treffen sollen, wie immer, aber er … war nicht da. Als ich hier ankam, hat meine Mutter mir gesagt, dass Bens Mutter ihr … Bescheid gegeben hat und dass man nichts Genaues weiß. Ich bin dann zu Max gegangen …«

»Max? Auch ein Freund von Ihnen?«

»Ja. Bei ihm sollte eine Party steigen … Die wurde dann nicht so toll.«

»Das kann ich mir denken.«

Renés Augen brennen, er sprengt sich mit den Kiefermuskeln fast selbst das Gebiss. Er will die Frage lieber nicht stellen, aber er muss Gewissheit haben: »Ist er … ist er denn … ganz sicher tot, ich meine … nicht im … Koma oder so?«

Kommissar Sowieso blickt ihn lange an. Seltsam lange. Etwas stimmt nicht mit seinen Augen. Sie halten einen fest, aber man selbst kann sie nicht richtig festhalten. Woran liegt das nur.

»Leider gibt es keinen Zweifel, René. Der Tod Ihres Freundes wurde gestern, noch am Tatort, offiziell festgestellt.«

»Ersch …, er …?«

»Erschossen, ja. Leider.«

Hinter dem Rachenzäpfchen wird ihm sauer. Aber vor diesen Leuten wird er nicht schwächeln. »Dann«, murmelt er, »hat Zehra ausnahmsweise nicht übertrieben. Weiß man schon, wer?«

»Nein«, sagt der Riese und lehnt sich in die Kissen zurück, »aber wir gehen davon aus, dass Benjamin den Täter gekannt hat.« René beißt in einen der Zitronenschnitze, die ihm die Mutter reicht und die eigentlich für ihren Tee bestimmt sind. »Haben Sie eine Vorstellung«, fragt der Fremde, »wer etwas gegen Ihren Freund gehabt haben könnte? Hatte er Feinde – in der Schule, oder auch außerhalb?«

Warum entsteht bei dieser Frage so eine nervöse Heiterkeit in René, es ist doch gar nichts lustig an dem, was dieser Sheriff vom Bosporus sagt? Er muss die aufsteigenden Kicherbläschen unterbrechen, wer weiß, was sonst …

»Also Ben war nicht so der Typ Schülersprecher, wenn Sie das meinen«, kriegt er tatsächlich zustande. »Man hat schon mitgekriegt, wenn ihm was nicht gepasst hat. Aber deswegen wird doch keiner gleich umgebracht.«

»Normalerweise nicht«, sagt der Sheriff bedächtig. »Wie genau, oder: Was genau hat man denn mitgekriegt, wenn ihm etwas nicht passte?«

»Er hat sich halt von Lehrern nichts sagen lassen. Oder wenn ihm jemand auf dem Schulhof blöd kam, dann – wurde es auch mal handfester.«

»Wir waren nie glücklich über diese Freundschaft«, schaltet sich Ma jetzt aus irgendeinem Grund ein. »Tut mir leid, René, dass ich das jetzt so sage. Er war dein Freund, und über Tote soll man nicht schlecht reden. Aber so war es nun einmal. Der Junge war nämlich vorbestraft, Herr Kommissar.«

»Wegen der paar Tags, Ma, mach jetzt mal 'nen Punkt!«

»Nicht nur, René«, beschwichtigt, ja, das schafft er wirklich: beschwichtigt der Bulle alle beide und das immer noch sehr freundlich. Auf seine Weise. »Wir konnten Ihren Freund tatsächlich sehr schnell in unseren Akten finden. Ich möchte nicht ins Detail gehen, denn alle seine

Vergehen hat er, noch bevor er an Ihre Schule kam, abgebüßt. Jedenfalls die, wegen derer es überhaupt zu einer Verhandlung kam. Aber es waren schon etwas ernstere Sachen dabei, als Sachbeschädigung.«

»Siehst du!«, echauffiert sich seine Mutter. »Und ich hatte noch ein schlechtes Gewissen, weil ich ihn verdächtig fand, als er da letztes Jahr bei euch auftauchte, mit seinem Auto und allem, weil keine andere Schule ihn mehr nehmen wollte. Aber du hast ja nie etwas kommen lassen auf deinen Heiligen Benjamin. Deswegen habe ich nie etwas gesagt.«

»Oh doch, Ma, hast du.«

»Aber bei Weitem nicht alles, was ich gedacht habe!«

»Bitte, bitte«, brummt der Bulle und holt ein Tütchen aus einer mitgebrachten Tasche. »Ich würde doch gerne noch einige Fragen stellen. Der Grund, warum wir davon ausgehen, dass Benjamin seinen Mörder kannte, ist einerseits, dass er nicht ausgeraubt wurde. Und andererseits, dass er sich an einem Ort befand, an dem Schüler normalerweise nicht anzutreffen sind: im Lehrerzimmer. Als hätten Opfer und Täter dort eine Verabredung gehabt.«

Das hätte Ben sich nicht gefallen lassen. Dass ihn so ein Staatsdiener *Opfer* nennt – erschossen oder nicht. Aber erschossen ist er nun mal. Und René hat genug damit zu tun, sich gegen den steinern-wohlwollenden Blick seines Gegenübers zu stemmen.

»Dagegen fragen wir uns«, tönt der Bulle weiter und hält besagtes Tütchen hoch, »ob er dies hier kurz zuvor vom Täter bekommen hatte. Wir fanden es in seiner Hosentasche.« Unter dem dichten, trotz genauester Friseurarbeit wild wuchernden Haaransatz des Kommissars werden die Augen zu Schlitzen. Muskelpakete, auf die ein nicht mehr junger Mann mit verbrauchtem Gesicht wie dieser stolz sein kann, rollen mit bedrohlicher Gelassenheit auf René zu, als er sich mit auf die Knie gestützten Ellenbogen vorbeugt und langsam intoniert: »René. Was wissen Sie über die, sagen wir: *Beziehung* Ihres verstorbenen Freundes zu Betäubungsmitteln? In der Vergangenheit haben wir immer wieder Hinweise darauf erhalten, dass er durch den Verkauf sein Taschengeld aufbesserte; wir konnten es ihm nur nie nachweisen. Jetzt, wo Ben deswegen kein Ärger mehr entstehen kann: Möchten Sie uns nicht Genaueres darüber sagen?«

René wird kalt. Die Schweine haben ihn wirklich geschickt erwischt. Ein Morgen wie dieser. An jedem anderen wäre er imstande, ohne mit der Wimper zu zucken absolut bombensichere Geschichten zu liefern. Aber heute nicht. Er schüttelt langsam den Kopf. Seine Mutter will etwas sagen, doch er selbst hindert sie mit einer Handbewegung daran.

»Bedenken Sie, dass Sie uns möglicherweise helfen könnten, den Mord an Ihrem Freund aufzuklären.«

Räuspern. Ganz leicht nur, so, dass man es fast nicht hört. Leider reicht einmal nicht, auch nicht das zweite. Danach bringt er heraus: »Ich … weiß es leider wirklich nicht.«

»René«, sagt Kommissar Sowieso freundlich, »eine meiner Kolleginnen hat vorhin schon mit Ihrem Freund Joshua gesprochen.« Der Mann entledigt sich nonchalant seiner Tasse und lässt den Blick ein wenig schweifen, während er fortfährt: »Wir können unser Gespräch fortsetzen, ohne dass Sie Ihr Frühstück unterbrechen müssen und uns dann bis auf Weiteres verabschieden. Oder wir können Sie mit auf die Wache nehmen, aufgrund der bisher gesammelten Hinweise mit einem Durchsuchungsbeschluss wiederkommen und Ihnen eine ganze Menge mehr von Ihrer Zeit stehlen.« Zum Abschluss blitzt, extra an René gerichtet und nur für diesen sichtbar, ein Lächeln auf unter den Augen des Bullen, die fast noch arroganter blicken als zuvor.

»Ma«, sagt René, »würdest du uns bitte allein lassen?«

»Bleiben Sie gerne in Hörweite, wenn Sie möchten«, schlägt der Riese im Tonfall eines Institutsleiters am Tag der offenen Tür vor. »Ach, bevor ich es vergesse«, hält er das Gespenst im rosaseidenen Morgenmantel noch einmal auf: »Wer in der Familie ist eigentlich im Schützenverein?«

»Mein – mein Mann«, stammelt Ma, leicht schwankend, offenbar unschlüssig, ob sie den Raum verlassen oder doch noch versuchen soll, sich schützend über ihr Küken zu werfen. »Aber wie kommen Sie darauf?«

»Ihr Haus ist so geschmackvoll eingerichtet«, grinst der Bulle, »und deswegen haben Sie diesen wenig dekorativen schwarzen Kasten sehr diskret in der Nische dort untergebracht. Reiner Zufall, dass ich ihn von meinem Platz aus sehen kann. Im Schlafzimmer wollten Sie ihn nicht haben?«

»Um Himmels Willen, nein! Mein Mann schießt nur sportlich, um seine Konzentration zu trainieren. So, wie andere meditieren, wissen Sie.« Nervöses Lachen. René weiß, wie sehr seine Mutter alles hasst, was sein Vater tut, und am meisten die Schießerei. Sie sagt es nie. Sie wird es vor Jahren gesagt, und der alte Mann wird sie, wie immer, ausgelacht haben. Und sie ist, ebenfalls wie immer, trotzdem nicht gegangen, weil die Scheiße, die sie hier hat, immer noch mehr ist als alles, was sie ohne ihn hätte.

»Unterschätzen Sie das nicht«, lächelt der Riese nun kryptisch und erhebt sich langsam, unaufhaltsam, von seinem Sitzplatz. »Wenn es Sie nicht stört – ich möchte nur kurz …«

»Ja, bitte«, versichert die Mutter und räumt die kleine Pflanzenpyramide, in deren Schatten der Tresor eigentlich recht gut verschwindet, zur Seite. Der Bulle schlendert an ihr vorbei, neigt sich zu dem Schränkchen hinunter, beäugt es von allen Seiten, kniet sogar kurz nieder, um keinen Winkel auszulassen. Dann nickt er wie ein Kunsthändler, der ein besonders schönes Stück begutachtet: »Ihr Mann schreibt Sicherheit sehr groß, das sieht man. Aber warum hat er den Tresor nicht im Keller untergebracht, statt hier, in den Wohnräumen?«

»Dieses Haus hat keinen Keller. In Kellern schimmelt alles, nicht wahr?«

»Soll vorkommen. Wenngleich ein Waffenschrank davon eher nicht betroffen sein dürfte … Kennen Sie den Zugangscode?«

»Oh, nein. Niemand außer meinem Mann kennt ihn.«

»Dann wäre es sehr schön«, murmelt Kommissar Sowieso und fördert aus seiner Gesäßtasche ein Portemonnaie und aus diesem eine Visitenkarte zutage, »wenn Ihr Mann sich bald bei mir melden könnte.«

»Oh, wa … warum denn?«

»Dies ist ein Kurzwaffentresor. Und wie es aussieht, wurde das Opfer mit einer kleinkalibrigen Waffe erschossen.«

Der kleinere Beamte hat unterdessen einen bedruckten Zettel aus der Tasche genommen. Nun geht er hinüber zu seinem Kollegen und klebt den Zettel über die Tresortür.

»Was – machen Sie denn?«, fragt Ma fassungslos.

»Versiegeln«, sagt der Kurze.

»Nur«, begütigt der Lange, »um sicherzugehen, dass der Schrank erst wieder geöffnet wird, wenn jemand von uns dabei ist.«

»Sie – meinen doch nicht, ich meine – *mein* Mann!«, lacht Ma, nur noch reine Überforderung: »Er *kann* einfach nichts damit zu tun haben!«

»Das sagt ja niemand. Aber wenn wir jemanden finden, der erschossen wurde, und dann erfahren, dass es in seinem näheren Umfeld Besitzer von Schusswaffen gibt – hierzulande ist das einfach nicht so üblich, wissen Sie. Wir möchten nur sicher sein. Möglicherweise vermisst Ihr Mann ja eine seiner Pistolen?«

»Davon hat er mir nichts gesagt … Aber er öffnet den Schrank ja auch nicht jeden Tag.«

»Wie oft trainiert er denn?«

»Dienstags und samstags. Nicht wahr, René, dienstags und samstags geht Papa zum Schießen?«

René nickt fröstelnd. Eigentlich sollte er ruhig sein, denn was er hört, ist so absurd, dass es sich nur um einen Traum handeln kann. Aber nichts in ihm ist ruhig.

»Also«, dröhnt der Riese und rollt gemeinsam mit seinem Kollegen wieder auf die Sitzecke zu, »wenn er sich noch heute bei mir melden könnte, würde uns das sehr helfen. Das ist übrigens der beste Kaffee, den ich seit Langem getrunken habe.«

Die Mutter nickt verstört, dreht die Visitenkarte einen weiteren Moment lang zwischen den Fingern und scheint noch etwas sagen zu wollen. Endlich schnürt sie die rosa Seide enger um sich und schleicht auf den Flur hinaus.

Kommissar Sowieso sitzt nun unverrückbar und offensichtlich sehr behaglich neben seinem Kollegen, während Renés Oberlippe im Kaffee verbrennt.

FÜNF

Tut es weh?

Er überprüft die Handschellen noch einmal auf Sitz und Stabilität. Es ist ihm nichts anderes übrig geblieben, als die rechte Hand der Puppe am Griff der Beifahrertür zu befestigen. Zwischendurch hat sie so einen wachsamen Blick, hinter der runden Stirn scheint es unablässig zu arbeiten. Trotz allem kann er sich ihrer nicht sicher sein.

Sie scheint es nicht weiter zu bekümmern, sie hält die Augen halb geschlossen und wackelt wieder so undefinierbar mit dem Kopf. Die Krämpfe dürften ihre Bewegungsfreiheit mehr einschränken als die Fessel.

Er steigt auf der Fahrerseite ein, startet und lässt den Wagen auf die Straße hinunterrollen. Wie weit sind wir?, fragt er.

Bald die Hälfte, bringt sie mühsam hervor.

Dann ist heute Abend schon alles vorbei. Die Küste ist nicht der schlechteste Ort, um zu verschwinden.

Das bringt sie immerhin dazu, ihn anzuschauen: Sie wissen Bescheid?

Es war nicht schwer zu erraten. Aber Sie müssen mir trotzdem sagen, wie ich fahren soll. Ich weiß schließlich nicht, wo genau Ihre Freundin wohnt.

Sie schüttelt langsam den Kopf, doch wenn ihn nicht alles täuscht, ist diesmal ein Lächeln auf ihrem Mund zu sehen: Die nächste Ausfahrt rechts. Aber das meiste haben wir noch vor uns.

Und nach einer Weile fügt sie hinzu: Eines ist gut daran, dass Sie Gedanken lesen können.

Und das wäre?

Sie würden rechtzeitig merken, ob ich abhauen will. Und anstatt zu schießen, könnten Sie sagen: Lass es einfach, Mädchen.

Er schnaubt belustigt, dann sagt er: Erst mal müssen wir zur nächsten Apotheke. So kann ich Sie schließlich nicht lassen.

Danke, seufzt sie. Dafür sage ich dann zu Ihren Gunsten aus.

Falls Sie aussagen müssen.

Falls ich aussagen kann.

Zäh, dieses Persönchen. Sehr zäh. Nein, sicher ist er sich ihrer nicht.

Ob ihr schon einmal jemand gesagt hat, dass es die Überlebenschancen enorm steigert, den anderen nicht wissen zu lassen, wie schlau man ist?

***

Das war zu viel Schlaf von gestern auf heute. Hätte er doch welchen übrig für jetzt. Er kann das Hiersein kaum noch ertragen. Wo sind die Schatten der vergangenen Nacht? Und warum hat er gerade heute nichts da, was alles ein bisschen erträglicher machen könnte?

Als polternd seine Tür aufgestoßen wird, zuckt René schmerzhaft zusammen, blickt aber nicht auf. Zu genau weiß er, was kommen wird. Dabei ist es lange her seit dem letzten Mal.

Eine Ewigkeit lang ist nur schnaubender Atem zu hören. Dann ein den Eingeweiden der Erde entrungener Schrei, ausgestoßen von einem Gesicht, zu dem er nicht hinschaut. Das er auch so nur allzu gut vor sich sehen kann: »Ich bin enttäuscht, mein Sohn. Ich bin … schwer und zutiefst … enttäuscht von dir.«

Sie ist noch immer am anderen Ende des Raumes – Glück für ihn oder für sie? –, aber ihm ist schon übel von ihrem Gestank. Die Kraft, die ihre hörbare Hilflosigkeit ihm gibt, lässt ihn sich hochstemmen. Etwas muss sich geändert haben in den letzten Jahren. Als Kind hat er sich aus Angst vor dieser Stimme manchmal eingenässt. Jetzt hasst er sie nur noch.

So ruhig, wie es eben geht, sagt er: »Ich bin auch von dir enttäuscht, Ma. Und nicht erst seit heute.«

»Ach, du!«, kreischt sie und wirft ein noch nicht leeres Cognacglas nach ihm. Er hat Glück, braucht sich nicht einmal zu ducken: Sie ist schon halb hinüber; schluchzt und gleitet am Türrahmen hinab auf alle Viere, zu Boden. »Du«, lallt sie, »du hast kein … Recht über mich zu urteilen. Du hast nicht … du hast nicht …«

»… mitgemacht, was du mitgemacht hast. Danke, Ma, ich weiß schon. Aber das, was ich mitgemacht habe, reicht mir auch.«

»Aha.« Sie richtet sich auf in die Hocke und entwickelt das, was an ihr in diesem Zustand allein noch furchteinflößend ist: ein stechend luzides Glimmen in den wässrigen Augen, aus dem sie jeden Moment Beleidigungen hervorbringen kann, die ihn wirklich treffen. »Der junge Mann … ist schon bedient. Wie schade! Jetzt fängt's nämlich erst an. Von … jetzt an wirst du erst recht was … mitmachen. Ich hatte es mir für dich ja anders vorgestellt. Ich … dachte ja es gäbe Grund zur Hoffnung bei dir dass du was … Besonderes wirst. Aber jetzt wirst du wohl noch tiefer sinken als deine Eltern, die du immer so erbärmlich gefunden hast.« Mit einem trockenen Lachen schließt sie: »'s wird nicht mal reichen um … irgendetwas … zu werden.«

Mittlerweile ist er aufgestanden. Vom Nachttisch nimmt er sein Portemonnaie, sein Telefon und den Schlüsselbund.

»Jetzt verschwindest du wieder, ja?«, höhnt die rosa Mumie. »Verkriechst dich. Gehst zu deiner Schlampe? Sag ihr 'nen herzlichen Glückwunsch, dass sie es endlich geschafft hat, dich auf ihr … Niveau … herunterzuziehen.«

Kurzfristig ändert er seinen Vorsatz, einfach an ihr vorbeizugehen, und reißt sie an einem Arm hoch. Auf ihr Quieken achtet er nicht. Eisig spricht er in ihre fassungslose Ledermaske: »Da gab's nichts runterzuziehen. Ihr kaputten alten Snobs seid doch nie etwas anderes gewesen als jetzt: ein Paar arme, traurige Angeber, für die sich niemand interessiert. Fang meinetwegen wieder das Saufen an, damit ich immer weiß, warum nichts aus mir wird.«

»Du Null!«, kreischt sie, »du miese kleine Ratte!«, während er sie fallen lässt und aus dem Haus geht. Ihre Verwünschungen gellen hinter ihm her, er hört nicht auf sie; fragt sich nur, wie er je wieder einen Fuß unter dieses Dach setzen soll.

***

Wasser! Haben Sie kein Wasser?

Der Typ bekommt garantiert irgendwann Herzrhythmusstörungen, so, wie er sich ständig über die lächerlichsten Kleinigkeiten aufregt. Nein, Tereza hat kein Wasser. Sie konnte nicht einkaufen gehen heute, konnte sich nicht aus ihrer Luxusloge erheben, um durch das örtliche Konsumparadies zu flanieren. Sie hatte diese Reise insgesamt ein bisschen anders geplant. Eben gar nicht.

Sie sagt nichts davon. Lehnt nur den Kopf gegen die Scheibe, während er fluchend das Röhrchen mit den noch nutzlosen Tabletten auf den Fahrersitz wirft und in den Laden neben der Apotheke stürmt.

Bald wird es besser, murmelt sie. Bald.

***

Carine nimmt Hakan die Flasche aus der Hand, trinkt einen Schluck, ohne den Mann aus den Augen zu lassen, und sagt:

»Das musst du mir jetzt erklären.«

»Dass ich jemanden aus dem weiteren Umfeld des Opfers befrage, der sogar selbst eine Frage zu dem Fall hatte?«

»*Wie* du gefragt – *wie* du ihn beobachtet hast – versuch jetzt nicht abzuwiegeln!«, unterbricht sie seine beginnende Handbewegung. »Wir hatten das neulich erst.« Sein angedeutetes Nicken nützt wenig. Nichts macht Carine aggressiver als Hakans Deeskalationsmanöver mitten im Wohnzimmer. »Ich weiß, wie du fragst, wenn du eine Information brauchst, und wie du fragst, wenn du meinst, der andere hätte etwas zu verbergen. Von Jakob wolltest du keine Information. Und komm mir jetzt bloß nicht mit ›Woran machst du das fest?‹!«

Eine Pause, eine ganz kleine nur. Jemand anderes hätte vielleicht den Mund geöffnet und schnell wieder geschlossen. Hakan streckt nur die Hand nach dem Bier aus, als säßen sie auf einer Picknickdecke. Sie reicht die Flasche in seine Richtung, lässt aber nicht los, als seine Finger sich darum schließen.

»Ah ja«, nickt er. »Die Erklärung.« Carine überlässt ihm das Getränk. Er nimmt einen langen Zug, sie weiter offen anblickend, und fragt dann:

»Hattest du nicht auch das Gefühl, dass Jakob sehr, sehr angespannt war während unseres Gesprächs?«

»Hast du irgendeine Ahnung davon, wie du in solchen Situationen wirkst?«, schnaubt sie. »Da wäre jeder angespannt.«

Ein kleines Lächeln: »Er kam aber schon so hier herunter. Auch wenn ich keine eigenen Kinder habe, durfte ich schon viele von ihnen erleben. Und eines weiß ich: Kinder, die zu einem solchen Ereignis befragt werden, ohne selbst von ihm betroffen zu sein, sind ernsthaft, aufgeregt, manchmal übermäßig kooperativ – und sehr, sehr neugierig. Manche machen sich fast in die Hosen vor Anstrengung, nicht zu sensationslüstern zu wirken. Andere löchern uns ungeniert mit Fragen. Aber keines starrt so dumpf und verkrampft vor sich hin wie dein Sohn eben – nicht, solange es nicht selber betroffen ist.«

»Was soll das heißen?«, fährt sie auf.

»Das weiß ich eben nicht. Deswegen habe ich Jakob so befragt, wie ich ihn befragt habe. Weil ich wissen wollte, was sein Verhalten zu bedeuten hat.«

»Meine Frage war anders gemeint.«

»Das ist mir klar.«

»Du kannst doch gar nicht wissen, ob alles nur an dieser Geschichte liegt!«, ruft sie, ohne sich weiter zu beherrschen. »Er ist immer wieder so merkwürdig, das weißt du!«

»Nein«, antwortet Hakan bestimmt. »*So* merkwürdig war er noch nie. Und wenn du ehrlich bist, wirst du das bestätigen.« Mit einer Geste hindert er sie am Widersprechen: »Carine, ich behaupte doch nicht, dass er ernsthaft in diese Sache verwickelt ist, Gott bewahre! Ich frage mich nur, warum er derart verstört auf den Tod von jemandem reagieren sollte, der ganz offensichtlich nicht sein Freund war. Hast du eine Erklärung dafür?«

»Jakob ist ein sensibles Kind –« Als seine Augenlider sich daraufhin, kaum merklich, in einer Weise senken, die nichts anderes sagen will als *Ich kann es schon nicht mehr hören!*, würde sie ihn am liebsten ohrfeigen. Er sieht das und sagt fest: »Es gibt Grenzen, Carine. Auch für Sensibilität.«

Der Raum dehnt sich aus zwischen ihnen. Hakan atmet hörbar aus und fügt sachlich hinzu: »Fürs Erste werde ich Jakob nicht weiter bedrängen. Wahrscheinlich könnte er uns ohnehin nicht viel helfen. Aber wenn, wird er es nicht tun, bevor er das selber will. In dieser Dickköpfigkeit kommt er wirklich nach seinem Vater. Wo ist der überhaupt?«

»Was weiß ich!« Sie zieht die Knie an die Brust und starrt hinaus in die Abenddämmerung. Dann wendet sie ihm heftig wieder das Gesicht zu: »Moment – du meinst doch nicht – also wirklich!«

»Ich meine gar nichts. So gut müsstest du mich eigentlich kennen. Wir erreichen David nur seit gestern nicht. Wollte er verreisen?«

»Vielleicht mit seiner Perle; keine Ahnung.«

Der löwenhafte Kopf nickt langsam, unbestimmt. Wie für sich selbst murmelt er: »Ein wenig scheint es ja so, als ob jeder im Viertel einen Grund gehabt hätte, diesen Benjamin loswerden zu wollen. Wir fangen gerade erst an herauszufinden, in welch übler Gesellschaft er sich herumgetrieben hat.«

»Wahrscheinlich hat ihn genau das das Leben gekostet«, wirft sie ein. »Und nichts, was mit der Schule zu tun hat.«

»Nur ist es eben genau dort passiert.«

»Schüler sind am einfachsten an Schulen zu finden, oder nicht?«

Da sieht er sie wieder an, freundlich, und reicht ihr die Flasche zurück. »David hat in Benjamins Jahrgangsstufe Geschichte unterrichtet. Ich würde gerne hören, was er über ihn zu berichten weiß.«

»Er wird schon zurückrufen. Ihr habt ihm doch eine Nachricht hinterlassen?«

»Mehr als eine.« Wieder dieses Vage, dieser wandernde Blick. Wer hier wohl was zu verbergen hat, denkt Carine. Aber sie fragt nicht. Etwas hält sie zurück, und das sollte sie irritieren. Wird sie später denken. Jetzt ist da nur so etwas wie eine Mauer aus verbissenem Optimismus vor dem Ferienbeginn.

Ihren Gefährten scheint die nur leider nicht abzuhalten:

»Ich hatte einen von Davids Kollegen an der Strippe, der mir erzählte, dass der Gute eine Verabredung mit ihm hat platzen lassen, weil es ihm angeblich schlecht ging. Und dass er frühestens nächste Woche mit seiner

Freundin verreisen wollte – die aber seit Tagen nichts von ihm gehört haben will. Also ...«, Hakan wiegt den Kopf und macht mit der Hand eine Geste, die Ratlosigkeit vorschützen soll, was aber nur glauben kann, wer diesen Schuft nicht aus der Nähe kennt: »Entweder, es geht ihm so hundeelend, dass er es nicht einmal bis zum Telefon schafft. Oder er hat seinen Urlaub verfrüht angetreten, ohne seiner Freundin – von seinem Sohn will ich gar nicht reden – irgendetwas zu sagen. Nicht sehr liebevoll. Auch wenn ich nicht unbedingt Davids größter Fan bin: Das passt nicht zu ihm. Zumindest habe ich ihn so noch nie erlebt. Du?«

Das Letzter-Schultag-Bier. Eingeführt von Paul, Jahre bevor er David den Einstieg in sein Kollegium ermöglichte. Letzteres hat sie ihm übel genommen. Sie weiß selbst, dass das nicht ganz gerecht ist, aber sie hat es ihm übel genommen. Paul ist ein feiner Kerl, sie mochte ihn immer. Doch seit David an Jakobs Schule arbeitet, hat der Junge noch mehr Geheimnisse vor ihr als ohnehin schon.

Nichts in der Welt könnte David normalerweise dazu bringen, seinen alten Freund zu versetzen. Dieser Gedanke erzeugt, ehe sie es verhindern kann, den nächsten: Wenn er wirklich krank ist und niemand sonst ihn erreicht – müsste dann nicht sie nach ihm schauen?

»Du gehst mir auf die Nerven, Hakan«, knurrt sie und will in die Küche gehen. Er erwischt sie am Gürtel und drückt das Gesicht gegen ihren Bauch.

»Nicht ich«, murmelt er, »sondern meine ... *déformation professionelle*. War das richtig?« Carine brummt. »Der Ausdruck ist schon ziemlich gruselig«, sinniert der Mann. »Viel mehr als *Berufskrankheit*. Das klingt nach einer nervigen Erkältung, die man nicht loswird, aber ansonsten ist man okay. Aber *déformation* – ich sehe mich da immer mit einem riesigen Auswuchs im Gesicht. Wahrscheinlich stimmt das sogar. Neulich war ich bei dieser Bürgerversammlung, wegen der Allee, weißt du? Stand nur am Rand und hab mir die Leute angeguckt. Und da kommt plötzlich einer zu mir und sagt: ›Du bist 'n Bulle, oder?‹ Ich schaue ihn nur an, und er: ›Schon gut, du musst nicht antworten. Ich finde es nur immer witzig, wie leicht man euch erkennt.‹ Es stellte sich heraus, dass er ein Ex-Junkie war. Zum Glück fing dann die Veranstaltung an, sonst hätte er mir noch seine Lebensgeschichte erzählt. Aus irgendeinem Grund erzählen mir die Leute immer dann am meisten, wenn ich gar nicht im Dienst bin. Vielleicht sollte ich mir darüber Gedanken machen.«

Carine antwortet nicht. Es ist sehr lästig, nie zu wissen, ob dieser Mann mit seinem scheinbar ziellosen Murmeln eine Strategie verfolgt oder sie einfach nur an seinem Innenleben teilhaben lässt.

»Gehe ich dir immer noch auf die Nerven?«

Sie antwortet mit einem leichten Schlag auf seinen Kopf.

»Ja«, brummt er und drückt sein Gesicht noch fester in ihren Nabel, »ich sollte das lassen. Ich weiß, du hast ein paar anstrengende Wochen hinter dir und möchtest nur noch an deine Ferien denken. Das würde ich auch gern.«

Sie seufzt und lässt sich ein wenig gegen ihn sinken. Abwesend zaust sie seine Mähne, die sich am Hinterkopf langsam zu lichten beginnt.

»Noch zwei Wochen«, murmelt sie. »Dann kommst du in unser Häuschen und ich werde wieder so fit sein, dass ich dich von morgens bis abends bekochen und dir den Nacken massieren kann.«

»Klingt nicht schlecht«, schnurrt er. »Würde ich auch jetzt sehr begrüßen.«

»Musst du nicht gleich noch mal aufs Revier?«

Er legt den Kopf zurück und grinst zu ihr herauf: »Nicht gleich.«

»Nicht gleich?«

»Nicht gleich-gleich.«

Sie hebt eine Augenbraue: »Ach so.«

»Du könntest mich zum Beispiel noch zum Auto begleiten.«

»Wenn ich wollte.«

»Wenn du wolltest.«

Sie schaut in sein Gesicht, dieses ewig beobachtende. Hakan fordert nie, er verführt noch nicht einmal. Stattdessen stellt er eine Frage, macht eine Andeutung und tritt dann gleichsam zur Seite, als habe er ein ergebnisoffenes Experiment in Gang gesetzt. Das Ausbleiben einer Reaktion quittiert er für gewöhnlich mit einem feinen Lächeln, einem stummen Nicken, das sagt: Kein Problem. Ich warte gerne länger. Irgendwas wird schon passieren.

Und er behält recht. Immer. Selbst jetzt, wo sie gerade haarscharf an einem Streit vorbeigeschrammt sind – dem schlimmstmöglichen Streit: einem, der mit Carines Kind zu tun hat. Es ist unpassend, irgendwie. Stößt sie ab. Und scheint doch zu versprechen, dass alles wieder gut wird – ach was!, einfach gut *ist*. Dass hier jemand nur seine Arbeit getan hat und weder ihr noch Jakob jemals etwas Böses wollte. Und dass der, der sie nun umarmt, mit jenem schon nichts mehr gemein hat.

Nicht, dass es nicht schon warm genug wäre. Aber die Wärme, die sie mit, an, *in* diesem Mann erleben kann, ist noch etwas anderes. Genau das, was dem inneren Frösteln, das sie seit dem seltsamen Anblick Jakobs, gestern Nachmittag vor dem Fernseher, verfolgt, Einhalt gebieten könnte.

Sie wirft einen Blick in Richtung Treppe.

»Ich könnte sogar«, murmelt sie, noch immer leicht widerwillig, »ein klitzekleines Stück mitfahren.«

»Wenn du wolltest.«

Sie greift abrupt in seine Haare, fest, und biegt kurz seinen Kopf nach hinten. Sein Gesicht bleibt unverändert. Er weiß es nicht, und sie wird es ihm nie sagen: Aber das Verlangen, das er in ihr auslöst, hat seltsame Ähnlichkeit mit dem, das sie damals bei David halb wahnsinnig gemacht hat. Doch während es sich bei ihrem Ex-Mann aus dessen Sprunghaftigkeit speiste, erwächst es nun gerade aus Hakans Unerschütterlichkeit, fast könnte man sagen: Trägheit. Glühenden Trägheit. Eine idiotische Wortkombination, denkt sie. Was aber nichts ändert.

Carine tritt einen Schritt zurück; der Mann lässt sie los. Den ganzen Weg ins Obergeschoss über ist sie unschlüssig, ob sie noch einmal herunter kommen wird. Dann klopft sie an Jakobs Tür, öffnet sie einen Spalt breit: Der Kleine kämpft gerade mit seinem Lieblings-T-Shirt, das sich offenbar nicht in den frischen Stapel auf seinem Bett einfügen will.

»Hey«, lächelt Carine, »ça marche?«

»Na klar«, erwidert Jakob schulterzuckend.

Sie nickt ein paarmal mechanisch, dann sagt sie: »Ich fahre nochmal kurz mit Hakan mit, hatte noch was im Supermarkt vergessen. Soll ich dir etwas mitbringen?«

»Weiß nicht … Doch, ein neues Deo!«

»Ist das alte schon wieder leer?«

»Es ist Sommer, Mami.«

»Natürlich.«

Es ist angenehm, ohne jede Beklemmung *mein Kind spinnt!* feststellen zu können. Nur muss sie jetzt ihr Portemonnaie mitnehmen und zusehen, dass sie wirklich an einem Supermarkt vorbeikommen.

Im Erdgeschoss ist keine Spur mehr von dem Mann. Aber die Eingangstür steht offen. Carine stellt sich plötzlich vor, wie der Junge sich in ein paar Jahren auf ähnliche Weise wie sie jetzt aus dem Haus stehlen wird. Das löst ein Schmunzeln aus. Sie greift ihre Handtasche und tritt durch die Tür.

***

Nicht übel, dieses Städtchen. Winzig klein und verschlafen, aber mit einigen sehr einladend wirkenden Häusern und einer Kirche, die er unter anderen Umständen sofort würde besichtigen wollen. Jetzt ist daran nicht zu denken. Sie sind immer noch nicht weit genug weg von zu Hause. Kommen einfach zu langsam vorwärts mit seiner alten Mühle.

Die Suche nach einem Lokal führt sie über eine hochgewölbte Steinbrücke. Die Puppe stutzt, als David plötzlich ihre Hand loslässt und stehen bleibt.

Was machen Sie, fragt sie und beobachtet, wie er langsam über den Mörtel am Geländer streicht. Fünfzehntes Jahrhundert, murmelt er. Mindestens.

Es dauert einen Moment, bis ihre Augen die angewöhnte Distanz zu ihm überwinden und sie nachdenklich die Brauen zusammenzieht: Dass das überhaupt geht, murmelt sie.

Oh ja. Er lächelt. Mit der richtigen Technik …

Fast wirkt es, als müsse sie sich dagegen wehren, sein Lächeln zu übernehmen; aber ganz zurückhalten kann sie sich doch nicht: Bei *Löwenzahn* hat der das mal erklärt, warum so ein Steinbogen hält. Richtig glauben kann ich es immer noch nicht. Und dass wir sechshundert Jahre später immer noch darauf herumspazieren …

David nickt. Eine seltene Brise bringt die Zweige der Trauerweiden an den Rändern des kaum gezähmten Baches unter ihnen zum Tanzen. Kurz räkelt sich alles lächelnd im Sonnenlicht. Der Moment drängt sich als *gut* auf, als sorglos. David unterdrückt den Impuls, auf dem Gesicht der Frau da eine ähnliche Empfindung zu suchen. Begnügt sich mit der Gewissheit, dass neben ihm noch jemand in dieser malerischen Szenerie herumsteht. Er schließt kurz die Augen und fördert das Telefon aus seiner Hosentasche zutage.

Dann greift er nach der Hand der Puppe, und der Moment ist vorbei.

Ich werde kurz abgelenkt sein, erklärt er, während er durch die Kontaktliste scrollt. Nehmen Sie es nicht persönlich.

Schon in Ordnung, erwidert sie, bevor sie ihm plötzlich fast die Finger zerquetscht. In derselben Bewegung fasst sie sich an den Bauch und krümmt sich zusammen: Wenn Sie sich nur beeilen.

Er keucht: So was dürfen Sie nicht machen. Ich wollte schon nach Ihnen schlagen.

Hätte auch nicht mehr viel geändert.

Beide atmen kurz durch. Dann konzentriert er sich auf das, was er eigentlich vorhat.

Es ist riskant. Aber um diese Zeit müsste der Kleine alleine in seinem Zimmer sein. Carine vertrocknet hoffentlich gerade auf einem Gartenstuhl.

Er hat Glück. Mein Großer, sagt er.

Hallo, Papa. Wie geht's?

Ist deine Mutter in Hörweite?

Ich glaube nicht. Sie ist sehr mit Packen beschäftigt.

Pause. David sammelt seine Kraft für das, was er sich zurechtgelegt hat. Eine letzte Liebesversicherung an seinen Sohn, bevor er ihn sehr lange nicht mehr sprechen wird, ein Päckchen Gegengift gegen alles, was dem Jungen in nächster Zeit bezüglich seines Vaters womöglich eingeträufelt werden wird. Aber Jakob ist schneller:

Du steckst in Schwierigkeiten, oder?

Das ist wie ein Stoß vor die Brust. Keine Möglichkeit, auszuweichen. Er weiß es, panikt es in David. Hat die Nachrichten gesehen. Sich den

Reim gemacht, der der Polizei noch fehlt. Und lebt mit einem Polizisten unter demselben Dach.

Jakob …

Ben, das warst du, nicht wahr?

Ich – oh Gott, mein Junge, ich …

Ich sag's keinem, unterbricht der Kleine ihn wieder. Keinem, und mir ist auch egal, wer schuld ist. Ich halte immer zu dir.

Und ich … immer zu dir. David gelingen ein paar Atemzüge, bevor er endlich wieder wie ein Vater reden kann: Wir werden uns eine Weile nicht sehen, und auch nicht sprechen können. Aber ich denke immer an dich. Weißt du das?

Ja.

Dann ist gut.

Kann ich dir nicht irgendwie helfen?

Nein, Jakob, nein. Außer, erst mal mit niemandem über unsere Unterhaltung zu reden. Ich meine – solange keiner fragt.

Auch, wenn sie fragen!

Das … sehen wir ja dann. Aber jetzt muss ich auflegen. Du bist das Beste. Das Beste in meinem ganzen Leben. Vergiss das nie, mein Großer.

Ich hab dich lieb, Papa.

Ich hab dich auch lieb. Bis ganz bald.

Er drückt das Telefon in seiner Hand, als könne er so die Zeit festhalten. Dann findet er einen umherliegenden Stein, legt das Gerät darunter und tritt sorgsam, methodisch, den Brocken hinein, bis nichts mehr zusammenhält. Mit dem Fuß scharrt er alles an den Rand des Brückchens, die Stadtreinigung wird sich hoffentlich darum kümmern.

Danach erst bemerkt er den Blick der Puppe. Wie lange kann sie sich schon wieder aufrecht halten? Und wann hat er ihre Hand losgelassen?

Was?!, faucht er. Sie zuckt mit den Schultern. Was?, will er wieder wissen.

Nichts Besonderes, murmelt sie. Ich find's nur ein bisschen hart, Ihren Sohn mit diesem Geheimnis so allein zu lassen.

Schnellt da seine Hand auf sie zu? Will er sie packen will er sie schlagen will er sie würgen? Er schafft es kurz vor knapp, die geballte Faust zurückzuziehen und durch die Zähne zu stoßen: »Halt – dich da raus – du …!«

Ihr Gesichtsausdruck verändert sich nicht. Sie senkt nur die Lider – nicht schüchtern, nicht ängstlich. Sondern mit der einzigen Absicht, sich seinen Anblick zu ersparen. So, wie man jemandem die Türe vor der Nase zuschlägt. Beschämt über sich selbst, weist er sie mit einer knappen Geste an, weiterzugehen. Stattdessen lehnt sie sich über das Geländer und übergibt sich ins Wasser. Einmal verliert sie fast das Gleichgewicht dabei; er muss ihr die Stirn halten.

Ihre Tabletten dürften Sie los sein, stellt er fest.

Sie schüttelt den Kopf: Nein, das gehört dazu. Jetzt wird es bald besser.

In einer finsteren kleinen Spelunke nehmen sie ihr Mittagessen ein, das heißt: Sie müht sich mit Graubrot und klarer Brühe ab, während er sich über ein riesiges Schnitzel hermacht. Erstaunlich, wie sich sein Appetit entwickelt hat. So ins Blaue hineinzufahren, scheint eine Menge von ihm genommen zu haben.

Was haben Sie, fragt er, da ihre Augendeckel zu flirren beginnen.

Ich bin so müde. Die Krämpfe haben aufgehört, aber …

Sie wird gleich von ihrem Stuhl sacken. Er beendet schnell seine Mahlzeit, legt das Geld auf den Tisch und nimmt sie am Arm: Kommen Sie. Sie können im Auto schlafen.

Die Frage ist, was die vereinzelt umherschlendernden Dorfbewohner mehr interessiert: Die Frau, die sich am helllichten Tage wie eine Betrunkene aufführt; oder der Mann, der eine halb Bewusstlose durch die Straßen schleift.

Sie so, wie ein Baby, auf den Beifahrersitz zu betten, fühlt sich merkwürdig an. Sie lächelt ihn an wie einen Heiligen, während er ihr die Rückenlehne herunterstellt und die Jacke als Kissen unterschiebt. Ihr Kiefer und ihre Lippen machen einen halbherzigen Versuch, sich zu bedanken, geben aber schnell auf. Es wird gute Gründe dafür geben, dass einige Leute diese merkwürdigen Tabletten verbieten lassen wollen. Nellie schwört zwar auf sie, aber *zum Ausgleich* stürzt sie sie auch immer mit einem Energydrink.

Seufzend lässt David sich auf dem Fahrersitz nieder, schließt die Tür und blickt freudlos einer weiteren Ewigkeit in Hitze und Wortlosigkeit entgegen.

Das Geräusch, mit dem der Motor auf das Umdrehen des Zündschlüssels reagiert, lässt ihn kurz erstarren. Nein. Das ist nicht wahr.

***

Er rennt, er rennt, obwohl er nicht einmal weiß, ob er Mia antreffen; ob sie in der Lage sein wird, ihm den Trost und die Sicherheit zu spenden, die er erst vor ein paar Stunden abgelehnt hat. Seine ganze Kraft setzt er ein gegen etwas wie eine dicke Gummiwand zwischen ihm und der Welt, die zwar immer weiter nachgibt, aber nicht verschwindet, nicht reißt, egal wie hart seine Füße gegen den Boden arbeiten, egal wie laut er keucht, ja hustet, schwitzt. Das Board warum hat er das Board nicht mitgenommen es muss dieses Unbedingtwegwollen gewesen sein, das ihn zu Fuß aus dem Haus getrieben hat.

Er weiß gar nicht, hat er schon geklingelt?, doch schon weiten sich Mias Augen, und er bemerkt, dass er am ganzen Leib zittert. Scham höhlt ihn aus, doch zugleich legt sich da der Blick dieser Frau um ihn ganz weich und er ist erleichtert, so erleichtert, wann war er das zuletzt? Niemand anders dürfte ihn so sehen; Josh vielleicht, sonst keiner.

Ohne Fragen nimmt sie ihn mit in die schäbige kleine Paarzimmerwohnung, stopft ihm auf der Couch den Rücken mit Polstern aus und drückt ihm ein kaltes Glas Multivitaminsaft in die Hand. Mit dem ersten Zug leert er es bis zur Hälfte, dann wendet er den Blick nicht mehr ab von ihr, die sich mit angezogenen Knien neben ihn gesetzt hat.

»Die Bullen waren bei Josh«, sagt sie, »und bei Max haben sie auch schon angerufen. Seine Schwester hat es mir gesagt.« Er nickt abwesend. »Dann waren sie bei dir auch?«, fragt sie. Er stürzt den Rest des Safts hinunter, stellt das Glas ab und greift nach ihrer Hand.

»Ich bin am Arsch«, sagt er tonlos.

»Wieso, was wollten die? Die denken doch nicht, dass einer von euch …«

Kurz versteht er nicht, starrt sie an ganz blank, dann bricht er in freudloses Lachen aus.

»Was denn?«, fragt sie verärgert, »denen ist doch alles zuzutrauen.«

»Ja.« Er fällt gleich wieder in tiefen Ernst. »Das ist es eben.«

»Was denn, verdammt? Haben sie – oh Scheiße, Mann, haben sie was bei dir gefunden?«

»Tja. Wenn's nur das wäre.« Mit dem Daumen reibt er über ihre Handknochen und schaut versonnen an ihr vorbei, ins Leere.

»Wie, nur das?« Sie scheint die Geduld zu verlieren: »Das reicht doch!«

»Schön wär's. Sie haben das Zeug nur eingesteckt und mich angegrinst, weil ich *so kooperativ* war. Und weil es ihnen ja nicht darum gegangen ist. Ich wette, die machen sich damit 'nen schönen Feierabend.« Wieder wird sein Brustkorb von diesem Lachen erschüttert, von dem er nicht weiß, woher es kommt. »Haben mir 'ne nette kleine Predigt gehalten, dass ich das mal schön lassen soll und dass ich Glück hatte, sie in so guter Laune anzutreffen ...«

»Wo ist das Problem? Weißt du, René, seit gestern Abend wirst du mir immer unheimlicher. Kannst du nicht einfach sagen, worum's geht?«

»Da ... ist noch was.« Er wischt sich die Augen und schwingt die Beine vom Sofa. »Und dafür kriegt mich der Direx dran, darüber werden sie mit ihm reden, wegen Ben und ...« Müdigkeit ist plötzlich da, Müdigkeit löst alle Worte auf und wozu auch Worte? Nichts werden sie jetzt für ihn tun können.

»Wollen wir«, fragt er, den Kopf schief, die Hand an ihrer Taille, »nicht rausgehen, Mia?«

»Wohin?«

»Einfach ein bisschen rumlaufen. Auf andere Gedanken kommen.«

»Wenn's dir dann besser geht ... Warte, ich hole meine Schuhe.«

Sie zieht diese süßen kleinen Pantoffeln an, mit den Perlen darauf, in denen sie noch entspannter und noch sinnlicher wirkt als ohnehin schon. Er sagt es ihr mit einem besonders langen Kuss, nach dem sie gleich zu schnurren anfängt: »Willst du wirklich spazieren gehen?«

»Ja. Wir kommen danach wieder her, aber jetzt muss ich ... was nachsehen.«

»Und was?«
»Überraschung.«

***

Wie schön alles ist ohne Schmerz. Wie weit und hell und weich die Welt auf einmal scheint. Wäre da nicht jedes Mal diese Schwäche. Schon einen Löffel voll Flüssigkeit von dort nach hier zu befördern, scheint eine übermenschliche Anstrengung zu kosten. Dabei möchte sie so gern essen, da sich alles so biegsam und leer anfühlt in ihr seit der Brücke. Noch größer aber ist das Bedürfnis zu schlafen. Lange wird sie es nicht mehr abwehren können, selbst hier nicht, vor aller Augen.

Der Lehrer ist gleich sehr hilfsbereit, als er sieht, wie müde Tereza ist. Stützt sie auf dem endlosen Weg zum Parkplatz und tut alles, um es ihr im Auto möglichst bequem zu machen. Wie nett er sein kann. Wie angenehm leise er dann spricht. Das bringen nur wenige fertig.

Sehr zufrieden will sie sich selbst beim Hinübergleiten in einen samtigen Traum zuschauen, als es mit seinem freundlichen Summen schon wieder vorbei ist. Durch die halb geöffneten Lider sieht sie ihn auf das Lenkrad eindreschen und hört ihn Flüche ausstoßen.

Was – ist denn?, fragt sie traurig.

Er springt nicht an!, schreit er. Er verreckt mir – hier! Heute! Einen Tag hätte er noch damit warten können, zwei! Ich wusste, dass er es nicht mehr lange machen würde, aber …

Jetzt – schreien Sie doch nicht so. Fragen Sie den … den Wirt, wo die nächste Werkstatt ist.

Wenn ich Sie nicht hätte, ätzt er, springt aus dem Wagen und schließt sie ein.

Wenigstens ist es danach still.

***

»Was willst du denn *hier*?«

Mia ist stehen geblieben und sieht ihn an, als begegne sie ihm zum ersten Mal. »Wir haben Ferien«, sagt sie, »schon vergessen?«

»Abgesperrt«, murmelt René und starrt fasziniert auf das gestreifte Band an der Eingangstür. »Das ganze verdammte Teil.«

»Na klar. Die müssen doch Spuren sichern und so.«

»Ja. Ja, genau …«

So ein Plastikstreifen zwischen ihm und Ben. Ist das alles? Vielleicht wirklich. Er streckt eine Hand aus.

»Was machst du?«, fragt Mia.

»Ich will da rein.«

»Drehst du jetzt völlig ab? Du hast eben erst die Bullen zu Hause gehabt, reicht dir das nicht?«

»Durch das Fenster da müsste es gehen«, fährt er unbeirrt fort. »Bestimmt ist keiner drin. Die krebsen doch nicht ewig am Tatort rum.«

»René!«

»Du kannst ja hierbleiben. Wenn's dir nicht zu blöd ist, warn mich, wenn jemand kommt. Ansonsten halt dich einfach raus, ja?«

»Nein, ich halte mich nicht raus!« Sie zieht an seinem Arm wie ein Kleinkind; nur in der Absicht, sie loszuwerden, gerät sein Blick in ihre Augen. Die sind so ernsthaft besorgt, dass er sie nicht einfach wegstoßen kann. »Ich will nicht, dass dir was zustößt, René. Hier ist was Schreckliches passiert, das hat uns alle mitgenommen und dich sicher am meisten. Du bist jetzt … einfach durcheinander und es wäre doch blöd, für etwas Stress zu bekommen, was du dir später vielleicht anders überlegt hättest.«

»Stress«, fährt er auf, »hältst du mich für bescheuert? Glaubst du, ich kann da drinnen nicht rumlaufen, ohne zu …«

»Ich halte dich nicht für bescheuert, Mann, aber hast du schon mal daran gedacht, dass die das hier sichern, um so schnell wie möglich Bens Mörder zu finden? Das willst du doch auch, oder?«

In der Verlegenheit, ihr weder zustimmen noch widersprechen zu können, mahlt René einen Augenblick unentschlossen mit den Kiefern, den Blick an ihr vorbei in der Ferne verloren. Da taucht am Rande seines Sichtfeldes etwas Bewegliches auf. Er wendet den Kopf und sprintet, als er es genau ausgemacht hat, los.

»Kleiner!«, brüllt er, ohne auf Mias Rufe zu achten, »he, Kleiner, warte! Halt schon an, ich tu dir nichts!«

Der KZ-Junge, wie sie ihn nennen, der Fünftklässler, der seit Neuestem mit rasiertem Schädel herumläuft, macht einen unbeholfenen Fluchtversuch, aber René hat ihn schon am Arm.

»Bist du taub?«, fragt er. »Ich habe gesagt, ich tu dir nichts.«

Der Junge nickt, blickt aber nicht auf.

»Was machst du hier?«, fragt René. »Hast du nichts Besseres zu tun in den Ferien?« Der Kleine zuckt mit den Achseln. René weiß langsam selbst nicht mehr, warum er ihn angehalten hat. Von jedem, scheint es, erhofft er sich Aufschluss über irgendetwas. Nur, seltsam: So, wie der Junge aussieht, scheint ihn etwas Ähnliches umzutreiben. »Ist dein Vater in der Gegend?«, fragt René impulsiv. Jetzt schüttelt KZ-Jakob mit vor Angst schwarzen Augen den Kopf. »Warum bist du dann hier? Weißt du –« René muss sich selbst daran hindern, über die Albernheit der Situation nachzudenken, »weißt du was von gestern? Von Ben? Kriechst du deswegen hier rum?«

Wenn ihm schon die Erwachsenen nichts sagen können – nicht umsonst ist das hier der Sohn eines Lehrers. René hat bisher nicht gewusst, wie verzweifelt wichtig ihm eine einzige Antwort wäre.

Jetzt bringt der Knirps mit Mühe einen Satz zustande: »Er … war doch *dein* Freund.«

»Ja.« Wie taub lässt er die Schulter des Kleinen los und fühlt alle Kraft von sich gleiten. »Recht hast du. Er war *mein* Freund. Ich müsste Bescheid wissen.« Hart blickt er auf den Jungen hinunter, der ihn jetzt geradezu unverschämt mustert. Diese kleinen Biester haben ein Gespür für jede Schwäche, man muss sich wirklich vorsehen. »Bist du froh«, bellt er, »dass er tot ist?«

Das saß. Jakob dem Lügner fährt so offensichtlich der Schreck in die Glieder, dass er einem fast schon wieder leidtun kann. Einer Ohnmacht nah, wie es scheint, schüttelt er lächerlich oft den Kopf.

»Schon gut«, knurrt René. »Ich werde dich nicht anzeigen oder sowas. Du wirst mich sowieso 'ne ganze Weile nicht sehen, und die anderen vielleicht auch nicht. Nichts für ungut, Kleiner. War alles nicht so gemeint und … Na, jetzt ist es jedenfalls vorbei.« Müde hebt er die Hand zum Abschied: »Alles, kannst dich drauf verlassen. Schöne Ferien.«

»Schöne … Ferien«, hört er es leise hinter seinem Rücken, während er zu Mia zurückläuft.

»Wer war das?«, fragt die gleich.

»Der Sohn von Hyde.«

»Hyde? Der die Leute so angrinst, bevor er ihnen eine Fünf verpasst?«

»Genau der.«

»Und der ist Vater? Wer hat ihm denn dabei geholfen?«

Es ist gut, darüber ein bisschen lachen zu können, das Gesicht an ihren Hals zu drücken und dann mit ihr zusammen den Schulhof zu verlassen, als sei dies ein ganz gewöhnlicher Nachmittag.

»Und? Wusste er was?«, fragt Mia.

»Natürlich nicht.«

»Warum wollte er wegrennen, als er dich gesehen hat?«

»Keine Ahnung. Hatte bestimmt was angestellt. Fünftklässler, die machen doch nur Scheiß.«

»Genau.« Sie pufft ihm freundlich in die Rippen: »Weil du ja aus ganz vernünftigen Gründen hier warst.«

Er packt sie um die Taille und verschlingt ihr helles Lachen, taucht mit ihr ein darin, dann in das grüne Leuchten der Haselsträucher, den Schulweg entlang, nach Hause.

***

Wie pittoresk diese kleinen Städte auch sein mögen – irgendwann kommt immer der Punkt, an dem David sie zu hassen beginnt. Für die Wichtigkeit der Mittagsruhe eines Automechanikers, zum Beispiel. Für dessen miserabel ausgestattete Werkstatt. Für die Gelassenheit, mit der er schließlich behauptet hat, *das* würde mindestens eine Woche dauern.

Schließlich für dieses Hotel. Hat er schon jemals tagsüber in einem Hotel eingecheckt? Aber etwas anderes ist ihm nicht eingefallen, wohin hätte er gesollt mit diesem Mädchen, das sich kaum auf den Beinen halten konnte? Sich mit ihr gemütlich auf irgend eine Bank zu setzen und von den Dörflern begaffen zu lassen, wäre keine gute Idee gewesen. Also hängt er erst einmal fest in diesem angeblichen Doppelzimmer, in dem neben dem Bett kaum Platz für eine Katze wäre und David sich auf eine Nacht im einzigen Sessel freuen kann. Konkurrenzlosigkeit kann sehr ungemütlich sein.

Doch erst einmal bleibt ihm nichts übrig als zu warten. Die Puppe ist, wie es scheint, ins Koma gefallen, und der Wagen wird nicht anspringen, so sehr er sich darüber auch aufregen mag.

Eine Woche. Das kommt natürlich nicht infrage. Es muss eine andere Möglichkeit geben. An öffentliche Verkehrsmittel mag er im Moment nicht denken. Langsam fragt er sich, wie leichtsinnig es sein mag, sich ausführlich mit Leuten über Zimmer, Motoren und Mahlzeiten zu unterhalten, die selten einem neuen Gesicht begegnen und sich hervorragend an ihn und seine schweigsame Begleiterin mit dem schönen Dekolleté erinnern werden. Hätten sie die Reise an einem Tag geschafft, wäre das alles kein Problem gewesen.

> Problem welches Problem eigentlich
> Ändern kann er es
> was auch immer
> jedenfalls
> nicht mehr
> .

Leise lässt er die kleinen Bilder über die Mattscheibe flimmern. Nicht ganz ohne Ton, das hielte er jetzt aus irgendeinem Grund nicht aus. Dass sie in diesem Loch ein paar Zimmer mit Farbfernseher haben, grenzt an ein Wunder. Er fragt sich, was er anstellen würde, sollte jetzt sein Bild ausgestrahlt werden.

***

Endlich. Ihre Sinne sind wieder beisammen. Sie fühlt sich immer noch zerschlagen, aber der Weichzeichner ist aus der Umgebung verschwunden und nur ein Kneifen in den Oberschenkeln erinnert sie an das, was sie auf diese muffige Steppdecke gebracht hat.

Ob der Lehrer zurück ist? Tereza kann sich vage erinnern, dass er sie lange im Auto allein gelassen hat, während er laut mit einem Mann diskutierte. Das nächste Mal hat sie mitbekommen, wie er sie hier auf diesem Bett ablud; dann ist er verschwunden, zusammen mit allem anderen. Aber er wird sie nicht so zurückgelassen haben, denn ihre Hände sind frei. So sehr kann er ihr noch nicht vertrauen.

Tatsächlich hört sie ihn jetzt einen unterdrückten Jubelschrei ausstoßen. Langsam richtet sie sich auf. Er sitzt vor dem laufenden Fernseher, dem er wie unsinnig applaudiert. Sie würde gern wissen, warum, aber da schaltet er auch schon wieder ab. ... *aber noch nicht machen* ist das letzte, was sie zu hören bekommt.

Wer will was nicht machen?, fragt sie träge.

Die Polizei, grinst er. Konkrete Angaben. Zu mir.

Was?!

Immer mit der Ruhe.

Er steht auf, macht Anstalten, sich das Hemd auszuziehen, wirft ihr einen fragenden Blick zu, auf welchen hin sie mit den Schultern zuckt – als müssten sie sich noch voreinander zieren! –, und legt den grünen Fetzen über die Lehne des nächsten Stuhls. Immerhin, fährt er fort, sind sie so weit, dass sie nach einem Lehrer suchen. Nur – nach welchem? Das bleibt das große Geheimnis.

Und das freut Sie. Sie wischt sich müde über das Gesicht. Sie sind ziemlich bescheuert, wenn ich das sagen darf.

Das Mittel wirkt noch. Sie beißt sich nicht einmal nachträglich auf die Lippen für den Ausrutscher. Soll er ihretwegen wieder ausflippen. Es ist ja nicht so, dass sie an ausflippende Menschen nicht gewöhnt wäre.

Aber er flippt nicht aus. Stattdessen erwidert er: Sagen Sie es ruhig.

Was?

Dass ich bescheuert bin. Sagen Sie das. Gerne auch immer wieder.

Warum?

Weiß nicht. Es beruhigt mich irgendwie. Er blickt zum Fenster hinüber und kratzt sich nachdenklich am Bauch: Vielleicht, weil ich es schon oft gehört habe. Bis jetzt hat es mich immer aufgeregt, weil die Frauen, von denen das kam, nun ja … auch nicht unbedingt alle beisammen hatten. Aber hier, von Ihnen … beruhigt es mich irgendwie.

Weil Sie so gern eine Erklärung hätten?

Nun würde sie doch gerne ihre Zunge verschlucken. Jetzt erst kippt etwas im Raum, jetzt erst hat sie das Gefühl, sich selbst in eine Gefahrenzone manövriert zu haben.

Sein Kratzen hat aufgehört. Die Hand verharrt dort, auf halber Höhe seitlich am Brustkorb; aber nichts regt sich mehr an ihm, gar nichts. Noch nicht einmal eine Atembewegung kann sie noch ausmachen. Und als er nun wieder spricht, scheint seine Stimme nicht ihm zu gehören, sondern vom anderen Ende der Erde zu kommen: Erklärung für was?

Sie will raus. Kann sie nicht raus?

Erklärung für was?, fragt er noch einmal und wendet ihr das Gesicht zu.

Terezas Herz füllt mittlerweile den ganzen Raum aus, es ist zu einer tief violetten, schmerzenden Monstrosität angeschwollen, die sich gegen die Wände des Zimmers drückt. Wahrscheinlich muss sie sich doch noch einmal übergeben. Aber mitten in diesem Nichtentkommenkönnen, vielleicht gerade deswegen, bleibt nur eins – zu sagen: Für das, was passiert ist. Was Sie unbedingt wissen wollen. Bevor die Polizei es weiß.

Er nickt langsam. Sein Ausdruck wird wieder weicher. Und wie er sie jetzt ansieht, wie jemand, der ihr und ihr allein etwas Unerhörtes anvertrauen will, ist fast unangenehmer, als wenn er sie begrabschte. Wie er seinen Mut zusammennimmt, einatmet – Behalt's für dich!, schreit es in ihr, noch bevor er sagt:

Dieser Junge, raunt er, kann doch nur zu mir gekommen sein, weil er etwas auf dem Herzen hatte. Wie könnte ich ihn da … Wie könnte ich?

Langsam zieht sich ihr Herz wieder zusammen. Es wummert jetzt nur noch in ihrem Bauch, aber ihre Kehle ist frei. Sie möchte eigentlich nicht mehr mit dieser Zeitbombe reden, aber die starrt sie weiter so erwartungsvoll an. Darum atmet sie einmal tief durch und sagt so schlicht und unverbindlich wie möglich: Ich kannte den ja nicht. Aber ich habe ihn gesehen. Er hat mich an andere erinnert, die … Nein. So weit wird sie doch nicht gehen. Sie beginnt noch einmal anders: Im Fernsehen haben sie gesagt, dass er nicht beliebt war. Aber so, wie er aussah, war es bestimmt nicht er selber, der darunter zu leiden hatte. Wahrscheinlich sind viele froh, ihn los zu sein.

Ihm klappt die Kinnlade herunter, als hätte sie ihrerseits nun etwas absolut Unerhörtes von sich gegeben. Dann widerspricht er: Nichts könnte rechtfertigen, ihn zu … Stockt. Neuer, entschiedener Anlauf: »Töten ist falsch. Ich kann das nicht getan haben.«

Kann er nicht endlich die Augen von ihr nehmen? Was, zum Teufel, hat sie mit seinen Problemen zu tun? Irgenwie gelingt es ihr, gleichzeitig zu nicken und mit den Schultern zu zucken; und da sieht er es endlich ein.

Tut mir leid, sagt er. Sie wissen es ja auch nicht. Er seufzt.

Was ist denn mit Ihrem Auto?, fragt sie, um das Thema zu wechseln.

Er schnaubt: Eine Woche, sagt der Mechaniker, könnte das dauern.

Gibt es hier keinen Bahnhof?

Der nächste ist zehn Kilometer entfernt. Mit dem Bus kann man dahin fahren, aber … Das sind mir zu viele Leute, die uns sehen könnten.

Also … Sie muss schlucken: Also wollen Sie hier warten, bis …

… meine Karre wieder fährt oder die Polizei uns findet? Kaum. Er geht zum Fenster und lehnt seine Stirn gegen die Scheibe: Ich muss mir etwas einfallen lassen.

Er sieht nicht, wie Tereza vor sich hin nickt: Ich auch, denkt sie. Ich muss mir auch etwas einfallen lassen.

SECHS

Es ärgert Carine zwar maßlos, aber sie wird nicht leugnen können, dass sie die ganze Nacht kein Auge zugetan hat. So ist es vor jeder Flugreise.

obwohl, nein: *Ganz* so ist es nicht jedes Mal

Vor Aufregung hätte sie im Haus herumrennen, den Mond anheulen oder irgendetwas zerreißen mögen. Doch das Risiko, Hakan zu wecken, konnte sie nicht eingehen. Es wäre ihr auch zu albern vorgekommen, ihm zu sagen: Ich bin so aufgeregt wegen morgen!

Nachdem er gegangen ist, steht sie auf, sucht die Leggings heraus, die vor Monaten in den Untiefen ihres Schrankes verschwunden sind, schnürt die Turnschuhe um und schleicht sich aus dem Haus. Jakob wird noch mindestens zwei Stunden schlafen und sich danach sicher über frisches Gebäck freuen.

***

Darf ich Musik hören?

Was? Der Lehrer blickt fahrig vom Boden auf, den er seit einer Ewigkeit anstarrt.

Ob ich Musik hören darf. Ich habe auch Kopfhörer dabei.

Ach so. Klar, warum nicht.

Die müssten Sie mir bitte nur geben. Sie stecken mit dem Telefon an der Seite in der Sporttasche.

Das Zimmer ist so winzig, dass er wirklich nur den Arm auszustrecken braucht, um das Gewünschte zutage zu fördern. Tereza kommt ja nicht heran; als der Lehrer vorhin auf Toilette musste, hat er ihr doch wieder eine Hand gefesselt. Beide haben seit einer Ewigkeit nicht mehr gesprochen, die Luft ist zum Schneiden. Der einzige Ausweg geht nach innen. Tereza steckt die Kopfhörer ein und wählt Don Henley, *The Boys*

Of Summer. Gitarren aus den 80ern sind das Einzige, was dem in einem stickigen Zimmer gefangenen Sommernachmittagslicht Sinn und Größe verleihen kann.

***

Schultoilette. Dieses verhasste, finstere Loch. Zu weit ab von allem. Endlose Gänge ohne Tageslicht, nur ein paar Labors rechts und links, in denen selten etwas stattfindet. Doch nicht jedes Mal, wenn du herkommst, kann dich jemand begleiten. Für ein Baby willst du nicht gehalten werden. Und gerade heute wollte keiner mit. Da kannst du rennen, so viel du willst, die große Glastür zurück ins Rudel, zurück in die Geborgenheit, rückt und rückt nicht näher. Und deine Schritte machen kein Geräusch.

Du trinkst nichts in den Pausen, selbst wenn jemand dir etwas anbietet. Trotzdem hilft es manchmal nicht, und du musst an diesen Ort, der ganz darauf angelegt ist, dass man ihn so schnell wie möglich wieder verlassen will. Krach kannst du an ihm schlagen, so viel du willst. Niemand würde dich hören.

***

Stille. Eine herrlich bernsteinfarbene Stille umspült René auf seinem Weg durch den Vorgarten, in dem selbst die Bigotterie der Buchsbäumchen ihn jetzt nicht aufregen kann.

Es ist ein wunderbarer Nachmittag gewesen. Stundenlang in Mias Zimmer, bis sein Kopf ganz leicht geworden ist, dann noch ein kurzes Bad im nahen Fluss. Spätestens auf der Wiese hat alles außer ihnen beiden aufgehört, wichtig zu sein. Und die Wegzehrung, die sie ihm mitgegeben hat, wird dafür sorgen, dass das noch eine Weile so bleibt.

Das Geräusch, welches das Herunterfallen des Schlüssels verursacht, ist ein wenig unangenehm, und die Hand hat einige Schwierigkeiten, den langen Weg hinunter zum Boden zu finden. Das kann ihn nicht irre machen. Mit leisem Wohlwollen betrachtet er, wie der Schlüssel sich endlich im Schloss zu drehen beginnt, folgt der eingeleiteten Bewegung und taucht ein in die gesteigerte Luftdichte im Inneren des Hauses, das er auf einmal angenehm kühl findet und gar nicht mehr ungemütlich.

»Hallo!«, ruft er ohne Anstrengung zur Feier des Tages; auch ohne wirklich eine Antwort zu erwarten. Um so überraschter ist er, als tatsächlich eine durch den Flur bis zu ihm kriecht.

»Hallo, René.«

»Pa!«, murmelt er ehrlich überrascht. »Du hier?«

Jetzt bemerkt er noch Weiteres, was er nicht gewöhnt ist: Das Esszimmer scheint hell erleuchtet zu sein, obwohl es draußen gerade erst leicht dämmert. Und etwas klappert disharmonisch, ist das – Besteck auf Geschirr?

»Ja«, sagt die Stimme seines Vaters, »ich, am frühen Abend, hier. Kann durchaus vorkommen. Setz dich doch zu uns.«

Viel zu verdutzt, um zu sagen, dass er jetzt seine Ruhe haben will, schlurft René zum Esstisch. Er kann sich nicht erinnern, wann sie das letzte Mal an einem Nicht-Sonntag zu dritt hier gesessen haben. Auch seine Mutter scheint überrascht worden zu sein: An Sonntagen zieht sie ihren Ernährungsfaschismus nicht durch, sondern brät Fleisch und Kartoffeln und was dem Vater sonst noch schmeckt. Doch für heute hatte sie wohl nichts im Hause als die Zutaten für ihre heiß geliebte Spinat-Minze-Suppe. Und der alte Mann scheint sie allen Ernstes zu essen.

»Kommst du gerade von deiner Freundin?«, fragt der Vater, während Ma, den Blick kaum hebend, René eine Kelle auftut.

»Sie heißt Mia.«

»Mia, richtig. Niedlicher Name. Schön, dass sie dich in dieser schweren Zeit unterstützen kann.«

René nimmt einen Löffel von dem Gebräu, das er später durch einen Gang zur nächsten Dönerbude kompensieren will, und wartet. Irgendetwas wird der Alte ja von ihm wollen.

»Ich muss dir wahrscheinlich nicht erst sagen«, fährt dieser fort, »dass ich den verfrühten Tod deines Freundes Benjamin aufrichtig bedaure. So wenig deine Mutter und ich uns jemals für diesen Umgang erwärmen konnten – hart ist ein solcher Verlust in jedem Fall.«

Normalerweise täte er das nicht – den Löffel sinken lassen und den Vater direkt, aber ganz ohne Herausforderung, ansehen. Normalerweise würde er ihn scharf zurückweisen. Aber heute ist sowieso alles anders als sonst. Warum es also nicht versuchen?

»Doch«, sagt René schlicht. »Doch, das kannst du mir ruhig sagen, Pa. Dass dir das richtig leidtut. Ich hätte gar nichts dagegen, dass du mir das sagst.«

Jetzt blickt die Mutter doch auf, und der Vater schaut kurz drein wie einer, der einen perfekten Plan hatte und gerade zu hören bekommt, dass der keinen interessiert. Dann fängt er sich wieder: »Nun – das habe ich ja hiermit getan.«

Noch einen Moment lang blickt der Junge den Alten an. Weiß selbst nicht, ob er ernsthaft erwartet, dass da noch mehr kommt. Dann wendet er sich schulterzuckend wieder seinem Teller zu.

»Tja, und nun«, doziert der andere weiter, »bin ich sogar selbst von dieser Sache betroffen. Ich meine – abgesehen von deinem Kummer.«

»Hä?« René macht sich nicht mehr die Mühe, aufzublicken.

»Du warst ja dabei, als den Beamten heute Vormittag mein Waffentresor auffiel. Deine Mutter hat mich natürlich sofort benachrichtigt, und ich habe mich mit dem leitenden Ermittler – leider kann ich mir seinen Namen einfach nicht merken – in Verbindung gesetzt. Der hat sofort jemanden hergeschickt.«

»Wofür?«

»Um nachzusehen, ob in dem Schrank eine Pistole fehlt.«

René hält den aktuellen Mundvoll Suppe kurz auf seiner Zunge fest, dann schluckt er ihn, möglichst geräuschlos, herunter und fragt den Teller: »Und? Fehlt eine?«

Lange ist es still am Tisch. Irritiert hebt René den Blick und sieht seine Eltern nacheinander an. Mas Augen irrlichtern zwischen ihm und dem Vater hin und her, während dieser René mustert, bevor er plötzlich direkten Pupillenkontakt herstellt und fragt: »Was meinst denn du?«

»Pfft«, macht René, der langsam doch ungeduldig wird, »was hab ich denn da zu meinen? Hab ich was zu tun mit deinen Knarren?«

»Solltest du nicht. Aber könntest du schwören, niemals versucht zu haben, den Code zu knacken?«

»Was soll das denn jetzt – schwören! Seit wann …«

»Kannst du dafür garantiern«, erhebt der Alte die Stimme, »dass die Polizei im Ernstfall keine Fingerabdrücke von dir an meinem Tresor finden würde?«

»Ich wohne in dem Haus hier, oder? Wie sollten sie da irgendwo keine Fingerabdrücke von mir finden?«

Auf einmal lächelt der Vater. Oh, wie er ihn hasst, wie abgrundtief er diesen Mann hasst er weiß nicht einmal mehr, wann das anders gewesen sein könnte.

»Und das ist die Sache, René. Sie haben überall Fingerabdrücke von dir gefunden – nur am Tresor nicht. Und wir fanden es alle ziemlich erstaunlich, dass ein Junge ein solches Gerät noch nicht einmal probehalber *berührt* haben sollte. Denn so lange bewahre ich meine Waffen ja noch nicht zu Hause auf.«

René setzt die Augenlider auf Halbmast und lässt den Hinterkopf ganz leicht in den Nacken sinken: »Du hast mir immer noch nicht gesagt, ob dir jetzt eine Pistole fehlt, oder nicht.«

»Oh ja. Tatsächlich fehlt mir eine. Auch Munition. Und siehst du, René: Genau mit der Art Kugeln, wie man sie für meine Pistolen braucht, wurde dein Kumpel Benjamin erschossen.«

»Wow. Das ist unangenehm für dich, Pa. Stehst du jetzt unter Verdacht?«

Die Lippen des Vaters verziehen sich säuerlich: »Trotz meiner offensichtlichen Abneigung gegenüber deinem Kleinganoven von Freund hat man mir gegenüber diesen Verdacht zumindest noch nicht geäußert. Aber es ist unangenehm genug, beim Abschied so freundlich darum gebeten zu werden, die Stadt erst einmal nicht zu verlassen.«

»Und jetzt?« René bemerkt, dass seine Kaumuskeln nicht mehr so recht wollen wie er; dass sein Mund anfangen könnte, zu zittern.

Nicht hier. Nicht vor ihm.

Dennoch ist seine Stimme belegt, als er fragt: »Soll lieber ich dir eine Pistole geklaut haben, um damit meinen besten Freund zu erschießen? In deinen Träumen, Alter. Schon, weil ich euch damit einen viel zu großen Gefallen getan hätte, hätte ich das nie fertiggebracht.«

»Junge«, schaltet sich nun seine Mutter ein, »dein Vater hält dich nicht für einen Mörder, wo denkst du hin! Aber wir wissen doch alle, dass dieser Ben in krumme Geschäfte verwickelt war, dass er ungute Kontakte pflegte! Könnte es nicht sein, dass er ... dich um einen Gefallen gebeten hat oder ...«

»Wie sieht es denn mit deinen Fingerabdrücken aus?«, faucht René seinen Vater an. »Von denen war doch garantiert auch keiner am Allerheiligsten, oder? So besessen, wie Ma hier immer putzt, um dich bei Laune zu halten. Fanden die *Beamten* das nicht auch reichlich merkwürdig?«

Kurz ist es still. Dann faltet der Vater seine Serviette und legt sie neben seinen Teller. »Meinen Waffenschrank«, sagt er und erhebt sich, »berührt niemand außer mir. Natürlich habe ich den Polizisten sofort, von mir aus, meine Fingerabdrücke gegeben. Sie fanden sie im Haus, sie fanden sie auf dem Tresor. Am Tatort werden sie sie nicht finden. Wie es mit deinen aussieht, weiß ich nicht. Sie haben welche von den Möbeln in deinem Zimmer genommen – du wirst Verständnis dafür aufbringen, dass ich sie dort hineingelassen habe. Und möglicherweise tust du am Montag einmal etwas Vernünftiges und gehst von dir aus ins Kommissariat, um eine Probe abzugeben. Dein Freund Benjamin würde es dir nicht verübeln, wenn du der Polizei in diesem Fall ausnahmsweise helfen würdest.«

Damit trollt er sich auf die Terrasse. René nimmt seinen Teller und trägt ihn in die Küche, während seine Mutter den Rest des Geschirrs abräumt.

Von Stille hat er erst einmal genug; von Licht auch. Er will nicht zusehen, wie der Vorabend, der so großartig begonnen hat, völlig verreckt. Die Rollläden in seinem Zimmer hat er seit dem Morgen geschlossen gehalten. In der dunklen Kühle entledigt er sich seines T-Shirts und hält sein Telefon in die Richtung, in der die Bluetooth-Box steht. Ein ungeduldiges Grollen entfährt ihm, als sich daraufhin nichts tut. Muss er also doch das Licht einschalten; wie lästig.

Nachdem sich alles mit fader Sichtbarkeit überzogen hat, tappt er zwei Schritte in den Raum hinein, um seine Vorbereitungen für die perfekte Gedankenlosigkeit abzuschließen. Doch als sein Blick auf das Regal über seinem Bett fällt, bleibt er stehen wie festgefroren. Was er sieht, hält er zunächst für ein boshaftes Spiel der Schatten; nur scheint es dafür zu dreidimensional. Eine seltsame Taubheit legt sich über ihn; allein deswegen gelingt es ihm wohl, zur Vergewisserung auf sein Bett zu steigen.

***

Der Mangel an Training hat sich gerächt: Als Carine zurückkommt, schlottern ihr die Knie. Den kleinen Umweg zur Bäckerei hat sie sich klammheimlich gespart. Auch gut. Der Junge soll seine Cornflakes essen –

Der Junge ist bereits wach. Von der Eingangstür aus hört sie das helle Summen des Fernsehers.

»T'es déjà levé?«, ruft sie, indem sie vom Flur ins Wohnzimmer einbiegt. Wie ertappt schaltet Jakob das Gerät aus, aber sie hat noch mitbekommen, dass er dabei war, die Nachrichten zu sehen. Fast automatisch wird ihr Atem langsamer; die eben noch halb geschlossenen Augen tasten sorgfältig die Umgebung ab. Ganz ruhig, denkt sie. An seiner bedeutungslosen Schule ist endlich einmal etwas Spektakuläres passiert. Klar, dass ihn das interessiert.

»Und?« Sie wirft sich betont lässig in den Sessel. »Kam noch etwas über deinen toten Schulkameraden?«

Er schüttelt den Kopf. »Aber in Portugal brennt's jetzt auch. Genau da, wo wir hin wollten.«

»Was heißt hier wollten?«, empört sie sich. »Wollen wir etwa nicht mehr?«

»Wenn's doch so brennt …«

»Ach, Unsinn«, kämpft sie die Unruhe nieder, »die übertreiben in den Medien immer maßlos. So schlimm wird's nicht sein. Außerdem fliegen wir erst heute Abend. Bis dahin hat es sich wieder beruhigt.«

Er nickt vage, scheint ebenso wenig überzeugt wie sie. Dann sieht er ihre Augen sich in Richtung Esstisch verirren: »Oh, das habe ich vergessen«, und sprintet zum Tiefkühlschrank, um darin nach Aufbackbrötchen zu wühlen. Da ist er doch schon wieder, ihr Junge. Zumindest die alten Sonntagsrituale sind zwischen ihnen noch nicht verloren gegangen. Und ihm zum Dank einen Kuss aufdrücken darf sie in dieser Situation auch noch. Sage noch mal einer etwas gegen Routine.

Doch. Sie selbst vielleicht. Nur wenig später, als da nichts mehr passiert zwischen gemeinsamem Tischdecken und einer Bemerkung darüber, wie gut die Johannisbeermarmelade vom letzten Jahr noch immer sei. Bis vor zwei Jahren wäre das anders gewesen. Da hätte Jakob diesen Moment, in dem er seine Mutter wenigstens einmal für sich hatte – wenn schon nicht in der vertrauten alten Welt mit Papa zusammen, dann doch immerhin ohne diesen fremden Riesen, der aus irgendeinem Grund immer öfter hier auftauchte – dazu genutzt, ihr alles mitzuteilen, was ihm gerade durch den Kopf ging, und was er neulich mit seinem Vater unternommen hatte, und was sie doch zu dritt auch mal wieder – und wenn schon nicht das, hätte er große Pläne entwickelt, Expeditionen zu zweit, auf denen sie sicherlich begreifen sollte, dass es nicht die geringste Veranlassung gab, jemand Neues in ihr Leben zu holen …

Doch dieser Neue war so neu schon gar nicht mehr. Über ein Jahr hatte Carine damit gewartet, ihn ihrem Sohn vorzustellen. Nicht nur seinetwegen. Sie selbst hatte nicht genau verstanden, wie es ihr gelungen war, sich so bald nach dem katastrophalen Ende ihrer Ehe wieder zu verlieben. Sie mochte noch so laut das Gegenteil behaupten: Zumindest Schmerzen verspürte sie wegen David auf jeden Fall noch, und nicht zu knapp. Und »wer einem Schmerzen bereiten kann, der bedeutet einem auch noch etwas«, hatte sich Heike nicht verkneifen können, zu bemerken.

Dann war dieser eigentümliche Kerl im Meditationskurs aufgetaucht, dem man ansah, dass das Sitzen mit gekreuzten Beinen für ihn allein seines überdimensionierten Rückens wegen eine echte Erfahrung von Folter bedeuten musste. Mit leicht amüsiertem Mitleid hatte sie ihn vor seiner dritten Sitzung auf die Stühle in der hinteren Ecke des Raumes hingewiesen, auf denen man durchaus auch meditieren könne. Und er hatte den Fuß losgelassen, den er gerade angestrengt unter den gegenüberliegenden Unterschenkel zu fädeln versuchte, zu ihr aufgesehen und gesagt: »Wie lieb.« Nicht *dankeschön* oder gar *vielen (lieben) Dank* oder einfach: *das ist nett von Ihnen.* Bis heute ist sie sich der Nuance zwischen *lieb* und *nett* nicht sicher. Aber es kommt ihr doch so vor, als würde man *lieb* nicht so einfach sagen zu einer Fremden.

Bis ins Mark getroffen hatte sie in dem Moment allerdings nicht der Ausdruck, sondern die Stimme, die ihn gebraucht hatte. *Fuchur!*, hatte sie gedacht, aber zum Glück nicht laut ausgesprochen. Denn was sie soeben gehört hatte, war genau das gewesen, was sie immer unter jenem *bronzenen Dröhnen*, als welches die Stimme eines ganz bestimmten Drachen aus einem ganz bestimmten Buch, ohne welches ihre Kindheit eine andere gewesen wäre, vorgestellt hatte. Das Buch, dessentwegen sie Deutsch in der Schule als zweite Fremdsprache gewählt hatte, was niemand um sie her verstehen konnte.

Wie vom Donner gerührt war sie zu ihrem Sitzkissen zurück getapert und hinterher, beim Hinausgehen, froh um die unverwechselbare Physis dieses Mannes gewesen: Denn an sein Gesicht hätte sie sich nicht mehr erinnern können, war er ihr bis zu jenem *wie lieb* doch als Mann nicht weiter aufgefallen. Und gerade, als sie ihn in der Menge der donnerstagabendlichen Sinnsucher ausgemacht, hatte er um sich geblickt, Carine entdeckt und war einfach stehen geblieben, während alle anderen um ihn herum aus dem Raum strömten, ohne dass einer ins Stocken geraten wäre.

»Vielleicht haben Sie mir das Leben gerettet«, hatte er gesagt. Und sie, spöttisch: »Ah?«

»Ja. Ich bin nur hier, weil mein Chef mir das dringend empfohlen hat, als Burnout-Prävention. Aber nach den letzten beiden Malen tat mir nur alles weh und ich hatte mir geschworen: Wenn es heute nicht anders wird, höre ich auf mit dem Unsinn. Aber dank Ihres Tipps …«

»… war es diesmal anders?«

»Ja!«, hatte er gestrahlt. »Ja, ganz anders. Zumindest so, dass ich mir vorstellen könnte, dass das hier wirklich etwas bringt. Vielen lieben Dank nochmal.«

Da war sie doch gewesen, diese Allerweltsformulierung. Carine hatte sie kaum gehört. Nur ihren Klang. Hatte die Einladung in die nahe gelegene Tapas-Bar angenommen, ein wenig von ihrem Leben erzählt, ein wenig von seinem Leben erfahren, mit ihm noch ewig neben ihrem Fahrrad herumgestanden, bevor sie endlich losgefahren war ... Um am Morgen darauf festzustellen, dass sie durchgeschlafen hatte, zum ersten Mal seit Monaten. Dass sie die Farbe der zwischen den Vorhängen durchbrechenden Sonnenstrahlen tatsächlich sehen konnte. Und dass sich ihr Körper urplötzlich nicht mehr so anfühlte, als sei jeder einzelne Nerv darin entzündet. Wegen eines Abends mit einer Stimme.

Wie soll man so etwas einem Kind erklären? »Wegen Papa ging es mir so schlecht, und durch Hakan geht es mir wieder gut«?

Vielleicht damals, vielleicht hätte sie es ihm damals genau so sagen sollen, als ihm die Vorpubertät noch nicht jede Spontaneität genommen hatte. Jetzt ist es zu spät.

Den kleinen Kerl, der sein Herz stets auf der Zunge trug, gibt es nicht mehr; der Frösche und Nacktschnecken ins Wohnzimmer brachte; der oft vergaß, dass auch zu Hause für ihn gekocht wurde, sodass Carine mindestens vier Nummern anrufen musste, bevor sie herausbekam, wem diesmal wieder die Ehre gebührte; dessen Lehrer sie immer wieder um Nachsicht anflehen musste, weil er alles interessanter fand als das, was gerade zu erledigen war.

Ein brillanter Schüler ist er noch immer nicht. Aber er liest mehr als früher und hat einen guten Durchschnitt erreicht.

Was bedeutet, dass er nur seine engsten Freunde noch zum Fußballspielen trifft. Dass er seiner Mutter kaum noch etwas erzählt, weil er die meiste Zeit in seinem Zimmer verbringt. Dass er nicht einmal mehr Unsinn macht – keinen von der Sorte jedenfalls, über den man in ein paar Jahren miteinander lachen könnte.

Carine beißt sich auf die Lippen. Sie hatte ihm versprochen, die Geschichte zu vergessen. Ihm zu glauben. Aber einem Kind zu glauben, das einem nichts Genaues sagen will, ist im besten Falle eine bewusste Entscheidung – nichts, was von Herzen kommt. Nicht von Dauer also.

Sie hält ihren Sohn nicht für einen Dieb. Und ja, an Schulen kommt es immer wieder vor, dass Kinder einander irgend etwas unterschieben wollen. Aus welchen Gründen auch immer. Ihr Sohn hat vor allem kein Tablet nötig, so gut, wie er elektronisch ausgestattet ist. Ihrer Meinung nach. Nein, ihr Sohn ist kein Dieb. Er ist nur … *troublé* wäre das richtige Wort. Nicht *verstört*, nicht *verwirrt*. Der erste Ausdruck wäre zu hart, der zweite zu pathologisierend. *Un enfant troublé.* Was Wunder? Die Monate schlecht verborgener Streitereien, dann der quälend langsam vollzogenen Trennung, das Jahr voller Gerichtstermine, geplatzter Verabredungen und krampfiger Heimlichkeiten konnten auch am fröhlichsten Kind nicht spurlos vorübergehen.

Nichtsdestotrotz wird ihr Sohn ihr nie verzeihen, seinen angebeteten Vater durch einen Unbekannten ersetzt zu haben. Bis Hakan hier eingezogen ist, hat es immer wieder Streit gegeben, sich Jakob ihr aber zumindest mitgeteilt. Seit der neue Mann im Haus wohnt, ist kein Herankommen mehr an ihn, so höflich und artig er sein mag.

Und dann stand plötzlich auch noch diese Sache zwischen ihnen. Dieses »Ich glaube dir«, das keins war. Kinder über fünf Jahre nehmen Inkongruenzen vielleicht nicht mehr ganz so scharf wahr, aber dass es Grund gibt, sich unwohl zu fühlen, äußern sie genau so unmittelbar. Habe ich ihn verloren?, muss Carine sich seither ständig fragen. Habe ich ihn jetzt ganz …?

Während sie ein Brötchen aufschneidet, betrachtet sie seine gesenkten Wimpern, die Sommersprossen darunter, das stachlig schimmernde Haar, das er seit Neuestem raspelkurz geschnitten haben will. Sie war entsetzt, als er das erste Mal so vom Friseur wiederkam. Aber mit dem zähen Wust, den er seinem Vater zu verdanken hat, ist ohnehin nichts anzufangen gewesen. Was sollte sie also sagen?

Er hat ihren Blick gespürt. Kurz schaut er zu ihr herüber, ohne den Kopf zu heben, und isst stumm weiter.

»Jakob«, platzt sie heraus, »freust du dich nicht auf unseren Urlaub?«

Das Erstaunen, mit dem er sie ansieht, ist echt. Sie entspannt sich ein wenig.

»Doch«, sagt er, »doch, total, Mami.«

»Da bin ich aber froh. Du warst so still, da dachte ich …«

»Denk doch nicht immer so viel, Mami.«

Sie lächelt: »Du hast sicher Recht. Und wegen der Brände mach dir keine Sorgen. Ich rufe nach dem Frühstück bei der Fluggesellschaft an, die wissen sicher Bescheid.«

Und ob sie Bescheid wissen. Als sie den Hörer auflegt, kann Carine sich ein frustriertes Grollen nicht verkneifen.

»Was ist denn?«, fragt Jakob, ohne sich von seiner Xbox ablenken zu lassen.

»Sie halten uns auf dem Laufenden«, äfft Carine die Frau von der Information nach. »Sie rufen uns sogar rechtzeitig an, damit wir nicht etwa umsonst zum Flughafen fahren. Na, vielen Dank!«

»Besser hier im Garten, als an einem brennenden Strand«, murmelt er gleichmütig.

Sie will sich vor ihm nicht in Rage reden, aber die Aussicht, ihren ersten richtigen Urlaub seit Jahren um zwei Drittel verkürzen zu müssen, treibt ihr fast die Tränen in die Augen. Abgesehen davon, dass sie nicht wissen kann, ob sie das Geld zurückbekommt. Höhere Gewalt oder was weiß sie schon. Sind sie erst einmal bei ihren Eltern in der Bretagne, wird sie schon wieder weit weniger entspannt sein. Auf das Wetter dort ist auch kein Verlass. Sich selbst ohne einen Gedanken zwei Wochen lang der Sonne und Jakob den hoffentlich vorhandenen anderen Kindern zu überlassen – wie hat sie sich darauf gefreut. Und jetzt soll das alles in Gefahr sein, bloß weil irgendein Idiot gemeint hat, im Wald rauchen zu müssen!

»Hast du das Geschirr in die Maschine gestellt?«, fragt sie barscher als beabsichtigt. Er nickt nur, und sie murmelt: »Dann werde ich mal die Küche in Ordnung bringen.«

Sie legt ihre ganze Wut in das Schrubben der Kacheln, die sie normalerweise nur wischt. Danach ist sie endgültig reif für die Dusche.

***

Niemand wird dich je hören. Die Fürchterlichen Vier haben dir einen Putzlappen in den Mund gestopft, dich mit Armen und Beinen an einen Toilettensitz gebunden. Dass sie dich geknebelt haben, bedeutet wenigstens, dass du nicht wieder wirst Regenwürmer essen müssen. Aber was oh was haben sie nur mit dir vor? Eine massige Gestalt beugt sich über dich. Ein breites Grinsen zerteilt ihr fast den Kopf. – Wir haben uns was überlegt, sagt der Blonde. Hier ist es immer so still und langweilig. Mach doch ein kleines Konzert für uns. Spiel uns einen auf deiner Arschamonika. – Diese Hilflosigkeit, diese Ameisen im Magen; wenn sie überhandnehmen, bist du verloren. Schnell überlegen, schnell, was sie von dir wollen könnten. Irgendwann, irgendwie, werden sie doch zu besänftigen sein. Was hast du ihnen noch nicht gegeben, was? Du kannst sie nicht einmal fragen. – Seht euch die Muschi an, ruft der Blonde. Läuft den ganzen Tag rum, die Hosen voll bis obenhin, aber wenn's drauf ankommt, bringt sie nichtmal 'nen Furz zustande. Hat dir deine Mami nicht beigebracht, auf Kommando zu scheißen? – Während seine Kumpanen in lautes Johlen ausbrechen, kramt der Blonde etwas aus seiner Tasche: Du hast Glück. Ich hab dir Unterstützung mitgebracht. Das stecke ich dir jetzt in die Hosentaschen, siehst du? Und dann wollen wir mal sehen … – Das ist nicht wahr. Solange du die Augen ganz fest geschlossen hältst und noch kein Knallen zu hören ist, könnte es gut sein, dass alles nicht wahr ist. In deinem Kopf klingt nur die Stimme deiner Mutter: Du musst dich wehren. Nur Feiglinge wehren sich nicht. – Aber wo fängt sowas an, ein Feigling? – In letzter Sekunde erlöst dich ein schriller Ton. Die Vier verschwinden, ohne dass auch nur ein Feuerzeug zu sehen gewesen wäre. Hilfe naht, eine Stimme ruft immer wieder: Hörst du mich? Hey, hallo – hörst du mich?

***

Leer. Die Stelle im Regal ist tatsächlich leer. So leer, dass der Staub einen deutlich sichtbaren, ovalen Kranz darum gebildet hat. Aber war vorhin nicht noch etwas? René wendet sich langsam um: Irgendetwas sagt ihm, dass mit dem Zimmer insgesamt etwas nicht stimmte, als er gerade hereingekommen ist. Er war nur zu sehr auf die Musikbox fokussiert, um sich darum zu kümmern.

Als er endlich alles im Blick hat, muss er sich ächzend gegen die Wand lehnen.

So irrsinnig das Bild scheinen mag, es schwappt unveränderlich in seine Sehnerven. Wer sein Zimmer nicht kennt, dem würde zunächst nichts weiter auffallen. Doch René schüttelt es angesichts der freien Stelle auf seinem Schreibtisch, der Ecke, in der sein Rodney-Mullen-signiertes Skateboard lehnte, und, bedrohlicher als alles, der verwaisten Flatscreen-Halterung, die von der gegenüberliegenden Wand aus sein Bett anstarrt. Unsinnigerweise steigt er noch einmal herunter, nur um ganz sicherzugehen, dass das Board nicht doch, wie und warum auch immer, unter sein Bett gerollt ist. Aber nein, da gibt es nichts außer Staub und einer großen Reisetasche mit noch mehr Staub. René wird übel.

Er ist lange auf keiner Rampe gewesen, er hat nie ernsthaft trainiert. Aber durch dieses Ding erst hat er aufgehört, Kind zu sein, hat Freunde gefunden, hat plötzlich immer einen Grund gehabt, hinauszugehen. Der ihm das angetan hat, weiß darum.

Sehr kontrolliert erhebt er sich und wandert ins Esszimmer zurück. Er stellt sich mitten hinein und spricht laut in Richtung der Terrassentür, hinter der in regelmäßigen Abständen blaugraue Kringel in die Luft steigen: »Wo sind meine Sachen?«

»Welche Sachen, Schatz?«, fragt es aus der Küche.

»Sorry, Ma, dich meinte ich nicht.« Von der Terrasse her ist nichts zu vernehmen. »Wo hast du meine Sachen hingetan?«, ruft René, alle Konzentration darauf verwendend, sich keinen Schritt weiter auf den schmerbäuchigen Schatten dort draußen zu zu bewegen.

Dieser wendet sich nun langsam ihm zu, eine Hand in der Hosentasche, die andere mit dem Zigarillo nonchalant herabbaumelnd: »Entschuldige, mein Sohn. Was vermisst du denn?«

»Komm mir nicht so! Mein Laptop, mein Board, mein Fernseher …«

»Aaaah, deshalb bin ich nicht gleich darauf gekommen. Ich dachte, du vermisst etwas von deinem Eigentum. Aber die Dinge, die du gerade aufgezählt hast, habe alle ich gekauft und dir zur Verfügung gestellt. Nicht wahr, Ella?«, ruft der Alte in Richtung Küche. Von dort murmelt die Mutter etwas von Weihnachten und Geburtstagen, lässt sich aber nicht blicken. »Siehst du«, sagt der Schmerbauch ruhig. »Streng genommen, sind es also *meine* Sachen. Und all diese Sachen befinden sich an einem sicheren Ort, wo diejenigen, die auf eBay am meisten dafür geboten haben, sie sich abholen können.«

Das nächste ist Hitze, braun und gold und schwarz, und seine eigene Stimme –

»Du Arsch! Du dreckiger alter Hurensohn!« – Er dachte eigentlich, er sei in Richtung Terrasse gerannt, aber jetzt liegt er halb auf dem Couchtisch, und in seiner rechten Seite brennt der Schmerz. Die Gestalt am Fenster scheint ihren Platz nicht verlassen zu haben. Hinter sich hört René eilige Schritte. Die Stimme des alten Mannes sagt: »Bloß keine Aufregung, Ella. Da wollte nur einer den Silberrücken reiten und ist ein bisschen unsanft gelandet.«

»Ach, du!«, sagt die Mutter und macht eine abwehrende Handbewegung in Richtung Terrassentür. Sie begutachtet Renés Gesicht und Rippen, während der sich aufrichtet, tritt dann ein Stück zurück und sieht ihn mit kummervoller Miene an: »Es ist halt wirklich nicht schön, Junge, wenn wir arbeiten und arbeiten, damit dir kein Wunsch unerfüllt bleibt; und du dann so dein Leben wegwirfst.«

Der Vater ist hereingekommen und hat sich neben die Mutter gestellt, so als würde er ernsthaft zu ihr halten. Dabei hat er sie die ganze Zeit noch kein einziges Mal angesehen.

»Siehst du«, sagt er. »Du bist kein Opfer von Willkürherrschaft, wie es dir im Moment vielleicht erscheinen mag. Im Prinzip stimmt mir deine Mutter zu. Wir entschuldigen uns dafür, dass wir dir bisher nicht konsequent genug beigebracht haben, dass Dinge einen Wert besitzen. Deswegen wusstest du wohl auch noch nicht, dass du für sie, genau wie für deine Zukunft, eine gewisse Mitverantwortung trägst. Aber besser spät als nie. Du hast jetzt die ganzen Sommerferien Zeit, um dir zu überlegen, wo du die Oberstufe verbringen willst – und ob überhaupt. Vielleicht ist es ja besser für dich, direkt den Berufsalltag kennenzulernen. In irgendeinem Betrieb kann ich dich sicher unterbringen. Wenn du erst einmal ausgeglichener geworden bist, weil du nicht aus Verzweiflung über diesen ganzen Wohlstand hier dein, ach was: *mein* Geld für Rauschgift ausgeben musst, wird sicher alles besser – für dich und für uns.«

Damit verlässt der Vater das Wohnzimmer. Die Mutter folgt ihm kurz darauf. Und es wird still. Ganz still. Weder angenehm noch unangenehm. Auf eine kaum fühlbare, man könnte fast sagen: flache Art.

Nicht ohne Mühe sammelt René ein, woran er sich von seinen Gliedmaßen noch erinnern kann. Dann geht er packen. Er weiß, sie werden sich nicht fragen, was das Zuschlagen der Eingangstür zu bedeuten hat.

***

Was ist das für ein Zwitschern? Das hohe, übertrieben melodiöse Plaudern einer Stimme, die ihm zwar bekannt vorkommt, die er so aber noch nie gehört hat. Ist er eingenickt? Tatsächlich. Das, ist er sicher, noch bevor er die Situation ganz erfasst hat, hätte nicht passieren dürfen. Hallo?, hört er die Mädchenstimme wieder sagen, während er sich die Augen reibt, Jaron? Hey, wie schön, dich zu hören …

Deswegen hat David sich nie den Mittagsschlaf angewöhnt: Danach dauert es eine Ewigkeit, bis er seine Wahrnehmung sortiert hat, und seine Laune ist unter welchen Umständen auch immer am Boden. Durch das Gezwitscher hindurch tastet er sich in die Richtung, in der – woher auch immer ihm das bekannt sein mag – das kleine Badezimmer liegt. Atmet einmal tief ein und hält den Kopf unter einen eisigen Strahl. Während er sich danach abtrocknet, hört er, wie das Geplapper aus dem Zimmer verstummt. Schwärze trifft ihn: Verdammt. Da ist diese Frau. Und sie hat telefoniert. Ohne dass er dabei war. Er wirft das Handtuch in eine Ecke und eilt ins Zimmer zurück.

Die Puppe sitzt mit hochgezogenen Beinen auf dem Bett und schaut ihn mit einem merkwürdigen Glitzern in den Augen an. Was ist los?, erkundigt er sich.

Sie schürzt ein wenig die Lippen, bevor sie sagt: Jemand meint es gut mit uns. Ich habe Neuigkeiten von Jaron.

Ihrem Freund? Sie nickt. Was denn für Neuigkeiten?

Er ist hier in der Nähe. Eine Tante von ihm ist gestorben. Ich habe ihm gesagt, dass ich dringend ein Auto brauche und … Er würde mir seins leihen.

Nichts sagen, erst einmal. Genau beobachten. Mit der Hoffnung, die die Aussicht auf einen funktionsfähigen Wagen in ihm wecken muss, könnte sie ihn jetzt in der Hand ... und sonst was mit ihrem Freund ausgeheckt haben.

Er schaut sie an. Die schwere Brust unter dem T-Shirt, an die sie das Telefon wie einen Talisman drückt, während sie den ans Bett gefesselten Arm einigermaßen entspannt zu halten versucht. Spinn nicht rum, sagt er sich. Mehr als telefonieren kann sie erst mal nicht getan haben. Dennoch kann er sich nicht davon abhalten, zum Sessel zurückzugehen und in die Ledermapppe zu schauen. Dies nun seinerseits in ostentativer Entspanntheit. Natürlich ist die Waffe noch in der Tasche. Wie auch nicht?

Er tarnt die Aktion mit einem kurzen Blick in sein Portemonnaie. Diese unnatürliche Wachsamkeit wird ihn noch den Verstand kosten. Er kann nur darauf hoffen, dass die Puppe sich selbst denken kann, dass, was immer sie mit wem immer auch verabredet haben mag, ihr nichts nützt, solange er selbst so dicht bei ihr und bewaffnet ist.

Verdammt, denkt er, diese Besessenheit, einen Menschen umzubringen, als wäre das die Lösung aller Probleme ... Was passiert hier nur mit mir?

***

Er sieht wesentlich besser aus als bei ihrer ersten Begegnung. Vitaler, trotz des verschlossenen Gesichts. Das Gequälte wird ihm bleiben, aber auf jeden Fall ist er nicht mehr so grau.

Die Zurückhaltung, mit der er die Neuigkeit aufnimmt, überrascht Tereza kaum. Misstrauisch scheint er von Natur aus zu sein, nicht erst seit jenem verfluchten Tag. Jetzt hängt alles von ihrer Überzeugungskraft ab. Dies ist die beste Gelegenheit, ihm zu zeigen, dass sie kein Interesse daran hat, gegen ihn zu arbeiten. Das wird ihre Chancen steigern, heil aus der Geschichte herauszukommen.

Können Sie denn wieder fahren?, fragt er nach einer endlos scheinenden Stille. Offenbar denkt er immer noch die meiste Zeit darüber nach, wie er sie am besten unter Kontrolle behält; und das ist nun einmal, wenn

sie beide Hände auf dem Lenkrad und er die verdammte Pistole im Anschlag hat.

Sie nickt.

Er schlendert zu dem Sessel hinüber, in dem er geschlafen hat, und
kramt in seiner Tasche herum. Dann rückt er den Sessel vom Bett ab und
setzt sich hinein. Forschend sieht er sie an: Und warum – tun Sie das für
mich?

Naja. Für Sie …, murmelt sie.

Stimmt. Und darüber muss er lachen. Kurz nur und leise, aber doch
richtig lachen, auf menschliche Weise, ohne Grimm, ohne Wahnsinn. So
schlimm kann es also nicht um ihn bestellt sein, wenn er sich selbst so
über die Idiotie ihrer beider Situation amüsieren kann.

Er wird dann nachdenklich. Auch das ohne jede Überspanntheit: Darauf könnte ich mich natürlich verlassen: dass Sie sich einfach so schnell
wie möglich von mir befreien wollen. Trotzdem garantiert mir niemand,
dass dieser Jaron nicht mit einem Dutzend Verwandter aufkreuzt. Dass
er nicht dafür gesorgt hat, dass, während ich hier mit Ihnen rede, Polizisten das Haus umstellen. Dass uns niemand folgt, während wir zu Ihrer
Freundin fahren.

Hätten Sie mich halt nicht alleine gelassen.

Ist meine erste Entführung. Schon vergessen?, grollt er und wendet den
Blick ab.

Er geht ihr auf die Nerven. Dennoch beobachtet sie interessiert, wie
sein Atem sich beschleunigt. Es erhöht seinen Stress, begreift sie plötzlich, dass er auf keinen Fall in die Lage kommen *will*, ihr etwas anzutun.
Mittlerweile geht es um mehr für ihn, als nur zu fliehen. Wer nichts so
sehr fürchtet, wie sich daran erinnern zu müssen, dass er kürzlich jemanden erschossen hat, will sicher auf keinen Fall riskieren, tatsächlich
jemanden zu erschießen.

Oder könnte gerade die Erinnerung ihn dazu bringen, auch noch die
letzte Zurückhaltung fahren zu lassen? Wirklich ein Verbrecher zu werden, wo er ohnehin schon die denkbar schwerste Straftat begangen und
sich jede Rückkehr in ein normales Leben verbaut hat?

Sie wischt den Gedanken beiseite, bevor Verzweiflung in ihr hochkriechen kann. Wenn sie ihn überzeugn will, muss sie selbst davon überzeugt bleiben, dass sie und er im Grunde dasselbe Ziel verfolgen: einander so schnell wie möglich loszuwerden. Also wird er ihre Hilfe annehmen müssen. Er hat keine andere Wahl.

Da unterbricht er ihre Gedanken:

Warum soll ich denn glauben, dass Sie freiwillig diese Irrfahrt mit mir fortsetzen werden?

Sie ordnet sich kurz. Im Grunde weiß sie selbst nicht genau, warum sie das alles organisiert hat. Nicht auf unbestimmte Zeit mit ihm hier festsitzen. Jaron sehen, natürlich. Ihn um Hilfe bitten? Damit der Lehrer das mitbekommt und alles gleich hier beendet? Oder Jaron seinerseits in Gefahr zu bringen? War von Anfang an ausgeschlossen. Sie hat getan, was naheliegend schien; was die Situation am ehesten entschärfen konnte.

Das Wichtigste ist jetzt, den Typen da zu beruhigen. Wie sie ihn einschätzt, wird das am besten über die Logik funktionieren:

Sie werden mich nicht gehen lassen. Solange wir nicht irgendwo angekommen sind, wo Sie sich sicher fühlen, können Sie mich entweder nur weiter gefangen halten oder umbringen. Also muss ich dafür sorgen, dass wir so schnell wie möglich weiterkommen und Sie mich an einem Ort zurücklassen, von dem aus ich Ihnen nicht schaden kann.

Hat er beim Wort »umbringen« gezuckt? Und wenn. Würde auch nicht helfen.

Er antwortet nicht. Betrachtet sie nur mit undurchdringlicher Miene. Wie viele Steigerungen von »unwohl« gibt es?

Als sie es nicht mehr aushält, setzt sie nach: Das ist eigentlich alles. Also, was mir einfällt.

Er schmunzelt – ganz, ganz leicht nur – und nimmt den Faden auf: Mir fällt noch Folgendes ein: Eine intelligente Frau wie Sie weiß, dass kein Verwandtentrupp und kein Polizeiaufgebot ihr helfen können, solange dieser Bekloppte mit dem Schießeisen neben ihr sitzt. Sie hat sich gedacht, dass ihr Freund bestimmt nervös würde, wenn sie ihm von der komischen Geschichte erzählte, in die sie da geraten ist, und deswegen kein Wort darüber verloren. Habe ich recht?

Sie nickt. Eine etwas andere Perspektive, aber Hauptsache, sie funktioniert für ihn.

Also, fährt er fort, werden wir jetzt zusammen einen Plan entwickeln, wie – er unterbricht sich für einen erneuten ironischen Ausbruch – die Übergabe stattzufinden hat.

Erleichtert atmet sie aus, lässt den fast schon verkrampften Telefonarm sinken und hört sich an, was er weiter zu sagen hat.

**

Was ein bisschen kühles Wasser ausmacht. Die latente Irritation ist einem weichen Gleichmut gewichen, in dem Carine sich fast schon vorstellen kann, einfach der Dinge zu harren, die da kommen mögen.

»Mami«, hält Jakob sie auf dem Weg vom Bad ins Schlafzimmer auf, »Telefon für dich. Es ist Hakan.«

»Liebes«, raunt ihr ein zögerlicher Bass ins Ohr, »hat nicht dein Verflossener, nachdem er Jakob das letzte Mal zu Hause abgeliefert hatte, seine Sonnenbrille bei uns vergessen?«

»Doch, hat er.«

»Hat er sie sich wieder geholt?«

»Er war doch seitdem nicht mehr hier. Warum interessiert dich das?«

Er zögert wieder. Hinterher wird ihr einfallen, dass er tatsächlich noch nie ein Wort gegen David gesagt hat. »Weil«, erklärt er schließlich, »am Tatort eine gefunden worden ist, die mich verdammt an seine erinnert. Schaust du bitte nach, ob sie noch da ist?«

»Das brauche ich nicht«, und ihr kriecht es feuchtkalt unters Badetuch. »Sie liegt vor mir, auf dem Kaminsims.« Carine weiß, dass Hakan weiß, was sie weiß: Wie sehr David es liebt, etwas, was sich für ihn bewährt hat und ihm abhanden gekommen ist, durch ein identisches Stück zu ersetzen. An dieser Brille hat er gehangen, über Jahre hinweg. So sehr, dass Carine ein paar Mal versucht gewesen ist, sie ihm zu schicken. Doch er in seiner Verbohrtheit hätte lieber das Zehnfache für eine neue bezahlt, als sie darum zu bitten. Keiner bewegt sich, denkt sie. So könnte man das nennen, was wir seit Jahren miteinander durchexerzieren.

»Wo habt ihr diese Brille gefunden?« fragt sie, obwohl sie es eigentlich nicht wissen will.

»*Ihr* ist gut. Ich habe sie gerade zum ersten Mal zu Gesicht bekommen. Unser neuer Superheld in der Spusi … Aber lassen wir das. Jedenfalls lag sie im Waschbecken der Toilette neben dem Lehrerzimmer. Der Bericht müsste noch heute aus dem Labor kommen, und Carine, jetzt kommst du: Kannst du mir die andere Brille herbringen? Ich kann hier im Moment nicht weg.«

Ihr Blick bohrt sich in den, durch die Schiebetür nur halb verdeckten, Rücken ihres Sohnes, der sich wieder seinem Spiel zugewandt hat. Oh mein Gott, kann sie nur denken. Mein Gott. Nicht das auch noch. Wie halte ich ihn da nur heraus?

»Liebes?«

»Ja … Natürlich.«

»Einmalhandschuhe hast du genug?«

»Habe ich immer.«

»Gut«, sagt er nur, ausnahmsweise ohne sich über ihren Hygienefimmel lustig zu machen. »Damit kannst du die Brille nehmen und in eine Plastiktüte stecken. Wir sehen uns gleich bei mir im Büro, ja?«

»Ja. Ja ist gut, Hakan.«

Noch eine ganze Weile bilden ihre Augen mit ihrer ausgestreckten Hand und dem Hörer darin eine Art Stilleben. Dann ist es plötzlich, als könne sie fliegen: schnell ins Schlafzimmer, ein Kleid übergestreift und Sandalen, danach neue Gummihandschuhe, die Brille in einen Gefrierbeutel, während Jakob auf der Toilette ist – mein Gott, denkt sie wieder, lass diesen Mann sein, was er will, einen Verbrecher, einen Mörder, was auch immer, aber verschone meinen Sohn damit. Egal, wie du es anstellst, verschone ihn!

»Bringst du Papa seine Brille zurück?«

Vor Schreck lässt sie beinahe alles fallen. Man soll Kinder nicht anlügen. Aber zu etwas anderem fehlt ihr im Moment die Kraft.

»Ja, mein Schatz, er vermisst sie schon so lange.« Seinen Blick auf die Plastikhäute an ihren Händen ignoriert sie, streift sie ab und wirft sie in den Müll.

»Grüß ihn von mir«, sagt Jakob langsam. Sie nickt, wartend, ob er ihr noch einen Brief oder etwas anderes, Lebenswichtiges für seinen Vater mitgeben möchte, wie er es meistens tut. Als aber nichts passiert, berührt sie ihn nur unbeholfen mit den Fingerspitzen an der Schulter: »Wenn die Frau von der Fluggesellschaft anruft«, murmelt sie. »Sie hat meine Mobilnummer. Da kann sie mich erreichen.«

»Klar.«

Auf dem Weg zum Präsidium ist sie zweimal nahe daran, einen Unfall zu bauen. Es muss dieser Sommer sein, der sie so hysterisch macht. Noch weiß man schließlich gar nichts. David mag der launischste Mensch sein, den sie kennt – zuweilen fast, aber eben nur fast furchteinflößend in seiner Reizbarkeit; und gleichzeitig hat sie noch nie einen harmloseren kennengelernt. Deswegen hat sie ihn so lange so zärtlich geliebt. Er hat mal wieder etwas liegen lassen, na und? Das kann Stunden gewesen sein, bevor dieser unglückliche Junge im Lehrerzimmer zu Tode kam.

Carine merkt nicht, wie sie fester in die Pedale tritt.

SIEBEN

Nicht mehr lange, und die Temperatur seines Blutes wird den Siedepunkt erreicht haben. An der Sonne kann es nicht liegen; die ist weit über ihre größte Kraft hinaus. Außerdem hat er sich in den Schatten einer Mauer gestellt, um die Aktion nicht zu gefährden. Dass die beiden, die sich da so prächtig zu amüsieren scheinen, in Hörweite von ihm bleiben müssen, sollte David Sicherheit gewähren. Stattdessen fühlt er sich ausgeliefert, gerade deswegen, weil einer von ihnen nichts von seiner Anwesenheit weiß. Denn das bedeutet, dass er kaum Einfluss auf die Dauer dieses trauten Beisammenseins wird nehmen können.

Wie sie es genießt, ihn hier schmoren zu lassen. Sicher bildet sie sich ein, weil sie ein Auto besorgt hat, könne sie sich jetzt sonstwas herausnehmen. Mindestens dreimal schon hat sie alle gemeinsamen Abmachungen übertreten. Mehr aus Wut darüber, als dass er sich tatsächlich bedroht fühlte, möchte er am liebsten auf beide schießen – nur, um sie zu erschrecken, natürlich. Aber selbst das kann er nicht riskieren, mitten auf dem Dorfplatz, und sicher weiß sie es.

Wenigstens spricht sie laut und deutlich, wie vereinbart. Es wehen nur Fetzen zu ihm herüber, doch die bürgen für die Harmlosigkeit des Gesprächs. Darüber könnte er erleichtert sein, aber ihn regt es maßlos auf, wie viele Platitüden diese Kinder auszutauschen haben. Als wäre jetzt die Zeit dafür.

Endlich geht der Typ – ein großer, offenbar hübscher Kerl mit minutiös frisierten Haaren und selbst von hier aus sichtbarem Zahnpasta-Grinsen – zum Kofferraum der spiegelblanken Karre und befördert ein Klapp-Fahrrad zutage. Sonst nichts. David kann seine Muskeln endlich aus der schmerzhaften Anspannung entlassen. Der Typ fasst die Puppe unters Kinn, ein letzter, langer Kuss, in dem sie wenigstens keine Geheimnisse austauschen können; dann trollt der Prinz sich auf seinem Drahtesel. Die

Puppe steht im Straßenstaub und winkt ihm mit der Ausdauer einer Soldatengattin nach.

Nun gut. Du hattest deinen Spaß. Jetzt bin ich dran.

So beschäftigt, wie sie mit Hinterherschmachten ist, kann er fast gemütlich zu dem blauen Opel hinübergehen. Ein komfortabler Wagen, sicher mit Klimaanlage. So wird er wenigstens für den enormen Zeitverlust entschädigt.

***

Es gibt Momente, über die Tereza nur die Augen verdrehen würde, kämen sie in einem Film vor. Das Stehen auf diesem Dorfplatz in der schwächer werdenden Sonne, während Jarons Auto sie halb umkreist und unter einer Linde hält, mit dem Gedanken *dass wir uns so wiedersehen würden*, ist ein solcher Moment. Nur leider ist dies kein Film. Und wenn, befindet sie sich nicht in der Position, sich darüber lustig zu machen.

Obwohl er sich mehr als zwanzig Schritte hinter ihr gegen eine Mauer drückt, spürt sie den Revolverhelden, als hielte er ihr die Waffe in den Rücken. Gut, für eine Weile davon abgelenkt zu werden. Dabei ist es in dieser Situation nicht leicht auszumachen, was genau das Herzrasen auf Jarons Erscheinen hin meint. Sie ist überglücklich, ihn zu sehen, und wiederum nahe an der Übelkeit vor Anspannung. Er weiß ja nicht, was er alles falsch machen – und was sie beide das jetzt kosten könnte.

Der dunkle Anzug steht ihm hervorragend. Er macht keine großen Worte, nähert sich wie die aufgehende Sonne und drückt sie an sich.

»Tut mir leid, das mit deiner Tante«, murmelt sie. Sie weiß, der Lehrer kann in diesem Moment ihr Gesicht nicht sehen. Er wird nicht wissen, ob sie spricht oder nicht. Er hat angedroht, sofort auf sie zu schießen, wenn sie zu flüstern beginnt. Aber Jaron ins Ohr zu schreien – wie sollte das nicht seinen Argwohn wecken?

»Halb so schlimm«, lächelt der. »Sie hatte ein langes, gutes Leben. Trotzdem trauern jetzt natürlich alle. Ich muss auch gleich wieder zurück.«

»Ja«, fragt sie, obwohl schließlich dasselbe für sie gilt, »gleich?« Einfach nur, weil sie nicht mehr heraus möchte aus diesem … Keine-Geisel-Moment.

»Hmmm«, lächelt er sein unwiderstehliches Lächeln, »ein ganz kleines bisschen könnte ich noch bleiben …«

Aber als er sie dann wieder umfängt und mit einer Hand hinter sich greift, um die Beifahrertür zu öffnen, wehrt sie erschrocken ab: »Oh, du … musst doch, ich meine …«

Sie kennt keinen anderen Menschen, dessen Gesicht eine so reine, grenzenlose Verblüffung ausdrücken kann. Schwindelerregend charmant. Innerlich verflucht sie den Lehrer, drückt Jaron schnell zwei Entschuldigungsküsse auf den Mund und sagt: »Es wäre gerade nicht so günstig. Nicht nur wegen der Umgebung, sondern …« Dabei macht sie eine unbestimmte Kopfbewegung nach seitlich und unten, aus der jeder was auch immer schließen kann.

»Ah? Ach so.« Er grinst: »War ja nur ein Vorschlag.«

»Ein guter Vorschlag.« Sie schafft es tatsächlich, das zugleich flirty auszudrücken und fast unmerklich zwei Schritte Abstand zwischen sie beide zu bringen, damit der Irre hinter der Mauer nicht völlig durchdreht. Dabei zerreißt es sie fast, nicht zu schreien: Geh weg, du stirbst sonst! Geh weg, wir sterben sonst! »Den wir bei der nächsten Gelegenheit in die Tat umsetzen werden. Aber wie kommst du jetzt zurück?«

Was für eine Frage. Und was soll sie machen, wenn er …

»Keine Sorge, ich habe ein Fahrrad im Kofferraum.«

Langsam hält sie die Spannung nicht mehr aus. Sie senkt den Blick, damit Jaron es nicht merkt – wenn er das für schlichte Verlegenheit hält, umso besser. »Hoffentlich ist es nicht zu weit? Das ist mir wirklich unangenehm …«

»Ach was! Keine Viertelstunde. Und außerdem« – er packt sie um die Taille und schwenkt sie herum, »habe ich dich wenigstens nochmal gesehen.«

Sie stirbt kurz vor Schreck, explodiert dann vor Lachen, denkt nur: Jaaaaa!, und schert sich nicht darum, dass sie spätestens an dieser Stelle weiter geschaltet hätte.

»Wie lange bleibst du weg?«, fragt er.

»Bis Dienstag. Dann muss ich wieder arbeiten. Aber – wenn du den Wagen vorher brauchst …«

»Mach dir keinen Kopf. Die Hälfte der Strecke kann ich mit meinen Eltern fahren, und danach gibt es auch wieder zuverlässige Zugverbindungen. Wenn deine Freundin sich nunmal in den Kopf gesetzt hat, auf eine Insel zu ziehen …«

»Halbinsel. Und ich hätte es ja auch nicht so eilig, wenn es ihr nicht so schlecht ginge und die bescheuerte Bahn …«

»Ist doch alles gut, Ti.« Er legt den Kopf schräg und zwirbelt eine ihrer Locken zwischen seinen Fingern. »Aber du brauchst nicht so zu schreien. Ich bin nicht taub, und selbst wenn es in so einem Kaff schnell danach aussieht, sind wir nicht allein.«

»Wie wahr«, entfährt es ihr, bevor er sie mit einem atemlosen »Na, wenn schon!« an sich reißt und halb ohnmächtig küsst. »Wow«, sagt er danach, »du zitterst ja.«

»M-hm«, sagt sie nur und nestelt an einem seiner Hemdsknöpfe herum.

Seine Augen blitzen in ihre, mehrere verschiedene Sorten Lächeln wechseln sich ab, dann murmelt er: »Okay. Bis Dienstag?«

»Bis Dienstag.«

Jarons radelnde Silhouette verglüht nur langsam den Hügel hinauf. Sie winkt ihr nach, bis sie verschwunden ist, geht dann zum Wagen und steigt ein.

Ein kleiner Schrei entfährt ihr, als sie erst nach dem Hinsetzen bemerkt, dass sie nicht allein im Auto ist.

Eine großartige Vorstellung, knurrt der Revolverheld. Hättet ihr nicht gleich einen Pfarrer herbestellen und euch trauen lassen können? Dann hätte es noch etwas länger gedauert. Was hatten wir über Körperkontakt gesagt?

Was hätte ich denn machen sollen, erwidert sie heftig, ohne dass er merkt, dass etwas nicht stimmt?

Fahren Sie, befiehlt er knapp. Irgendwohin, wo es Läden gibt. Ich muss raus aus diesen stinkenden Fetzen.

***

Carine war noch nie im Präsidium. Jetzt versteht sie, warum Hakan auch an Tagen, an denen er nicht mit außergewöhnlichen Tragödien zu tun hat (was auch immer das in seinem Beruf bedeuten mag) so ausgelaugt von hier zurückkommt. Die Menschen bewegen sich hektischer, die Regale stehen voller, das Piepen und Raunen und Türenschlagen scheint dichter als in jedem anderen Betrieb, den sie je von innen gesehen hat. Dass es die Luftqualität und somit das Wohlbefinden der Anwesenden durchaus steigern könnte, den bis in den letzten Winkel verlegten Teppichboden zu entfernen, geht ihr außerdem durch den Kopf. Und dass sie, die gar nicht betroffen ist, mit diesem Gedanken tragischerweise wohl alleine bleiben wird.

Endlich öffnet man ihr die Tür zu Hakans Büro, und sie überreicht ihm den Beutel mit der Brille, den er sofort an jemand andern weitergibt.

»Hast du sie vor heute schon in der Hand gehabt?«, fragt er. Sie zuckt mit den Schultern: »Kurz vielleicht mal, beim Staubwischen.«

»Dann bräuchten wir nachher deine Fingerabdrücke. Der Junge, hat der damit hantiert?«

»Keine Ahnung.«

»Hast du ihn nicht gefragt?«

»Wie denn? Hätte ich ihm sagen sollen, wir müssen das wissen, dein Vater steht unter Mordverdacht?«

»Immer mit der Ruhe, Carine.« Er sitzt besorgniserregend unbeweglich in seinem Sessel. »Immer mit der Ruhe.«

»Entschuldige. Ich bin nur so aufgebracht, weil möglicherweise unsere Reise platzt.«

»Die Waldbrände?«

Sie nickt.

»Setz dich doch erst einmal«, fordert er sie freundlich auf. Sie lässt ihn nicht aus den Augen, während sie seiner Aufforderung folgt. Er erlaubt ihnen noch eine längere Pause, bevor er neu ansetzt: »Ich hätte dich nicht her bemühen müssen. Ich hätte jemanden schicken können, der die Brille holt. Aber dann hätte ich keine Gelegenheit bekommen, mit dir zu sprechen.«

»Worüber?«

»Über Jakob.«

»Was willst du schon wieder von ihm?«

»Carine«, brummt er begütigend und geht zum Espressoautomaten. Sie lehnt ab, als er ihr eine Tasse anbietet; er dreht die eigene ein paarmal hin und her, bevor er sich setzt und ausführt: »Ich habe heute mit den Jungen gesprochen, deren Namen dein Sohn genannt hat. In irgendeiner Weise kannte jeder von ihnen diesen Benjamin gut. Aber am besten kannte ihn Jakob.«

»Was für ein Unsinn!« Sie kann sich nicht davon abhalten, mit der Hand auf den Tisch zu schlagen. »Jakob lügt nicht! Wenn er sagt, er hatte mit diesem Ben nichts zu tun, dann stimmt das auch.«

»Eines stimmt«, bestätigt er, ohne sich aus der Ruhe bringen zu lassen: »Hätte die Wahl bei ihm gelegen, hätte er sicher nichts mit ihm zu tun gehabt.«

Carines Magen zieht sich zusammen. »Was soll das heißen?«, bringt sie heraus.

Über den Tisch hinweg versucht er ihre Hand zu nehmen. Dabei sollte er wissen, dass sie in Momenten wie diesem auf Zärtlichkeiten nicht gut zu sprechen ist. »Hakan«, fragt sie erneut, »was hast du da eben gemeint?«

»Er hat sich sehr verändert in letzter Zeit, nicht wahr?«

»Pubertät. Da soll sich so einiges verändern, habe ich gehört.«

»So sehr, dass ein beliebter und hilfsbereiter Junge kaum noch das Haus verlässt und seine Mitschüler bestiehlt?«

Jetzt hält sie nichts mehr auf ihrem Stuhl: »Wie kannst du jetzt wieder davon anfangen? Das Tablet kann ihm sonst wer in die Mappe gesteckt haben!«

»Hat er das so gesagt?«

»Er hat gar nichts gesagt, das weißt du genau!«

»Und siehst du«, sagt er, seufzt und blickt sie verständnisheischend an, »genau das gibt mir zu denken. Ganz ehrlich, Carine: Ich habe auch nie geglaubt, dass Jakob stiehlt. Aber warum hat er sich nie verteidigt? Warum nicht?«

»Das fragst du mich!« Wie oft war sie nahe daran, ihren Kopf gegen die Wand zu schlagen vor Verzweiflung darüber, nichts von dem zu begreifen, was ihr Sohn tat – oder eben nicht tat. Bei der Erinnerung wird ihr immer noch flau im Magen.

»Es ist so, Liebes«, nimmt Hakan den Faden behutsam wieder auf. »Wenn ein Kind stiehlt, obwohl es das materiell nicht nötig hätte, dann hat das in aller Regel einen emotionalen Hintergrund. Und wenn ein Kind wie Jakob, den ich als anständigen Jungen kennengelernt habe, plötzlich ein solches Verhalten zeigt, halte ich es für sehr gut möglich, dass die Idee nicht seine war.«

»Dass ihn jemand angestiftet hat? Von seinen Freunden? Aber die kenne ich alle seit …«

»Seine Freunde meine ich nicht.«

Sie möchte fragen, wen. Und auch wieder nicht. Ein Klumpen Beton verdichtet sich plötzlich in ihrer Magengrube. Etwas, das vielleicht auch ein Beutetier spürt, wenn es eine verdächtige Witterung aufzunehmen meint.

»Ein paarmal«, fährt Hakan fort und richtet dabei, was für ihn ungewöhnlich ist, den Blick auf die Schreibtischplatte, »hat er dich auch um Geld gebeten, nicht wahr? Obwohl er ein gutes Taschengeld bekommt und nie verschwenderisch war.«

»Er wird älter … Seine Bedürfnisse ändern sich. Ich habe ihm ja auch nicht immer etwas gegeben. Nur, wenn er einen guten Grund hatte.«

»Den hatte er nicht immer?«

»Worauf willst du hinaus?«

Hakan fühlt sich unwohl. Sonst würde er nicht aufstehen, so ihrem Blick ausweichen und den seinen zum Fenster hinaus schweifen lassen. Die Bestätigung, dass sie guten Grund hat, sich zu fürchten – hier ist sie.

»Musstest du ihn eigentlich in letzter Zeit noch oft zur Schule fahren, weil er morgens so lang für alles gebraucht hat, dass er sonst zu spät gekommen wäre?«

Sie braucht ihm nicht zu antworten. Über solche Dinge sprechen sie abends; er weiß, wie ihr Alltag abläuft. Oft hat sie sich schon gefragt, ob er sich deswegen so für diese Banalitäten interessiert, weil sie ihn von den Abgründen ablenken, in die er Tag für Tag zu blicken hat.

Carine hält sich an den Armlehnen ihres Stuhls fest. Sie kann sich nicht vorstellen, wohin diese Unterhaltung führen soll, aber alles am Verhalten ihres Mannes sagt ihr, dass sie sich besser jetzt schon innerlich dagegen wappnen sollte.

Jetzt blickt er sie aus den Augenwinkeln an, fasst einen Entschluss, stellt sich neben sie und zieht sie an der Hand zu sich hoch: »Komm einmal her, du.«

***

Sein Name. Das ist sein Name, den diese frigide Kuh von sich gegeben hat. Sein Vorname zwar nur, mit der Initiale des Nachnamens dahinter. Was David auf merkwürdige Weise kränkt. Irritierender als die Verschärfung seiner Situation dadurch, dass nun gezielt nach ihm gefahndet wird, scheint zumindest seiner Eitelkeit diese Herabwürdigung zu einer Boulevard-Schlagzeile.

Einer Schlagzeile. Mit Bild.

Keine Rede davon, dass sie auch nur einen Hinweis auf seinen Aufenthaltsort hätten. Nur, dass er *seit dem Vorfall vermisst* wird, was verdächtig genug klingt. Mehr nicht.

Von der Puppe hört er nichts, also dreht er sich nach ihr um.

Kaum zu glauben, dass sie sich schon wieder in einem Hotelzimmer befinden. Vielleicht hätte er sich den Einkaufsbummel sparen sollen. Wahrscheinlich sogar. Aber nicht in alle Ewigkeit dasselbe zu tragen wie am … Aufbruchstag, schien nicht nur aus Gründen der Geruchsbelästigung ratsam. Jedoch haben sie so – zusätzlich zur Unterbrechung am Mittag und der Autoübergabe am Nachmittag – noch mehr Zeit verloren. Darum waren sie, trotz des entspannteren Verkehrs, am späten Abend noch immer 200 Kilometer von ihrem Ziel entfernt. Ein erneuter Anruf bei der ominösen Freundin blieb wiederum unbeantwortet, und trotz deren angeblicher Laxheit war die Puppe sich denn doch unsicher, ob sie einfach mitten in der Nacht dort aufkreuzen sollten.

Und müde, nach wie vor. Über Übelkeit klagt sie nicht mehr, aber gegen die Schlaffheit ihrer Gliedmaßen kommt sie nach wie vor nicht an.

Einen Ellenbogen auf die Tagesdecke gestützt, blättert sie gerade nachlässig in einer ihrer Zeitschriften. Unvermittelt bemerkt sie, ohne aufzublicken: Jetzt kenne ich Ihren Vornamen.

So wie ziemlich viele andere Leute auch.

Mhm.

Trotzdem tut mein Name hier nichts zur Sache. Niemand wird ihn sich je wieder zu merken brauchen. Sie auch nicht.

Sie nickt. Ob im Einverständnis oder aus Gleichgültigkeit, kann er unter den dichten Wimpern nicht erkennen. Es muss ihm ohnehin egal sein. Seltsam, wie schmerzhaft es den Kontakt mit einem Menschen macht, sich nicht weiter um dessen Motivationen und Regungen bekümmern zu *dürfen*. Und dennoch ständig in seiner Nähe zu sein. Ihm weder ausweichen noch sich ihm wirklich nähern zu können. Für sie ist es einfach, sie kann sich ihrer Ablehnung sicher sein, und braucht sich um sein Innerstes nicht zu scheren. Er dagegen merkt, je mehr sie sich dem Ziel ihrer Reise nähern, wie es ihm zusetzt, dass sie ihn als unberechenbaren, womöglich gefährlichen

WAS

kennengelernt

hat

wie konnte es dazu –

und ihn nie anders kennen lernen wird.

Er steht auf

und wirft einen Zigarettenstummel aus dem Fenster.

Zerstreuung im nächtlichen Fernsehprogramm zu suchen, hat sich längst als nutzlos erwiesen. Auf den wenigen Sendern, die bis zu diesem Kasten dringen, sind immer entweder das Programm oder der Empfang unerträglich – wenn nicht beide. Dennoch ist diese Pension etwas besser als die davor. Was ihn nicht davon abhält, auch hier auf dem Zimmer zu rauchen. Auch zu diesem Thema hat die Puppe nur mit den Schultern gezuckt. Die Schwellen sinken, denkt er. Bald wird er einen Vollbart haben, was unter diesen Umständen sicherlich nicht verkehrt, aber weniger Absicht als eine Folge der gleichgültigen Haltung ist, die er einzunehmen beginnt gegenüber den Dingen, die bisher seinen Alltag und sein Benehmen ausgemacht haben. Man kann nicht ständig die Umgebung und das, was man anstelle einer

Geisel
nein

bei sich hat, überwachen und sich den Kopf über sein äußeres Erscheinungsbild oder seine Manieren zerbrechen. Ohne ein Mindestmaß an Nachlässigkeit kollabiert jeder, oder jedenfalls David. Vollkommen gehen lassen wird er sich aber nicht – zumindest, denkt er, solange er diese Frau bei sich hat.

Immerhin ist er seit heute stolzer Besitzer einer neuen Jeans und zweier zusätzlicher T-Shirts, je einer Dreierpackung Boxershorts und Socken sowie einer ziemlich kleidsamen Feldjacke. Sollte dieser Sommer demnächst so abrupt enden, wie er begonnen hat. Beziehungsweise David selbst wesentlich länger als den Sommer über auf Wanderschaft sein. Nun jedenfalls muss er sich neben dieser blank geputzten Person nicht mehr wie ein Dreckschwein vorkommen.

Leihen Sie mir die andere Zeitschrift?, fragt er.

Das ist die mit der Cellulite-Gymnastik, antwortet sie etwas verlegen. Die mit der Wüste habe ich hier – aber ich kann auch die andere lesen.

Sie will sie ihm reichen, aber er wehrt ab: Nein, lassen Sie sich nicht stören. Ich lese hin und wieder ganz gerne, womit ihr Frauen euch die Zeit vertreibt.

Wieder dieser Stich angesichts der Geste, mit der sie mehr einem Befehl Folge zu leisten, als seine Höflichkeit anzunehmen scheint. Diese Situation ist ganz und gar unnatürlich. Lange wird er sie nicht mehr ertragen.

Er nimmt das knallbunte Heft von ihr entgegen, blättert ein wenig darin, schmunzelt über verschiedene Überschriften und versucht dann, sich in einen Reisebericht zu vertiefen. Doch die Worte gleiten an ihm vorbei wie die von der Reporterin beschriebene Landschaft an deren Hausboot, und mehrmals muss er einen Absatz, der mittendrin seinen Sinn verloren hat, von vorne beginnen. Endlich gibt er es auf, zündet sich die nächste Zigarette an und entlässt seinen irrlichternden Blick in die Nacht vor dem Fenster, dabei nie ganz von der Puppe abgewandt.

Zeit, dass sie wieder auf die Autobahn und in größere Städte gelangen. Diese Abende auf dem Land fangen an, ihn zu zermürben. Die Stille, die besondere Schwärze der Nacht geben einem das Gefühl, allein auf der Welt zu sein. Was andere im Fernsehen über ihn sagen oder aus der Ferne gegen ihn unternehmen, erscheint so unwirklich, dass er seine ganze Wachsamkeit wie ein schmutziges Hemd zu Boden gleiten lassen und einfach querfeldein spazieren könnte, um in der nächstbesten gut besuchten Kneipe erkannt und festgenommen zu werden. Wie viel einfacher wäre das.

Denken Sie an Ihren Sohn?

Obwohl ihm das wie ein Messer in die Eingeweide fährt, gelingt es ihm, den Kopf nicht ganz nach der Stimme umzudrehen, die er ohnehin zunehmend eher hinter seiner Stirn als irgendwo sonst vermutet. Ich habe Ihnen gesagt, erwidert er so ruhig wie möglich, dass Sie sich da heraushalten sollen.

Wo heraushalten?, fragt sie. Er meint, sich verhört zu haben, aber da so etwas wie Traurigkeit darin mitschwingt, wirkt ihre Rede nicht unverschämt: Aus Ihrem Leben? Ich stecke doch mittendrin.

Das hier ist nicht mein Leben.

Dann stecke ich eben da drin.

Nur noch bis morgen. Dann ist es vorbei.

Jetzt sieht er sie doch direkt an. Und erwischt noch das Ende der Abwärtsbewegung ihrer Augenlider. Danach hält sie den Blick, wie schmollend, eisern auf die Bettdecke vor sich gerichtet. Wer belauert hier wen, denkt er. Und wie wird es sein, ab morgen oder übermorgen nicht einmal das mehr zu haben, nicht einmal diese Beobachtung mehr – eine misstrauische zwar, in beide Richtungen, aber immerhin doch jemanden, deren Handlungen für ihn relevant waren und umgekehrt

Unsinn

Wem könnte eine solche paranoide Symbiose jemals fehlen? Und trotzdem ist sie irgendwie Kontakt, ist irgendwie Verbindung, und auf beides wird er für wer weiß wie lange verzichten müssen, wird andere Menschen nur noch als etwas erleben können, dem er nach Möglichkeit ausweichen muss. Leere wird da sein um ihn, Leere und der Versuch, zu überleben, ohne genau zu wissen, wofür.

Oder, was war da?

Sollte er diese letzten Stunden Gesellschaft vielleicht lieber noch nutzen für

für

für

Warum haben Sie mich das gefragt?, will er wissen. Was interessiert es Sie, ob ich gerade an meinen Sohn denke oder nicht?

War das erste, was mir eingefallen ist.

Das erste wovon?

Von … einer Unterhaltung?

Nun ist die Verlegenheit bei ihm: Sie möchten sich mit mir unterhalten?

Ist ja sonst keiner da.

Das stimmt.

Er löscht die Kippe, lässt das Fenster geöffnet und setzt sich der Puppe gegenüber aufs Sofa. Das ist schön, fährt er fort. Dass Sie sich mit mir unterhalten wollen. Ich weiß nicht, ob ich das an Ihrer Stelle auch wollen würde.

Ist halt schlimm, immer nur so stumm nebeneinander. Das macht noch mehr Angst als sowieso schon.

Er schluckt schwer: Es entspricht zwar der Situation, dass Sie sich vor mir fürchten. Trotzdem wünschte ich, es wäre nicht so.

Schwierig.

Jetzt schon. Und Sie?, lenkt er ein, denken Sie an Ihre Eltern?

Ab und zu, gesteht sie widerwillig. Überlege, ob es sie ernsthaft aufregen würde.

Was?

Wenn ich tot wäre.

»Meinen Sie das ernst?«

»Würde ich es sonst sagen?«

Kurz ist er baff. Er bekommt einiges zu hören von seinen Schülern; hat sich oft zusammen nehmen müssen, um bestimmte Eltern überhaupt noch grüßen zu können. Aber dieses Mädchen ist schon ein paar Jahre heraus aus der Pubertät. Sie hat ihr eigenes Leben. Wobei – woher meint er, das zu wissen?

»Wie kommen Sie darauf«, kramt er nun den Pädagogen hervor, »dass es Ihnen egal sein könnte, wenn Sie nicht mehr da wären?«

»Haben Sie mich angerufen, um zu hören, ob ich gut bei Kathi angekommen bin?«

Er schmunzelt: »Wenn ich von meinem elfjährigen Sohn verlange, dass er mir Bescheid gibt, ob er heil irgendwo angekommen ist, kotzt ihn das an. Er sagt, ich traue ihm zu wenig zu.«

»Sie meinen, ich soll froh sein, dass sie mich in Ruhe lassen?«, fragt sie hitzig. Humor war also die falsche Strategie. Er hört es an dem Beben unter ihrer eigentlich melodischen Stimme, diesem Hinweis auf Mangel, auf die erdrückende Einsamkeit mitten in einer Durchschnittsfamilie. Mittlerweile erkennt er es sofort.

Nein, sagt er besonnen, das sollen Sie natürlich nicht. Ich weiß ja nichts über Ihre Eltern. Was ist denn mit ihnen?

Ich wohne immer noch da, presst sie, ihn herausfordernd anblickend, hervor. Als wollte sie hinzufügen, sag schon, dass ich eine Versagerin bin.

»Nicht ungewöhnlich heutzutage«, antwortet er stattdessen. »Die Mieten sind in den Städten kaum zu bezahlen. Wenn also die Eltern in derselben Stadt wohnen, in der man studiert, warum sollte man da …«

»Ich studiere nicht.«

»Ausbildung, oder schon im Beruf?«

»Nein.«

»Was dann?«

»Ich jobbe.«

»Als?«

»Was gerade so kommt.«

Er nickt. Langsam bekommt er eine Ahnung davon, warum sie sich selbst in ihrer aktuellen Situation so viel stärker beisammen zu haben scheint als andere Menschen ihres Alters. Und langsam weicht das Unwohlsein aus ihm, da sie sich immer mehr unterhalten wie zwei Menschen, die sich eben miteinander unterhalten. Mag das Thema nun besonders erfreulich sein oder nicht – es geht um das Thema, und nur darum. Das empfindet er als ungeheuer erholsam.

Ich nehme nicht an, wirft er in den Raum und hält seine Stimme so neutral wie möglich, dass das der Plan war.

Wessen Plan?

Falls Sie einen hatten, dann – Ihrer.

Worauf etwas Unglaubliches passiert: Die Puppe richtet sich auf, beginnt zu wachsen, zu leuchten, sie bläht leicht die Nasenflügel, die grauvioletten Pupillen werden starr und ihr Gesicht erstrahlt in – Wut.

***

Die Wiese ist normalerweise ein schöner Ort. Sicher auch heute Abend. Nur haben das gefächelte Abendlicht, die Eintagsfliegen, die noch einmal aufglühenden Wölkchen so wenig mit ihm zu tun. Haben es immer weniger, je weiter der Pegel in der Flasche sinkt. Um so besser. Wenn die Umgebung ihn nichts angeht, kann sie ihn auch nicht beim Schlafen stören.

René hat seine Freunde anrufen wollen, es dann aber sein lassen. Bei Mia ist immerzu belegt. Er hätte auch keine Lust, irgendjemandem zu erklären, warum er heute auf keinen Fall nach Hause gehen wird. Er starrt glasig auf sein Telefon und stellt es endlich ab. Er will nur noch Ruhe; das, was komischerweise immer am schwierigsten zu bekommen ist. Ruhe und den Trost eines billigen Rotweins. Morgen wird er sich überlegen, wie er durch die nächste Zeit kommen soll; mehr kann man im Augenblick nicht von ihm verlangen.

»Wusste ich's doch!«

Er hält sich an den moosigen Brettern der Bank fest, auf der er sitzt, um nicht der Stimme entgegen zu kippen, die hinterrücks über ihn hergefallen ist.

»Josh! Verdammt nochmal, wieso habe ich dich nicht gehört?«

»Ich sehe vielleicht aus wie ein Elefant«, grinst der andere und lässt sich neben ihm nieder. »Aber das heißt noch lange nicht, dass ich mich auch so anhöre.«

»Ich meine doch, wo ist deine Maschine?«

»Zu Hause. Ab und zu bewege selbst ich meine Laufwarzen. Und heute … Ich hatte wohl dieselbe Idee wie du. Konnte nicht mehr hocken bleiben in meiner Bude. Max ist mit Zehra über alle Berge, du warst nicht zu erreichen … Da habe ich mir gedacht: Schau'n wir doch mal auf der Wiese nach.« Er richtet seine dicht bewimperten Augen auf René: »Was soll das, Mann? Warum schneidest du dich so von deinen Kumpels ab?«

»Was heißt denn hier abschneiden?«

»Ach quatsch doch nicht!« Josh fährt sich mit der Hand ein paarmal durch die in alle Richtungen gegelten Haare und schaut in den dunkler werdenden Himmel.

»Das ist für uns alle hart«, murmelt er. »Darum sollten wir jetzt zusammenhalten. Es ist nicht normal, jemanden auf diese Weise zu verlieren. Damit wird man nicht alleine fertig.«

»Überlass es doch mir«, knurrt René, »womit ich fertig werde und womit nicht.«

Josh lässt den Kopf in einem verhaltenen Lachen fallen: »Du wirst dich nie ändern. Läufst rum wie ein geprügelter Hund und tust trotzdem so, als könnte dir keiner was.« Als er wieder aufblickt, ist dieses leichte Zucken um seinen Mund, das er nur selten zeigt: »Bei mir brauchst du das nicht. Ich bin dein Freund, weißt du noch?«

René deutet ein Nicken an und leert seine Flasche. »Oh«, sagt er dann. »Entschuldige.«

»Macht nichts.« Josh greift in seine Umhängetasche: »Ich habe vorsorglich Bier mitgebracht. Aber wenn ich dich so ansehe …«

»Gib schon her.«

»Es ist dein Leben.« Er reicht eine Flasche herüber, sie hebeln die Kronkorken an der hölzernen Sitzfläche auf und stoßen an.

»Auf Ben«, sagt Josh. René nickt und trinkt.

Es wird schneller dunkel jetzt. Noch aber kriecht keine Kühle aus den Schatten der Bäume. Die Nacht dürfte angenehm werden; womöglich kann er einfach auf seinem Schlafsack liegen, statt darin, und wird es so ein wenig weicher haben.

»Was«, setzt Josh an und beobachtet dabei wieder den Horizont; »was hast du den Bullen gesagt, heute Morgen?«

»Die Wahrheit.«

»Und die wäre?«

René tritt unwillig nach einem naheliegenden Stein: »Was soll das, Josh? Es ist doch sowieso gelaufen.«

»Kommt drauf an. Kommt ganz darauf an, wer wie viel weiß.«

»Hast du die Bullen angelogen? Das hat doch keinen Sinn. Wenn sie nachträglich ankommen mit dem, was man ihnen gleich hätte sagen sollen, wird's umso schlimmer.«

»Na gut«, lenkt Josh ein. »Fragen wir andersrum: Was genau wollten sie von dir wissen?«

»Ach, lass mich doch in Ruhe!«

René steht auf und geht ein paar Schritte von der Bank weg, wohl wissend, dass er nirgendwohin kann. Mit dem Rücken zu seinem Kumpel bleibt er schließlich stehen und zählt widerwillig auf: »Sie wollten wissen, ob Ben mit Drogen zu tun hatte, ob ich welche genommen oder verkauft habe …«

»… *zu tun hatte*, was genau meinten sie damit?«

»Verdammt noch mal, Josh! Bist du blind? Die hätten mir die Fragen nicht gestellt, wenn sie nicht zumindest einen Hinweis gehabt hätten.«

»Dann hast du ihnen ja endlich Gewissheit gegeben.«

»Die belangen uns deswegen nicht!« Wütend dreht er sich um und denkt daran, wie recht er damit gehabt hat, keinen Kontakt zu wollen für heute. »Die haben mir hoch und heilig versprochen, uns damit in Ruhe zu lassen. Die wollten den Mord aufklären, das ist alles.«

Jetzt muss Josh sich vor Lachen schon an den Kopf greifen. »Mann, kein Wunder, dass Ben sich deinetwegen immer Sorgen gemacht hat.«

»Was hast du ihnen denn erzählt?«, fährt René auf.

Josh lächelt kurz und erwidert: »Die Wahrheit, wie du sagen würdest, aber die ganze. Dass Ben der Einzige war, der den Stoff nicht nur für den Eigenbedarf wollte. Und dass die Frischlinge unter ihm am meisten zu leiden gehabt haben.«

René lässt den Kopf sinken: »Ich hab ihm immer gesagt, er soll das lassen.«

»Stimmt. Hätte er auf dich gehört, hätten wir diesen ganzen Ärger wohl nicht. Obwohl du auch nicht Mutter Theresa gewesen bist.«

»Was soll das?«

»Ist schon gut«, beschwichtigt Josh und hebt abwehrend die Hände. »Jeder muss sehen, wie er klar kommt. Können einem ja manchmal auch ganz schön auf die Nerven gehen, diese Kröten. Da brauchen sie sich nicht zu wundern, wenn einer mal ausflippt.«

»Hör jetzt auf damit!«

Sie schweigen und trinken düster von ihrem Bier. René müht sich, das Jucken in seinem Magen zu vergessen, das Zucken in seinen Händen, die Hitze der Allmacht, die ihn vielleicht ein-, zweimal haben vergessen lassen, wozu er Ben immer ermahnt hat. Aber eine gewisse Grenze hat er nie überschritten. Zumindest ist er da fast sicher. Auch wenn nun das Bild eines Gartenschlauchs kurz aufblitzt, gefolgt von dem einer rauchenden kleinen Wunde. Es wird jedoch halb so wild gewesen sein. Er ist doch nicht bescheuert.

Josh scheint mit seinem Latein nun ebenfalls am Ende. »Eigentlich«, murmelt er nach einer Weile, »können sie uns ja wirklich nichts. Jeder weiß, dass Ben der Einzige war, der mit den krasseren Sachen zu tun hatte. Und dass außer ihm nie einer die Kleinen richtig hart angefasst hat. Bei aller Freundschaft, aber was das betrifft, war er einfach psycho.«

»Was du zusammen schwallst«, schnaubt René.

»Ben«, erwidert Josh scharf, »war genauso mein Kumpel wie deiner, und ich rede über ihn, wie ich will!« Er streift sich mit der Hand übers Gesicht und fährt dann ruhiger fort: »Jedenfalls können wir, wenn der ganze Spuk vorbei ist, immer noch sagen, dass wir unter Schock standen und nur erzählt haben, was sie hören wollten. Die ermitteln in 'ner ganz anderen Sache, da sollen sie uns mit dem Scheiß in Ruhe lassen.«

»Sag ich doch.«

»Und du?«

»Was, ich?«

Josh verdreht die Augen: »Fang nicht wieder mit der Tour an, René. Wir sind gerade alle nicht zum Feiern aufgelegt, aber du siehst aus, als hätte dir jemand gesagt, dass du morgen selber dran bist. Und dein Kinn … 'tschuldige, aber nach Zahnarzt sieht das nicht aus.«

René vollführt eine Geste der Gleichgültigkeit.

»Okay«, hört er den Freund hinter sich. »So kommen wir nicht weiter. Ich gehe jetzt. Und du kommst mit.«

»Spinnst du?«

»Ich lass dich nicht hier. Willst du hier auf der Wiese pennen?«

»Es ist Sommer.«

»Schon klar. Du kommst trotzdem mit. Die nächste Autobahnbrücke ist mir ein bisschen zu nah. Ich habe in meinen Ferien was anderes vor, als von einer Beerdigung zur anderen zu tingeln. Wir streamen uns ein paar Filme und sehen zu, dass wir die Zeit rumkriegen.«

René zupft an der Rinde des Baumes neben ihm. Wenn er ehrlich ist, hat er wirklich keine Lust auf eine Nacht zwischen Hundehaufen und Ameisenkolonien. Heute passen wirklich alle die Momente ab, in denen er am schnellsten weich wird. In einem plötzlichen Anfall von Bedürftigkeit dreht er sich zu Josh um: »Du bist … ein echter Freund.«

»Halt den Mund und komm endlich.«

Ein Käfer schickt sich an, Renés Hand als Brücke zwischen zwei Furchen zu benutzen. Er stößt sich vom Stamm ab und trottet seinem Kumpel hinterher.

***

»Natürlich hatte ich einen Plan!«

Hat sie das jetzt wirklich laut ausgerufen? Vielleicht, aber wenn, ist somit der Beweis erbracht, dass sie sich nicht bei jeder falschen Bewegung vor einem Wutanfall des Lehrers fürchten muss: Auf ihren kleinen Ausbruch reagiert er mit erhobenen Augenbrauen und einem feinen Lächeln. Das bringt sie noch mehr auf, wenngleich sie ihre Stimme sofort wieder dämpft: Ich will ja studieren, aber das, was ich vorhabe, gibt's bei uns nicht.

Was ist das?

Gebärdendolmetschen.

Das kann man studieren?

In Hamburg, nicht bei uns. Aber Hamburg ist noch teurer, und meine Eltern fanden sowieso albern, dass ich überhaupt studieren will. Ich hab ja die Neunte wiederholt, weil …

Sie blickt zur Seite. Das ist lange vorbei. In der Klasse, in die sie danach kam, war jemand anderes der Arsch, und sie hatte endlich ihre Ruhe. Im Sommer dazwischen eröffnete in der Innenstadt außerdem ein Laden mit Afro-Kosmetik, Tereza entdeckte Voguing und Ayurveda, sodass sie nach und nach eine Taille herausbildete und ihre Frisuren plötzlich Bewunderung statt Spott ernteten. Wirklich angenehm war das Gefühl, von Leuten beachtet zu werden, die zuvor in ihrer Gegenwart nur über Schamhaare und Baumwollplantagen gekichert hatten, zwar nicht, aber wesentlich stressfreier. Zwei Jahre später hatte sie sogar ein paar echte Freundinnen. Trotzdem zieht sich ihr bei diesen Erinnerungen bis heute der Magen zusammen.

Jedenfalls, sagt sie, mein Abi war sogar ziemlich gut, ich hab einfach reingehauen. In der Elf habe ich ein Parktikum beim Gehörlosentheater gemacht. Weiß nicht, ob Sie das kennen.

Nein, wo ist das?

Gar nicht weit von der Schule entfernt.

Gehörlosentheater … Ich wusste nicht einmal, dass es so etwas in unserer Stadt gibt.

Gehen Sie ruhig mal hin, die machen gute Sachen. Jedenfalls hat mich das geflasht, dass die auch eine eigene Grammatik haben und, und … alles mit Bewegung eben. Mit Ausdruck. Das flasht mich. Die Regisseurin war nicht gehörlos, also brauchte sie eine Gebärdendolmetscherin. Die habe ich beobachtet und gefragt, wie man das wird, was man verdient … Und dann war ganz schnell klar, das mache ich auch.

Das ist toll. Sie müssten nur nach Hamburg.

Ich müsste *nur* nach Hamburg, und da würde ich genauso jobben, aber selbst dann würde es nicht für alles reichen …

Und Ihre Eltern geben Ihnen kein Geld für eine eigene Wohnung.

Woher wissen Sie das?

Ich bin ja nicht erst seit gestern auf der Welt. Wie sieht's mit Bafög aus?

Meine Eltern verdienen zu viel.

Wieder hebt er die Augenbrauen: Und würden trotzdem nicht …

Sie sagen, in keiner unserer beiden Familien hat je einer studiert, und aus allen ist was geworden. Und dass Studenten sowieso nur saufen und dann in Berufe gehen, deren Namen sich keiner merken kann und die keinem was nützen.

Pause. Er schürzt ein wenig die Lippen, als müsste er sich das Folgende genau überlegen, und murmelt dann: Ich will zwar niemandem … Aber ist Ihnen bekannt, dass Eltern gesetzlich verpflichtet sind, ihre Kinder finanziell zu unterstützen, bis die eine Berufsausbildung oder etwas Vergleichbares abgeschlossen haben?

»Was?!«

Theoretisch könnten Sie sie verklagen.

Kurz scheint das Bett unter ihr zu schwanken. Ihr Blick irrt durch den Raum, ob er da nicht irgendwo einen Halt finden könnte, und sie hofft inständig, nicht allzu starke Ähnlichkeit mit einem Karpfen zu entwickeln während ihrer vergeblichen Suche nach neuen Worten.

Die eigenen Eltern, murmelt sie …

So ein Rechtsstreit ist natürlich zermürbend. Und ob Sie das Geld immer pünktlich bekommen würden, oder ob es jeden Monat wieder dasselbe Gerangel gäbe …

Woher wissen Sie so viel über meine Eltern?

Er lächelt: Ich war auch mal Student. Über meine Eltern kann ich mich nicht beklagen. Sie haben mir nicht alles in den Rachen geworfen, aber mehr als zweimal die Woche musste ich nicht jobben. Wer in seiner Jugend nie gekellnert hat, hat keine Ahnung vom Leben, oder?

Oh, wie sie das hasst. Auch ohne sie gesehen zu haben, weiß sie, dass der Typ in einer Altbauwohnung lebt, auf dem Biomarkt einkauft und zeitlebens von Büchern umgeben war. Gerade sein schäbiges Auto macht sie da besonders sicher: So vernachlässigt sehen nur die Wagen von Leuten aus, die ihr Selbstbewusstsein aus der Verachtung gegenüber funktionalen Statussymbolen beziehen und ihr Geld lieber in Dinge stecken, die man nicht sofort sieht. Schallplattensammlungen zum Beispiel. Aktivurlaub im eigenen Land. Oder eben Altbauwohnungen. Ihm hat nie jemand »Lass das Getue!« ins Gesicht gebrüllt, wenn er den Genitiv benutzte, und er musste auch niemandem erklären, dass es sich durchaus rechnen kann, nach der Schule nicht so schnell wie möglich arbeiten zu gehen, sondern ein paar Jahre weiter zu lernen, um dann wirklich gutes Geld zu verdienen – und dabei auch noch Spaß zu haben. Jetzt glaubt er allen Ernstes, etwas mit ihr gemeinsam zu haben, weil er mit Anfang zwanzig ein paar Tische abwischen und Cocktails servieren musste. Ob er irgendeine Ahnung davon hat, wie herablassend das ist?

Sie sagt nichts von alledem. Zuckt nur mit den Schultern.

Der Lehrer räuspert sich: Unter meinen Freunden waren natürlich einige, deren Alltag eine ganze Runde härter aussah. Mediziner teilweise, die den halben Tag in der Uni waren, den anderen gelernt haben und dann noch die halbe Nacht gearbeitet. Die habe ich immer bewundert.

Hätten Sie die auch bewundert, gibt sie zurück, wenn sie nur gejobbt und nicht studiert hätten?

Das Sofa knarzt leicht, als er ihrem Blick ausweicht und sein Gewicht verlagert: Wahrscheinlich … hätte ich sie gar nicht kennengelernt. Dann fängt er sich wieder: Also sparen Sie jetzt, bis Sie genug zusammen haben, um nach Hamburg ziehen zu können?

Wann immer das sein wird.

Wieso? Sie wohnen doch bei Ihren Eltern.

Das hilft nicht.

Nicht mal finanziell?

Sie schüttelt den Kopf. In ihrem Rachen wird es sauer, und sie muss schmerzhaft schlucken, bevor sie herausbekommt: Vor zwei Jahren wäre ich fast ausgezogen. Aber … beim Einbiegen in diese Gasse habe ich mit dem Auto meines Vaters die Ecke erwischt … auf der letzten Fahrt! Ich war schon mehrmals ohne Probleme reingefahren, aber in dem Moment – vielleicht vor Aufregung, weil es gleich geschafft sein würde oder …

Sie hat gestern schon vor diesem Mann geweint, und heute hat er sie mehrmals in absolut öffentlichkeitsuntauglichen Situationen erlebt. Aber dass jetzt die Wut ihr die Kehle so weit abschnürt, dass wieder Wasser in ihre Augen steigt, macht sie so rasend, dass sie die Tränen erst recht nicht aufhalten kann. Vielleicht, um den Unterschied zu ihren bisherigen Zusammenbrüchen zu markieren, boxt sie auf das Kopfkissen ein.

Die Beifahrerseite war total zermatscht, presst sie. Ich habe es drei Monate lang versucht mit gleichzeitig Miete und Schulden zahlen …

Kein Aufschub?, unterbricht er sie ungläubig.

Nein. Wer sich eine Wohnung – Wohnung, ha! 16 Quadratmeter für 500 Euro, was anderes kriegst du ja heute nicht! – wer sich eine Wohnung leistet, obwohl die eigenen Eltern in der Stadt wohnen, kann auch seine Schulden abstottern, meinten sie. Sie lacht bitter: Den Rücktransport haben sie immerhin für mich gemacht. Sind ja keine Unmenschen.

Sie greift nach dem Wasserglas auf dem wackeligen Nachtschränkchen und trinkt ein paar große Schlucke. Der Lehrer nickt langsam und gibt ein leises »Puh!« von sich.

Tereza wischt sich übers Gesicht und zuckt mit den Schultern: Ich bin ja selber schuld. Ich könnte einfach aufhören, mich gesund zu ernähren. Das würde eine Menge Geld sparen.

Also geben sie Ihnen ein Dach über dem Kopf, fragt er, aber kein Essen?

Würden sie, sagt sie verächtlich, aber ich will es nicht. Wenn ich mit fünfzehn aufgehört habe, wie ein fetter Streuselkuchen auszusehen, dann deshalb, weil ich entdeckt habe, dass man sich auch von etwas anderem ernähren kann als von tierischen Produkten. Oder Spätzle mit Sauce. Und dass Fanta kein Obstsaft ist.

Wow.

Sie können sich das nicht vorstellen.

Nun, je mehr Sie erzählen …

Findet sie das eigentlich gut, dass er sie jetzt so freundlich anschaut, so beratungsbereit? Alle seine Falten scheinen sich geglättet zu haben. Seine Augen wirken weit und sanft, und sein sonst so knotiger Körper beugt sich ganz leicht und entspannt in ihre Richtung. Als säße da plötzlich jemand völlig anderes. Ich werde doch jetzt nicht anfangen, den zu mögen!, denkt sie, und schaut wieder auf die Bettdecke vor sich.

Da fragt er schon weiter: Welche Möglichkeiten gäbe es noch?

Sie zuckt wieder mit den Schultern: Ich geh ja nie Kaffee trinken oder so. Ab und zu mal Samstagabend mit Freundinnen aus, aber sonst nichts.

Also nur die Streuselkuchen-Option?

Das bringt sie gegen ihren Willen ein wenig zum Lachen.

Wenn Sie erst mal in Hamburg sind, fährt er verschmitzt fort, können Sie ja wieder eine Gemüsekiste abonnieren.

Sie blickt zur Seite. Ihre Hand fährt den Bettbezug hinauf und hinunter. Wie oft hat sie sich gefragt, ob sie wirklich genug tut, um ihr Ziel zu erreichen. Aber wenn sie dieses Leben irgendwie ertragen soll …

Ich könnte das Tanzen aufgeben, sagt sie unvermittelt, obwohl sie immer noch nicht weiß, was ihn das alles eigentlich angeht. Nur dann würde ich wahrscheinlich verrückt werden, und damit hätte sich das Studium erst recht erledigt.

Hm.

Jetzt steht da eine jener Pausen im Zimmer, in denen man einander ansehen muss, und sie sehen einander an, es gibt keine andere Möglichkeit. Zum Glück hält der Lehrer das genauso wenig aus wie Tereza, und fragt schnell: Was tanzen Sie denn?

Ich vogue.

Wie bitte?

Ich mache Voguing.

Nie gehört.

Kommt aus der schwarzen New Yorker Schwulenszene. Madonna hat das für ihr »Vogue«-Video geklaut. Was die Jungs in dem Video machen, das ist Voguing. Oder ein Teil davon.

Auf das Video bin ich damals ziemlich abgefahren, sagt er. Aber nicht wegen der Jungs …

Er zieht sein Telefon hervor und sucht nach dem Video. Sie beobachtet, wie er in sich hinein lächelt. Dann kommt er zu ihr herüber, setzt sich neben sie und stellt den Ton lauter. Sein Lächeln wird breiter: In der Schule wusste natürlich keiner, dass ich das Lied gut fand. Wenn das auf Partys lief, musste ich ganz schön die Zähne zusammenbeißen, damit keiner merkte, wie gern ich dazu getanzt hätte. Wir wussten nicht mal, dass das was mit der Schwulen-Szene zu tun hat. Und trotzdem waren alle sicher, dass das nur Tunten gut finden können.

Und Sie hatten wohl keine Lust, Freiwild zu werden.

Mmh.

Ist er so konzentriert auf das Video, oder warum fällt ihm nicht mehr dazu ein? Sein Gesicht hat sich für einen Sekundenbruchteil verdunkelt. Er scheint nicht recht bei der Sache, als er fragt: Und sowas können Sie? Gut?

Keine Ahnung. Ich tanze nur. Man kann auch zu Battles gehen. Es gibt sogar Weltmeisterschaften. Die schaue ich mir gerne an. Aber ich tanze nur und gucke manchmal im Spiegel, ob es ungefähr stimmt. Ein wenig unwillig blickt sie auf den kleinen Bildschirm: Heute voguen wir aber zu härterer Musik. Und die besten Sachen zeigen sie gar nicht in dem Video.

Zum Beispiel?

Einen Dip, zum Beispiel. Das Geilste von allem.

Was, bitteschön, meint in diesem Zusammenhang ein Dip?

Man streckt ein Bein hoch in die Luft und lässt sich auf das andere fallen.

Was?, prustet er, und das macht sie so ungeduldig, dass sie, noch bevor sie darüber nachdenken kann, aufsteht und es ihm zeigt.

Scheiße!, ruft er laut. Sie schnellt – den Tag, an dem ihr das zum ersten Mal gelungen ist, wird sie nie vergessen – sofort wieder in die Höhe. Eine Sekunde lang starren sie einander verdattert an. Irrt sie sich, oder ist er ein Stück vor ihr zurückgewichen?

Jetzt kratzt er sich den Dreitagebart und murmelt: Wow … Besonders gesund kann das aber nicht sein.

Sie zuckt wieder mit den Schultern: Darum geht es auch nicht.

Ich weiß. In Ihrem Alter denkt man so.

Jetzt, wo er da so mitten auf dem Bett sitzt, kann sie da nicht mehr hin. Er ist vorhin ohne großes Nachdenken, ohne sich ganz darüber im Klaren zu sein, zu ihr herübergekommen. Aber das kann sie jetzt so nicht machen. Also nimmt sie seinen Platz auf dem Sofa ein.

Es hilft mir einfach, sagt sie. Das Tanzen.

Wobei?

Wenn ich mal nicht weiter weiß.

Es entspannt bestimmt.

Nicht mal das, aber … Es ist nicht so, dass ich da reingehe und tanze und – bäm! – da ist die Erleuchtung, da ist die Lösung meiner Probleme. Nein. Aber tanzen ist etwas, das ich selber machen kann, oder? Wenn ich das Gefühl habe, mir fällt nichts mehr ein, ich weiß nicht, was ich machen soll – tanzen kann ich immer. Dazu brauche ich nur mich. So bekomme ich zumindest das Gefühl zurück, überhaupt etwas tun zu können. Und später fällt mir vielleicht wirklich etwas Gutes ein.

Er lächelt vor sich hin, aber den Blick zu Boden gerichtet. Als er sie wieder ansieht, sind seine Augen so dunkel wie zuvor, und auch der seltsame Knick um seinen Mund ist zurück. Nur weicher diesmal. Auch seine Stimme, als er sagt: Das würde ich auch gerne können: Tanzen, bis mir einfällt, was am besten zu tun ist.

Kann jeder.

Ich nicht.

Das sagen hier alle. Ist Ihnen das noch nie aufgefallen? Nirgendwo sonst auf der Welt tun die Leute so, als wäre Tanzen irgendetwas Besonderes. Etwas, das man erst *können* muss. Was aber nur besondere Leute können.

Solche wie Sie.

Ich bin nichts Besonderes.

Doch, lächelt er. Bestimmt.

Zum Glück merkt er gleich selbst, dass es nun wirklich genug ist. Als hätten sie es abgesprochen, erheben sich beide, murmeln etwas von der doch sehr späten Stunde und richten sich für die Nacht ein.

Aber gut, denkt sie, nachdem alle Lichter gelöscht sind. Ich war ja die, die sich unterhalten wollte. Und so verkehrt war das gar nicht.

***

Es ist bereits spät am Nachmittag, auch wenn das Licht etwas anderes behauptet. Ihre schlurfenden Füße scheinen dagegen zu meinen, es sei tiefe Nacht. Carine verbeißt sich in die Hoffnung, nur noch die Reisekleidung überwerfen und das Taxi rufen zu müssen; organisieren könnte sie jetzt nichts mehr. Es ist ohnehin fraglich, ob sie das Verbliebene schaffen wird. Dieser Urlaub kann eigentlich keiner werden. Aber was sollte sie hier, mit all der Zeit, in ihrem Zustand?

Das Haus ist ganz still. »Jakob?«, ruft sie und lässt ihre Handtasche neben dem Kamin zu Boden gleiten.

»Ich bin hier, Mami«, tönt es vom oberen Ende der Treppe. »Die Frau von der Fluggesellschaft hat angerufen.«

»Oh. Und, was hat sie gesagt?«

»Dass alle Flüge für heute und morgen gestrichen sind, und dass sie morgen früh noch mal anruft.«

»Aha.« Sie weiß nicht, wie sie reagieren soll. Was sie noch vor wenigen Stunden maßlos hätte aufregen können, scheint keine weitere Gefühlsregung wert zu sein. Die ganze Fahrt über hat sie sich das Gehirn zermartert, wie sie mit ihm reden sollte, damit er nicht gleich wieder Reißaus nehmen könnte. Jetzt ist sie fast sicher, sie wird keine Worte finden; keine, die wirklich dafür sorgen könnten, dass alles wieder gut wird.

Bedränge ihn bloß nicht, hat Hakan ihr eingeschärft, bevor er sie aus dem Dienstwagen entließ. Er hat darauf bestanden, sie zu fahren, obwohl im Präsidium die Hölle los war. An dem, was gewesen ist, können wir ohnehin nichts mehr ändern.

Du hast gut reden, hat sie gedacht.

»Mami?«

Jakob steht vor ihr. Ihr ist nicht aufgefallen, dass sie sich ohne einen weiteren Kommentar zu seiner Nachricht aufs Sofa hat fallen lassen und seitdem vor sich hin starrt. Er trägt wieder dieses karierte Hemd, in das sie ihn vor einem halben Jahr noch hätte prügeln müssen. Auch so eine neue Marotte, hat sie an dem Morgen gedacht, da er es zum ersten Mal aus eigenem Antrieb trug. Wahrscheinlich sind kurze Ärmel bei den Jungs neuerdings uncool. Bei der Erinnerung dreht sich ihr alles.

»Ist dir schlecht, Mami? Ich bringe dir ein Glas Wasser.«

Sie versucht, mit vorgehaltener Hand einen Migräneanfall vorzutäuschen, damit er nicht sieht, wie sie bei seinen Worten still zu weinen anfängt. Er bemerkt es aber doch, als er mit dem Glas zu ihr zurückkommt. Mit stillen dunklen Augen setzt er sich zu ihren Füßen auf den Boden, während sie einen großen Schluck nimmt und sich die Tränen aus dem Gesicht wischt.

»Wir können woanders hinfahren«, sagt er. »Es muss ja nicht Portugal sein.«

Vor Rührung fängt sie fast an zu lachen. »Mein Großer«, sagt sie und streicht ihm über die schwarzen Stoppeln. Da er es erlaubt, schindet sie noch ein, zwei Sekunden heraus, bevor sie murmelt: »Wenn wir aber jetzt in Portugal wären … und es wäre noch fünf Grad heißer als hier … Würdest du dann auch dieses Hemd tragen?«

Er senkt den Blick und zuckt mit den Schultern.

»Du hast mich gar nicht gefragt, wie es bei Papa war«, bemerkt sie.

»Papa ist ja auch nicht da. Ich habe mich sowieso gewundert, warum …«

»Wie bitte?«

Das war's. Der Eiserne Vorhang, wie sie es nennt, stürzt vor Jakobs Gesicht nieder; er steht auf und geht auf die Treppe zu. Es wird keine Zeit bleiben für eine schonende Annäherung.

»Ich war bei Hakan«, ruft sie ihm hinterher. »Er hat mit deinen Freunden gesprochen.«

Er bleibt stehen, dreht sich aber nicht um.

»Jakob, ich weiß es jetzt. Ich weiß alles über die Sache mit Ben und …« Eine Mutter weint nicht, schärft sie sich ein. Eine Mutter weint nicht. Wie soll eine weinende Mutter ihr Kind trösten? »Du brauchst dich nicht mehr zu verstecken«, spricht sie so ruhig weiter, wie sie irgend kann. »Du brauchst keine Angst mehr zu haben. Bitte … Bitte lass mich jetzt wenigstens deine Arme sehen.«

Eine Ewigkeit vergeht, in der nichts zu hören ist als das Ticken der Standuhr und das Rauschen des Blutes in ihren angeschwollenen Adern. Dann macht Jakobs linker Arm eine Bewegung. Langsam, ungerichtet zunächst, dann gleitend, methodisch, von einem Knopf seines Hemdes zum nächsten. Das Rascheln des Stoffes brennt sich ihr für ewig ins Hirn.

Sie hört ein Klirren und wird von einem grellen Schmerz durchzuckt. Erschrocken dreht ihr Sohn sich nach ihr um und rennt auf sie zu. Er schlingt die Arme um ihren Hals. Dort, wo sie seinen Oberkörper abwechselnd an sich drückt und von sich hält, um sich ihr Entsetzen begreiflich zu machen, ist er bald blutbeschmiert.

***

In das Zirpen der Grillen hinein warten sie auf den Schlaf, jeder die Rede des anderen im Stillen noch einmal zergliedernd. Es ist die zweite Nacht, die sie so verbringen, und jetzt schon vergessen sie die Zeit, in der ihre Ohren und Gedanken noch ohne das gereizte Abtasten eines anderen ausgekommen sind. Das bereitet ihm Sorge. Er darf nicht vergessen, dass die Frau dort eine Unbekannte und gegen ihren Willen hier ist. Er darf nicht anfangen, diesen Lebensrhythmus und ihren Umgang miteinander für normal zu halten. Er darf nicht denken wie ein Krimineller.

Bevor jenes Blei, das sich vor zwei Tagen in seinen Körper geschlichen hat, ihn in den Schlaf zieht, muss David noch ein Letztes in die Dunkelheit hinein fragen: Diese Unverschämtheit: Woher haben Sie die?

Unverschämtheit?

Mich nach meinem Sohn zu fragen, wenn ich nicht antworten will. Sich für mein Leben zu interessieren – das Leben eines Mannes, der Sie mit vorgehaltener Waffe durch die Gegend schleift. Mir so einen verrückten Tanz-Move zu zeigen – Sie scheinen trotz allem keine Angst zu haben.

Er hört sie leicht, vielleicht lächelnd, schnauben, dann sagen: Doch. Ich habe Angst. Aber daran bin ich gewöhnt.

Ja?

Ja.

Er schweigt. Wenn sie reden will, wird sie reden. Psychologischer Elendstourismus verbietet sich hier.

Er hört, wie sie ihr Gewicht verlagert oder sonst eine kleine Bewegung ausführt, bevor sie gleichmütig fortfährt:

Am Gymnasium gab es ein paar Typen, die haben mir eine Weile das Leben echt schwer gemacht. Wenn mein Bruder das merkte, hat er mich immer verteidigt. Trotzdem hat er mir oft das Taschengeld weggenommen oder mich bei unseren Eltern in die Pfanne gehauen, wenn es ihm passte.

Und Ihre Eltern?

Für die war nur wichtig, dass wir uns ordentlich benehmen und ordentliche Noten schreiben. Dass wir nicht faul sind. Wenn etwas schiefging, musste es zwangsläufig an uns ... Naja.

Keine Wut mehr in ihrer Stimme. Ein kleine Pause, scheinbar nur, um den Faden nicht zu verlieren, dann: Ich habe jedenfalls früh gelernt, dass man keinem Menschen mehr trauen sollte als einem anderen, bloß weil man ihn scheinbar besser kennt.

Keine Lektion, die man einem Kind wünscht.

Aber wissen Sie was? Eins von den Mädels, die immer mit diesen Typen rumgehangen hatten, hat mir mal geholfen, als ich in der Straßenbahn ohne Fahrkarte erwischt wurde. Hat den Kontrolleur angegrinst und laut gesagt: Sie fährt mit mir. Davor hatte sie mich nie auch nur angesehen. Ich weiß nicht, warum sie das gemacht hat. Und sie wusste es, als ich sie danach fragte, auch nicht. Sie hat irgendwas zusammengefaselt von wegen, sie kennt das ja und die Kontros nerven sowieso ... Aber an ihren Augen konnte ich sehen, dass das nicht der eigentliche Grund war. Dass sie den eigentlichen Grund gar nicht kannte. Und dass sie wahrscheinlich auch für die Sprüche, die sie mir in der Schule gedrückt hat, keinen tieferen Grund hatte.

Er betrachtet ihre Worte einen Moment in der Dunkelheit, runzelt die Stirn, hört in sich aber nur ein leises *oh* ..., bevor die Puppe schließt: Und so ist es, glaube ich, meistens: Leute machen irgendwelche Sachen, wie es gerade kommt, aber diese Sachen müssen nicht etwas Grundsätzliches über sie aussagen. In einer ähnlichen Situation, aber zu einer anderen Zeit, könnten sie sich ganz anders verhalten. Also kann man keinem wirklich trauen – aber man muss auch niemandem mehr *mis*trauen als allen anderen. Darum ist es für mich so, dass ich vor Ihnen nicht grundsätzlich mehr Angst haben muss als vor einem anderen. Wegen der Knarre halt schon, aber nicht grundsätzlich. Dann macht man sich nicht verrückt. Man guckt nur, was eigentlich gerade Sache ist. Und macht dann das, wobei man das beste Gefühl hat.

Das ist alles?

Bei mir funktioniert es so.

Sie lacht leise, fast verschämt, und murmelt dann: Es gibt doch diesen Nervenknoten, oben im Bauch …

Solarplexus. Das Sonnengeflecht.

Ich weiß nicht, wie das bei anderen ist; aber bei mir wird der warm, wenn ich ganz schnell entscheiden muss, was zu tun ist. Und solange er warm bleibt, weiß ich, dass ich mich in die richtige Richtung bewege.

Er hört sie zögern. Dann: Als Sie gestern sagten, ich solle losfahren, da wurde er richtig warm. Ich hab gezittert vor Angst, aber dieses Sonnending hat weiter geheizt. Deswegen konnte ich fahren; deswegen habe ich nicht versucht, wegzulaufen.

Deswegen, murmelt er, ist bisher nichts weiter Schlimmes passiert.

Ja.

Und deswegen wissen Sie, wann Sie ein Thema, wegen dem ich schon einmal ausgeflippt bin, ansprechen können, und wann nicht?

Scheint so.

Das ist gut, sagt er. Das ist gut. Und überlegt lange, das bedenkend, was sie vorhin über Misstrauen gesagt hat. Um sich schließlich durchzuringen: Dann muss ich auch keine Angst haben. Ihnen etwas anzutun, meine ich. Der Gedanke macht mich nämlich fertig.

Er merkt, wie sie sich innerlich gegen ihn wappnet, wie die Luft zwischen ihnen sich gleichsam verhärtet. Mit sehr neutraler Stimme hakt sie nach: Weil Sie sich nicht sicher sein können, mir nichts anzutun? Weil Sie das jetzt nicht einfach entscheiden können?

Ein Abgrund tut sich auf in ihm, ein Abgrund aus Scham und Einsamkeit und Schwäche. Und sein Magen verkrampft sich, als plötzlich wieder das Bild aufblitzt von diesem verrückten Stunt, den sie vorhin geboten hat, diesem *Dip*, oder wie sie es nannte. Das völlig unnatürlich verdrehte Knie unter ihrem Körper ... Was verstört ihn so daran? Er schiebt es weg und sagt: Ich entscheide das. Ständig entscheide ich das. Aber ob ... mein Solarplexus im entscheidenden Moment anspringen wird ...

Hm. Pause. Ihre Stimme verändert sich; sie klingt fast, als würde sie sich selbst einer wichtigen Sache versichern: Aber solange meiner dafür sorgt, dass mir nichts passiert, geht es uns wahrscheinlich beiden gut.

Ja. Wahrscheinlich.

Jetzt würde er gern die nächstliegende Frage stellen; doch sie murmelt, nun sei sie aber wirklich müde, und er wünscht eine gute Nacht.

So sollen sie nun also einschlafen? Nach diesen Gesprächen? Hier weiter als Entführer und Entführte nebeneinander kampieren, sich morgen wieder einen ganzen Tag lang gegenseitig belauern und er? Wenn sie bei dieser Freundin ankommen, und sie ist da – was wird er tun? Sie auch mit der Waffe bedrohen? Aber wenn sie nicht da ist – wird er es über sich bringen, die Puppe sich selbst und der Polizei zu überlassen? Wird er es schaffen, allein weiterzuziehen – und wie überhaupt? In einem Fahrzeug, das ihm nicht gehört, und das schon bald als gestohlen gemeldet sein wird? In öffentlichen Verkehrsmitteln, wo alle ihn sehen können? Zu Fuß, um möglichst bald von Hunden aufgespürt zu werden?

                                                       Warum

ist er hier?

                                                       Warum

sind sie hier?

All dies ist Unsinn, ist vergeblich, er muss das
                beenden   jetzt
Er muss Verantwortung übernehmen für

für

Schnell erhebt er sich vom Sofa und eilt ins Bad. Lang und ausgiebig erbricht er, womit er sich vor Kurzem erst einigermaßen beruhigt hat. Als hätten die Malaisen der Puppe nicht schon gereicht … Aber anschließend ist er immerhin ein wenig entspannter, lässt sich kurz sinken in die Kühle, die sich plötzlich in seinen Muskeln ausbreitet, die strahlende Leere in seinem Kopf …

Als er ins Zimmer zurückkehrt, knipst er, er weiß selbst nicht warum, das Licht an.

Die Puppe ist nicht mehr da.

***

Spät am Abend gesellt sich Hakan zu ihr in die Badewanne. Carine hält die verbundene Rechte über den Kopf, während er seine langen Beine umständlich im Wasser sortiert.

»Und?«, fragt er.

Sie lässt einen Moment vergehen. Dann murmelt sie: »Ich glaube, seit du hier wohnst, habe ich mich nicht mehr so lange mit meinem Sohn unterhalten. Nichts für ungut.«

Er nimmt lächelnd ihren Fuß, küsst ihn und legt ihn sich auf die Schulter. Ihr selbst gelingt ein Schmunzeln, als sie hinzufügt: »Er würde es nie zugeben, aber: Er hat sich tatsächlich von mir ins Bett bringen lassen.«

Eine Weile füllen nur das gelegentliche Plätschern und die durch die Lider erahnte Röte Carines Kopf, dann hört sie die eigene Stimme über die Kacheln klirren:

»Hast du die Namen dieser … anderen Typen?«

»Es sind drei. Bisher nicht weiter aufgefallen.«

»Ich bringe sie vor Gericht.« Sie richtet sich leicht auf und sieht ihn an: »Sie sind strafmündig, nicht wahr? Dann müssen sie hinter Gitter, alle.«

Er wiegt den Kopf: »Zurechtstutzen sollte man sie sicher. Aber wir müssen jeden unserer Schritte abwägen, Carine. Jede unüberlegte Reaktion, jeder Fehler im Verfahren kann deinen Sohn retraumatisieren.«

Die Hand sinkt ihr über das Gesicht, der Rücken wieder in die Wanne, während sie dumpf hervorbringt: »Mein Kind ist geschädigt, auf Jahre vielleicht … Und ich habe ihn nicht beschützt.«

»Er hat es dir nicht erlaubt.«

Sie winkt ab. Sie kann jetzt nicht diskutieren. Hakan kennt nicht die scheppernde Folter im Kopf, die keine noch so wahre Entschuldigung gelten lässt angesichts dieser Ungeheuerlichkeit: Du warst nicht da, als dein Kind Schmerzen litt. Du hast ihm die Angst nicht genommen, seine Tränen nicht getrocknet, seine Feinde nicht zermalmt – du, die du es in die Welt gesetzt hast, hast seine Welt nicht vor dem Zerbrechen bewahrt. Die Frage, inwiefern du das gekonnt hättest oder nicht, ist irrelevant.

Lange schweigen sie. Carine lässt zu, dass Hakan ihr die Füße massiert. Irgendwann murmelt er: »Es macht nichts ungeschehen, und ich weiß nicht, ob es dich tröstet. Aber diese Kerle sind jetzt schon völlig fertig. Auch wenn man noch nicht genau weiß, was vorgefallen ist, sind sie davon überzeugt, es mit einem Rächer zu tun zu haben. Außerdem kennen wir sie jetzt. Sie wissen, dass sie sich auf lange Zeit nicht mehr viel werden erlauben können … Falls sie überhaupt auf die Schule zurück dürfen.«

»Diese … Striemen, die … *Krusten* auf seinem Rücken …« Wieder unterbricht sie sich.

»Wir haben Kontakte zu den besten Traumatherapeuten. Wir kriegen das hin, Carine. Jakob wird sich erholen, da bin ich sicher.«

Sie nickt unbestimmt. Worte tun nichts zur Sache im Moment. Ihr Sohn hat sie heute zum ersten Mal seit über einem Jahr umarmt. An nichts anderes möchte sie denken, auch wenn es wehtut. Sie taucht ein in den Duft des Rosenöls und ist dankbar, dass der Mann bleibt, ohne ihr weiter zuzusetzen.

Als nächstes hört sie, wie jemand: »Nun hilf mir doch ein bisschen!« in ihr Ohr murmelt. Sie stößt sich halbherzig ab und lässt sich aus dem lauen Wasser heben. Man schlägt sie in weiche Tücher, dann schwebt sie auf und nieder, durch verschiedene Grade der Dunkelheit, bis sie schließlich auf kühlen Laken landet.

ACHT

Dunkel. Tereza sieht niemanden hinter der Glastür, welche die Rezeption von den privaten Räumen der Wirtsleute trennt. Hier vorne sitzt um die Uhrzeit sowieso niemand. Sie sollte um die Theke herumgehen, klopfen, Bescheid geben, dass man sich nicht wundern solle, wenn das Haus gleich von Polizisten gestürmt werde. Und dann würde sie hier warten, und oben würde es Lärm geben, und sie würde beobachten, wie der Lehrer abgeführt wird. Und würde wohl in einem zweiten Auto mit den Polizisten mitfahren, und deren Fragen beantworten.

Sie hat nichts dagegen, Fragen zu beantworten. Aber die Szenerie, die sich da vor ihrem geistigen Auge entfaltet – in die gehört sie nicht.

Andererseits

Hat sie in die Szenerie gehört, in der sie die beiden vergangenen Tage verbracht hat?

Geh!, sagt es in ihr, und sie geht. Steckt das bereits gezückte Telefon in die Gesäßtasche zurück und schleicht durch die Eingangstür, die sie so feinfühlig vor dem Zufallen bewahrt, wie man ein eben erst eingeschlafenes Baby ins Bett schummelt.

Über den Asphalt rennt sie dann, die Geschwindigkeit von vorhin ist zurück, die Geschwindigkeit, mit der sie, sobald der Lehrer im Bad verschwunden war, vom Bett hochgeschnellt ist, seine Mappe und ihre Tasche geschnappt und das Zimmer verlassen hat. Barfuß, ein zweites Paar Schuhe hat sie schließlich in ihrer Tasche, sowie alles andere, was sie braucht. Und in seiner Mappe, seiner Mappe – ja, da ist der Autoschlüssel. Die Knie werden ihr weich, als sie darüber Gewissheit hat. Sie konnte es vorhin nicht überprüfen, musste ja schnell weg, und wenn der Schlüssel nicht da gewesen wäre, wenn nicht?

Womöglich hätte sie dann eben doch die Polizei gerufen.

Dass er sie diesmal nicht am Bett festgemacht hatte. Nicht alles daraufhin überprüft, ob sie ihm entwischen, ihn überlisten könnte. Gerade mal ihr Telefon eingesteckt, das sie somit nun auch wiederhat – wie kam das? Durch das bisschen Vertrautheit zuvor, das bisschen Austausch?

Müßig jetzt. Sie schließt Jarons Auto auf, wirft das Gepäck auf die Rückbank, steigt ein und schafft es tatsächlich, den Wagen in einem Schnurren, einer weiten, fast lautlosen Kurve, vom Pensionsgelände heruntergleiten zu lassen.

Im Rückspiegel irritiert sie kurz etwas: Ein Lichtfleck, ein Fenster wohl, hinter dem eine Lampe angegangen ist. In *ihrem* Zimmer womöglich. Ist er wieder aus dem Bad. Hat das leere Bett entdeckt.

Sie tritt aufs Gaspedal.

***

Wenn es auf der Welt etwas noch Schlimmeres gibt als Albträume, dann ist es dieses Lebendigbegrabensein im eigenen Schädel; wenn man weiß, der Schlaf ist vorbei, und doch nicht zurückfindet ins Wachsein; wenn noch Farben nachflimmern und Laute im Ohr pochen, die weder dem Jetzt noch dem Geradeeben klar zuzuordnen sind.

Die Laken sind klamm, obwohl er sich an keine Verfolgungsjagd oder Mordszene erinnert. Ihre Beschaffenheit kommt ihm merkwürdig vor, er ist glattere Stoffe gewöhnt, nicht so aufgeblähte Handtücher. Außerdem ist sein Rücken wie in einer Mulde gekrümmt, als befände er sich in einer Hängematte und nicht in einem ordentlichen Bett.

Eine Explosion in seinem rechten Ohr setzt der Lähmung ein Ende. Vor Schmerz fährt er kerzengerade in die Höhe. Ein Grollen entringt sich seiner Brust, das von einem metallenen Lachen beantwortet wird: »Ich dachte schon, ich kriege dich nie raus aus dem Koma!«

»Josh – verdammt, du …« Er greift in das Frottee und reibt sich mit einer Hand die Augen. Tatsächlich, er ist nicht zu Hause. Einen guten Grund gibt es auch dafür, über den er jetzt nicht nachdenken will. Er meint, ihn irgendwo unter *erledigt* abgespeichert zu haben. Etwas völlig Neues wird passieren müssen. Aber vor dem Frühstück kann er beim besten Willen nicht entscheiden, was.

»Hier«, brüllt Josh, »nimm ein paar von denen.«

Halb willenlos greift er nach den dargebotenen Salzstangen und kaut sie ohne jeden Genuss, wie er auch die mit Zitronensaft angereicherte Cola schlicht über sich ergehen lässt. Zwischendurch fleht er Josh an, weniger Lärm zu machen, worauf der nur noch schallender lacht. Schließlich gelingt es ihm, ein Bein aus dem Bett zu schwingen, das Handtuch, das der Freund ihm zuwirft, aufzufangen, und ins Badezimmer zu schlurfen.

Prustend unter dem kochenden Wasserstrahl, legt er die Hände um den Hinterkopf und die Ellenbogen gegen die Kacheln der Dusche. Langsam weicht das körperliche Elend einem anderen, heimtückischeren. Wie kalter Zigarettenrauch erstickt ihn die Erkenntnis, dass er sich noch nie im Leben in einer Lage befunden hat, aus der er nicht heraus gewusst hätte. Irgendeine Ausrede ist ihm immer eingefallen. Zur Not musste er eben auch mal die Demütigung auf sich nehmen, seinen Vater die anfallenden Unannehmlichkeiten regeln zu lassen. Das hier ist anders; kein einmaliges Ärgernis, das aus dem Alltag auftaucht und von diesem bald wieder überspült wird. Alltag, wird ihm klar, wird es jetzt nicht mehr geben. Zumindest nicht so, wie er ihn kannte. Als sei alles, was er kennt, einfach abgebrochen. Da fließt und spült nichts mehr.

Er dreht den Temperaturregler mit einer raschen Bewegung ganz nach rechts und genießt den Krampf, der daraufhin seine Muskeln erfasst. Mit geballten Fäusten reckt er das Gesicht nach oben und gibt die gedämpfte Version eines Urschreis von sich. Der Atem ist wieder da, der Boden unter seinen Füßen, die Gewissheit der alles zusammenhaltenden Haut. Ob angenehm oder nicht – *das* kann er wenigstens verstehen.

Auf dem Rückweg durch den Flur hört er aus einem der anderen Zimmer eine murmelnde Stimme. Wenn ihn nicht alles täuscht, war die vorhin auch schon da. Jemand scheint in ein langes Telefongespräch vertieft.

Josh erwartet ihn mit starkem Kaffee und belegten Broten: »Ich hab schon gegessen. Für 'n romantisches Sektfrühstück im Wohnzimmer ist gerade nicht der richtige Zeitpunkt. Ich muss dich bald rausschmeißen; wenn mein Vater mit dem Direx fertig ist, dürfte es hier ungemütlich werden.«

»Dann ist das am Telefon der Direx?«

Josh nickt mit undurchdringlichem Gesicht.

»Dann«, bemerkt René, »solltest du lieber auch nicht hierbleiben.«

Der Freund lächelt milde: »Damit seine Laune bis heute Abend noch schlimmer wird? Nee, du, lass mal. Lustig wird das jetzt nicht, aber ich werd's überleben.«

René nickt kauend. Er erinnert sich an die Zeit, in der Joshs Mutter starb. Damals gingen die beiden Jungen in denselben Kindergarten, hatten aber kaum miteinander zu tun. René hörte zum ersten Mal von der Möglichkeit, dass man die Mutter oder überhaupt jemanden *verlieren* könne. Mehrere Nächte hintereinander tappte er danach in das elterliche Zimmer hinüber, nur um zu sehen, ob alles so war wie immer. Mit seiner kleinen Taschenlampe beleuchtete er die Schlafenden; kuschelte sich nicht zu ihnen, denn das war einem großen Jungen verboten; stand nur da und war es zufrieden, sie anzuschauen. Solange er sie anschaute, schien ihm, konnte er sie nicht verlieren.

Als dann Josh wieder im Kindergarten auftauchte, hörte René die Erzieherinnen ständig tuscheln, wie wenig man *es* dem Jungen anmerke. Das änderte sich bald. Josh fiel zwar in keine Depression und begann auch nicht, blindwütig Dinge zu zerstören. Aber er hatte vor nichts und niemandem mehr Angst. Er kletterte auf jeden Baum, legte sich mit jedem, egal wie überlegen, an. Und er entwickelte diese unstillbare Gier – nach Essen, nach Getränken, nach Spielzeugen, Abenteuern, Krach. Dass er in so vielen Kneipen Hausverbot hat, liegt nicht daran, dass er sich viel prügeln oder Leute belästigen würde. Aber wenn Josh richtig gut drauf ist, tanzt er auf den Tischen, pfeift so laut, dass sogar die Musikboxen nicht dagegen ankommen, und zerreißt sich gerne auch mal das Hemd. Wobei sich nicht vermeiden lässt, dass auch immer wieder etwas zu Bruch geht – ganz ohne Absicht, aber das interessiert die wenigsten Wirte. Dass die Mädchen, von denen erstaunlich viele sein überdimensionaler Körper nicht zu stören scheint, es durchweg nicht lange mit ihm aushalten, liegt in erster Linie daran. »Josh ist zuviel«, hat eine von ihnen René einmal gesagt. »Er ist einfach, in allem ... zuviel«.

Vielleicht gilt das für sie alle. Vielleicht ist dieses Zuviel das, was sie dazu gebracht hat, Kindern ihr Ritalin abzupressen und Bier aus Tankstellen zu klauen. Bis auf Ben hätte das keiner von ihnen nötig gehabt.

Ohne ihn wären sie auf so etwas nicht einmal gekommen. Aber erst durch solche Aktionen, erst durch Bens Frenesie schien das Leben wirklich 3D zu werden. Schien die innere Unruhe, von der sie nie wussten, wohin mit ihr in diesem verschlafenen Vorort, zu einer echten Kraft zu werden, zu etwas, was den Alltag auf eine andere, fast magische Stufe hob.

Und das wirkt immer noch nach, jetzt, wo ihrer aller Leben sich tatsächlich von Spießerland abzukoppeln scheinen. Nur anders, als sie sich das gedacht hätten.

Gegen die brennende Mittagssonne leiht sich René ein Cappy von Josh. Dann stehen sie beide vor der Eingangstür und wissen zum ersten Mal nicht, wie sie sich verabschieden sollen.

»Was wirst du jetzt machen?«, fragt Josh endlich.

René schaut die Straße hinunter, zur Bushaltestelle. »Weiß nicht. Zu Mia gehen vielleicht. Oder … mal sehen.«

Der Freund nickt versonnen und fragt plötzlich: »Weiß man überhaupt schon, wann die Beerdigung ist?«

René schüttelt fröstelnd den Kopf. »Bin eigentlich auch nicht sehr scharf drauf«, gibt er leise zu.

Josh nickt wieder und murmelt vor sich hin: »Dauert wahrscheinlich noch, wegen der Beweise und so. Den Sarg werden sie bestimmt nicht offen lassen, so, wie Ben bis dahin aussehen dürfte …«

»Lass uns nicht darüber reden.« René vollführt eine vage Abschiedsgeste: »Pass auf dich auf, Mann.«

»Pass selber auf. Wir telefonieren.«

»Ja.« Er lässt sein Füßescharren in erkennbare Schritte übergehen, wendet sich ab und trabt zur Bushaltestelle hinunter. Er weiß nicht, was er da soll; hat keine Ahnung, ob er überhaupt irgendwohin will.

Der erste Bus, der die Haltebucht anfährt, nimmt ihm die Entscheidung ab. Er verzichtet darauf, das Telefon zu benutzen. Mia wird ihn an einem solchen Tag nicht vor der Türe stehen lassen.

***

Morgen. Es ist Morgen jetzt. An dem fahlen Schimmer, der sich irgendwann im Raum breitgemacht hat, hätte er noch zweifeln können, aber nicht an dem Orange, in dem sich nun alles zu räkeln beginnt.

Er hat die Handschellen wieder gefunden. In der Gesäßtasche der Hose, die er gestern Abend über eine Stuhllehne gehängt hatte, waren sie. Er hatte nicht an sie gedacht, einfach nicht an sie gedacht. Dieses Mädchen war zu schlau für ihn. Ihn in dieses sentimentale Gespräch zu verwickeln, sein ganzes Mitgefühl zu mobilisieren – wie hätte er, ein ganz normaler Mensch, danach noch darüber nachdenken können, wie er sie am geschicktesten an einem Bett mit einfachem Holzrahmen befestigen könnte?

Sie hat alles mitgenommen. Nein, seine Klamotten nicht, und auch das Portemonnaie steckte ja noch in seiner Hosentasche. Aber in der Mappe war der Autoschlüssel.

Und die Pistole.

Das zu erkennen, hat ihn in diese starre Sitzhaltung versetzt, in der er nun eine ganze Nacht verbracht hat, den Blick unverrückbar an das Fensterkreuz geheftet. Es wäre gut, dieser Zustand müsste niemals enden. Doch irgendwann wird jemand zum Saubermachen kommen. Und dann wird es zu spät sein für alles.

Beim Einchecken gestern ist der Rezeptionist mit den fettigen Haaren beim Blick auf seinen Personalausweis noch nicht stutzig geworden. Aber heute? Jetzt, bald, werden die Zeitungen geliefert. Und wenn nur in einer von ihnen ein Bild von ihm zu sehen sein sollte

David erhebt sich, sammelt das, was von seinen Habseligkeiten übrig ist, ein und steckt es in die unbenutzte Plastiktüte, die den Papierkorb auskleidet. Wird er also doch noch einmal in den Ort müssen, um sich eine Tasche zu besorgen. Was könnte auffälliger sein als ein unrasierter, wenngleich halbwegs ordentlich gekleideter Mann, der zu Fuß unterwegs ist und seine Sachen in einer Plastiktüte transportiert? Am Ende halten sie ihn noch für einen Flüchtling – eine einigermaßen humoristische Vorstellung, angesichts seiner Situation.

Der Läufer auf der Treppe ist nicht dick, die Stufen knarzen leise unter seinen Schritten. Er geht ganz am Rand, wo das Holz am wenigsten Spiel hat, um jedes Geräusch zu vermeiden. Weit ist es nicht zur Eingangstür, er muss nur

»Sie sind ja ganz schön früh unterwegs.«

Er verkrampft, nur kurz, sieht den Wirt mit schiefem Lächeln an und erwidert: »Sie aber auch.«

»Nützt ja nichts. Von alleine deckt sich der Frühstücksraum nicht ein.« Aus schwer beringten Augen mustert der Mann ihn, dann fragt er: »Morgenspaziergang?«

»Nein, ich, äh …« David kramt sein Portemonnaie hervor, »ich zahle dann mal.«

»Ihre Freundin kommt nach?«

»Die … ist schon weg.«

Der Wirt stutzt, blickt dann auf die Plastiktüte und vorbei an David, wahrscheinlich auf den Parkplatz. »Oje«, brummt er beeindruckt, »na, das ist ja …«

Während er Davids Bankkarte einliest und die letzten Notizen in seinem Gästebuch macht, murmelt er »Mensch, Mensch, Mensch …« und wirft David vielsagende Blicke zu.

»Wie kommen Sie denn jetzt hier weg?«, fragt er schließlich.

David zuckt mit den Schultern: »In den Ort sind es nur ein paar Kilometer, oder?«

»Schon, aber auch von da kommen Sie nicht so einfach weg. Zu Fuß werden Sie schon 'ne Stunde unterwegs sein. Und dann ist nicht gesagt, ob vor mittags ein Bus fährt, mit dem Sie zum nächsten Bahnhof kommen.«

»Das ist kein Problem für mich. Es ist ja noch nicht heiß, und …«

»Maren!«, donnert der Wirt in Richtung der hinteren Räume. Seine Frau marschiert heraus, ein Küchentuch über der Schulter, die Haare hochgebunden, ganz grimmige Geschäftigkeit. »Was denn?«, fragt sie, wenig amüsiert.

»Der Herr sitzt hier fest«, sagt der Wirt und greift nach einem Schlüsselbund. »Ich fahr ihn nur schnell in den Ort.«

»Und den Gästen soll ich dann was erzählen, wenn das Zeug nicht rechtzeitig fertig ist?«

»So viele sind's ja nun nicht«, spottet der Mann und schiebt David in Richtung Eingang. Dieser kann noch so oft wiederholen, dass dies wirklich nicht nötig sei und er die Idee mit dem Morgenspaziergang sehr gut fand – er hat dieser Naturgewalt nichts entgegenzusetzen.

»Ich bin vor dreißig Jahren hier gestrandet«, erklärt der Wirt, während er den Motor anlässt, »auf dem Weg in den Süden – in den Süden, das war das Einzige, was ich wusste. Und dann bleibst du an 'nem Mädchen hängen und weil du sowieso keine konkretere Idee hast, klingt ihre Idee, eine Pension auf dem platten Land aufzumachen, irgendwie vernünftig. Tja. So lange, bis du merkst, dass dein Leben von jetzt an aus Putzmitteln und Haushaltsbüchern bestehen wird und du aus der Nummer ums Verrecken nicht mehr rauskommst, weil dein ganzes Erspartes drinsteckt. Und du weißt nicht mal, wann das alles passiert ist – das ist ja der Witz!« Der Wirt lacht ein lautes, schepperndes Lachen und schlägt sich auf den Oberschenkel. Dann fängt er sich wieder und schließt: »Und darum – wenn ich jemanden sehe, der hier weg will, dann helf ich dem weg. Von drei Dörfern weiter fährt immerhin stündlich ein Zug. Das kann ich wenigstens verantworten: Sie da zu lassen, von wo ein Zug fährt.«

***

Eigentlich sollte sie jetzt etwas kochen. Heute passiert nichts wie gewohnt. Carine findet keinen Antrieb mehr, und Jakob schläft die meiste Zeit.

Überhaupt gehören sie hier gar nicht her; um diese Stunde müssten sie in einem kleinen Restaurant vor einer karierten Tischdecke sitzen und gesalzenen Fisch essen. Warum bringt ihnen niemand gesalzenen Fisch? Warum unterhält sich keiner mit ihr über den Sonnenuntergang und die malerischen Klippen oder die Preise für Bootsfahrten? Sie hätte nie geglaubt, dass sie sich einmal so nach belangloser Konversation sehnen, dass sie es ihr zutrauen würde, die Schmerzen in der zerschnittenen Hand zu lindern; es erträglicher zu machen, dass ihr kleiner Junge nicht einfach ein paar Tage zwischen ihren Armen eingerollt liegen, sich leerweinen und dafür direkt aus ihrem Herzen allen Trost und alle Kraft schöpfen

kann, um dann fröhlich aufzuspringen und loszurennen, ganz wiederhergestellt an Körper und Geist.

Carine schenkt sich das dritte Glas ein. Es ist ihr egal, ob jemand sie
dabei sieht, wer dann was von ihr denken könnte; es ist ohnehin alles ein
Witz.

Wenigstens weiß es der Junge noch nicht. Das Nachrichtenschauen hat
abrupt aufgehört. Mehrmals saßen sie heute schweigend miteinander auf
dem Sofa, einmal hat er sich kurz an sie geschmiegt … Ansonsten wollte
er nur in seinem Zimmer sein. Auf ihre Frage, ob er reden wolle, hat er
immerhin »Vielleicht später« geantwortet. Sie hat genickt, kraftlos,
Versagerin!

ihm
einen Kuss gegeben, wiederholt, er könne jederzeit kommen, sie würde
sich freuen.

Kein Wunder, dass er sich ihr nicht anvertraut. Dass er ihr nicht zu-
traut, ihn aufzubauen. Wo sie schon unter dem wenigen, was sie weiß,
fast zusammenklappt. Gott, wie sie sich hasst. Wann hat sie sich selbst
das letzte Mal so sehr gehasst?

Und jetzt, jetzt stellt sich nicht einmal mehr die Frage, ob er sich eher
an seinen Vater wenden würde. Wie das wäre, ihn zu ihm zu schicken, zu
ihm, Schnellkurspädagoge seines Zeichens. Ob sie eher erleichtert wäre
darüber, diese Verantwortung delegieren zu können, oder schadenfroh,
auf egoistische und beschämende Weise schadenfroh darüber, dass der
Herr Vertrauenslehrer vom Elend seines eigenen Kindes auch nicht mehr
mitbekommen hat als sie. Ob David sich besser schlagen würde. Was sie
daraus schließen muss, dass Jakob Hakan, der nicht einmal den offiziel-
len Status des Stiefvaters besitzt, schon mehr gesagt hat als ihr
was macht sie hier nur, was macht sie
Baggersee, denkt sie. Sie können nicht nur hier herumsitzen und ihrem
Urlaub hinterher weinen. Sie muss etwas unternehmen mit dem Jungen.
So ein Kind muss doch hinaus, muss seine Kraft erleben, neu erleben
mit ihrer Hilfe haha
Jedenfalls kann es nicht nur den ganzen Tag lesen oder Xbox spielen!

Sie zuckt zusammen und richtet sich ein wenig im Liegestuhl auf, als hinter ihr die Terrassentür auf- und wieder zugeschoben wird. Ordnet ihre Gesichtszüge durch kurzes Durchatmen und Augenschließen: »Hakan?«

Keine Ahnung, wie ihm gegenüberzutreten, wie sich selbst daran zu hindern, ihm für alle hörbar eine Szene zu machen, sollte sich herausstellen, dass diese Schweinerei auf sein Konto geht.

Sie bleibt lieber erst einmal sitzen. Wenn er ihren Gesichtsausdruck und in ihrer Hand die zusammengerollte Zeitung entdeckt, wird er schon selbst den Moment für Erklärungen gekommen sehen.

»Hallo Mami.«

Kurz sackt ihr das Sternum weg, ein Pingpongball zwischen Erleichterung und einem neuen Was nun – »Oh, mon Boubou! Hast du Hunger? Ich wollte uns gerade etwas machen. Oder Pizza – ich bestelle uns eine Pizza, was meinst du?«

Er nickt abwesend und betrachtet das bedruckte Papier in ihrer Hand. »Steht es da drin auch schon?«

»Was?«, fragt sie dümmlich.

»Das mit Papa?«

Sie öffnet den Mund, schließt ihn gleich wieder und streicht sich über die Augen.

»Ich dachte, du schläfst«, schindet sie ein paar Sekunden.

»Mein Nachrichtendienst hat's mir gerade aufs Handy … Also steht es da drin?«

Hört so etwas nicht irgendwann auf? Gibt es kein Naturgesetz, was dafür sorgt, dass einmal einfach Schluss ist mit Hiobsbotschaften und Erklärungsnot?

»Das … braucht nichts zu bedeuten«, lügt sie. »Diese Reporter machen aus jeder Mücke einen Elefanten. Die Polizei muss eben allen Spuren nachgehen und …« Sie sieht, dass er ihr nicht zuhört – aber, so scheint ihr, nicht aus Skepsis, sondern –

Langsam lehnt sie sich zurück, hangelt sich an gespeicherten Bildern entlang bis zu einer Frage, die in der Aufregung gestern untergegangen ist: »Jakob, seit wann weißt du eigentlich, dass Papa nicht mehr in der Stadt ist?«

Er will gehen, aber sie hat ihn zu schnell an der Hand.

»Du musst jetzt mit mir sprechen«, beschwört sie ihn. »Wenn du irgendetwas weißt, was uns helfen kann, die Wahrheit herauszufinden, musst du es mir sagen. Die Wahrheit ist immer das Beste, weißt du noch? Auch wenn sie im ersten Moment nicht so schön aussieht.«

Eine Weile schweigt er düster. Dann hebt er plötzlich den Blick, in dieser provozierenden Art, die außer ihm nur einer beherrscht, und hält ihr entgegen: »Dann fang du damit an. Sag mir die Wahrheit, warum Papa nicht mehr bei uns ist.«

Sie lässt seine Hand los und mustert ihn. Er steht reglos inmitten eines Schwarms Eintagsfliegen; blinzelt nicht einmal, als eine sich in seiner rechten Braue einnisten will.

»Er hat mich betrogen«, bringt sie endlich hervor und begreift erst in dem Moment, warum sie ihm diese Information drei Jahre lang vorenthalten hat: nicht aufgrund seines Alters, wie sie sich einreden wollte; auch nicht, um ihm Loyalitätskonflikte zu ersparen. Wie gern hätte sie derlei altruistische Gründe für sich in Anspruch genommen, aber nein: Selbst dem eigenen Kind gegenüber konnte sie das, was sie ihrem Selbstwertgefühl schuldig zu sein meinte, nicht fahren lassen, nicht eine Sekunde lang. Es schmerzt, es schmerzt finster und ätzend in den Eingeweiden und bis in die Handgelenke hinein, dass nichts anderes als die überwältigende Banalität der Wahrheit es ihr so lange unmöglich gemacht hat, diese auszusprechen. Und dass nur ihre momentane Kraftlosigkeit sie befähigt, das nun nachzuholen. Ein kurzes Räuspern. Hat sie vorher wirklich nicht gewusst, dass nichts weiter nötig wäre?

»Dein Vater hat sich mit einer anderen Frau getroffen, über längere Zeit hinweg. Ich habe schnell bemerkt, dass etwas nicht stimmte. Ich habe versucht mit ihm darüber zu reden, aber er wollte nicht. Vielleicht wäre alles in Ordnung gekommen, wenn er es gleich zugegeben hätte. Erklärt hätte, warum ... Wenn er mir gezeigt hätte, dass er auch will, dass zwischen uns alles wieder in Ordnung kommt. Aber solange er es nicht zugegeben hat, konnte ich ihm nicht verzeihen. Und mich auch nicht von ihm trennen.«

»Weil du ihn noch geliebt hast?«

Eine Mutter weint nicht.

Hat sie nicht genug Zeit ihrer Freundinnen, ihrer Mutter, sogar ihrer Schwägerin in Anspruch genommen, nicht genug geheult, nicht genug mit Hass und Zweifeln und Schwachsinn um sich geworfen damals? Wie können ihr ausgerechnet jetzt wieder Tränen in die Augen steigen? Und wie soll ihr Sohn eine Entscheidung akzeptieren, die ihr selbst nie den erhofften Frieden gebracht hat? Da steht er nun; gibt ihr die vielleicht letzte Chance, eine neue Verbindung aufzubauen. Die Zeit des Taktierens ist vorbei. Wie sie klingt und wie sie aussieht, souverän oder erbärmlich, darf jetzt kein Gewicht mehr haben.

»Ja«, sagt sie. »Weil ich ihn noch geliebt habe.«

Sie greift nach der großen Wasserflasche, die sie mehr zur Gewissensberuhigung ebenfalls mit herausgebracht hat. Dann durchspült diese Klarheit sie, und obwohl sie weiß, dass das nicht möglich ist, kann sie gleichzeitig, zum ersten Mal seit Ewigkeiten scheinbar, weit und frei atmen. Erstaunt über die Leichtigkeit, die sich plötzlich wie eine Winterlandschaft um sie her auftut, blinzelt sie noch einen Moment länger am funkelnden Plastik vorbei in den Vorabendhimmel. Sie fühlt ihren Sohn neben sich, denkt nicht mehr nach über ihn, nimmt nur noch seine Anwesenheit wahr und seufzt vor Erleichterung, sich ihm gegenüber nicht mehr um einen kindgerechten Ton bemühen zu müssen. Was immer das bedeuten soll.

Sie setzt die Flasche ab. Seine Augenbrauen zucken überrascht, als er ihren neuen Gesichtsausdruck bemerkt. Tatsächlich fühlt sie ein leichtes Ziehen an ihren Mundwinkeln, ein Lächeln: Es ist vorbei. Es ist jetzt wirklich vorbei. Endlich kann sie erzählen, einfach und ohne davon angegriffen zu werden. Und dann, hoffentlich, wird es auch für ihn vorbei sein.

»Diese Zeit war schlimmer als der Abend, an dem er mir endlich die Wahrheit gesagt hat, denn dann wusste ich wenigstens, was ich zu tun hatte.« Sie setzt kurz ab; dann, unvermittelt, ohne es sich vorgenommen zu haben: »Jetzt willst du wissen, ob ich deinen Papa immer noch lieben würde, wenn das damals nicht passiert wäre.«

»Ja.«

»Und dann würdest du fragen, ob er noch mit dieser Frau zusammen ist. Und wenn ich nein sagen würde, würdest du wissen wollen, ob ich dann nicht wieder mit ihm zusammenkommen könnte.«

Da. Seine Augen glitzern. Der Panzer bröckelt. Jetzt keinen Fehler machen.

Sie streckt eine Hand aus. Einladend, nicht greifend. Er muss entscheiden, ob er diesen Kontakt will oder nicht. Im Grunde hat ihn nie viel von einem streunenden Kater unterschieden.

Er wendet den Blick ab, hakt aber tatsächlich seine Fingerspitzen in ihre. Einen Moment. Zwei. Bleibt.

Licht.

    Glück.

        Angst.

           Stille.

Dann traut sie sich zu reden: »Leider kann man mit niemandem zusammenleben, dem man nicht mehr vertraut. Es ist dann fast egal, ob man ihn noch liebt oder nicht.«

»Du hast mal gesagt, Liebe heilt alles.«

Am besten behalten Kinder das, was ihre Eltern in Verlegenheit bringt. Aber sie ist nicht verlegen. Hier, in ihrer beider völligen Entwaffnung, fällt nichts mehr schwer.

»Die Liebe zwischen Erwachsenen ist nicht dasselbe wie die Liebe zwischen Eltern und Kindern.«

Nun ist er verlegen, und das bringt eine merkwürdig schöne Normalität zwischen sie. Sie streift leicht mit dem Daumen über seine Finger. Dann hört sie sich endlich, endlich sagen, was sie jahrelang nicht herausbekommen hat: »Es tut mir leid, dass du das alles mitmachen musstest. Das war nicht richtig dir gegenüber, wie dein Vater und ich uns verhalten haben. Wenn Menschen unglücklich sind, verhalten sie sich leider oft nicht richtig. Einfach, weil ihnen nichts Besseres einfällt. Aber dass du jetzt weißt, warum – vielleicht hilft dir das ein bischen. Hoffentlich.«

Jakobs Blick hat sich in einem der Blumenbeete verloren, aber es sieht nicht wie eines seiner üblichen Ausweichmanöver aus. Er denkt nach. Und die Aussicht, weder jetzt noch später herausfinden zu können, worüber, kann sie nicht weiter verunsichern.

»Jetzt du«, fordert sie.

Er zieht einen Klappstuhl heran, setzt sich und starrt auf den Boden. Diese Haltung, denkt sie. Diese besondere Krümmung des Rückens. Zum ersten Mal verspürt sie dabei keinen Stich.

»Am letzten Schultag«, murmelt Jakob, »war ich mit Papa verabredet. Wir wollten nach der sechsten Stunde ein Eis essen gehen. Er ist nicht gekommen. Ich habe vor der Schule auf ihn gewartet und … irgendwann laute Stimmen gehört und so einen Knall … oder mehrere, ich weiß nicht.«

Sie fröstelt bei der Vorstellung, erwidert aber nichts. Es ist an ihm, zu reden. Behutsam stellt sie die Wasserflasche ab und beobachtet ihn weiter.

»Ich hatte ihn vorher ein paar Mal um Geld gebeten wegen …«

»Ja. Ich weiß.«

»Er hat sich immer aufgeregt, dass du mir zu wenig gibst – ich habe ihm gesagt, dass es nicht deine Schuld ist, ehrlich!«

»Ist schon gut, Liebling.« Sie schluckt so schwer, dass sie beinahe husten muss. Sie hat ihn nicht gefragt, und sie weiß es auch genau: dass ihr während der letzten Monate nie Geld gefehlt hat. Der Junge ist zwischen seinen argwöhnischen Eltern hin und her gependelt. Und wenn keiner von ihnen bereit war, ihn noch mehr zu *verwöhnen*, hat er geduldig Prügel bezogen.

»Vor ein paar Tagen hat er gesagt, dass es ihm reicht und dass er dich anrufen wird. Da hatte ich Angst, dass ihr wieder streitet, und habe ihm erzählt, dass ich Ärger mit ein paar Jungs habe. Aber nicht, mit welchen. Und dann … Vorgestern, als du gerade im Bad beschäftigt warst, hat er angerufen und gesagt, dass wir uns vielleicht lange nicht mehr sprechen werden, weil ihm was Dummes passiert ist. Ich sollte es dir eigentlich nicht sagen, aber …«

Sie nickt langsam. »Es ist gut«, sagt sie schließlich, »dass du mir das alles erzählst.«

»Wirst du es Hakan sagen?«

Sie überlegt kurz und antwortet: »Noch nicht. Im Moment würde es nichts ändern. Sie suchen David sowieso.«

»Also – hat er – hat er wirklich …?«

»Das weiß niemand.« Endlich wieder direkt in diese Pupillen blicken zu dürfen, nicht um jeden einzelnen Blick buhlen zu müssen – jetzt erst spürt sie, wie diese Sehnsucht Tag für Tag an ihr gezehrt hat. Und so findet ihre Stimme endlich wieder den festen Boden, von dem aus sie ihrem Kind das Sicherheit spendende Gegenüber sein kann, das es verdient:

»Niemand weiß, was vorgestern passiert ist, Boubou. Niemand weiß, ob dein Papa überhaupt noch in der Schule war, als Ben gestorben ist.«

»Aber warum sucht ihn die Polizei dann?«

»Weil ein Mensch erschossen wurde, und weil ein anderer Mensch, der mit ihm zu tun hatte, verschwunden ist. Die Polizei muss immer mit allen reden, die irgendwie mit dem Opfer verbunden waren. Wenn dein Papa einfach so weg wäre, käme das nicht gleich in die Zeitung. Aber weil nunmal jemand gestorben ist, müssen sie es sehr dringend machen. Nur: Bis er seinen Teil der Geschichte erzählt hat, bis die Polizei herausgefunden hat, was wirklich passiert ist, dürfen wir uns nicht verrückt machen. Das wird keinem helfen.«

»Und wenn … wenn Papa doch …«

Er bringt den Satz nicht zu Ende. Und sie kann ihm nicht versichern, dass sein Held garantiert nichts mit der Sache zu tun hat. Dass den seit Tagen niemand erreicht, ist das eine. Das andere, und das ist es, was ihr ein Abwiegeln unmöglich macht, ist ihre noch zu frische Erfahrung, dass niemand das Herz eines anderen Menschen wirklich kennen kann.

Oder das eigene.

Zu spät wird ihr klar, dass nun sie die Lider gesenkt hat. Verwundert bemerkt sie, dass ihre Hand plötzlich fester gegriffen wird, und blickt auf: Jakobs Züge sind völlig aufgelöst. Kaum hörbar fragt er: »Mami … ist es meine Schuld?«

»Was?«

Er sucht lange nach dem, was ihm schließlich zu stammeln gelingt: »Ich habe … oft daran gedacht, wie es wäre … wenn die Jungs nicht mehr da wären ... gerade Ben, weil er besonders schlimm war ... Ich dachte, nur wenn er tot ist, dann ...«

»Das hat nichts damit zu tun«, unterbricht sie ihn scharf. Da er ihr nicht zu glauben scheint, nimmt sie ihn bei den Schultern: »Jakob. Rede dir so etwas nicht ein. Man kann niemandem den Tod herbeiwünschen, hörst du? Was passiert ist, ist passiert, und du hattest nichts damit zu tun.«

»Papa«, sagt er leise vor sich hin, »hat immer gewusst, was mit mir ist. Weißt du noch, als ich die Lungenentzündung hatte? Er ist mitten in der Nacht gekommen, obwohl du ihn nicht angerufen hattest, und ...«

»Jakob!«

»Ben hat ihm doch sicher auch nichts erzählt. Papa hat ihn wahrscheinlich angesehen und irgendwie gewusst, dass ich ihn gemeint hatte, und ...«

»Arrête!« Sie schreit es fast. »Wir wissen noch gar nicht, ob er überhaupt etwas mit der Sache zu tun hat. Nichts wissen wir! Und was immer vorgefallen ist: Es war nicht deine Schuld, verstanden? Du hast keine Waffe, also konntest du weder auf diesen Jungen zielen noch jemandem sagen, dass er es für dich tun soll, oder«, und ihre Hände verkrampfen sich weiter um ihn, »oder doch, Boubou?«

Ihr Sohn starrt sie mit schreckgeweiteten Augen an und schüttelt den Kopf.

»Sicher? Die Wahrheit, Jakob!« Er schweigt. »Mein Großer«, sie fasst nach seinem Gesicht. »Ich glaube dir alles, verstehst du? Ich habe dich lieb und ich werde alles verstehen und alles verzeihen, was du mir sagst. Aber ich muss die Wahrheit wissen, damit ich dir helfen kann. Also: Hast du ... irgendjemanden gebeten, Ben für dich ... aus dem Weg zu räumen?«

»Nein. Nein, das habe ich nicht, Mami.«

»Und du hast deinen Vater auch nicht gefragt, ob er ihm nicht irgendwie ... einen Schrecken einjagen könnte?«

»Ich hatte ihm doch noch gar nicht von ihm erzählt!«

»Auch von den anderen nicht?« Er schüttelt den Kopf. »Ihm nicht – und niemandem sonst?«

»Meinen Freunden, ein bisschen … aber nichts Genaues.«

»Und von denen würde keiner …«

»Die haben doch viel zu viel Angst vor denen!«

Sie nickt erschöpft: »Dann ist gut.« Mit einem Seufzer nimmt sie ihr Glas, erhebt sich und legt ihrem Sohn einen Arm um die Schultern: »Komm jetzt. Irgendwo haben wir doch noch den Flyer von dieser Pizzeria, die uns neulich so gut gefallen hat.«

Er hält die ganze Zeit ihre Taille umschlungen, während sie hineingehen. Alles ist gut. Alles ist richtig, richtig gut. Ob es in Ordnung ist, für die Tragödie dankbar zu sein, die ihnen beiden diesen Moment beschert?

***

Der Himmel ist so blau. So blau war der Himmel noch nie, so blau. Blau so blau, dass es zum Lachen ist. Und das verrückte Gekräusel darunter benimmt sich nicht besser. Der Fluss gluckert und kichert in Renés Gehörgängen, dass ihm vielleicht davon schlecht würde, wären da nicht die Sonnenblumen auf Mias Bikinioberteil. Die ist überhaupt auch zum Lachen heute. Wie sie kreischt, als er mit den Zähnen nach dem säuerlichen Gelb auf ihren Brüsten schnappt und seinen Kopf in ihren Bauchnabel drückt, der ganz aus Karamell ist. Sie winden sich im Gras, das sie in jeder Falte kitzelt, und lachen zum Ersticken und liegen hilflos nebeneinander und verlieren fast die Besinnung über die Albernheit einiger obszön bauchiger Wölkchen.

»Das war gut«, sagt er, als er endlich wieder dazu fähig ist. »Hey, Mia, das war … galaktisch.«

Sie kollabiert in einem weiteren Lachanfall, dann erwidert sie: »Für dich immer. Sag nur Bescheid, wenn …«

Es hat keinen Sinn. Nichts von dem, was sie sagt, und so lange sie diese Sonnenblumen trägt. Sinn ohne Sinn im total schwachen Sinn, obwohl er ihr gern sinnvoll antworten würde aber wozu Sinn hier und jetzt und – so.

Wo ist Sinn? Wer braucht den schon?

In diesem Glück jenseits des Glücks liegen sie nebeneinander, die Finger ineinander verschlungen, die Augen unendlich weit und frei von dem

Bedürfnis, sich je wieder zu schließen. Da geht plötzlich ein Krachen durch die Flora und etwas wie eine Dampflok ist zu hören.

»Hey«, ruft Mia freudig. »Wir bekommen Besuch!«

»Max«, grinst René, »altes ... Haus ...«

Er kann bald wirklich nicht mehr.

Max steht vor ihnen, das Gesicht in einer lächerlich bekümmerten Fratze erstarrt, eine Zeitung in der Hand. Er betrachtet die beiden, die sich knapp unterhalb auf der Böschung lümmeln, und geht in die Hocke.

»René«, sagt er, »René ... Hör doch zu, Mann!«

»Was – was ist denn, Max?« Es ist so schwer, ernst zu werden. Er möchte es wirklich, da der Freund so traurig aussieht. Aber ...

Vor seinen Augen wird es plötzlich schwarz-weiß, viel zu schnell, ihm dreht sich der Kopf. »Hey«, wehrt er ab, »was soll das?« Während alles andere flieht, verdichten sich die grau changierenden Flecken zu einem Gesicht. René schlägt angewidert danach: »Hyde! Was hat der hier zu suchen? Ich hab Ferien, Mann!«

»Wieso denn schon wieder Hyde?«, fragt Mia und tastet fahrig nach dem Tabakbeutel.

»Eben, wieso – Jetzt hör endlich mit dem Gefuchtel auf, Alter!«

»René!« Max schlägt mit dem Papier auf das Gras ein, »bist du blind? Siehst du nicht, was das ist?«

»Eine Zeitung. 'ne stinknormale Zeitung, Mann, was ...«

In seinem Kopf gibt es plötzlich so etwas wie eine Synkope. Im übergangslosen Wechsel von Free Jazz zum Ticken einer Wohnzimmeruhr fixiert er mit offenem Mund die Schlagzeile.

»Nee«, bringt er nur heraus, »nee, das ...«

»Doch. Es war Hyde.« Max hat sich hingesetzt und starrt ausdruckslos auf das Wasser hinaus. »Jedenfalls wissen wir jetzt, dass wir ihn nicht umsonst so genannt haben.«

Mia hat sich inzwischen die Zeitung gegriffen und riesige Augen bekommen.

»Euer Lehrer?«, fragt sie. »Euer Lehrer hat euren Kumpel abgeknallt?«

René nickt langsam und lässt sich ins Gras zurücksinken.

»Leg dich nie mit 'nem Pauker an«, murmelt Max düster. »Vor allem nicht mit einem, der alle fünf Minuten seine Meinung ändert.«

»Was hat Ben ihm denn getan?«, will Mia wissen. »Davon steht hier nichts. Er wird ihn doch nicht ohne Grund erschossen haben.«

In René steigt Gelächter auf. Eines von der Sorte, die niemandem Freude bereitet.

»Halt's Maul«, zischt Max, ohne ihn anzusehen.

»Wir sind geliefert«, kichert René.

»Wieso?« Mia stößt ihn leicht an. »Was ist denn auf einmal los mit dir? Max, was meint er denn?«

»Der reißt uns den Arsch auf!« René hält sich den Bauch vor Lachen, »der macht uns fertig!«

Er wird plötzlich in die Höhe gerissen. Ein Paar funkelnder Augen starrt ihm ins Gesicht: »René«, hört er Max knurren, »Der wird gar nichts, kapiert! Keinem von uns wird er was! Der ist kurz ausgeflippt und hat Ben abgeknallt und ist irgendwohin abgehauen, das ist alles!«

»Und wohin?«, fragt René mit theatral ausgebreiteten Armen. »Wohin, he? Sie wissen doch nicht, wo er ist! Oder, Mia, weiß man, wo er ist?«

Sie vergewissert sich: »Nein, hier steht …«

»Siehst du, Kumpel, sie wissen es nicht«, schließt René triumphierend. »Und warum nicht? Weil er hier irgendwo 'rumschleicht und darauf wartet, uns einen nach dem anderen dranzukriegen.«

»Hör auf mit dem Scheiß!«

»Und er hat recht!« René windet sich aus Max' Griff und krabbelt zu Mia. »Oder, Süße, was meinst du? Wenn einer hört, dass vier Typen seinen kleinen Bastard als Geldscheißer und Aschenbecher benutzt haben, und kriegt einen von ihnen dran und merkt, wie einfach das ist – dann wäre er doch ein ziemliches Weichei, wenn er die drei anderen laufen lässt?«

Mia sagt nichts. Sie ist kreidebleich.

»Über Hyde kann man sagen, was man will«, doziert René fast begeistert weiter. »Aber ein Weichei ist er nicht. No, Sir. Immer höflich und engagiert, aber wehe, es hat ihm mal gereicht. Und wann es ihm reicht, konntest du vorher nie wissen. Mit der Masche hat er sogar Ben kleingekriegt – ich meine, noch bevor er ihn …« Er kollabiert in einem neuen, kurzen Gekecker, bevor er sich erschöpft Max zuwendet: »Tja, Alter, das war's dann.«

»Nichts war irgendwas«, knurrt der andere.

Sie starren sich eine Weile an. Eine bibbernde Wut beginnt René zu schütteln. »Du Vollidiot«, stößt er hervor. »Wir sind für'n Arsch, merkst du das nicht? Egal, ob der uns erwischt oder nicht – für uns ist es gelaufen. Alles. Oder sind deine Eltern die einzigen, die der Direx noch nicht angerufen hat? Na, dann freu dich mal auf heute Abend.«

»Halt's Maul!«, schreit Max.

»Die kriegen uns doch!«, brüllt René zurück, »die machen uns fertig, wir kriegen nie wieder irgendwo 'n Bein auf den Boden! Sie werden uns von der Schule fliegen lassen, und keiner wird uns mehr aufnehmen und dann war's das mit deinen Managerträumen und Karibik und – ach, scheiß doch drauf! Sei froh, wenn der Wichser dich vorher kaltmacht, dann hast du's hinter dir! Oh Mann, hätt ich euch doch nie gesehen! Wärt ihr doch alle bei der Geburt verreckt!«

Etwas schleudert ihn gegen Max, er ballt die Fäuste und schlägt auf ihn ein. Sie umklammern einander, er verliert den Boden unter den Füßen, wirbelt durch die Luft, dann hängt er zwischen Schlingpflanzen im Wasser. Er umarmt einen Stein und schickt ein paar schreigefüllte Luftblasen nach oben. Dann, während sich tröstend das Nichts in ihm ausbreitet, öffnet er die Augen.

Ein Fächer Sonnenstrahlen kitzelt vor ihm den Boden, im Grünzeug strampelt ein Frosch. René lächelt. Und während das wässrige Leuchten in seinem Kopf explodiert, nimmt er einen schönen, langen, tiefen Zug.

***

Auch wenn die Hipster zu Hause plötzlich wieder anfangen, Filterkaffee zu trinken – hier, denkt Tereza resigniert, weiß davon garantiert keiner was. Der Filterkaffee war nie weg, und es wird auch niemand je auf die Idee kommen, ihn mittels komplizierter Glasröhrensysteme zu *enhancen*.

Ihn nicht, und auch die Pseudo-Brezel nicht, die Tereza von ihrem Teller auf dem Plastiktisch aus traurig anglotzt.

Im nächsten Moment schmunzelt sie darüber, dass solche Banalitäten ihr überhaupt schon wieder in den Sinn kommen. Vielleicht sind sie ihr Versuch, eine allzu große Euphorie zu dämpfen, die sie sich erst erlauben will, wenn sie wirklich in Sicherheit ist. Natürlich kann der Revolverheld sie zu Fuß nicht einholen. Dennoch ist sie immer noch nicht wirklich weit vom Hotel entfernt. Und schon gar nicht an ihrem Ziel angekommen. Sie wollte eigentlich direkt durchfahren zu Kathi; doch sobald sie außer Sichtweite der Pension war und begriff, dass sie es tatsächlich geschafft hatte, dass sie frei war und den Lehrer nie wiedersehen würde, begannen ihre Hände vor Aufregung so sehr zu zittern, dass sie kurz rechts ran fahren musste. Auch, nachdem sie sich wieder einigermaßen gefangen hatte, war sie noch fahrig und abgelenkt und beschloss, erst einmal in dem Dorf, das bald darauf aus den Feldern auftauchte, zu sich zu kommen. Sich befreit zu haben, ergibt nicht viel Sinn, wenn man vor Aufregung in der nächsten Autobahnauffahrt aus der Kurve fliegt.

Ein Café, das sie ernsthaft als solches bezeichnen würde, gibt es nicht, nur einen Imbiss im kleinen Bahnhof. Vor ihm hat sie die Nacht über geparkt, sich gleich, als er öffnete, völlig verknotet hineingeschleppt und an die Theke gesetzt. Das erste kleine Stück Normalität, und eine, an der sie von sich aus gehalten hat; in der sie so viel Zeit verbringen wird, wie *ihr* richtig erscheint.

Wobei – wie man's nimmt. Vom Zeitungsständer aus starrt sie sein Bild an. Sie hat keinen Platz finden können, von dem aus ihr der Anblick erspart geblieben wäre. Nun hat sie jedes Mal, wenn sie die Lider hebt, diese Augen vor sich. Ihre Füße tasten unwillkürlich nach ihrer Reisetasche. Ja, sie ist noch da. Alles, was sie braucht, ist bei ihr. Sie befindet sich wieder in ihrem eigenen Leben – einigermaßen jedenfalls.

Das Telefon meldet immer noch keine neuen Nachrichten. Sie wird nicht mehr anrufen und auch nichts weiter hinterlassen. Wenn Kathi sich bisher noch nicht gemeldet hat, ist sie mal wieder an einem Ort, an dem es keinen Empfang gibt. Das kommt mehrmals im Jahr vor, wenn die Freundin irgendwelche Seminare oder Retreats für Leute anbietet, deren ganzes Problem darin besteht, dass sie keine echten Probleme kennen. So jedenfalls sieht es Tereza. Ihrer Freundin sagt sie das nicht. Nach der jahrzehntelangen Schufterei als Krankenschwester gönnt sie ihr das leicht verdiente Geld von Herzen. Und wer bereit ist, für ein bisschen Spazierengehen und Kontaktspielchen Hunderte von Euro zu bezahlen, hat es auch nicht anders verdient.

Da summt ihr Telefon doch, und Jarons Bild leuchtet auf. Sie atmet kurz genüsslich aus darüber, wieder jederzeit nach Belieben mit ihm sprechen zu können, und nimmt den Anruf entgegen.

»Hey, du Schöne«, grüßt er. »Wo versteckst du dich?«

Irgendwo in den unendlichen Weiten Dunkeldeutschlands, möchte sie schon fröhlich erwidern, verkneift es sich aber doch. Die Imbissbesitzerin wirkt ziemlich humorlos, und sie möchte diesen Ort in Frieden verlassen.

Also erzählt sie vom herrlichen Ostsee-Wetter, den Köstlichkeiten, die Kathi ihr gekocht hat, sich selbst schwörend, ihm die Wahrheit zu sagen, sobald … es eben so weit ist.

»Und ich dachte mir«, schließt sie, »du könntest doch auch für ein, zwei Tage herkommen. Es ist so herrlich, ganz nah am Meer. Du kommst mit dem Zug, ich hole dich am Bahnhof ab, und zurück fahren wir gemeinsam mit deinem Auto.«

»Guter Plan«, erwidert er. »Warum hast du mir von dem nicht erzählt, bevor ich in eine Bahn in die entgegengesetzte Richtung gestiegen bin?«

»Oh – weil … Ach, das ist ja blöd. Daran habe ich in dem Durcheinander gar nicht gedacht …«

Hinter ihr wird die Tür aufgestoßen, Glöckchen bimmeln, und eine laute Männerstimme sagt: »… auch bei uns frühstücken können. Bisschen komisch ist das schon. Vielleicht kann ich …«

»Du bist echt witzig, Ti. Hast du überhaupt jemals für etwas einen Plan?«

»Wenn ich zurückkomme. Pass bloß auf, wenn ich zurückkomme, dann …«

Da gefriert ihr plötzlich das Blut in den Adern. Kurz fragt sie sich, was mit ihr los ist: Dann erst wird ihr klar, dass sie eine Stimme erkannt hat. Eine Männerstimme, die der ersten

»Nein, nein. Sie haben schon genug für mich getan. Ich bin Ihnen so dankbar ...«

geantwortet hat.

»Ja?«, fragt Jaron. »Wenn du zurückkommst, dann ...?«

»Ähm ... wirst du schon sehen. Dann habe ich den ultimativen Plan ... für alles!«

»Warten Sie mal«, donnert da die erste Männerstimme. »Ist das nicht ...« Das Gedröhne senkt sich zu einem Murmeln, in das hinein Tereza leise sagt: »Okay, ähm ... wir wollen jetzt los. Zum Strand.«

»Beneidenswert. Telefonieren wir heute Abend?«, fragt Jaron.

»Spätestens. Mach's gut, du ... Kuss!«

Dann schaltet sie das Telefon aus. Kaum wagt sie zu atmen. Was tun, was jetzt nur tun?

Hinter ihr dröhnt es nun wieder: »Tja. Sowas. Dann lass ich euch beide hier mal ... reinen Tisch machen, haha. Alles Gute!«

Die zweite Männerstimme bedankt sich leise, dann gibt es wieder Glockengeläut, Türenklappen und die deprimierte junge Frau hinter der Theke blickt von ihrem Telefon auf, um in den Raum hineinzufragen: »Wissen Sie schon, was?«

»Einen Kaffee«, sagt die Stimme des Revolverhelden, »und ein Schinken-Ei-Brötchen, bitte.«

»Zum Mitnehmen?«

»Nein, ich ... schau mal, wo ich einen Platz finde.«

Tereza sieht, wie die Deprimierte ihren unsichtbaren Gesprächspartner noch einen Moment lang skeptisch betrachtet und dann zur Kaffeemaschine hinüberschlurft.

Hat sie schon bezahlt? Ja, sie hat gleich beim Bestellen bezahlt. Als hätte sie geahnt, dass ihr das noch nützen könnte. Jetzt nimmt sie den letzten Bissen von ihrer Brezel, stürzt den Rest Kaffee herunter und wendet sich langsam dem Raum zu.

Er hat sich nicht von der Stelle bewegt, sie weiß es, ohne es miterlebt zu haben: dass er schon die ganze Zeit dort gestanden hat. Er sieht sie an. In ihrem Bauch wird es langsam wieder warm. Sie tupft sich mit der Papierserviette die Mundwinkel ab, dann schultert sie die Sporttasche. Immer langsam, immer die Augen auf ihn gerichtet.

Er kann nichts sagen. Er kann nichts tun.

Sie geht an ihm vorbei. Streift ihn nicht. Spricht ihn nicht an. Verlässt einfach das Lokal.

***

warum dir keiner davon erzählt
oder hat es keiner gewusst das wird es sein niemand
um dich her kann einen Schimmer hiervon gehabt haben von diesem Schimmer von dieser
Weichheit
dieser Erleichterung dieser absoluten Freiheit von
Allem
ohne es dir zu erzählen
ohne es
durch alle Straßen zu schreien wie sollte man das für sich behalten?
was immer irgendwer jemals an Anstrengungen unternommen haben mag scheint lächerlich
Jetzt
In diesem
Diesem
Allen
was du durch nichts bekommen hast es ist so klar auf einmal
dass nichts was man dir je als Ziel hingestellt hat auch nur einen Wimpernschlag wert gewesen ist oh
dieses Glück
diese völlige völlige –

all die Pillen
und Ausflüge
in düstere Straßen hättest du dir sparen können
wäre dir früher bekannt gewesen dass ein einziger Schluck

nein Atemzug voll Wasser ausreichen würde für
Das hier ja wie sollst du es nennen
genau das wird es sein dass es kein Wort dafür gibt du musst lachen obwohl die Formulierung unsinnig ist weil
da nichts mehr ist was
lacht
als gäbe es nichts anderes als Lachen mehr oder
eben gar kein Lachen kein
Gar nichts mehr und doch
Alles
in dieser ewig formlosen Helle die kein Licht ist
denn ohne Augen die Licht sehen ist auch keines da
meinst du zumindest Unsinn alles Meinen hat aufgehört.
du drehst dich einmal um dich selbst musst
doch gelacht haben nämlich darüber
dass es nichts ändern wird dich zu drehen an einem Ort
der keiner ist weil Oben das Unten aufgehoben hat
nur noch absolut
stille
unendliche
Bewegung die keinen Wunsch kein Begehren mehr übrig lässt
tauschen
wirst du nie mehr oder überhaupt etwas wollen
nichts
von niemandem etwas zieht
zieht an dir

JUNGE

nein

tiefer hinein

nicht hinhören

tiefer hinein ins Licht

JUNGE
tauch
nicht irre machen lassen es gibt nichts
nur HIER
nur JETZT
ja
alles löst sich auf
noch weiter auf
nichts kann mehr ziehen
an dir nicht nicht
an dir.

***

Die Nacht ist tief und schweigsam, als Hakan, so müde, dass er jeden Moment unter seinem eigenen Gewicht zusammenzubrechen droht, durch die Eingangstür schlurft. Carine sitzt vor dem Fernseher und hat schon lange vergessen, was genau ihr da zugemutet wird. Als der Mann sich neben ihr aufs Sofa plumpsen lässt, löscht sie das Flackern über die Fernbedienung aus.

Habt ihr ihn, fragt sie tonlos.

Er schüttelt den Kopf. Er ist unterwegs nach Norden, brummt Hakan und versucht, sich aus seinen Schuhen zu befreien, so viel ist sicher. Aber er scheint sich zu bewegen wie ein Krebs: mal rückwärts, mal seitwärts, dann wieder gar nicht … Die Kollegen sammeln völlig widersprüchliche Informationen. Sein Auto ist in einer Werkstatt in irgendeinem Kaff aufgetaucht. Seitdem weiß kein Mensch, wo er sich aufhält.

So ist es meistens mit ihm.

Der Mann streckt einen Arm aus und krault ihren Hinterkopf.

Es gibt da noch etwas, murmelt er. Wie es scheint, hat er ein Mädchen bei sich.

Nun reißt es sie doch aus der Lethargie: »Was?!«

»Ja. Ich wollte dich fragen, ob du sie kennst. Hübsches Ding, sollen zumindest die männlichen Zeugen ausgesagt haben. Klein, üppig, Hauttyp ›Café au lait‹, meinte ein Imbissbesitzer ... Und irgenwas mit ihren Augen war anscheinend merkwürdig. Die Farbe konnte keiner so richtig beschreiben.«

»Wer merkt sich bei einer sexy jungen Frau schon die Augenfarbe?«

»Das dachte ich zuerst auch, aber sie haben alle betont, dass die Farbe irgendwie ungewöhnlich war.«

»So wie deine?«

Er lächelt nur innerlich. Mittlerweile kann sie so etwas sehen.

»Wie immer, wenn die Augen von Nicht-Mitteleuropäern nicht braun sind?«, fügt sie spöttisch hinzu und bekommt einen Kuss dafür.

»Warte« sagt er, »ich habe hier den Ausdruck ihres Phantombildes.«

Er hält es ihr vor. Sie schüttelt den Kopf: »Nie gesehen.«

»Beim Schuldirektor hat es wohl leise geklingelt, als er das Bild sah. Wir haben es an das gesamte Kollegium verschickt; wahrscheinlich wissen wir morgen mehr. Wir fragen uns«, sinniert Hakan, »was David mit der Kleinen will. Ob er mit ihr zusammen die Tat, oder zumindest die Flucht, geplant und vorbereitet hat; oder ob sie ihn dabei überraschte und ...«

»Jetzt hör auf!«, ruft Carine. »Was immer passiert ist, du redest hier über den Mann, mit dem ich fast zehn Jahre lang verheiratet war! Glaubst du im Ernst, ich könnte ihn für die Art Verbrecher halten, mit der du dich sonst herumschlägst?«

Der mitleidige Blick, den er ihr daraufhin zuwirft, ist fast zu viel für sie. »Hier«, sagt sie und knallt ihm die Zeitung auf den Schoß, »war das auch deine Idee? Ist dir klar, was das für meinem Sohn bedeuten muss? Zu wissen, dass das ganze Land seinen Vater jetzt als gesuchten Mörder kennt?«

»Carine ...«

»War es Absicht, dass du vorher nicht mit mir gesprochen hast? Dachtest du, ich versaue dir sonst die Gelegenheit, ihm noch einen …«

»Carine!« Hakan richtet sich auf. Er ist nicht leicht aus der Ruhe zu bringen, aber wenn man ihm an die Berufsehre will, versteht er keinen Spaß. »Du müsstest mich lange genug kennen, um zu wissen, dass ich nichts tue, was ich nicht für absolut notwendig halte! Die Kollegen kommen nicht weiter, und die Zeit läuft uns davon. Wir müssen alle Möglichkeiten nutzen, um wen auch immer es sicht handelt. Es tut mir leid für dich und Jakob, aber ich muss nun mal als Polizist meine Arbeit machen!«

»Du hättest dich mit mir abstimmen müssen!«

»Und was hättest du mir gesagt, Carine, was?«

»Es war nicht fair!«, schreit sie. »Es war nicht fair, dass es so hinterrücks passieren musste! Jakob vergöttert seinen Vater, er wird das nie verschmerzen!«

»Ich weiß.« Die Müdigkeit drückt ihn in die Kissen zurück. Dass er nie rechthaberisch ist, wird sie später denken; das muss man ihm zugute halten. »Ich weiß, Liebes. Es tut mir so leid. Glaub mir, ich habe den ganzen gestrigen Tag darüber nachgedacht, wie ich dich darauf vorbereiten könnte. Aber du standest so unter Schock wegen dem, was Jakob passiert ist … Ich habe es einfach nicht übers Herz gebracht. Natürlich ist es dadurch nicht besser geworden, aber es wäre noch schlimmer gewesen, gegen deinen ausdrücklichen Willen zu handeln. Ich bin ausgewichen, das gebe ich zu. Aber nur, weil mir nichts Besseres eingefallen ist.«

Sie presst hart die Lippen aufeinander, dann zischt sie: »Das ist – das ist eine beschissene Doppelmoral, Hakan.«

»Ach ja?« Er hebt die wirren Augenbrauen, entwaffnet und entwaffnend zugleich. »Und deine Moral, Carine? Wie sieht es mit der aus? Würdest du sagen, dass du grundsätzlich nicht damit einverstanden bist, mit allen legalen Mitteln nach jemandem zu suchen, der dringend verdächtigt wird, einen Minderjährigen erschossen zu haben?«

»Das ist –«

»Was? Wieder nicht fair? Was ist denn fair, Carine? Alles, was nur ja deine Gefühle schont?«

Er steht auf, öffnet sich in der Küche ein Bier und bleibt im Türrahmen stehen, den Blick beim Trinken forschend auf sie gerichtet. Sie hat den Kopf in den Händen vergraben. Etwas scheint nicht zu stimmen an seiner Argumentation. Sie kommt nur nicht darauf, was es sein könnte.

»Weißt du noch,« fährt er mit vor Erschöpfung fahler Stimme fort, »wie empört du warst, als ich am ersten Abend schlecht über diesen Benjamin geredet habe? Keine achtundvierzig Stunden später erschien dir nichts wichtiger, als seine Kumpels vor Gericht zu stellen. Weil es nun einmal dein Sohn war, um den es ging.«

Sie will aufbegehren, aber er streckt beschwichtigend die freie Hand aus: »Ich finde das absolut verständlich, Liebling. Ich habe nicht gesagt, dass ich dich dafür verurteile. Aber bitte verurteile auch du mich nicht, wenn ich in meinem Beruf alle Menschen gleich behandle ... oder zumindest versuche, das zu tun.«

Jetzt bringt sie keinen Ton mehr heraus; ob aus Angst vor dem Weinen, oder weil sie nichts zu entgegnen weiß, ist nicht klar. Sie starrt mit brennenden Augen auf das Muster des Teppichs und hört, wie der Mann die Treppe hinaufgeht. Eine Weile verliert sie sich im Mangel an Geräuschen, dann schluckt sie schwer und steht auf. Sie kann ihn so nicht einschlafen lassen.

In das dunkle, stickige Zimmer dringt nur wenig von der Nachtluft, obwohl das Fenster weit offen steht. Carine lässt ihr Kleid zu Boden gleiten und kriecht zu ihrem Mann unter das dünne Leinen. Sie legt ihm eine Hand auf die Brust, und er streichelt ihre Schulter. Eine Weile lauschen sie schweigend dem Zirpen der Grillen und hoffen auf die Kühle des Mondlichts. Dann fragt Hakan unvermittelt: Liebst du ihn noch?

Ihr Kopf saust hoch vor Überraschung: Was?

Gib zu, murmelt er, ohne im Streicheln innezuhalten, du hättest ihn nie verlassen, wenn er nicht diesen saudummen Fehler begangen hätte.

Hakan, ich –, sie hebt ratlos die Hand und lässt sie wieder fallen. Anscheinend ist heute heiliger Beichttag. Mag sein, sagt sie.

Die darauf einsetzende Stille ärgert sie, weil sie allem Gesagten unverhältnismäßiges Gewicht zu verleihen droht. Ich habe ihn schrecklich geliebt, erklärt sie, aber das ist vorbei. Ich würde nie wieder mit ihm zusammen sein wollen. Es war nicht leicht mit ihm; er ist hitzig, wie du weißt, und launischer als ein kleines Kind.

Er liebt dich jedenfalls noch.

»Woher willst du das wissen?«, fragt sie ungeduldig.

Wir sind uns vor nicht allzu langer Zeit zufällig begegnet.

Ah? Nun ist es an ihr, die Augenbrauen zu heben. Und da hat er zu dir gesagt: Hakan, bitte gib mir meine Exfrau zurück, ich liebe sie so!?

Natürlich nicht. Er meinte nur – irgendwas in der Art, dass ich mich glücklich schätzen soll und dass er sich Arme und Beine amputieren lassen würde, wenn das die ganze Sache ungeschehen machen könnte.

Um große Worte ist er nie verlegen gewesen.

Was sagst du dazu?

Dass ich jetzt dich liebe. Dass mich die Vergangenheit und dieser sentimentale Spinner nicht mehr interessieren, weil ich mit dir glücklicher bin, als ich mit ihm je hätte werden können. Zufrieden?

Nein. Er richtet sich halb auf. Sag, dass ich der Beste bin. Dass du gar nicht gewusst hast, was Liebe ist, bevor du mich getroffen hast.

Hakan –

Sag es!

He! Hör mit dem Unsinn auf!

Sie beißt in ein Kissen, um unter seinen Attacken nicht loszukreischen, strampelt, kitzelt und knufft zurück und hofft, dass der Junge nicht allzu viel davon mitbekommt.

***

»Doch zum Mitnehmen.«

»Was?«

»Den Kaffee und das belegte Brötchen. Doch zum Mitnehmen, bitte.«

Die Straßenköterblondine mit dem Piercing, das aussieht, als wolle es ihr jeden Moment aus der Lippe rutschen, grummelt etwas über die unsäglichen Mühen, die sie auf sich genommen habe, um ihm sein Frühstück auf richtigem Geschirr anzurichten, und kramt nach Papiertüte und Becher. Hätte sie gesagt, dass das jetzt nicht mehr geht, hätte er den

Imbiss wortlos verlassen. Nicht, um die Puppe einzuholen, das würde ihm jetzt sowieso nichts mehr nützen. Und wie hätte das ausgesehen? Ihr hinterherstürmen und vor aller Augen versuchen, sie wieder unter seine Kontrolle zu bringen?

Nein, er muss nur weg hier, bevor jemand auf die Idee kommt, die Verbindung zwischen ihm und dem obszön großen Schwarz-Weiß-Bild am Zeitungsständer herzustellen. Vielleicht ist das hier sein letztes Essen für ziemlich lange Zeit. Aber er verzichtet darauf, sich noch mehr einpacken zu lassen. Jedes Wort, jede Sekunde zu viel in dieser erstaunlich gut besuchten Trostlosigkeit könnte das Ende von allem bedeuten.

Er zahlt hastig, mit abgewandtem Gesicht. Dann reißt er sich sehr zusammen, um nicht aus dem Lokal zu stürmen.

Er sieht nicht, wie hinter ihm die Thekenkraft nach ihrem Telefon greift.

Draußen muss er kurz blinzeln und gleich die Sonnenbrille aufziehen, so früh am Tag. Und doch schon zu spät, warum hatte er die eben nicht an, während er auf seinen Kaffee wartete? Wer weiß, wer sich da alles sein Aussehen eingeprägt hat.

Doch selbst hinter den dunklen Gläsern muss er seine Augen noch einmal scharf stellen. Denn das Auto auf der anderen Straßenseite kennt er. Und auch die Frau, die jetzt die Beifahrertür aufstößt, ihn kurz mustert und dann sagt: Steig ein.

NEUN

Da ist eine Tür
hättest du früher gesagt aber wo nichts ist weil
alles alles ist
kann sich nicht ein kleines Stück herausstellen und sagen
Ich bin eine Tür
nur wolltest du jemandem davon erzählen müsstest du es so ausdrücken
Da ist eine Tür
was bedeutet
dass sich plötzlich so etwas wie Richtung aufgetan hat in diesem selbst-
zufriedenen Wabern
etwas wie ein Punkt
auf den alles sich zu bewegt also auch du
auch das gefällt dir hier so gut
dass man nicht erst zu etwas hin sondern es nur
etwas genauer zur Kenntnis nehmen muss
um etwas über sein
Wesen zu erfahren aber
seltsam nur kurz an die Türe gedacht
entsteht
überall in um dich an dir ein solches Sehnen und Reißen
zu ihr hin
dass es dich ein Stück weit heraustrennt aus diesem
Allen fast
schiebt sich Unterscheidung zwischen dich und Alles
angenehm ist das nicht
also überlässt du dich dem Sog einfach es ergibt sich wie es sich ergibt
aber da
erzittert die Umgebung in einem seltsamen Ereignis

nur aus Neugier suchst du den richtigen Begriff und findest ihn schließlich im Hören es hat sich eingeschlichen in dieses Alles hier ja,

HÖREN

es trennt sich von dir und schreit nach der Aufmerksamkeit, die sich bis eben unterschiedslos auszudehnen schien. Nun, da es einmal begonnen hat, hört es auch nicht mehr auf. Ist doch noch genug Körper übrig, um dir vorzugaukeln, etwas würde sich dabei in dir zusammenziehen? Und warum sollte das so sein?

Etwas jenseits der Tür scheint das Hören ausgelöst zu haben. Durch ihre Ritzen weht es dich an, wird dichter, schwerer –

TRAURIGKEIT

flutet herein, greift nach dir mit unwiderstehlichen Fingern.

Jetzt erst begreifst du die Falle, die die Tür gewesen ist, das Sehnen nach ihr – es war gar nicht deins. Eilig stemmst du dich dagegen, weg von dem Durchgang, bevor Neugier entstehen kann, die Frage, worum es bei der Trauer geht doch allein der Gedanke daran beschleunigt das Taumeln, in das sich dein geliebtes Schweben auf einmal verwandelt hat, nicht fragen!, verzweifelst du, nicht fragen!, denn du weißt, unweigerlich darauf folgen wird das

SEHEN

Du hattest vergessen, wie schmerzhaft das ist. Eindrücke stürzen herein, wo so lange nichts mehr beeindruckt hat

Licht brät die Netzhaut

Piepen das Trommelfell

doch schlimmer als alles die Begrenzung

Grenzen du hast Grenzen um dich auf einmal

Grenzen zwischen dir und dem Rest

der nicht mehr Alles ist

sondern nur noch Zeug, viel weißes und graues und kaltes Zeug

und ein Gesicht das ist es

das hat die Traurigkeit geschickt, nach dem hast du eine Sekunde zu lang geschaut

schließt schnell die Augen wieder aber dahinter ist nur noch Dunkelheit

kein Alles mehr keine Helle, keine Leichtigkeit

Du strampelst und ächzt und keuchst
krallst dich in die Laken und fängst an zu weinen.

***

Eine Stunde ist bereits vergangen, und noch immer sieht David nur Felder und Alleen, so weit das Auge reicht. Die Klimaanlage ist gut in diesem Wagen: All das Gelb und Grün und Azur dort draußen wirkt unglaubwürdig angesichts der Kühle auf seiner Haut.

Seit der Abfahrt haben sie noch kein Wort gesprochen. Die Puppe lässt die Anlage ihre Playlist abspielen, hauptsächlich Funk, viel aber auch diesen grässlichen deutschen Befindlichkeitspop, mit dem seit einigen Jahren so viel Geld gemacht wird. Dazwischen immer wieder irgendetwas sehr Stressiges, wozu junge Menschen heutzutage möglicherweise tanzen, was weiß er.

»Ich dachte, du fährst mich zur nächsten Polizeistation«, sagt er endlich.

»Warum bist du trotzdem eingestiegen?«, gibt sie zurück.

»Weil ich mir dann gedacht habe, warum solltest du mich dorthin bringen, statt dich in Sicherheit, und mich nicht einfach abholen lassen?«

Sie nickt.

Wie kommt es, dass wir uns plötzlich duzen?, fragt sie.

Hast du nicht damit angefangen?

Hm. Stimmt.

»Und warum«, will er wissen, »warum hast du auf mich gewartet?«

Weil du mir jetzt nichts mehr tun kannst.

Das ist wahr. Du hast die Waffe, oder?

Nein.

Nein?

Ich habe sie in dem Dorf gelassen.

»Was?! Wo denn?«

Das werde ich der Polizei sagen. Später.

Er wischt sich übers Gesicht: Wie sicher kannst du sein, dass sie nicht in falsche Hände gerät?

In falsche Hände?, lacht sie.

»Noch einmal: Ich habe nie auf die Gelegenheit gewartet, mit einer Pistole durch die Gegend zu rennen. Auf andere Leute muss das nicht unbedingt zutreffen.«

Sie ist nicht so leicht zu finden, keine Sorge, behauptet die Puppe. David muss das hinnehmen, was bleibt ihm anderes übrig. Nach einer kurzen Pause fährt sie fort: Aber dass du nicht mehr bewaffnet bist, ist nicht der Punkt. Der Punkt ist: Du wolltest mir nie etwas tun. Du hast es selbst gesagt: Allein der Gedanke hat dich fertig gemacht. Wäre mir etwas passiert, dann deswegen, weil du wegen irgendwas in Panik geraten wärst und den Abzug gedrückt hättest. Aber so, von dir aus: Von dir aus tust du mir nichts.

Dennoch, entgegnet er, seinerseits nach einer Pause: Alles kein Grund, mich mitzunehmen.

Nein. Das nicht. Sie überlegt. Er schaut verstohlen zu ihr hinüber: Zu diesem Kinderprofil, das jetzt in einer neuen Art Ernst auf die Straße schaut. Ohne Anspannung, mit einer Aufmerksamkeit, die plötzlich nicht mehr das Geringste mit ihm zu tun hat. Schließlich sagt sie: Wenn ich davon ausgehe, dass du mir eigentlich gar nichts tun willst, bist du nur jemand, der bis gestern mit mir unterwegs war, um von A nach B zu kommen.

Und, wendet er ein, die Situation, in der wir uns ... kennengelernt haben?

Stimmt. Da war noch was. Sie seufzt. Trotzdem: Erlebt habe ich dich als jemanden, der furchtbare Angst davor hat, ein Verbrecher zu sein. Oder zu werden. Was weiß ich. So unbewaffnet in diesem Kaff hättest du wahrscheinlich keinen großartigen Schaden angerichtet. Aber später ... Hast du *Thelma & Louise* gesehen?

Natürlich, aber warum kennst du den? Der Film dürfte älter sein als du.

Irgendwann kam der mal spätabends im Fernsehen. Und da sagt doch im zweiten Teil dieser Polizist zu dem Idioten, der die Mädels beklaut hat: »Da draußen sind zwei Frauen, die eine Chance hatten.«

Scheint dich beeindruckt zu haben.

Den Satz hatte ich dauernd im Kopf. Die ganze Zeit, die ich da vor dieser Bude saß und den Zündschlüssel nicht umgedreht habe; obwohl er schon im Schloss steckte, obwohl ich ihn festhielt. Ich dachte, was, wenn er jetzt erst richtig Scheiße baut, wenn jetzt erst alles richtig schlimm wird, einfach, weil er nicht weiter weiß … und ich war ein Teil davon?

Du wärest kein Teil mehr davon gewesen, erwidert David ungeduldig, wenn du einfach weggefahren wärst. Du hättest nichts damit zu tun gehabt. Und wenn das deine Sorge war – dann hättest du die Polizei rufen müssen.

Ja, nicht wahr? Aber das habe ich auch nicht getan.

Warum nicht?

Sie schüttelt ein paarmal leicht den Kopf, als würde sie verschiedene Antwortmöglichkeiten aussortieren.

Warum nicht?, fragt er noch einmal, drängender.

Da fährt sie plötzlich rechts ran. Davids Hand schnappt nach dem Griff über dem Fenster, weil es kurz so aussieht, als wolle die Puppe das Auto gegen einen besonders massiven Baum setzen. Unter ihm knackt es, sie werden unsanft geschüttelt; dann stehen sie.

Sie schaltet den Motor aus und wendet sich ihm zu. Er runzelt die Stirn: Zum ersten Mal sieht sie ihn so unverwandt an. Dann sagt sie: David. Wenn ich die Polizei gerufen hätte, und sie hätten dich mitgenommen und hätten mich befragt, ohne mir mehr über dich und das Opfer und überhaupt alles sagen zu dürfen … Dann hätte ich nach ein paar Monaten, vielleicht im Prozess, vielleicht aus der Zeitung erfahren, was da vorgestern passiert ist. In was ich da hineingeraten war und warum. Aber ich hätte es nicht begriffen, ich hätte es nie wirklich begreifen können weil der, mit dem ich das alles erlebt habe, es mir nicht selber gesagt hätte. Ich muss das von dir hören. Du willst dich erinnern, bevor die Polizei dich schnappt? Dann will ich auch Bescheid wissen, bevor die Polizei dich schnappt. Ich habe mir das zwar nicht ausgesucht, aber – das hier ist jetzt auch meine Geschichte. Du hast kein Recht, die einfach mitzunehmen – ins Gefängnis oder sonst wohin.

Er muss doch ernsthaft einen Unfall befürchtet haben, denn seine Hand hält den Griff tatsächlich fest umklammert. Den Druck der Finger abwechselnd lösend und erhöhend, presst er hervor: Dieser Junge – ging dich nichts an. Du kanntest ihn nicht. Was mit ihm war – ändert nichts – für dich.

Sie antwortet nicht. Starrt ihn nur an. Plötzlich begreift er, was sie vorhat, und wie im Reflex macht er eine Bewegung, sie noch weiter wegzustoßen. Sie duckt sich weg, seine Hand trifft die Hupe, was ihn zur Besinnung bringt. Er löst den Anschnallgurt, öffnet die Autotür und rennt hinaus, mitten hinein in den hüfthoch stehenden Raps.

Wohin willst du?, hört er sie hinter sich rufen, wohin denn?

Ja. Wohin?

Er bleibt stehen, reißt ein paar dieser stinkenden Blumen aus, brüllt seinen Frust in den Himmel und stapft dann zurück.

Ich werde nichts sagen, stellt er klar, sobald er wieder neben ihr sitzt. Deine Freundin wohnt nahe der Grenze?

Sie nickt.

Wenn ich es bis dahin wieder weiß, sagt er: *Wenn* ich es wieder weiß, sage ich es dir. Du wirst mich zu Fuß zur Grenze begleiten, und du wirst dein Telefon im Haus deiner Freundin lassen, und dann, wenn ich es weiß, werde ich es dir sagen. Die Grenze überqueren, und danach magst du tun, was du für richtig hältst.

Sie schaut ihn wieder so an. Fast wünscht er sich die Zeit zurück, in der sie ihn keines Blickes würdigte. Dann hält sie ihm die Hand hin. Er schlägt ein.

Ich heiße übrigens Tereza, sagt sie, sobald sie wieder auf der Straße sind.

Nennen dich deine Freunde auch so?

Wir werden keine Freunde.

Habe ich mich nur gefragt. Ist ein bisschen lang, Tereza.

Sie nennen mich Ti.

Ti?

Ich habe dir doch von den Battles erzählt. Beim Voguing. Ich gehe ja nicht zu sowas, aber wenn, bräuchte ich einen Namen. Eine Freundin von mir meinte, das wäre dann wohl Mad-T.

Verrückt. Ja. Das bist du wohl.

Wahrscheinlich. Sie lächelt, zugleich ratlos und unangreifbar, und dreht die Anlage wieder auf: Das, was ich dir da vorhin erzählt habe – der Grund, warum ich dich mitgenommen habe –, habe ich mir eigentlich erst eben, beim Fahren, überlegt. Ich musste es mir ja auch selber erklären. Aber die Wahrheit ist einfach, dass mein Bauch wieder warm wurde, als du da in dem Imbiss aufgetaucht bist. Kalt, als ich rausging. Und wieder warm, als du aus dem Laden kamst.

Andere Leute, lacht er, nennen das Sichverlieben.

Andere Leute, antwortet sie spöttisch, kriegen halt ihre Gefühle nicht sortiert.

Er überlegt kurz, dann kann er nicht umhin zu fragen: Dann stimmt diese Sache mit *Thelma & Louise* auch nicht?

Oh doch, die schon. Die Stimme von diesem Bullen war sofort da, ich wusste im ersten Moment nicht einmal genau, in welchem Zusammenhang ich sie gehört hatte.

Du weißt aber, unterbricht er sie, wie der Film endet.

Da ist es an ihr, zu lachen: Keine Sorge, auf die Ehre, neben dir zu sterben, verzichte ich. Ein bisschen Kamikaze bin ich schon, aber nicht morbid wie du.

Wie ich?

Genau.

Wie kommst du darauf?

Pffft!, macht sie nur, und dreht die Musik lauter.

***

»René? René, hörst du mich?«

Natürlich hört er sie. Er blickt sie ja auch an, merkt sie das nich? Schon lange. Ganz lange schon. Im ersten Moment hat es geschmerzt, sie zu sehen – nein: überhaupt zu sehen, überhaupt wieder Dinge … ausmachen zu können. Er war sich nicht sicher, warum. Vor Schmerz hat er lange geweint, während sie auf ihn einredete, und dann war es eine ganze Weile dunkel. Jetzt ist der Schmerz nicht mehr da. Was stattdessen, könnte er nicht sagen.

Die alte Frau – seine Mutter, natürlich – wendet sich zur Tür dieses seltsam weißen Zimmers, durch das nun ein bärtiger Mann in ebenfalls weißem Kittel tritt.

Ein Krankenhaus also. Warum ist er in einem Krankenhaus?

»Hallo, junger Mann«, sagt der Bärtige. »Da haben Sie uns aber einen schönen Schrecken eingejagt.«

»Ja?«, erwidert René (der jetzt wieder weiß, wer mit dieser Anrede gemeint war), und lächelt überrascht.

»Wissen Sie nicht«, fragt der Arzt, »warum Sie hier sind?«

»Ehrlich gesagt, nein«, sagt René und wirft der Mutter, die sich ein Taschentuch vor den sorgenverzerrten Mund hält, einen hoffentlich aufmunternden Blick zu.

»Sie sind gestern ertrunken, mein Freund«, dröhnt der Weißkittel. Auf Renés ungläubiges Lachen schmunzelt auch er: »Ja, das klingt komisch, da sie nun so gesund und munter bei uns sind. Aber Sie sind in den Fluss gefallen, und für ein paar Stunden zeigte Ihr EEG ein Koma an. Wir mussten Sie sogar beatmen.«

René greift sich an den Hals. Der ist wund und er meint sich an das Gefühl zu erinnern, dass etwas aus ihm herausgezogen wurde, an Stiche und Geruckel. Gut, dass das jetzt vorbei ist.

»Du kannst doch so gut schwimmen«, meldet sich Ma. »Wie konnte denn das passieren? Haben dich deine Freunde zu irgendwas gezwungen? Habt ihr wieder eine von euren dummen Mutproben gemacht?«

»Mutproben?« Kurz versteht er nicht. Aber dann tauchen Gesichter in seinem Kopf auf: Josh, Max, Mia – und Ben. Alle Unbeschwertheit scheint durch ihn hindurch bis in die Matratze zu sinken und dort zu gerinnen. »Wer hat mich rausgeholt?«, fragt er.

»Aus dem Wasser?«, hakt die Mutter nach. »Deine Kumpels, nehme ich an. So viel Verstand hatten sie immerhin noch.«

»Hätten sie's mal gelassen.«

»René! Natürlich sind in letzter Zeit schlimme Dinge passiert, aber …«

»Ich muss zur Polizei«, unterbricht er sie.

Mutter und Arzt sehen einander verständnislos an.

»Zur Polizei?«, fragt der Arzt.

»Ja, zur Polizei. Ich muss da hin. Jetzt.«

Er schlägt die Decke zurück, schwingt die Beine aus dem Bett und ist sehr überrascht, als die Bewegung einfach ohne ihn weiterläuft, alles außer ihm zu ergreifen scheint und er in eine Art Trichter stürzt, dessen Ränder ein Karussell aus Möbeln, Fenstern und den Gesichtern der Mutter und des Arztes bilden. Er wird unter den Armen gepackt, gesetzt, hingelegt und wieder zugedeckt.

»Sie sind noch nicht ganz wiederhergestellt«, hört er die Stimme des Arztes. »Wir möchten Sie jetzt sehr ungern gehen lassen. Aber wenn Sie der Polizei etwas Wichtiges zu sagen haben, kann sicher jemand herkommen und Ihre Aussage aufnehmen.«

»Weißt du wieder, wer dir das angetan hat, Süßer?«

René blickt ohne Regung in die von der Sonnenbank mumifizierten Züge mit den wässrigen Augen.

»Mir hat keiner was angetan. Es ist wegen Ben.«

»Oh.« Ihre Finger verdrehen das Taschentuch, die Qualität der Furcht in ihr scheint sich zu verändern: »Bist du sicher, dass du zuerst mit der Polizei darüber sprechen willst, und nicht, sagen wir … mit einem Spezialisten?«

»Da bin ich ganz sicher, Ma.«

So sicher wie noch nie.

✳✳✳

Da sind sie nun also: Am Meer. Tereza hat sich zu diesem kleinen Schlenker überreden lassen, nachdem der Lehrer – David – beim Überqueren der Brücke zur Insel fast aus dem Beifahrersitz gesprungen wäre: Lass uns anhalten, nur kurz, in irgendeiner einsamen Bucht, kennst du keine?

Doch, natürlich. Ich komme seit meinem vierten Lebensjahr hierher.

Dann lass uns in einer halten, so ganz normal, wie alle Leute, die ans Meer fahren.

Wollen wir nicht erst mal ankommen, und dann …

Zu viel Hin- und Hergehen wäre nicht gut. Komm schon, Tereza, nur kurz. Wer weiß, wann ich das nächste Mal wieder etwas Normales machen kann.

Sie hat geschmunzelt und ist nach kurzer Zeit in eine versteckte Seitenstraße eingebogen: Schau mal, hat sie gesagt. Ich habe einfach gemacht, worum du mich gebeten hast. Ganz ohne Drohung.

Ja, hat er geantwortet und dabei aus dem Fenster geblickt. Nur leider hätte es vor drei Tagen nicht funktioniert, wenn ich gesagt hätte: Ach, kommen Sie doch bitte mal mit.

Nein. Vor drei Tagen wahrscheinlich nicht.

Aber jetzt sind sie hier, und die orangenen Scherben auf den Wellen zerstechen ihr fast die Augen. Jeder für sich ist ein paar Runden geschwommen, nicht die Familie beachtend, die in vielleicht zwanzig Metern Entfernung viel zu sehr mit ihrem Picknick beschäftigt ist, als dass man sich um sie Sorgen machen müsste. Zum Ausziehen (Bade- oder Unterwäsche, interessiert das wirklich noch jemanden?) haben sie sich kurz voneinander abgewandt, und wenn sie nicht schwammen, ein wenig gelesen – ja, es war eine gute Idee, herzukommen. Der Mann wirkt ruhiger, als sie ihn je gesehen hat. Vielleicht entspannt er sich. Vielleicht erinnert er sich bald. Ob das so gut für sie wäre, weiß sie nicht. Je nachdem, wie er auf die Erinnerung reagiert – von einem derart Nervösen ist alles zu erwarten. Aber Angst, nein, Angst hat sie nicht. Braucht sie ja auch nicht zu haben.

Er schläft nun schon eine geraume Zeit, den Kopf auf der Ledertasche, die sie ihm vorhin zurückgegeben hat. Er hat einen Blick hineingeworfen, kurz genickt – wohl, um sich selbst noch einmal die Abwesenheit der Pistole zu bestätigen – und seine Klamotten aus der Plastiktüte hineingepackt. Im Kofferraum von Jarons Auto hat sie ein paar stabile Kunststofftaschen gesehen. Eine von denen kann sie ihm sicher mitgeben.

Verrückt, denkt sie, wie ich schon für ihn mitdenke. In der Irritation darüber etwas heftiger als beabsichtigt, stößt sie ihn an: Lass uns mal gehen. Ich möchte endlich ankommen.

Er öffnet die Augen, starrt einen Moment lang den bereits ernsthaft errötenden Himmel an; dann nickt er und erhebt sich. Bis sie durch den

Sand zum Wagen zurück gestapft sind, bilden sich schon wieder erste Schweißflecken auf ihren T-Shirts.

Jetzt dürfte es keine Viertelstunde mehr dauern, sagt sie, während sie den Zündschlüssel umdreht: Dann sind wir schon bei Kathi.

Hast du sie mittlerweile erreicht?

Nö.

Also schlafen wir in ihrem Vorgarten?

Nicht nötig: Der Schlüssel liegt unter einer Steinplatte vor dem Haus. Kathi ist der einzige Mensch, der nicht lügt, wenn er sagt: Du bist mir immer willkommen.

Du, lacht er, ja, du! Aber ich?

Sollte sie doch da sein, sage ich eben: Den habe ich mitgebracht, und morgen ist er wieder weg, und alles ist in Ordnung. Dann wird sie dir einen Tee machen und nichts anderes von dir wissen wollen, als was du ihr von selbst erzählst.

Falls sie heute Morgen keine Zeitung gelesen hat.

Kathi liest keine Zeitung. Sie sagt, sie hat so viel Leid in ihrem Leben gesehen, sie muss nicht auch noch über das Elend von Leuten lesen, denen sie nicht mal helfen kann.

Dann ist sie älter als du?

Über fünfzig. Wir haben sie kennengelernt, als mein Bruder sich beim Dünenhüpfen mal ein Bein gebrochen hatte. Sie fand es ein wenig merkwürdig, dass meine Eltern sich dadurch so gar nicht vom Sonnenbaden und Kutschefahren abbringen ließen. Mich haben sie immer wieder gern bei ihm im Krankenhaus gelassen, weil ich noch nicht so gut schwimmen konnte. Sie meinten, das sei sicherer für mich, und dann müsste der arme Kerl sich nicht so langweilen.

David schüttelt mit ungläubigem Lächeln den Kopf.

Kathi ist immer mal wieder reingekommen, fährt Tereza fort. Damals arbeitete sie noch als Krankenschwester. Sie hat uns Bücher mitgebracht und Süßigkeiten und so. Wenn wir später in den Ferien da waren, bin ich oft zu ihr rüber. Das ist bis vor ein paar Jahren so geblieben; solange ich mit mit meinen Eltern in Urlaub gefahren bin.

Vereinzelte Sterne blinken jetzt auf. Wie immer am ersten Abend in den Dünen denkt Tereza, dass so viel Weite eigentlich kaum auszuhalten ist. Und der Duft darüber, dieser wunderbar herbe und zugleich weiche Duft, sie weiß wirklich nicht, was die Leute immer in ihre Gegend, in die Berge zieht.

Zur Abwechslung hat sie einen Lokalsender eingeschaltet, der sich aus irgendeinem Grund auf Countrymusic spezialisiert hat. David und sie lachen ab und zu und schwingen in dem immer gleichen Rhythmus mit. Aber irgendetwas passt, zwischen dieser Musik und der Abendstimmung und ihrem Fahren, diesem Beisammensein zweier Menschen, die nie beisammen sein wollten und denen doch nichts anderes übrig bleibt. Stimmt, denkt sie und lässt die Finger auf dem Lenkrad spielen. Stimmt schon so, irgendwie.

Zu spät entdeckt sie den Mann.

***

Dieser Ekel, schon wieder. Wie eine Fanfare des einsetzenden Wachseins; der Erinnerung an die Kümmernisse, die sie draußen erwarten. Wenn Carine ehrlich ist, hat er sie seit Tagen nicht verlassen; sie den Unterschied zwischen Wachen und Schlafen bisweilen nur am Grade seiner Intensität festmachen können. Aber ist, was ihre Augenschlitze dort hinter den Vorhängen ahnen, denn mehr als der Schimmer eines Morgengrauens?

Während sie sich noch zu orientieren versucht, zuckt sie zusammen unter dem, als was sich ihr verfrühter Wecker herausstellt: Hakans Diensttelefon. Wie sie es hasst. Wie sie weiß, dass es ihr nur schlechte Nachrichten bringen kann. Dennoch stößt sie den Schlafenden aus gewohnter Solidarität an: Wach auf. Wach auf, Liebling!

Sein grobknochiger Arm fegt einige Unterlagen von seinem Nachttisch, bevor er das zeternde Gerät findet. Ja?, grummelt er. Dann ergreift die typische Elastizität von ihm Besitz. Noch im Telefonieren schnellt er aus dem Bett fast übergangslos in seine Kleider.

Sie hat sich mit dem Rücken an die Wand gelehnt und ihre Nachttischlampe eingeschaltet; zur Hölle mit den Mücken. Das Bettuch presst sie fest gegen die Brust. Sie wird heute keinen Schlaf mehr finden.

Was ist es?, fragt sie und lässt keinen Zweifel daran, dass sie weiß, wie sehr sie dieses Gespräch etwas angeht; dass sie ihn vor allem nicht gehen lassen wird, ohne die Wahrheit von ihm gehört zu haben. Er begreift das mit einem Blick, setzt sich noch einmal zu ihr und nimmt ihre Hand: Du darfst dich jetzt nicht aufregen, Carine. Es ist noch nichts sicher. Aber das Auto, in dem David und dieses Mädchen zuletzt gesehen wurden, ist vor der Küste zwischen den Klippen gefunden worden; völlig zerstört.

Um den Druck auszugleichen, mit dem sie im Begriff ist, ihm die Fingerknochen zu brechen, presst er seine Stirn gegen ihre: Aber sie hat man noch nicht gefunden, verstehst du? Sie waren nicht im Wrack.

Er schafft es nicht. Er kann ihr keine Sicherheit mehr geben seit Tagen.

Wo willst du hin, fragt sie bang, was willst du jetzt im Präsidium, die Kollegen ermitteln doch vor Ort!

Sie werden jedes Mal anrufen, wenn es etwas Neues gibt. Du musst schlafen.

Das kann ich doch sowieso nicht mehr!

In zwei Stunden hätte ich ohnehin aus dem Haus gemusst. Und ich will nicht, dass Jakob die … Sucherei mitbekommt.

Mit einem Kuss auf ihren Scheitel verabschiedet er sich: Mach dich nicht verrückt, solange man nichts weiß. Ich rufe dich sofort an, wenn wir Gewissheit haben. Sobald ich kann, bin ich wieder bei dir.

Als die Tür ins Schloss fällt, streckt sie sich mit ausgebreiteten Armen aus, starr, die Augen zur Decke gewandt. Und in der Ungewissheit dessen, was sie für jenen Mann, dem sie schon alles an den Hals gewünscht hat, will, verknotet sie die Hände und betet, zum ersten Mal seit Jahrzehnten; fleht, dass man zumindest ihrem Sohn den Vater lassen möge.

***

Da steht einer mitten auf der Straße. Sein Wagen, aus einem Seitenweg herangefahren, blockiert halb die Durchfahrt. Er trägt Uniform und macht unmissverständliche Zeichen. Tereza blinzelt ein paar Mal, wie um einen bösen Traum zu verscheuchen, aber es ist nicht zu ändern: Hier draußen, weit ab von jedem Ballungsgebiet, werden sie in eine Polizeikontrolle geraten. Darüber will ihr alles entgleiten, was eben noch Zuversicht gewährt hat.

Was machen wir?, haucht sie.

Halt an, presst David hervor. Alles andere wäre zu auffällig. Zehn Minuten, hast du gesagt? Dann muss jetzt alles gut gehen, es kann nicht –

Er dreht die Musik leiser und das Gesicht der Beifahrertür zu.

Langsam fährt sie den Wagen an den Straßenrand und kurbelt das Fenster herunter. Ihr ist schon wieder so übel, dass sie sich auf die Innenseiten der Wangen beißen muss, um bei Verstand zu bleiben.

»Guten Abend«, empfängt sie ein Licht mit lauter Stimme. »Wo soll's denn hingehen zu so später Stunde?«

»In den wohl verdienten Urlaub, will ich meinen.« Dazu gelingt ihr sogar ein Lächeln.

»Der ist natürlich jedem zu wünschen. Zeigen Sie mir vorher trotzdem kurz Ihre Papiere? Nur routinehalber.«

»Aber gern.« Über ihr Elend hinweg lässt sie sich von dem Mann neben ihr die Fahrzeugpapiere geben, kramt aus ihrem Geldbeutel den eigenen Führerschein und reicht alles hinaus.

»Jaron Ber – Bar ...«

»Mein Freund«, lächelt Tereza. »Den Wagen hat er mir für ein paar Tage geliehen.«

»Sehr nett. Aber ... Sie sind nicht der Freund?«, fragt der Uniformierte und leuchtet in Davids Richtung.

Dieser schafft es, sich in einer einzigen, gleitenden Bewegung, die ein Erkennen unmöglich machen dürfte, kurz in den Lichtkegel hinein- und wieder aus ihm herauszudrehen und ein Winken anzudeuten: »Bis auf Weiteres nicht.«

»Na schön«, lächelt der Beamte, widmet sich wieder den Blättern in seiner Hand und fragt dann: »Wenn Sie noch eine Minute Zeit hätten: Ich muss kurz etwas überprüfen. Nichts, worum Sie sich Sorgen machen müssten, aber so nahe der Grenze schauen wir uns gerne jedes Auto zweimal an.«

Sie schluckt und nickt eifrig, während der Polizist sich abwendet und zu seinem Wagen geht. Neben sich hört sie es klicken.

Falsch. Es ist falsch. Aber er muss jetzt. Er kann nicht nichts tun, er kann nicht zulassen Wenn der Bulle Bescheid weiß, muss er sowieso. Und wenn nicht, könnte David von einem Moment auf den anderen die Kontrolle entgleiten. Das muss er verhindern. Mehr weiß er nicht.

Dreh dich nicht um, zischt er. Schau mich nicht an. Tu so, als sei alles in Ordnung.

Du wirst – du wirst doch jetzt nicht …

Doch da hört sie schon auf seiner Seite die Tür gehen. Er wird doch um alles in der Welt –

»So, da haben Sie Ihre Unterlagen wieder«, beugt sich freundlich der Beamte herein. »Wenn ich nur noch kurz fragen dürfte …«

Seine Pupillen verschwinden plötzlich, sein Kiefer klappt herunter und er mit dem Oberkörper durchs Fenster.

Hilf mir!, ruft es von draußen.

Du bist verrückt, schreit sie, was machst du denn, was machst du?!

Schrei nicht! Wenn er jetzt aufwacht, kann ich für nichts garantieren!

Der Polizistenkörper landet auf der Kühlerhaube. Unfähig zu begreifen, sieht Tereza den Lehrer dem freundlichen Mann dessen eigene Handschellen anlegen.

Jetzt muss er dort hinein, sagt David und weist mit dem Kopf auf den Streifenwagen. Nimm seine Füße.

Als sie ihn nur hasserfüllt anstarrt, fügt er hinzu: Bitte.

Sie schüttelt den Kopf. Eine Weile versuchen sie, einander zu hypnotisieren; dann schnellt plötzlich Terezas rechte Hand vor, trotz allem zu langsam, denn noch bevor sie den Zündschlüssel drehen könnte, hat David schon an der Seite des Polizisten hinuntergegriffen und wirklich: gleich dessen Waffe. Richtet sie auf den Hinterkopf des Mannes vor sich.

Das machst du nicht, sagt sie tonlos.

Nein, denkt er. Das mache ich nicht. Solange du glaubst, dass ich es mache.

Aber sie kann sehen, was da in alle Richtungen durch seinen Körper zuckt, fühlen, wie ihm die Kontrolle immer mehr entgleitet, während er, wohl um nicht zu brüllen, flüstert: Ich bin fast am Ziel, Tereza. Ich werde jetzt nicht an einer banalen Straßenkontrolle scheitern. Alles, alles – nur das nicht. Jetzt nimm seine Füße und hilf mir. Wie du es mir versprochen hast.

Sie spart sich die Klarstellung, dass sie ihm etwas Derartiges nie versprochen hat. Stattdessen steigt sie aus, wuchtet mit dem Revolverhelden zusammen den anderen Mann auf die Rückbank des Polizeiautos. David leuchtet mit der Taschenlampe den Weg aus, in dem dieses halb versteckt steht.

Können wir den nehmen?

Sie hält mit Gewalt ihre Stimme ruhig: Es ist ungefähr die Richtung. Irgendwann hätten wir sowieso querfeldein gemusst.

Gut. Er ist außer Atem, nimmt sie gewohnheitsmäßig am Arm und geht mit ihr zum Opel zurück. Sie will sich losreißen und ihn anschreien, lässt es aber.

Sie klauben alle ihre Besitztümer auf und verfrachten sie in das Polizeiauto.

Jetzt müssen wir den Wagen verschwinden lassen, stellt der Lehrer fest. Den von deinem Freund, meine ich.

Ach ja?, ätzt sie. Wie denn? Wohin?

Er weist mit dem Kinn auf etwas links von der Straße, ein Detail in der Landschaft, das sie erst beim genaueren Hinsehen erkennt: Die Verwerfungen im Gelände sehen dort aus wie die Einfahrt in eine Tiefgarage, enden aber in dichtem Gestrüpp. Darunter dürfte selbst der ausladende Opel, zumindest für das nachlässige Auge, nur schwer zu erkennen sein. Sie nimmt David die Taschenlampe des Polizisten ab, stapft ein Stück weit in die Sträucher hinein und wieder heraus: Gleich dahinter geht es steil runter. Wenn Jarons Auto im Meer landet, wer entschädigt ihn dafür? Du vielleicht?

Ich kann auch einfach damit über die Grenze fahren. Und inzwischen überlegst du dir, wie du unserem neuen Freund da drüben klar machst, dass nicht du ihn niedergeschlagen und auch niemandem geholfen hast, der das getan haben könnte.

Sollte sie jemals geglaubt haben, irgendwie doch auf seiner Seite zu sein – spätestens jetzt ist sie davon kuriert.

Du durchgeknalltes Arschloch, knurrt sie, steigt aber in Jarons Wagen und fährt ihn, so vorsichtig, wie sie noch nie etwas in ihrem Leben getan hat, in das Gestrüpp hinein. Sicher könnte sie sich aus dem Staub machen – aber wer weiß, wie gut der Irre hinter ihr tatsächlich schießt? Sie könnte wieder einmal heulen vor Wut darüber, dass sie ihn tatsächlich für unschuldig, oder zumindest für das Opfer irgendwelcher unglücklicher Umstände, gehalten hat. Solange sie mit ihm allein war, kam er ihr immer nur verloren und unberechenbar vor. Wovor sie sich fürchtete, war im Grunde dasselbe wie das, wovor er sich selbst fürchtete. Doch gerade eben hat er sich so verhalten, wie sie es von einem Kriminellen erwarten würde.

Zitternd vor Abscheu bringt sie schließlich den Opel zum Halten und stellt die Handbremse so fest, dass es gefährlich im Getriebe knackt. Dann geht sie zurück und setzt sich auf den Beifahrersitz des Polizeiwagens.

Dort entlang? Er weist in die Richtung. Sie nickt gleichgültig, doch er lässt den Motor nicht an. Widerwillig dreht sie sich schließlich nach ihm um, um zu sehen, was los ist.

Er sitzt da, die Hände am Lenkrad, und krallt sich daran fest. Als er ihren Blick bemerkt, murmelt er: Fällt dir nichts auf?

Was?

Hast du schon mal einen Polizisten allein auf Streife gesehen?

Ihre Lider flattern, wie auch alles andere, doch für echten Schrecken bleibt keine Kraft: Fahr einfach den Weg da rein.

Bist du sicher, dass du es so findest?

Ja. In dieser Gegend alles.

Dem unendlichen Tosen und Rollen jenseits der Felsen den Rücken kehrend, holpern sie von der Uferstraße ab auf die Abkürzung, die sie zurück in die überwunden geglaubte Todesangst bringt. Angestrengt lauscht sie immer wieder nach hinten, ob nicht die vielen Erschütterungen den Gefangenen wecken oder von der Rückbank werfen, doch sie hört nur seinen pfeifenden Atem und den unsteten Schlag ihres eigenen Herzens. Mit dem Kopf weist sie die Richtung, dann mit der Hand, es ist einfacher als Sprechen. Sie wüsste im Moment kein Wort an den Typen neben ihr zu richten.

Da vorne geht's nicht weiter, flucht er endlich, da ist Sand! Alles war umsonst, wenn sie ab hier gemütlich den Reifenspuren folgen können.

Sie schließt kurz die Augen, ermüdet von seinen ständigen Ausbrüchen. Die Sandschicht ist hier nur dünn, sagt sie, der Wind wird die Spuren verwehen. Den Wagen parken wir in Kathis Garage. Ich bin sicher, ihrer ist nicht da. Halte dich rechts, immer rechts, dann kann nichts passieren.

Sie lauscht genau auf das Geräusch, das die Räder machen; versucht zu ermessen, wie weit sie einsinken; wie gefährlich der Weg ihnen werden könnte.

Wer weiß, denkt sie, morgen früh ist vielleicht alles schon vorbei. Dann wird es keinen Unterschied mehr machen, ob und wo man Jarons Auto oder das des Polizisten oder sonst irgendetwas findet.

Dann, endlich, erheben sich eine spitze und mehrere runde Einheiten stark verdichteter Dunkelheit vor ihnen. Die Scheinwerfer erleuchten den Weg, auf dem sie sich Kathis Haus genähert hätten, wären sie die offizielle Route gefahren.

Neben sich hört sie den Lehrer erleichtert ausatmen, und auch sie fühlt sich ein klein bisschen weniger grässlich.

Sie lotst ihn um das Haus herum, lässt ihn halten, steigt aus und findet ohne Weiteres die Bodenplatte mit dem Schlüssel darunter. Eingangstür, Flur, Küche durchquert sie, öffnet die Hintertür und dann von innen das Garagentor: So problemlos, wie sie es ihm versprochen hatte, kann David den Streifenwagen hereinfahren.

Dann schaltet sie die Deckenlampe ein. Der Lehrer steigt ebenfalls aus. Die Beamtenwaffe ragt aus seiner rechten Hosentasche. Die Tasche, die er ihr anreicht, hängt sie sich schweigend über die Schulter, während er seinen eigenen Kram aus dem Auto holt – sie nicht aus den Augen lassend. So wie die ganzen letzten Tage.

Was machen wir mit ihm?, fragt sie schließlich mit einer Kopfbewegung in Richtung der Rückbank des Polizeiautos. Der Revolverheld sieht sich in der Garage um und entdeckt die vielen um Haken gewickelten Seile und Taue. Davon nimmt er eins und gibt es ihr: Du musst ihm die Füße zusammenbinden.

Sie steht eine Weile da, das Seil in den Händen, den Blick zur Seite gerichtet, und sagt ihm, wie sehr sie ihn hasst.

Ja, sagt er. Das ist verständlich. Und auch nichts Neues für mich. Da, ich habe schon das eine Wagenfenster einen Spaltbreit offengelassen, wenn dich das tröstet. Jetzt bring das hinter uns und lass uns endlich reingehen.

Sie tut, was sie kann, um den Polizisten in eine Position zu bringen, in der es sich eine Nacht lang aushalten lässt. Dann fesselt sie seine Fußgelenke, wobei der Lehrer ihr genauestens auf die Finger schaut, prüft noch einmal die Atmung des Beamten und richtet sich endlich mit schmerzenden Muskeln auf.

Da hört sie ein Brummen von der Straße her.

Verdammt, zischt der Irre, jetzt sehen sie uns! Hast du das Garagentor deswegen offengelassen?!

Dort draußen fährt etwas vorbei, langsam, wie suchend. Keine Panik, flüstert sie, wenngleich sie hier sowieso niemand hören kann. Nichts Hastiges machen jetzt.

In möglichst normaler Geschwindigkeit bewegt sie sich auf das Garagentor zu, zieht an dem Seil, das von seiner Innenseite herabbaumelt (schon immer hat sie Kathi für deren altmodische Art geliebt) und schließt es. Dann geht sie wieder am Lehrer vorbei, der den Polizisten in dessen Wagen einschließt, und entriegelt die Tür in den Hausflur.

Nachdem die hinter ihnen zugefallen ist, findet sie lange den Lichtschalter nicht. David, scheint es, hat aufgehört zu atmen, so nah zugleich seiner Freiheit und denen, die sie ihm nehmen könnten. Was – machst du?, fragt Tereza und fühlt den Boden unter sich schwanken, als keine Antwort kommt.

Ein Rascheln, gefolgt von einem schweren Aufprall, lässt sie zusammenzucken.

Ich bin hier, kommt endlich ein Raunen aus der zaghaft aufleuchtenden Flamme eines Feuerzeugs. In der kurzen Helligkeit begreift sie, was sie eben erschreckt hat: Er hat sich seiner Tasche entledigt, steht vor Tereza und schaut sie an.

Ja, sagt sie, wir sind hier.

Die Flamme erlischt, die Stimme fährt fort: Du hast mich hergebracht.

Hast du die Taschenlampe nicht mehr?, fragt sie unbehaglich.

Ich denke, erwidert er, es ist besser, kein Licht zu machen, was man von außen sehen könnte.

Dann ist da die Flamme wieder, und er greift an ihr vorbei in eine Nische, in der er eine Kerze entdeckt hat; die zündet er an und hält sie zwischen sie beide.

Auf einmal fühlt sie sich befangen, auf andere Weise als während der letzten Tage, und sagt: Wenn wir wollen – ich meine, wenn du mir so weit vertraust, kann hier sogar jeder von uns sein eigenes Zimmer haben.

Er blickt mit stillem Seufzen zur Decke, dann sagt er: Bevor wir das entscheiden – wollen wir nicht erst einmal die Küche unserer großzügigen Gastgeberin in Augenschein nehmen?

***

Der Raum ist hell, sehr hell. Die Mutter hat auf sein Bitten hin alle Gardinen beiseitegezogen. René ist froh, dass der Status seiner Eltern ihm ein Einzelzimmer sichert, ohne irgendeinen alten Stänkerer, der behauptet, er werde geblendet, es sei zu heiß oder sonst irgendetwas. Ihm würde René antworten wollen: Was hier angeblich blende, komme nicht einmal in die *Nähe* von Licht. Was natürlich nichts brächte.

So jedenfalls kann er seine Augen auf den gleißenden Flächen ausruhen, zu denen die Möbel in der Mittagssonne verschmelzen. All die Farbabstufungen und Konturen, an denen man sich in dieser Welt orientieren muss, strengen ihn wahnsinnig an. Sehen ist nicht mehr sehen wie früher, hören nicht mehr hören und so weiter; sondern die Eindrücke der

Außenwelt tun genau das: drücken sich ihm ein, als sei er ein Klumpen Teig, der mit Gegenständen aller Formen und Größen bearbeitet wird. Töne durchschneiden seinen Gehörgang, dann den Nacken und Rücken, Düfte sprudeln wie Brausetabletten unter seinem Schädeldach; was er sieht, verwandelt seinen Rumpf in ein zitterndes, schwingendes Donnerblech. Er hat keine Ahnung, wie er jemals wieder an dieser Welt teilnehmen soll.

Da, jetzt, wieder: Lärm. Etwas Kullerndes und Polterndes, sehr hart, von links. Neben ihm die Mutter erschauert: »Das ist dann wohl der Herr Kommissar«, sagt sie. »Bist du denn so weit?«

René betrachtet die Tür. Erst, als seine Mutter »Herein!« ruft, begreift er, dass sie auf eine Antwort von ihm gewartet hat. Aber während nun der übergroße Polizist eintritt, diesmal in Begleitung einer jungen Blondine, murmelt René: »Danke, Ma. Wenn du magst, kannst du jetzt nach Hause gehen.«

»Was?«

»Oder draußen warten. Ich weiß nicht, was dir lieber ist. Aber ich muss hier mit diesem Mann reden, und es ist besser, du bist nicht dabei.«

Ihre Augen werden noch runder, als sie es ohnehin von Natur aus sind: »Aber, Junge – wenn nun irgendwas ist …«

»… dann sagen wir Ihnen sofort Bescheid«, dröhnt der übergroße Polizist. Kurz ist René, als werde er von dieser Stimme ein paar Zentimeter über die Matratze gehoben. Nur ein Wort denkt er: Gut. Und lehnt sich seufzend in sein Kissen zurück.

Seine Mutter blickt ihn immer noch ratlos an.

»Wirklich, Ma«, versichert er, nun ganz freundlich. »So ist es richtig. Danke, dass du die ganze Zeit hier warst. Das war sehr nett.«

Das scheint sie endgültig zu verwirren. Hilfesuchend blickt sie zu dem Kommissar auf. Der raunt ihr etwas zu und hilft ihr mit einer leichten Berührung der Schulter aus der Tür.

Sobald diese geschlossen ist, ziehen er und seine Kollegin sich zwei Stühle heran. Die Frau hat einen Mini-Computer dabei, in den hinein der Riese ihr nun Datum, Uhrzeit und ihrer dreier Namen diktiert.

Dann sieht er herüber. Sehr, sehr aufmerksam. Scheint zu warten.

Aber René weiß nicht, wie anfangen.

»Sie wollten mich sprechen«, stellt der Kommissar fest. René nickt. »Sie wissen etwas über den Mord an Ihrem Freund Benjamin?«

Und plötzlich drückt sich nichts mehr ein. Alles wird sehr flach und still. Nichts weiter zu hören als zwei Stimmen, die raschelnd aus einem Papiermeer auf- und wieder abtauchen.

Ich war da.

An der Schule?

Ja. Ich bin mit Ben nach dem Unterricht dortgeblieben. Er hatte einen … Plan und ich sollte Schmiere stehen.

Was für ein Plan war das, René?

Er wollte unserem Geschichtslehrer Angst einjagen, damit der seine Zeugnisnote ändert.

Warum gerade dem Geschichtslehrer? Benjamin stand in mehr als einem Fach schlecht.

Aber vom Geschilehrer fühlte Ben sich verarscht … betrogen. Entschuldigung.

Schon in Ordnung. Erzählen sie genau so, wie es Ihnen einfällt. Sollte ich etwas nicht verstehen, hake ich nach.

Ja.

Inwiefern fühlte Benjamin sich von Ihrem Geschichtslehrer betrogen?

Letztes Halbjahr hatte der ihm noch gesagt, er stünde zwar auf der Kippe, aber wenn er sich ein bisschen anstrengt, könnte er die Vier noch schaffen. Jetzt hatte er ihm doch wieder eine Fünf gegeben, obwohl Ben genau zwischen Vier und Fünf stand. Es stimmte, ich habe es mit ihm nachgerechnet.

Und wie hätte, Benjamins Meinung nach, ein Lehrer eine Zeugnisnote ändern können, die schon schwarz auf weiß in mehrfacher Ausfertigung verschiedenen Leuten vorlag?

Der Lehrer sollte den Direx anrufen und sagen, er habe einen Fehler gemacht.

Interessanter Plan. Wie sollte der umgesetzt werden?

Ben wollte Hyde mit einer Waffe bedrohen …

Hyde?

So haben wir den Lehrer genannt. Weil er manchmal ganz plötzlich seine Meinung ändert und echt hinterhältig sein kann.

Mhm. Also mit einer Waffe sollte *Hyde* unter Druck gesetzt werden. Wie wollte Ben an eine solche herankommen?

Ich dachte eigentlich, er besorgt sich selbst eine. Er hatte entsprechende Kontakte. Aber dann sagte er: Nehmen wir doch lieber eine von deinem Vater. Wenn's schiefgeht, will ich nicht gleich in' Knast wegen der Lappalie.

Das verstehe ich nicht. Warum sollte es weniger schlimm werden, wenn mit einer Waffe Ihres Vaters etwas schiefginge?

Es sind ja nur Sportpistolen. Mit denen kann man niemanden ernsthaft verletzen ...

Etwas schnarrt durch den Papiervorhang, es kommt von der Polizistin: Sie hat sich schon wieder gefangen, bis René zu ihr hinübersieht, aber das spöttische kleine Grunzen eben muss sie von sich gegeben haben. Leise beendet René seinen Satz: ... dachten wir.

Der Polizist sieht halb streng, halb belustigt zu seiner Kollegin hinüber und murmelt: Ein weitverbreiteter Irrtum.

Ja, sagt René. Das ... haben wir dann auch gemerkt.

Ihr Vater verwahrt seine Waffen in einem äußerst hochwertigen Sicherheitsschrank. Wie sind Sie an den Code gekommen?

Gar nicht. Es gibt einen Notschlüssel. Ich ... René zieht zögernd die Luft ein: Ich habe mal durch Zufall beobachtet, wie mein Vater ihn versteckte. Unter dem Dach im Geräteschuppen, im Garten – da gibt es einen kleinen Hohlraum.

Wie haben Sie denn das mitbekommen?

Ich hatte mich dort versteckt, um ... Einen schrägen Blick wirft er dem Mann zu, aber trotz oder vielleicht gerade wegen dessen Ernsthaftigkeit erscheint es plötzlich lächerlich, hier Scham vorzuschützen: um nicht beim Kiffen erwischt zu werden. Und da habe ich gesehen, wie mein Vater den Schlüssel dort versteckte.

Und Benjamin wusste, wie man eine solche Waffe bedient?

Ja, er … kannte Leute. Den meisten bin ich nie begegnet, nur ab und zu in einer Kneipe mal kurz. Ben, glaube ich, wollte mich da ein bisschen raushalten. Wir haben ein paarmal gestritten deswegen.

Sie fühlten sich nicht ernst genommen.

Etwas Bitteres breitet sich auf Renés Zunge aus: »Es hat mich genervt, dass er immer so wichtig und geheimnisvoll getan hat. Als wäre ich zu blöd, Sachen für mich zu behalten. Oder als hätte ich Angst im Dunkeln.«

Letztlich wird er Ihnen damit einen Gefallen getan haben.

René blickt mit angespannten Kaumuskeln zum Fenster.

»Ich war immer nur gut, um was von A nach B zu bringen. Aber auspacken und verteilen durfte nur er. Ein paarmal wäre ich fast erwischt worden. Da hat er nur mit den Schultern gezuckt.«

Trotzdem haben Sie nicht gezögert, die Waffe Ihres Vaters zu entwenden. Für jemanden, der Sie schon mehrmals in Schwierigkeiten gebracht hatte. War Ihnen nicht klar, was es bedeuten würde, wenn Sie erwischt werden?

Ben war … Ben war …

Etwas öffnet sich in René, eine dunkle, eisige Grube, zitternd an den Rändern vor Traurigkeit, und er begreift: Das war nicht Bens Coolness, die immer jeden Widerspruch in ihm erstickt hat. Das war nicht Bens Unerschrockenheit und Einfallsreichtum.

Das war Mitleid.

Er hatte Mitleid mit diesem großen, starken Typen, der den Lehrern die Stirn bot und mit den Unterstuflern spielte wie eine Katze mit Mäuschen, bis sie quiekten. Mitleid, seit er das erste Mal in der Wohnung gewesen war, die Ben sich mit seiner Mutter teilte, und in der alles zu klein aussah für ihn. Und seit er das nervöse Zittern in der Stimme dieser für ihr Alter recht sexy, aber immer leicht überdreht wirkenden Frau mit den jugendlichen Klamotten und den starren Pupillen gehört hatte: Der Ben sucht sich noch ein bisschen, aber der schafft das Gymi, oder? Du schaffst das, Ben.

Klar, Mom, hatte Ben gesagt, René in seinen Schlauch von einem Zimmer geschoben und dort direkt eine Bong vorbereitet.

Riecht die das nicht?, hatte René gefragt.

Bestimmt, hatte Ben geantwortet. Aber sie würde eher sterben, als was dagegen zu sagen. Sie ist doch die coole Mutti, hast du das nicht gesehen?

Nein, das hatte René nicht gesehen. Aber den Ausdruck, mit dem Ben schließlich den Dampf einzog. Und der hatte nichts mit Genuss zu tun. Aber alles mit Verzweiflung.

Von diesem Augenblick an hatte Ben ihm leidgetan. Und das hatte ihn fertiggemacht. Ein einziger cooler Typ in dem ganzen beschissenen Vorort, und René musste Mitleid mit ihm haben. Nur einmal hatte er Ben angeboten, mit ihm zu lernen, statt dass der immer nur jemanden überredete, ihn abschreiben zu lassen. Da war Ben völlig ausgetickt: »Willst du mir erzählen, ich brauche Hilfe oder was? Ich bin behindert? Oder was sollte das eben heißen?«

Bens Stimme, einmal laut, walzte einen nieder, als sei man Gras. Gerade deswegen war es so unerträglich, ihn bedauern zu müssen. Und unmöglich, ihm welchen Gefallen auch immer zu verweigern.

Das habe ich nicht gewusst, ächzt René leise.

Wie bitte?, fragt der Polizist.

Dass Ben eigentlich … dass ich ihn eigentlich gar nicht richtig …

Die Worte reißen ab, er kann zusehen, wie sie direkt vor seinem Mund ausfransen. Das ekelt ihn, er stoppt sie lieber vorher.

Die Polizistin blickt von ihrem Gerät auf. Ihr Kollege wartet. Wartet. Dann kriecht seine Stimme wieder näher, so weich, dass es ist, als entstünde sie in René selbst: Warum sind Sie mit ihm befreundet geblieben?

Kalt. Hart. Alles ist kalt, hart, schon immer gewesen. Tot. Wie soll dieser Erwachsene das verstehen? Er gehört zu jenen, die diese Welt genau so eingerichtet haben. René schüttelt mit bitterem Lächeln den Kopf:

Haben Sie gesehen, wo ich wohne? Diese leeren Straßen, diese SUV-Muttis, die Ladenzeile – dieses sogenannte Jugendzentrum, zwischen den beiden Kirchen, ausgerechnet! Bevor Ben zu uns kam, dachte ich oft, irgendwann muss ich mich selbst liquidieren, sonst bringt mich die Langeweile um. Mit Ben konnte jederzeit alles passieren. Ich hatte endlich das Gefühl, dass ich lebe.

Dafür lebt Ihr Freund jetzt nicht mehr.

Renés Kopf ruckelt ein bisschen.

Der große Mann legt die Ellenbogen auf den Oberschenkeln ab und neigt sich ganz leicht herüber: Wie konnte das passieren, René?

Jetzt. Jetzt muss er. Einmal alles raus und dann Stille. Für immer nur Stille. Ganz leicht, ganz weich schließen sich kurz seine Augen. Dann endlich kommen die Worte, harmlos und klar:

Ich ... weiß nicht, wie es zum ersten Schuss kam. Ich stand nicht direkt vor dem Raum, sondern weiter im Flur, um auch das Treppenhaus im Blick zu haben. Ben ist in das Lehrerzimmer reingegangen. Ich hab gehört, wie er mit Hyde geredet hat. Irgendwann hat er ihn angebrüllt ...

Konnten Sie verstehen, was er sagte?

Ich glaube, es war: »Du Wichser hast mich nur verarscht!«, oderso.

Was passierte dann?

Ich hörte ein Rumpeln und es klang, als würde jemand hinfallen.

Da wollten Sie nachsehen, was passiert ist?

Nein.

Nein?

Nein. Ben hatte gesagt, er schießt eh nicht, aber er gibt Hyde gerne paar aufs Maul, wenn der rumzickt. Solange er mich nicht ruft, laufe alles nach Plan. Also habe ich weiter gewartet.

Bis der erste Schuss fiel?

Bis der erste Schuss fiel. Da wusste ich, etwas ist anders, als es sein sollte.

Und da haben Sie doch mal nachgeschaut?

Etwas hat aufgehört. Das Papiermeer ist zu einer Art Vliesdecke geronnen. Spät erst begreift René, dass es die Tippgeräusche der Polizistin sind, die ihm so fehlen. Seine Handgelenke fühlen sich unangenehm an. Vielleicht liegt es daran, dass die Finger sich unaufhörlich um zwei Klumpen in der Bettdecke schließen und wieder öffnen.

Eine Melodie weht ihn aus der Ferne an, eine sanfte Tonfolge im tieferen Bereich, immer und immer wieder dieselbe. Bis er sie endlich fassen kann, woraufhin sein Herz einen Schlag aussetzt: René, möchten Sie nicht weiter erzählen?

Er räuspert sich. Trotzdem hat, was er dann herausbringt, mehr mit Krächzen als mit Sprechen zu tun: Ich weiß nicht, warum ich das gemacht habe, Herr Kommissar. Ich weiß es wirklich nicht.

***

Wie genau er sich diese Kathi vorgestellt hat, könnte er nicht sagen. Tereza hat immer nur von ihr gesprochen, von keinem Mann oder Freund, von keinem bestimmten Grund, warum sie hier draußen am Ende der Welt lebt. Ein gemütlicheres Haus als das ihre hat er jedenfalls noch nicht gesehen. Jede einzelne Nische ist mit Kissen ausgelegt, Aquarelle sind sorgfältig an den Wänden arrangiert, über dem Herd hängen gusseiserne Pfannen und die Wände sind bedeckt mit Bücherregalen. So kuschelig, denkt David, so hübsch und eng und heimelig braucht es nur, wer sehr viel alleine ist. Letztlich, was geht es ihn an. Er wird eine Nacht hier sein und die Bewohnerin niemals sehen. Bedanken wird er sich nicht und vor allem nicht hören, er sei jederzeit willkommen.

Den kurzen Flur hinunter, so Tereza, soll die kleine Gästetoilette liegen. David hat sich zwei Kerzen aus der Küche mitgenommen: Eine stellt er auf einer kleinen Kommode ab, die andere nimmt er mit in den blauweiß gekachelten Raum. Das Waschbecken ist englisch: Ein Hahn für Kalt, ein Hahn für Heiß. Den für Kalt dreht er ganz auf, legt die Unterarme in die Schüssel und lächelt, als sie ganz von Kühle umsprudelt werden. Köstlich ist das, köstlich und ach, wie hat er sich danach gesehnt: Ruhe und Kühle. Kühle und Ruhe nach diesen hektischen letzten Tagen, nach der Zeugniskonferenz, den ständigen Textnachrichten von dieser einen, durchgeknallten Schülermutter — wenn er bedenkt, dass andere Kollegen das schon ihr ganzes Berufsleben mitmachen … Sein Kopf sinkt gegen die Ablage unter dem Spiegel, die Lider werden ihm in ungeahnter Geschwindigkeit schwer, was kein Wunder ist. Schließlich ist er heiß gewesen, dieser Tag. Der erste wirklich heiße Tag des Jahres. Ein Glück, dass er nun ein Ende hat. Viel länger hätte Davids Geduld nicht gereicht.

Zufrieden tritt er hinter dem letzten Schüler aus dem Klassenraum, die Tasche unter dem Arm, alle Sorgen und Verstimmungen der letzten Zeit mit einem Lächeln abschüttelnd.

Wie friedlich es sein kann auf den endlosen Fluren. Dem Versprechen der bevorstehenden wochenlangen Besinnungslosigkeit gleich hat sich eine Trägheit über das Gebäude gelegt, die auch der Radau des allgemeinen Hinausstürmens nicht verflüchtigen kann. Die Korridore entlang hasten ihm die Kollegen entgegen, an ihm vorbei, winken lächelnd zum Abschied, an einer Ecke begegnet er Paul, der ruft: Also bis nachher!, und im Treppenhaus verschwindet.

An der Lehrerzimmertür bleibt er stehen, als er den Boden feucht glänzen sieht.

»Sie sind schon hier?«, bemerkt er überrascht die Putzfrau, die dort drinnen die Bahnen mit ihrem Schrubber abfährt.

»Natürlich«, schnaubt die. »Ich will auch fertig werden. Kommen Sie schnell rein, dort ist es noch trocken, also wenn Sie was rausholen wollen …«

»Nein, nein, ich warte hier.« Ein Blick auf seine Uhr gestattet ihm das. Jakob weiß, dass sein Vater nach Schulschluss noch ein paar Minuten brauchen wird. Sie sind erst in einer Viertelstunde verabredet.

Er beobachtet, wie das Linoleum der Reinigungskraft hinterher trocknet. Noch vor ein paar Tagen wäre das anders gewesen. Auch deswegen ist es gut, dass er und der Junge als erste gemeinsame Unternehmung seit Langem in die Eisdiele gehen wollen. Bei dem Gedanken runzelt er die Stirn und lässt das Muster am Boden vor sich verschwimmen. Womöglich wird es kein sehr erfreulicher Nachmittag. Jakob scheint in Schwierigkeiten zu stecken. Nur die Aussicht, einmal Bescheid zu bekommen, bevor es fast schon zu spät ist, stimmt ihn zuversichtlich.

»Bleiben Sie noch ein paar Minuten?«, fragt die Putzfrau nach getaner Arbeit. »Dann könnten Sie die Fenster schließen.« Er nickt, sie verlässt grüßend den Raum. Er geht hinüber zu seinem Spind und räumt ihn aus. Jakob weiß Bescheid, dass sein Vater hier noch etwas zu erledigen hat; er wird warten.

Wieder ist er an einem Vorsatz gescheitert: Das Innenleben seines Schränkchens ist auch nicht ordentlicher als sein Kleiderschrank. Er holt den mitgebrachten Müllbeutel aus seiner Ledertasche und wirft hinein, was er sicher nicht mehr brauchen wird. Der Rest findet selbst neben den Ordnern und Büchern noch in der Tasche Platz.

Als hinter ihm die Tür geht, ruft er, ohne sich umzudrehen: »Bin ich doch nicht der Letzte!«

»Wie man's nimmt«, sagt eine Stimme, die er nicht einordnen kann. Ihm scheint aber, sie gehöre nicht in diesen Raum; doch er kann sich auch irren.

Schweißgebadet und mit einem Ziehen im Kreuz richtet er sich endlich auf, greift nach Tasche und Papierkorb und dreht sich um.

Er muss an sich halten, nicht zurückzuprallen, als er am anderen Ende des Raumes jemanden entdeckt, der tatsächlich zu jung und zu teuer gekleidet ist, als dass er hierher gehören würde. Schnell fängt er sich wieder.

»Benjamin«, stellt David fest. »Was machen Sie denn hier?«

»Dasselbe wie Sie«, wirft ihm der lässig an eine Wand gelehnte Blonde zu, gegen den er mehr als einmal seinen Unterricht hat verteidigen müssen. »Vor den Ferien meine Angelegenheiten in Ordnung bringen.«

Sorgfältig, als hätte dies im Moment nun einmal Vorrang, zieht David die Bänder am Müllsack fest.

»Im Lehrerzimmer?«, wundert er sich, wie nebenbei.

»Da Sie nun mal hier sind.«

David mustert den Eindringling, wobei er alle Mimik aus seinem Gesicht abzieht. Seine Schlagfertigkeit ist das, was diesen Jungen für Lehrer so gefährlich macht. Er kann sie lächerlich machen und ihrem Unterricht jede Grundlage entziehen, ohne laut zu werden oder dumme Streiche auszuhecken. Den Vortrag an genau der richtigen Stelle zu unterbrechen, zum unpassendsten Zeitpunkt eine scheinbar kritische Frage zu stellen und auf ihrer Beantwortung zu beharren, ohne dass das irgendjemandem nützen würde – das sind die Mittel, durch die er sich bei allen Kollegen so verhasst gemacht hat. Davids Glück war, dass er der Mutter ab und zu beim Schwimmen begegnet ist. Nette Frau, Freiberuflerin, zutiefst unsicher und von diesem Testosteron strotzenden Kerlchen völlig überfordert.

In wenigen kurzen Gesprächen hatte er den Knackpunkt heraus: Der Junge sollte Abitur machen, unbedingt, obwohl er unfähig ist, sich in den Sozialraum Schule einzufügen. An Intelligenz fehlt es ihm nicht, im Gegenteil; eher an Halt, an einer klaren Richtung. Mit einem robusten Elternhaus hätte das durchaus funktionieren können. Aber mit einer so jungen, völlig auf sich gestellten Mutter, die teilweise am Wochenende arbeitete und noch nicht einmal von sich selbst genau zu wissen schien, wohin ... haben wir eben noch eins von diesen Kindern, dachte sich David seinerzeit, wegen derer alle über Schulstress jammern.

Benjamins Achillesferse ist, dass er den Wunsch seiner Mutter übernommen hat. Es ist der einzige Punkt, in dem sie auf ihn Einfluss nehmen konnte, auch wenn ihm das nicht klar sein dürfte: Später ähnliche existenzielle Kämpfe ausfechten zu müssen wie sie, erfüllt ihn mit einem solchen Grauen, dass auch er davon überzeugt ist, unbedingt durchs Gymnasium kommen zu müssen. Dass er daran die Wahl seiner Mittel anpassen sollte, hat er leider bis heute nicht verstanden. Doch es ist das, was Davids Unterricht immer wieder vor ihm retten konnte. Bemerkungen wie: »Tja, wenn man das Abitur gar nicht schaffen *will*, kann man seine Zeit natürlich mit derart unsachdienlichen Fragen verplempern« muss sich sonst kein Schüler anhören. Benjamin weiß das, und die anderen Schüler wissen es auch. Ebenso, dass David, wie kaum ein anderer Lehrer, es vom Betragen im Unterricht abhängig macht, ob er eine Note letztlich auf- oder abrundet.

»Und?«, fragt er nun gleichmütig. »Womit kann ich Ihnen um diese Zeit noch dienen?«

»Tun Sie doch nicht so.« Auf einen günstig stehenden Tisch hat der Junge ein mehrfach unterzeichnetes Dokument gelegt.

David hebt die Augenbrauen, spart sich die erste Frage, die ihm einfällt, und sagt gleich, ohne sich ein leichtes Lachen verkneifen zu können: »Sie machen Witze, Benjamin.«

»Sind wir hier in Ihrem Unterricht?« Der Schüler lässt seinen schweren Körper halbseitig auf der Tischplatte nieder und starrt sein Gegenüber eisig an. »Sie wissen so gut wie ich, was Ihre Note für mich bedeutet.«

»Und wir beide haben das schon vor Monaten gewusst«, entgegnet David, »als Sie noch nicht beschlossen hatten, meinen Unterricht systematisch zu sabotieren.«

»Kommen Sie mir nicht damit! Meiner Mutter haben Sie im Dezember gesagt, wenn ich mich zusammenreiße, kann ich es noch schaffen. Ich stand immer auf der Kippe, also wenn Sie gewollt hätten …«

»Wenn *Sie* gewollt hätten, Benjamin. Nur Sie. Es tut mir herzlich leid, aber es gab im vergangenen halben Jahr keinen einzigen Moment, in dem Sie hätten durchscheinen lassen, dass Ihnen etwas an der Versetzung liegt. Oder zumindest an einer minimalen Verbesserung Ihrer Leistungen bei mir.«

»Du hast mich verarscht, du Penner!« Noch im Brüllen hat der Junge sich auf ihn geworfen und drückt ihn mit dem Unterarm vor sich her, gegen die Schrankwand. Wo ist der andere Arm?, fragt sich David in einem Aussetzer, bevor er den Druck von etwas Kaltem gegen seine Schläfe spürt und ein Klicken vernimmt.

Das hat er nicht gewusst. Er hat Gerüchte über die Brutalität dieses Schülers gekannt, aber niemanden, der Genaueres darüber hätte sagen können. Als gewalttätig hat er ihn immer nur auf psychologischer Ebene erlebt.

Jetzt hat er seinen Kaugummigeruch im Gesicht und seine vom Hass aufgeraute Stimme im Ohr: Hör gut zu. Ich will niemandem wehtun. Aber noch weniger will ich wie ein geprügelter Hund nach Hause gehen und meiner Alten verklickern, dass es das für mich gewesen ist. Also wirst du jetzt deinen Boss anrufen und ihm sagen, dass dir ein bedauerlicher Fehler unterlaufen ist und er mein Zeugnis noch mal schreiben darf.

David gibt sich eine Sekunde Zeit, bevor er erwidert: Die Noten sind alle im einzelnen besprochen worden. Das Zeugnis befindet sich jetzt schon in Ihrer Akte. Der Bescheid, dass Sie nicht versetzt werden, ist auf dem Weg zu Ihrer Mutter …

Mir egal, wie du das machst, faucht der Blonde. Wenn du nur willst – jetzt willst du doch, oder? Jetzt hast du doch einen guten Grund.

Und der Druck gegen Davids Schläfe wird schmerzhafter.

Das funktioniert nicht, sagt dieser und muss vor Nervosität fast wieder lachen. Das wird –

Eine Druckwelle befördert ihn zu Boden. Rechtzeitig kann er sich an einem Tischbein abfangen und verhindern, dass er mit dem Kopf gegen die metallene Ecke der Spindwand schlägt.

»Das funktioniert!«, schreit Benjamin. »Wenn ich das sage und du aufhörst, hier den Idioten zu markieren, funktioniert das!«

Jetzt erst sieht David, wie sehr sein Gegner schwitzt. Der wischt sich unbeholfen mit einer Schulter die Wange ab und presst hervor: Komm schon, Mann, was kostet es dich denn? Einen Anruf, mehr nicht! Für mich dagegen …

Junge, bringt David so behutsam wie möglich hervor, beruhige dich doch! Von so etwas geht die Welt nicht unter. Leg die Waffe weg, und dann können wir gemeinsam überlegen …

»Überlegen! Wie du mich noch besser in die Pfanne haust? Ich kenne deine Spielchen, Arschloch!«

Nun ist es an David, die Fassung zu verlieren. Sein Körper begehrt ein wenig zu sichtbar auf, sodass er als Nächstes in die Pistolenmündung blickt: Vorsicht, Arschloch, zischt Benjamin, hier bewegt sich keiner, bevor ich es sage, kapiert?

»Papa?« Eine helle Stimme weht zum Fenster herein.

Benjamins Pupillen rollen kurz in seine Augenwinkel: »Ist das dein Bastard, der da draußen rum quakt? Darfst du den überhaupt noch sehen?« Mehr braucht es nicht. In seiner Selbstgefälligkeit hat Benjamin den ausgestreckten Arm ein wenig sinken lassen, sich sogar leicht aufgerichtet – jene Winzigkeit zu weit, die es David erlaubt, mit dem Kopf voran gegen den Bauch seines Gegners zu schnellen und sich in ihn zu verknoten. Er bekommt die Waffenhand zu fassen, keucht: Lass los! Lass einfach los, Mann, sei vernünftig!, und taumelt rückwärts, als ein Knall ihre beiden Körper auseinandersprengt.

Benjamin steht vor ihm, zusammengekrümmt, das Gesicht ein einziges kindliches Staunen. David kann nichts mehr hören. Ein anderer hält dieses Ding da vor ihm, ein anderer lenkt seine Schritte rückwärts davon weg, aber was er auch tut: der Abstand zwischen der Pistole und ihm will sich nicht vergrößern.

Da prescht etwas Buntes von rechts in sein Sichtfeld, und plötzlich ist der Ton auch wieder an: *Scheiße Mann, hast du ihn …*

René. Das ist René, Benjamins Schatten, der da drei Schritte in den Raum hineingerannt und gleich darauf wieder einen zurückgetaumelt ist. Mit offenem Mund starrt er seinen Kumpel an, dann David, dann wieder Benjamin.

Holen Sie Hilfe, formen Davids Lippen. *Schnell, René, wir brauchen einen Krankenwagen.*

Aber er weiß nicht, ob die Botschaft ankommt. Und René bewegt sich nicht. Er steht nun ganz aufrecht, sortiert, könnte man fast sagen, und betrachtet Benjamin mit undurchdringlicher Miene.

Dieser richtet sich nun halb auf und sagt heiser: *Hörst du nicht, was er sagt? Hier wäre ausnahmsweise mal 'n bisschen Mitdenken gefordert.*

Der andere bewegt keinen Muskel. Benjamin lässt ein Schnauben hören und tastet an seinem Hosenbein entlang. Dann fällt seine Hand schlaff herab: *Scheiße … mein Handy … ist in meinem Rucksack … René … Ey, René! Hurensohn, warum hilfst du mir nicht?*

Der Angeredete bleibt kalt, ganz kalt. Für David wird es immer schwieriger zu begreifen, was genau hier gerade passiert. Haben sie nicht einen Notfall? Aber wenn ja, wodurch genau wurde er ausgelöst? Und warum reagiert niemand?

Benjamins Oberkörper scheint mehr an Kraft zu verlieren.

Scheiße, ächzt er. *Scheiße.*

Alle drei schrecken sie zusammen, als es mitten im Raum zu summen beginnt. Endlich senkt sich Davids Arm: Da liegt sein eigenes Telefon. Es muss ihm beim Sturz aus der Tasche gefallen sein. JAKOB leuchtet auf dem kleinen Display. Und auf einmal findet René die Sprache wieder: »Gehen Sie ruhig dran«, sagt er. »Der Kleine wird sich freuen zu hören, dass der Typ, wegen dem er das letzte Jahr über so schlecht geschlafen hat, jetzt auch mal ein bisschen Stress hat.«

David gefriert. Vor seinen Fußspitzen summt das Gerät weiter.

»Du Wichser«, grollt Benjamin. »Hast selber immer am meisten Spaß gehabt, wenn das Gör gequiekt hat. Warst nur zu feige, um dir die Hände schmutzig zu machen.«

Dann hat der Blonde etwas wie einen Hustenanfall und fällt auf alle Viere nieder. Davids Augenlider werden warm, wie im Fieber: Ihr habt, murmelt er und schaut von einem Jungen zum anderen. Ihr habt – Jakob ...

»Yep«, grinst René, »um ganz schön viel Geld erleichtert. Also, was so 'n Fünftklässler halt dabei hat. Und an Extras bekommt – waren mehr Extras als früher, oder, Daddy? Hat er sehr gebettelt? Und hast du dich nicht auch gewundert, als er plötzlich mit kurzen Haaren ankam, wo ihr euch wahrscheinlich die ganze Grundschulzeit ...«

»René«, knurrt Benjamin.

»... gefragt hattet, ob er mal 'ne Transe wird?«

»René, lass es!«

»Könnt euch bei uns bedanken, dass er jetzt wie 'n Junge aussieht. Wir haben ihm an 'nem Meerschweinchen demonstriert, wie gut Haare brennen.«

»Halt's Maul!«

»Das Meerschweinchen war natürlich schon tot. Glaube ich.«

David wischt sich über die Augen. René dagegen scheint von einer seltsamen Frenesie ergriffen; wie, um sich von etwas zu befreien, fährt er fort: »Wobei, am interessantesten fanden wir ja seine Tabletten. Du besonders, oder, Ben? Die haben uns ein paar echt nice Wochenenden beschert. Und was hat der Kleine sich für Tricks ausgedacht, um sie uns nicht geben zu müssen. Hut ab, kann ich da nur sagen.«

Das Ritalin. Carine hat sich immer wieder beschwert, es wirke so unzuverlässig – während David sie dafür gehasst hat, den Jungen überhaupt mit diesem Gift vollzupumpen. Jakob selbst behauptete, es helfe ihm, er könne sich besser konzentrieren. Als wäre es nicht normal, nach der Trennung seiner Eltern ein paar Schwierigkeiten zu haben ...

Aber es sind ja ganz andere Schwierigkeiten gewesen. Viel mehr. Viel schlimmer. Und keiner von ihnen hat es gesehen. Nicht mal der verfickte Psychiater hat es herausbekommen. »Zu so einem gehst du mit ihm?!«, hat David seinerzeit Carine angebrüllt. »Zu einem, der extra einen Button mit *ADHS-Sprechstunde* auf seiner Startseite hat?!«

Aber was hat er mehr getan, als mit seiner Ex herumzuschreien und seinen Sohn immer mal wieder freundlich zu fragen, ob alles in Ordnung sei? Als wüsste er nicht selbst am besten, dass Kinder in Schwierigkeiten auf diese Frage niemals eine ehrliche Antwort geben.

Der Boden schwankt unter ihm. Die Welt wird seltsam pastellfarben, fast durchsichtig. Der Blonde dort drüben scheint es zu bemerken, denn plötzlich ähnelt sein Schütteln mehr einem Lachen als einem Husten. Dann spricht der Kerl, und David hört wieder nichts, bis durch die Dichtung vor seinem Trommelfell die Bruchstücke *Was für 'ne Muschi. Genau wie dein Bastard, so 'ne Muschi. Ein Mal 'n bisschen härter angefasst* dringen. Von dem, was er gehört, hat er kaum etwas verstanden, aber Bilder flackern plötzlich durch den Raum von Hinterhöfen, von Zigarettenstummeln, Knebeln, Schultoiletten und tretenden Füßen.

Die massige Gestalt stemmt sich noch einmal hoch, reißt die Arme über den Kopf und schreit *Buh! Buuuh, hast du Angst, du Lutscher, du kleiner Pisser, hast du Angst?*

Davids Arm schnellt hoch, sein Zeigefinger krampft. Die Gestalt vor ihm zuckt, und er sieht sie um Jahre jünger werden, ein mageres Kerlchen mit geschorenem Kopf, das sich unter Schlägen duckt –

»Ja!«, stößt René hervor. »Mach ihn fertig! Keiner wird ihn vermissen, hörst du, Ben? Keiner wird dich vermissen, keiner, keiner!«

Der kleine Junge schwillt wieder an zu einem Fleischberg, aus dessen Brust etwas Rotes spritzt, während er mit weit ausgebreiteten Armen zu Boden geht. Wieder zuckt Davids Hand, wieder knallt es. René verstummt, Davids Arm sinkt nieder, schwer wie Blei, doch die Finger kann er noch immer nicht öffnen.

Benjamin lacht nicht mehr. Er liegt, ein Bein merkwürdig unter sich angewinkelt, auf dem Rücken, das Gesicht fragend Richtung Tür gewendet.

René, sagt David tonlos, nehmen Sie mein Telefon. Rufen Sie Hilfe. Ich kann es nicht. Bitte. Rufen Sie …

Aber der Blick des Lebenden ist mit dem des Toten wie verschmolzen. Selbst, als er sich wieder in Bewegung setzt, weiter rückwärts taumelt, schließlich rennt, kann er das Gesicht nicht abwenden; stürmt mit völlig verdrehtem Hals aus dem Raum.

Und dann ist er weg. Und David weiß, wenn er der allgemeinen Drehbewegung der ihn umgebenden Wände und Gegenstände Einhalt gebieten will, braucht er Wasser, kaltes Wasser. Und so torkelt er hinüber in den kleinen Waschraum, nimmt die Sonnenbrille vom Kopf – ein Wunder, dass die da immer noch sitzt – warum ein Wunder eigentlich? – und hält diesen unter den Wasserhahn es ist ihm egal, dass das Nass auch seinen Hals hinab läuft, in sein Hemd, er möchte eigentlich am liebsten ganz hinein in dieses kleine Becken, in die Schwärze des Abflusses all das Licht überall ist ihm lästig auf einmal sollte er das Hemd nicht eigentlich ausziehen es ist ihm so eng darin ja ausziehen sollte er es, es wringen und spülen, sich dann nasskalt wieder überziehen ja das wird das Beste sein an einem solchen Tag, dem Tag des letzten großen Kampfes und, als würde auch das zum Programm gehören: dem ersten wirklich heißen Tag des Jahres.

Er schreckt hoch, als ihn etwas an der Schulter trifft. Schlagartig ist es dunkler geworden. Jetzt richtet er sich auf, sieht im Spiegel sein fast bärtiges Gesicht, das doch vor einem Augenblick noch glatt rasiert gewesen ist, und zuckt leicht zusammen vor Scham. Ein Mädchen steht an seiner Seite, die violetten Augen ernst auf ihn gerichtet, und schweigt.

Er atmet mühsam ein und verflucht die Wirklichkeit dafür, ihm so grausame Streiche zu spielen. Denn ist nicht alles so wie damals? Die herzförmige Seife anstelle der Sonnenbrille und die Puppe neben statt ihm gegenüber, das sind nur faule Tricks, fadenscheinige Tarnungen einer Welt, die längst jede Beständigkeit verloren hat.

Er wendet sich um. Das fremde Mädchen legt den Kopf ein wenig schräg und sagt etwas. Warum versteht er seit Kurzem so wenig von dem, was um ihn herum gesprochen wird? Nichts scheint mehr sicher zu sein als diese Gestalt vor ihm, der gelbliche Schimmer auf ihrer Haut, dieser kleine, geschwungene Mund unter Augen, die, falls das möglich ist, im Kerzenlicht noch größer und blanker wirken als bei Tag. Könnte David in diesem Moment denken, er dächte etwas in die Richtung des Wunsches, in diese Augen zu stürzen, mit dieser Haut zu verschmelzen, zu versinken in ihrer Wärme für immer, und er würde sich fragen, warum genau er jetzt zwei Schritte auf sie zu stolpert –

»Hey! Was hast du vor, jetzt?«

Und er schaut in eine Pistolenmündung, wieder – oder war es sonst immer jemand anders, der für ihn in eine

jedenfalls

kann er nicht weiter gehen und das schmerzt, das schmerzt brutaler als alles, was er je erlebt hat. So muss es sein, ohne Narkose den Brustkorb aufgestemmt zu bekommen, ist so etwas schon einmal jemandem passiert ja ihm scheint, von etwas Derartigem habe er gelesen, bei Dürrenmatt oder sonst wem was für eine Welt ist das, in welcher solches möglich ist warum kann sie nicht enden hier warum kann eine solche Welt nicht gleich hier enden in der so Unmögliches möglich ist aber ja, er hat die Bilder gesehen, er hat die Worte gehört und vor sich die Hand, seine Hand war das, aus der es so geknallt und die es so erschüttert hat und deswegen, nur deswegen liegt da jetzt einer und steht nicht mehr auf und jemand anders hat kein Kind mehr kein

Kind

mehr

denn

da war nur eines

eines nur das weiß er weiß er sicher

aber

wie wäre das möglich kann nicht

sein denn dann würde es ja zu ihm, David gehören, und wäre nun bei ihm für immer aber wie sollte er so bei sich selbst wie sollte er dann überhaupt noch SEIN –

Tereza, röchelt er, fällt ihr entgegen, Tereza –

sie muss ihn auffangen, umfangen, muss ihn halten jetzt, muss dieses Schütteln von ihm nehmen das ihn gleich zerreißen wird wohin sonst damit sie hat ihn hergebracht oder nicht? Sie kann ihn jetzt nicht allein lassen damit, sie muss

muss doch

ein Ende machen welches

oh welches Ende nur welches?

dann

ist da ihre Hand. Ihre kleine Hand

in seiner

Oder seine in ihrer. Finger ganz weich ineinander. Ein Knäuel Lebendigkeit, ein einziger einsamer Planet im Universum, so bewohnt wie kaum ein anderer. Wärme, federleicht. Und Kühle gleichzeitig. Und alles, was er sagen wird, ist gut. Und alles danach auch. Stille wird sein, anschließend. Alles, was er sich in den letzten Tagen gewünscht hat. Er musste gar nicht weglaufen, um sie zu bekommen. Sie war die ganze Zeit bei ihm.

***

Auf Kathi ist Verlass: Nudeln finden sich immer in ihrem Haushalt, Süßigkeiten, auch mehrere Sorten Dosenobst und Dosengemüse. Doch den Vorrat an Pesti verschiedenster Zusammensetzungen findet Tereza interessanter. David hat sich mit klammheimlicher Freude eine Konserve Mandarinenschnitze bereitgestellt; Tereza würde so etwas nicht anrühren.

Da sind sie schon wieder: banale Gedanken in einer extremen Situation. Kathis Haus wirkt wie ein Beruhigungsmittel auf alle, die es betreten. So gewöhnlich kommt Tereza alles vor, auch wenn sie nur in solchen Ecken Kerzen aufgestellt haben, in denen sie von außen unsichtbar bleiben.

Mit einer Gabel fischt sie eine Nudel aus dem Wasser und wirft sie gegen die Kacheln über dem Herd; sie bleibt haften.

Die Spaghetti sind so weit, ruft sie, aber von der Gästetoilette her ist nur lautes Rauschen zu vernehmen. Sie stemmt den Topf mithilfe eines Handtuchs hoch und leert ihn in das Sieb, das der Mann in seiner Umsicht schon vorher ins Spülbecken gestellt hat. Einen Teil des Wassers behält sie zurück.

Doch nachdem der Abfluss aufgehört hat zu gurgeln, wird es noch immer nicht still. Davon, dass er duschen wollte, hat David nichts gesagt. Schulterzuckend leert sie ein Glas Pesto in den Rest Nudelwasser, verquirlt beides und schüttet die Pasta dazu. Im Wenden lauscht sie hinaus auf den Flur.

Das Rauschen hat noch immer nicht aufgehört. Sie meint, das würde sie an etwas erinnern, und obwohl ihr nicht gleich einfällt, woran, fühlt sie sich plötzlich beklommen.

Dass sie als Nächstes in ihre Reisetasche greift, erscheint ihr selbst zwar albern; dennoch kann sie danach erst hinaus in den Flur gehen.

Ein gelblicher Schimmer dringt durch einen Spalt in der Toilettentür, die er nicht verschlossen hat; so schnell gewöhnt man sich seine Privatsphäre ab.

Oder?

Vorsichtig zieht sie die Tür auf und sieht ihn mit nacktem Oberkörper am Waschbecken stehen, sein Hemd mit seltsamer Hingabe immer wieder spülen, schrubben, wringen und erneut spülen. Sie, so scheint es, hat er nicht bemerkt. Sie spricht ihn ein paarmal an, ohne dass er reagieren würde. Laut und deutlich fragt sie schließlich, was er da treibe, worauf sie nur ein Murmeln bekommt: Das Hemd war völlig verdreckt, so konnte ich nicht auf die Straße gehen.

Straße? Verdreckt? Sie fröstelt. Wagt es aber dennoch, ihn anzutippen.

Sein Blick, als er sich ihr zuwendet, lässt sie einen Schritt zurückweichen. Dieses Leere, Abgründige, Aufgelöste – es katapultiert sie zurück in jenen Türrahmen, in dem sie sich vor Kurzem erst vom Lauf einer Pistole abgewendet hat, um zitternd mehrere Treppen hinunter zu einem Auto zu nehmen, in das sie gar nicht steigen wollte. Am anderen Ende des Universums muss das gewesen sein, so weit entfernt scheint es ihr, und so viel besser alles hier, als dort.

Denn als der Zombie vor ihr einen Schritt auf sie zu macht, kann nun sie die bewaffnete Hand in seine Richtung ausstrecken und rufen: »He! Was hast du vor, jetzt?«

Kurz ist sie nicht sicher, ob er sie hört. Seine Pupillen zucken hin und her – versteht er, was hier gerade passiert? Was, wenn nicht, wenn er einfach weiterläuft – würde sie wirklich …?

Hat sich so die Angst angefühlt, die ihn die ganzen letzten Tage über umgetrieben hat?

Aber da findet er endlich die Sprache wieder: »Nichts – vergessen. Nur … vergessen … bitte …«

Das ist es. Sie weiß es: In ihrer Magengrube gibt es eine sanfte Explosion. Tereza atmet tief ein und sagt: Noch nicht. Erst erzählen. Das hattest du versprochen, weißt du noch? Ich habe dich hergebracht, wie versprochen. Jetzt erzählst du's mir. Wie versprochen.

Er schwankt leicht: Aber wenn ich das erzähle … muss ich es gewesen sein. Nur, wer das getan hat, kann … Und ich kann das nicht gewesen sein. Ich kann nicht, Ti.

Was?

Ich kann nicht … diesen Jungen erschossen haben.

Ruhig bleiben, denkt sie. Ganz ruhig. Alle Festigkeit, alle Sanftheit zugleich in ihre Stimme: Vielleicht war es jemand anders?

Da zucken leicht seine Augenbrauen, ein Begreifen erhellt sein Gesicht: Aber die Waffe … war nicht meine. Und ich hatte sie dennoch in der Hand. Warum?

Weil er dich angegriffen hat, sagt sie. Weil du dich verteidigen wolltest.

Sie ist selbst überrascht von dem Grauen, das sie auf sein nun einsetzendes, nur halb willkürliches Kopfschütteln hin ergreift. Plötzlich will sie zurück, will selbst nicht hören, was er bisher doch auch gut für sich behalten hat.

Du wolltest das nicht, improvisiert sie noch einmal.

Aber da sackt er in den Knien ein; sie, nein: ihr ausgestreckter Arm, und kurz danach der Rest von ihr, folgt seiner Bewegung automatisch; der Mann macht einen halbherzigen Versuch, sich am Türrahmen festzuhalten, gibt es dann aber auf: So knien sie auf dem Dielenboden, einander gegenüber. Erschüttert beobachtet sie die bodenlose Trauer, die nun seinen ganzen Körper ergreift:

Nein. Ich wollte das nicht. Aber ich hab's trotzdem getan.

Danach Schweigen.

Wie lange?

Sie könnte es dabei bewenden lassen. Aber er, das sieht sie, ist trotz allem noch nicht klar. Und er muss klar sein, oder besser sie muss wissen, dass er klar ist, dass er mit der Situation zurechtkommt, um selbst abschätzen zu können, ob sie das vermaledeite Ding in ihrer Hand noch braucht. Diesen Spuk endlich für beendet erklären kann.

Was?, fragt sie,

so leise, dass es auch eine Stimme in seinem Kopf sein könnte,

was hast du getan?

Ich … ich habe den Jungen erschossen, sagt er. Ein Kind. Einen dummen kleinen Jungen. Nicht viel älter als mein … dummer kleiner …

Der Schmerz zieht ihn weiter in Richtung Fußboden. Er stützt sich mit den Händen ab.

Du wolltest das nicht, wiederholt sie, vom unechten Scheppern ihrer eigenen Stimme irritiert. Du hast das nicht extra gemacht.

Ich habe es nicht gesehen.

Was hast du nicht gesehen?

Was mit Jakob war. Die ganze Zeit … habe ich es nicht gesehen. Ich dachte, seine Mutter hat es nicht drauf, ihretwegen macht er plötzlich Schwierigkeiten, und weil sie so schnell diesen neuen Macker … Aber was wirklich war ... Dass dieser Typ ihn gequält hat ... Und anstatt zu helfen, habe ich einfach geschossen.

Tereza muss sehr an sich halten, nicht zu frösteln: Sie werden es verstehen. Affekt. Wenn du ihnen alles erzählst, wird es nicht so schlimm werden, wie du denkst.

Er gibt auf. Legt sich seitlich auf den Boden.

Dir, sagt er. Dir erzähle ich das. Jetzt. Ich ... kann hier nur gerade nicht weg.

Sie zögert kurz. Dann legt sie sich ihm gegenüber. Ist in Ordnung, sagt sie. Ich höre dir zu.

Eine Hand streckt er nach ihr aus: Sie legt ihre darüber.

***

Wohin wollen Sie, René?

Kein Trichter diesmal: Er kann einfach auf die Tür zugehen.

Ich möchte nur kurz meiner Mutter etwas sagen, murmelt er.

Der Riese erhebt sich, wachsam, aber kommt nicht weiter auf René zu. Dieser öffnet nun die Tür und sieht seine Mutter an der gegenüberliegenden Flurwand stehen. Das Gesicht ein einziger Kampf, versucht sie einen Schritt in seine Richtung.

»Ich habe Ben nicht umgebracht, Ma.«

»Um Himmels Willen, das hat doch keiner ernsthaft angenommen, Süßer!«

»Ich bin aber trotzdem schuld, dass er tot ist. Ich habe ihm Pa's Pistole gegeben und ... Ich muss seine Mutter anrufen. Gibst du mir ihre Nummer? Ich muss sie jetzt anrufen.«

Etwas Schweres landet auf seiner Schulter: Der Bulle steht nun doch ganz dicht hinter ihm.

Das hat Zeit, René. Erzählen Sie erst einmal uns zu Ende. Die Mutter Ihres Freundes hat schon genug anderes zu verdauen. Möchten Sie jetzt dazukommen?, lädt der Riese Ma ein, die sich nicht lange bitten lässt.

René setzt sich auf die Kante seines Bettes, die Füße auf dem Boden. Etwas daran fühlt sich gut an. Die Mutter huscht kurz im Zimmer herum, traut sich wohl nicht so ganz nah an ihn heran. Der Bulle überlässt ihr seinen Stuhl.

»Das da eben«, intoniert der Kerl, während er sich gegen die Fensterbank lehnt, »klang, als wären Sie vorher nicht ganz sicher gewesen, ob nicht Sie selbst Ihren Freund erschossen hätten.«

»Doch … doch, das wusste ich. Dass ich ihn nicht selbst erschossen hatte. Aber … aber ich fühlte mich so schlecht. So … anders schlecht, als wenn man traurig ist.«

Das Linoleum. Warum ist das so hässlich?

»So schlecht, weil … weil irgendwas in mir … irgendwas … Wissen Sie, ich – seine Augen. Seine Augen haben mich so angesehen. Als er da lag. Das Bild bekam ich nicht mehr aus dem Kopf.«

Und in diesem Moment sind sie wieder da: zwei Ellipsen mit dichten Wimpern, grün-braun die ewig weiten Pupillen dazwischen. Und Renés eigene Augen prickeln, und er drückt sich Daumen und Mittelfinger hinein.

Und, und wissen Sie, Herr Kommissar, was ich in dem Moment gedacht habe? Als er mich so angesehen hat?

Was haben Sie da gedacht?

Endlich. Nur das war in meinem Kopf: Endlich.

Endlich waren Sie ihn los?

Nein, nein, nicht das … Ich hatte fast das Gefühl … Das klingt jetzt so bescheuert, aber: Ich hatte fast das Gefühl, das denkt er selber. Und deswegen dachte ich das auch: Endlich. Das hat mich erschreckt. Dass ich nur das denken konnte, als mein Kumpel da lag in dem ganzen Blut … Endlich. Ich dachte, ich werde verrückt. Darum bin ich weggelaufen. Nach Hause. Hab meine Sportklamotten geholt und … Bin ins Studio gefahren.

»Als wäre nichts gewesen.«

René schluckt. Die Bäume draußen vor dem Fenster schütteln sich. Die Helligkeit hat abgenommen.

»Du standest unter Schock«, schaltet Ma sich ein. »Sag doch, dass du unter Schock standest, Junge.« Sie wendet sich an den Polizisten: »Als ich ihm später gesagt habe, dass sein Freund tot ist, war er wie vom Donner gerührt. So etwas kann man nicht vorspielen, Herr Kommissar!«

Doch dieser lässt René nicht aus den Augen: »Sie haben also auch Ihrer Mutter etwas vorgespielt?«

»Also, bitte!«

»Lass nur, Ma.« Jetzt geht es plötzlich: Jetzt kann er diesem steinernen Kerl in die Augen sehen. Und findet darin alles andere als Stein. Ein paarmal muss er noch durchatmen, dann sagt er: »Ich musste gar nicht spielen. Ich hatte es ja nicht verstanden. Ich verstehe es auch jetzt nicht ganz. Ich weiß, was passiert ist, aber … Ich weiß nicht so genau, warum.«

»Dieser Junge hatte einen zerstörerischen Einfluss auf ihn«, meldet sich seine Mutter wieder zu Wort. »Ohne ihn wäre René gar nicht auf die Idee gekommen, die Pistole …«

»Das glaube ich ihm sogar«, sagt der Riese begütigend und drückt sich vom Fenster weg. »Aber die Waffe entwendet hat trotzdem er, und daran, im entscheidenden Moment Hilfe zu holen, hat ihn auch keiner gehindert. Und wer weiß, ob Benjamin noch leben würde, hätte René den Lehrer nicht so aufgestachelt.«

»Aufstacheln … wollte ich ihn gar nicht. Nicht, dass Sie denken, ich wollte, dass Ben stirbt, Herr Kommissar, ja? Das war es nicht. Aber in diesem Moment, in dem … es so leicht war, ihm mal zu sagen, wie sauer ich auf ihn war … Ich wollte nur kurz was loswerden, glaube ich.«

»Schade, dass Sie dafür nicht schon früher eine Gelegenheit gefunden haben.« Kurz zögert der Riese; dann blickt er René ruhig an und sagt: »Es war richtig von Ihnen, mich herzurufen. Ihre Aussage hat uns sehr geholfen. Wir werden uns bei Ihnen melden, falls wir noch Fragen haben. Für den Moment wünsche ich Ihnen gute Besserung.«

Die Polizistin packt ihre Sachen zusammen und folgt ihrem Kollegen zur Tür.

»Warten Sie«, fordert Ma. »Wie werden Sie sicherstellen, dass dieser Verbrecher nicht herkommt und auch meinem Sohn etwas antut?«

Der Riese wendet sich um, sein ganzes Gesicht ein Strahlen wie bei einem sehr zufriedenen Kater: Keine Sorge. Das wird er nicht.

Ti, sagt er. Ti.

Ja?

Ich muss mich festhalten. Du musst mich festhalten.

Sie blickt auf. Bisher hat sie nur gelauscht, angestrengt seinen stoßweise vorgebrachten Erinnerungsfetzen zugehört, sie sich genau eingeprägt, sortiert, nur ab und zu nach einem Detail gefragt. Jetzt sieht sie ihn an, aber sein Blick ist nach innen gekehrt, als betrachte er seine eigene Verzweiflung, die Vernichtung all dessen, was er bisher zu sein geglaubt hat. Da ist einer, denkt sie, der bricht gleich auseinander.

Also schleudert sie die Pistole in die dunkelste, am weitesten von ihnen beiden entfernte Ecke. Dann ziehen sie sich zueinander heran, und er wird kurz von etwas geschüttelt, und sie legt fest einen Arm um seine Rippen, die Hand des anderen wie eine Schale unter seine Wange, atmet gegen seinen Bauch; merkt irgendwann, dass sie zu summen begonnen hat, in ihn hinein summt, immer wieder einen stetig absteigenden Ton. Wie kommt sie jetzt darauf? Richtig, ihr erstes Babysitter-Kind, dessen Vater hatte ihr diesen Trick gezeigt. Wahrhaftig wirkt er auch hier, das Schütteln ebbt ab. Stille ist nunmehr, und alles gut.

Ohne ein Wort lösen sie sich voneinander, aber ihre Hand loszulassen, schafft er nicht. Es ist in Ordnung. Eine große Erschöpfung macht sich in ihr breit: Es ist in Ordnung.

Endlich hat der Halbschlaf sie, die Morgendämmerung etwas Frische gebracht, den Sorgenkrampf zugunsten fahler Erschöpfung vertrieben. Der Schlummer bleibt leicht, noch in ihm spürt sie die Frühluft ihrer schweißfeuchten Brust einen Husten bringen. Aber die Lider öffnen sich nicht und die Schwere hinter ihnen ist zu angenehm, um kampflos gegen die bekannten Wirrnisse eingetauscht zu werden.

Es ist eine nicht durch ihren Körper eingeleitete Gewichtsverlagerung, die sie schließlich ganz weckt: das Gefühl, sie müsse jeden Moment von der sich biegenden Matratze rollen. Sie sieht die schmale Gestalt, bevor diese sich hinausstehlen kann.

»Eh, petit«, murmelt sie heiser, »où vas-tu comme ça?«

»Hab ich dich geweckt«, sagt er. »Das wollte ich nicht, ich hab dir nur eine Orange gepresst, weil ich dachte, du bist vielleicht krank.«

Sie lächelt gerührt, als sie das gelb-rot leuchtende Glas auf ihrem Nachttisch erblickt, und richtet sich halb auf. Draußen, das ist nicht zu leugnen, ist der Vormittag weit fortgeschritten.

»Ist es schon so spät?«, fragt sie und trinkt dankbar von dem frischen Saft.

»Fast elf.«

»Du liebe Zeit!« Es ist gut, sich vor ihm in eine solche Geschäftigkeit zu stemmen, an die paar Dinge denken zu können, auf die sie noch Einfluss hat. In das Bettuch gewickelt tappt sie hinüber zum Kleiderschrank, worauf er mit dem Instinkt des Vorpubertären zur Tür hinaushuscht, hinter der er aber stehen bleibt und fragt: »Bist du also nicht krank?«

»Nein, nein, Liebling. Ich habe nur schlecht geschlafen; bin im Moment ein bisschen nervös.«

»Ich auch.«

»Wir alle, das ist doch kein Wunder ... Was hältst du davon«, plaudert sie, während sie ein großes Handtuch von der Ablage nimmt, »wenn wir heute an den Baggersee fahren? Ein bisschen Ablenkung wird uns guttun.« Es bleibt still, während sie Lein- gegen Duschtuch tauscht. Draußen angekommen, sieht sie ihn am Boden kauern. Unter seinem dunklen Blick hört sie ihre brüchige Abwehr zu Boden gehen.

»Und Papa?«, fragt er.

»Was soll mit Papa sein?«

»Was ist, wenn eine Nachricht von ihm kommt?«

»Ich nehme mein Telefon mit. Keine Sorge, wir hören bestimmt bald ...«

»Deswegen ist Hakan doch so früh weg gewesen, stimmt's?«

Hat sie es tatsächlich bis hierher geschafft, nicht daran zu denken? Sie ächzt beinahe unter der Wucht, mit der nun die Erinnerung sie trifft. Sie blickt auf ihren Sohn, den sie vor etwas mehr als zwölf Stunden auf die

Wahrheit eingeschworen hat. Aber was sie jetzt weiß – oder nicht weiß –, bringt sie nicht über die Lippen. Unter der eigenen Ungewissheit will schon alles in ihr zerbrechen. Seine könnte sie unmöglich mittragen.

»Jakob ...«

»Ich weiß, dass was passiert ist. Ich bin ganz früh aufgewacht und habe gewusst, jetzt passiert was. Und dann habe ich gehört, wie Hakan gegangen ist.«

»Liebling ...«

»Lüg nicht!« Sie erschrickt so sehr über die plötzliche Lautstärke seiner Stimme, dass sie zurückweicht. Er kauert nicht länger, er steht vor ihr mit neben den Oberschenkeln geballten Fäusten und einer geschwollenen Ader auf der Stirn. »Ich hab's satt, dass ihr mich anlügt! Das ist *mein* Vater! Wieso darf Hakan wissen, was mit meinem Vater ist, und ich nicht?«

»Schrei nicht!«, herrscht sie in ihrer Hilflosigkeit zurück.

»Mit Hakan schreist du auch rum, und dabei ist es nicht mal sein Haus! Aber ich, ich darf hier schreien, in meinem Haus darf ich –«

Ist das wirklich passiert hat sie die Hand gegen ihn erhoben? Sie wird es sich anschließend immer wieder fragen: Was aus ihnen geworden wäre, hätte in diesem Moment nicht das Telefon geklingelt.

Er will an ihr vorbei, aber sie ist näher bei dem Apparat auf ihrer Frisierkommode, nimmt ihn von der Station und drängt den Jungen zurück, der sie kurz wütend anstarrt und dann aus dem Zimmer stürmt.

Es ist ihr Mann. Nach einer Sekunde des Schweigens grüßt er; hält sie beide nicht mit der dämlichen Frage auf, warum sie nichts sage.

»Es gibt Neuigkeiten«, beginnt er, unterbricht sich aber, als ein Klicken in der Leitung zu hören ist: »Was war das?«

Es ist kein Atemgeräusch auszumachen, doch beide begreifen sofort, worum es geht.

»Sprich nur, Hakan«, sagt Carine nach einer Weile. Sie lässt das Handtuch los und sich selbst auf den gepolsterten Frisierstuhl sinken. »Sag, was du weißt; was passiert ist. Sag die Wahrheit, bitte.«

»Carine ...«

»Bitte sag es einfach. Ich halte es nicht länger aus.«

Totenstille im Äther und doch ein so intensives Gefühl von Anwesenheit, dass alles Äußere daneben untergeht. Sie hält sich den Mund zu in Erwartung des Schreis, der sich ihr gleich entringen wird. Schließlich räuspert sich der Mann am anderen Ende und sagt mit einer Schlichtheit, die fast schon wieder Halt gibt:

»Sie haben sie.«

ZEHN

I st es schon Tag, haben sie die ganze Nacht so gelegen? Womöglich sind die Nächte hier schon ein wenig kürzer als zu Hause. Aber jetzt erst fängt Terezas Seite an zu schmerzen vom Dielenboden. Was sie wirklich geweckt hat – unglaublich, dass es ihr gelungen sein soll, einzunicken –, hört sie aber erst einen Moment später wieder: ein Rumpeln, auch etwas wie ersticktes Rufen; sie findet nicht gleich heraus, aus welcher Richtung.

Dann aber setzt sich alles zusammen, und sie weiß, dass sie schnell reagieren muss; wenngleich nicht zu schnell. Noch ein paar Minuten lang könnte von jeder ihrer Bewegungen ihr Leben abhängen – dann, dann!, wird es endlich vorbei sein.

Darum streicht sie nun mit dem Daumen der linken Hand über jene des Lehrers. Er schläft, so ruhig wie jemand, der sich darauf freut, frisch und erholt in einen neuen Tag zu starten. Oh ja, ein neuer Tag, denkt sie. Ein ganz neuer Tag.

Er rührt sich nicht. Also schüttelt sie ihrer beider Hände: David!

Ein kleiner Schauer überläuft ihn; mehr nicht.

David!, sagt sie wieder, ich stehe jetzt auf.

Das weckt ihn so weit, dass sich seine Finger kurz öffnen und sie, auf dem Hintern rutschend, einen Sicherheitsabstand zwischen sie beide bringen kann. Doch obwohl er sich gleich darauf aufrichtet, klar offensichtlich, unternimmt er keinen Versuch, sie daran zu hindern. Sie steht auf. Von draußen ist wieder Rufen zu hören.

»Bist du einverstanden«, fragt sie, »dass ich den Mann da draußen jetzt befreie?«

»Kannst ihn reinholen«, entgegnet er ruhig. »Bestimmt hat deine Kathi nichts gegen noch einen Gast mehr im Haus. Wo ist seine Waffe?«

»Die hattest du in der Küche liegen lassen. So wie die andere neulich im Hotelzimmer. Als würdest du's extra machen.«

Er schüttelt traurig-belustigt den Kopf, während sie die andere Pistole aus der Ecke holt, in die sie sie geschleudert hat: »Aus mir wäre wirklich nie ein brauchbarer Verbrecher geworden.«

»Vielleicht doch. Wenn du jetzt einfach weglaufen würdest, schon.«

»Aber ich laufe ja nicht weg.«

»Ein Glück, was?«

»Ja. Ein Glück.«

Sie will sich in Richtung Küche aufmachen; da ruft er sie noch einmal. Sie sieht zu ihm zurück: Er sitzt da wie ein übernächtigter Party-Heimkehrer und sagt: »Danke, Ti.«

Sie nickt, und damit er nicht sieht, wie sie den Kloß in ihrem Hals herunter kämpfen muss, eilt sie durch die Küche, im Vorbeigehen eine Schere und die Polizeiwaffe aufsammelnd, in die Garage.

Der Körper des Polizisten ist dabei, sich aufzubäumen, wohl um sich gegen eine der Türen des Autos zu werfen; da erblickt er Tereza und wartet, schwer atmend, bis sie den Wagen von der anderen Seite öffnet und erklärt: »Guten Morgen. Ich sage Ihnen gleich, dass mir das alles sehr leidtut. Es ist jetzt aber auch schon vorbei. Hier ist Ihre Dienstwaffe, sehen Sie? Und noch eine andere. Keine davon werde ich benutzen. Ich lege beide auf das Autodach, damit Sie sie gleich an sich nehmen können. Jetzt binde ich erst mal Ihre Füße los.«

Der Beamte sieht aus, als wolle er gleich einen ganzen Redeschwall loswerden; dann fasst er sich und knirscht: »Ich wäre sehr zu Dank verpflichtet.«

Mit der Küchenschere durchtrennt sie das Seil um seine Füße. Dann robbt er aus dem Auto, sagt ihr, wo sich der Schlüssel zu den Handschellen befindet, und sie löst auch die. Nur kurz reibt er sich die Gelenke; dann erwischt er, ohne dass diese es im Geringsten kommen sähe, Terezas Arme und dreht sie ihr auf den Rücken. Ein Klick, ein harter Druck: Tereza schließt kurz resigniert die Augen.

Wo ist Ihr Komplize?, fragt der Mann.

Mit traurigem Lächeln und einem Nicken in Richtung Küchentür seufzt sie: Da drinnen.

Der Polizist nimmt seine Waffe vom Wagendach, prüft das Magazin und steckt sie ein. Die von diesem Ben nimmt er in beide Hände, wirft einen Blick darauf und erklärt: »Ich muss Sie wegen des dringenden Verdachts der Freiheitsberaubung festnehmen. Ist das hier Ihre Waffe?«

»Nein.«

»Aber Sie werden mir erklären, was es damit auf sich hat?«

»Ja. Aber das geht am besten, wenn … mein Begleiter dabei ist. Vielleicht gehen wir kurz hinein.«

Wachsam betrachtet er sie, dann lotst er sie durch den Druck seiner Handfläche (sie wird es auf Jahre nicht mehr ertragen, am Rücken berührt zu werden) vor sich her ins Haus.

Als sie die Küche betreten, klappt selbst Tereza die Kinnlade herunter: David steht am Herd und bereitet Kaffee zu. Gerade wendet er sich zum Geschirr-Regal, da durchquert der Polizist mit zwei Schritten den Raum, erwischt Davids nach einer Tasse ausgestreckte Hand, befördert ein weiteres Paar Handschellen zutage und bindet dem Lehrer die Arme auf den Rücken. Auch ihm erklärt er, warum er ihn nun festnehmen müsse, und bugsiert ihn auf einen Stuhl. Tereza setzt sich gegenüber, wie automatisch. Einen Moment herrscht Schweigen. Schließlich räuspert sich der Beamte und spricht David an: Ich musste einen Moment lang überlegen, aber dann ist mir eingefallen, warum Sie mir bekannt vorkommen. Und … Sie sind die junge Frau, die immer wieder mit ihm gesehen worden ist?

Ja.

Sind noch weitere Personen in diesem Haus?

David und Tereza schütteln gleichzeitig den Kopf. Misstrauisch wandern die Pupillen des Polizisten zwischen ihnen hin und her. Dann greift er an seinen Gürtel, hebt ein Funkgerät an seinen Mund, ruft ein paarmal hinein – nichts geschieht. Finster starrt er zu David hinüber: Sie haben es beschädigt. Oder der Akku ist leer. Jedenfalls muss ich jetzt kurz zu meinem Wagen. Ich rate Ihnen sehr, in der Zeit keine Dummheiten zu machen.

Er hält den bewaffneten Arm ausgestreckt, während er seitlich durch die Tür geht. David starrt auf die Tischplatte. Bis der Beamte schon fast draußen ist: Es tut mir leid. Das mit Ihnen und … war nicht vorgesehen. Das war … alles nicht vorgesehen.

Ob das den Polizisten interessiert oder nicht, ist schwer auszumachen. Seine Augenbrauen zucken leicht, doch in seiner Bewegung hält er nicht inne. Gleich darauf ist er aus dem Raum und sie hören ihn mit jemandem reden.

***

Schön ist das hier. Noch schöner als ohnehin schon diese Küche im Morgenlicht, der Blick auf den Kräutergarten hinaus, die vereinzelten Obstbäume. Am schönsten wäre, noch ein paar solcher Vormittage zu erleben; einfach nur, um ruhig zu werden, und dann, gesammelt und aus einer echten Entscheidung heraus, zurückzufahren. Sich zu stellen, zu sagen: Ja, ich hab's getan, hier bin ich, ich werde es mein Leben lang bereuen; tun Sie nun das, was für solche Fälle vorgesehen ist.

Jedoch genau das ist gerade eben schon passiert, und der breitschultrige Kerl, der da drüben an seine Kollegen funkt, ohne die Küche aus den Augen zu lassen, wird ihm diese Vormittage nicht gewähren, nicht einen – noch nicht einmal den heutigen Mittag. Dabei wäre das Versprechen, das David ihm geben könnte, auch ohne Handschellen sicherer als irgendeines, das er je ausgesprochen hat. Weil nichts mehr in ihm ausweichen will, nie mehr. Und auch das ist neu für ihn.

Bei dir, murmelt er, versuche ich mich gar nicht erst zu entschuldigen. Es gibt nichts, was das alles wiedergutmachen könnte. Ich meine – wahrscheinlich habe ich dir sogar zu verdanken, dass ich meinen Sohn überhaupt je wiedersehen werde. Wer weiß, was in den nächsten Tagen mit mir passiert wäre, wenn du mir nicht klargemacht hättest, was für ein Wahnsinn das alles ist.

Ihre Mundwinkel verziehen sich nach allen Seiten. Schnell verdreht sie den Oberkörper, damit er ihr Gesicht nicht sehen kann.

Was ist?, will er wissen.

Es ist völlig bescheuert, sagt sie. Aber trotz allem finde ich es schlimm, dass du wahrscheinlich ins Gefängnis kommst.

Das ist gut.

Wie meinst du das?

Weil du mich dann vielleicht ab und zu besuchen wirst.

Sie lacht und reibt die linke Wange an ihrer Schulter.

Der Polizist betritt wieder den Raum, gerade als hinter David ein wütendes Gurgeln und Zischen einsetzt. Mit seinen langen Beinen ist der Beamte gleich am Herd, das Fauchen der Gasflamme erstirbt, es gibt einen kleinen, harten Aufprall; dann setzt sich der Mann zwischen sie beide, ans Kopfende des Tisches.

Kaffee wollen Sie keinen?, fragt David. Der Beamte schüttelt den Kopf. Es ist immerhin für lange Zeit der letzte Kaffee, den ich selbst zubereitet habe, murmelt David. Ich fände es schade, wenn er nicht getrunken würde.

Schmale Lippen, steinerne Züge; Schweigen. Tereza reibt schon wieder so das Gesicht an ihrer Schulter. David seufzt. Hat er es sich so vorgestellt, das, das ... Ende?

Soweit das mit seinen verdrehten Armen möglich ist, lässt er sich ein wenig aus seiner bisher vorgebeugten Haltung in Richtung Lehne sinken. Er blickt den Polizisten an. Der schaut zurück. Still und gleichmütig wie eine Düne.

Das legt sich tröstend auf Davids Gemüt, und unvermittelt sagt er: »Sie werden es nicht schwer haben mit mir.«

Ein wenig ruckelt es in der Kehle des anderen: Nicht schwerer als jetzt, wollen Sie sagen?

Er hat noch nicht ganz ausgeredet, als David fortfährt: ... obwohl ich auch nicht so einfach mitkommen werde.

Tatsächlich zuckt das Gesicht des Polizisten nun amüsiert, als wolle er lachen; aber er hat den Blickkontakt nicht abgebrochen, und scheint nun etwas zu verstehen, und fragt: Warum wollen Sie diese Sache nicht zu einem würdevollen Ende bringen? Jeden Moment werden vier Kollegen von mir hier sein – wo wollen Sie denn hin? Wie wollen Sie gegen uns ankommen?

Das weiß ich nicht.

Werden es aber trotzdem versuchen?

Ja.

David, sagt Tereza. Er sieht sie an.

Warum?, fragt der Polizist.

In Terezas Zügen mischen sich Zorn, Unverständnis, Enttäuschung – Angst. David versucht ein ganz kleines Lächeln in ihre Richtung.

Sagt mein Bauch.

***

Die Letzte Ehre. Welche eigentlich? Wenn sich ein zu Ehrender gar nicht mehr geehrt, wenn er einfach nichts mehr fühlen kann – wovon soll dann die Rede sein?

Die Bäume interessiert es nicht. Sie ragen und stemmen sich in den Himmel, sie greifen nach den Wölkchen, ohne sich je zu ärgern, dass sie keins erwischen. Jetzt sowieso nicht, mit all den grün-gelben Fähnchen, die sie da zu schütteln haben; aber auch deren Verlust in ein paar Monaten wird sie kaum anfechten.

Dass René so beharrlich hinauf ins Blätterdach starrt: Ja vielleicht, vielleicht bemerkt es jemand aus der Gruppe dort drüben, und vielleicht – wenn er den Hansguckindieluft erkennt – betrachtet er es als dessen grotesken Versuch, so zu tun, als habe er seinerseits das Häuflein Menschen an dem rechteckigen Loch, ganz hinten in der heckengesäumten Sackgasse, *nicht* bemerkt.

Aber René tut nicht als ob. Er kann sich schwer vorstellen, überhaupt je wieder als ob zu tun. Das Chlorophyll-Spektakel über ihm nimmt ihn tatsächlich vollständig ein. Da er nicht drüben am Grab ist, ist er hier, also beschäftigt er sich mit dem, was er vor sich hat. Seine Eltern sind zum Grab gegangen, sie haben lange darüber geredet, ob hingehen, und ob René, und ob Aufsehen, oder ob gerade nicht. Bis René sagte: »Fragt sie doch. Ich warte. Wenn sie mich sehen will, bin ich da. Und wenn nicht, gehe ich weg.«

Ganz wegbleiben hat er auch nicht können. Er musste schon dabei sein, am Ende. Damit es wirklich ein Ende gibt für sie beide. Ben konnte kein echtes Ende haben ohne ihn. Sie beide brauchen das jetzt.

Das Geräusch, auf das er gewartet hat, reißt ihn vom Blätterdach weg auf den Kiesweg, mit Augen und Füßen. Ein Knirschen, ein Schleifen, René wendet den Kopf: Da wird der Sarg in die Erde gelassen, langsam, ganz langsam, und ist doch bald schon verschwunden.

»Jetzt bist du weg«, murmelt René. »Ganz weg.«

Er lauscht auf seine eigenen Worte, auf die Dunkelheit, in der sie einen Teil von ihm versenken. Etwas wie Ben wird es nie wieder für ihn geben. Ob das besser oder schlechter ist … Andere würden nicht einmal die Frage stellen. Und er selbst ist auch nicht scharf auf die Antwort. Denn er könnte nicht kapieren, was sie bedeuten würde. Er könnte es immer noch nicht.

Ein kleiner Strauß liegt hinter ihm auf der Bank, ohne Band, ohne Namen. Niemand kann wissen, ob er auf dem Grab erwünscht ist. Deswegen soll er erst später dorthin, wenn die Trauergesellschaft fort ist.

Der Pulk sortiert sich neu, zieht sich ein wenig in die Länge, damit Menschen einzeln zu der gebrochenen dürren Frau in ihrer Mitte gehen, ihre Hand nehmen, ihre Schulter streicheln können. Zuletzt, ganz zuletzt, mit großem Abstand und tief gebeugt, wagen sich Renés Eltern zu ihr. Es wird gesprochen, es muss gesprochen werden, wenngleich er es nicht hören kann. Aber dann öffnet sich das Dreieck, der Vater weist in Renés Richtung und will sich dann wieder Bens Mutter zuwenden. Doch was immer er ihr sagt, sie hört bestimmt nicht hin. Durch die schwarzen Brillengläser hindurch trifft ihr Blick den Jungen; er ächzt. Und dann, ohne Übergang, ist aus ihrer Starre eine rasende Bewegung geworden; sie ist schon fast bei ihm, bis alle anderen begriffen haben, dass sie losgelaufen ist.

An ihm ist sie nun, überall: Die Finger der einen Hand zwischen seiner Unterlippe und seinem Zahnfleisch, die der anderen in seinem Skalp, ein Knie zwischen seinen Beinen, dann eine Faust in seinen Rippen, Nägel in jedem Stückchen erreichbarer Haut bis er ihren Hass fühlen kann, brennend durch jede seiner Poren, in ihn dringend, alles löschend; und schließlich ihr Fuß in seinen Eingeweiden, in Endlosschleife. Einen halbherzigen Versuch unternimmt er, den zu halten, abzuwehren – aber es fühlt sich so richtig an, was geschieht. Richtiger als alles seit seiner Rückkehr aus der Unendlichkeit. Also muss es wohl stimmen.

Es endet so plötzlich, wie es begonnen hat. René, eben noch kurz wieder oben in den Wipfeln, erkennt, dass sein Vater die Frau von ihm weggezerrt hat. Dass ihre Sonnenbrille heruntergefallen ist. Dass der Vater – sein Vater – sie hält und bittet und stammelt und versteht und doch mahnt. Dass ihn selbst alle anstarren – besorgt, eine weitere Explosion zu verhindern, aber ohne jeglichen Wunsch, René aufzuhelfen.

Und Bens Mutter brüllt, und ihr Kiefer bewegt sich in alle Richtungen und formt kein Wort bis zum Schluss, und einzelne Menschen weinen und René ist sehr übel. Er stemmt sich auf irgendwie, bekommt sich nicht ganz in die Senkrechte wenn auch auf beide Beine. Er fühlt die zwei Kometen, die wieder und wieder auf ihn abgeschossen werden, auf dem gesenkten Schädeldach und will nur noch die Kraft finden, ein letztes zu sagen, ein letztes kleines – was? Sicher wird hier keiner etwas von ihm hören wollen, am wenigsten die brüllende Frau. Und dennoch, nach vielen, vielen Anläufen, findet er Worte für sie, woher auch immer er die genommen hat:

Sie sind alles, was mir von Ben bleibt. Und ich bin alles, was Ihnen von Ben bleibt. Vielleicht … finden Sie das irgendwann mal gut.

Er schafft es: Mit großer Kraft richtet er sich auf. Bens Mutter brüllt nicht mehr, sie starrt wie alle anderen. Und René, ebenso wenig begreifend wie die Umstehenden, fügt hinzu: Und dann bin ich da. Und wir können gemeinsam trauern.

Er atmet tief durch, nimmt sich diesen Moment, in dem sie beide stumm sind und einander nur ansehen und sonst nichts können oder sollen. Dann gelingt ihm der vorletzte Satz für sehr lange Zeit: Ich werde immer mit Ihnen trauern.

Jetzt muss er hier weg, das ist klar. Der linke Fuß dreht sich schon, doch René weiß nicht, wie er den rechten hinterher bekommen soll.

Da fasst ihn jemand am Arm: Groß und breit und stumm und untröstlich übernimmt Josh Renés Bewegung und dirigiert sie auf die Friedhofsmauer zu.

Ich muss kotzen, murmelt René.

Warte bis zu der Ecke da, antwortet Josh.

***

Es klingelt. Der Beamte zögert.
Ich glaube, sagt Tereza, ich habe nicht abgeschlossen.

Der Weg liegt da, klar und deutlich: Über den Tisch, das Spülbecken, zum Fenster. Sofern es ihm gelingt, den Stuhl umzuwerfen, ohne selbst zu Boden zu gehen. Keine Absicht; eher Impuls. Nur auf dem Weg dem Mädchen nicht wehtun.

Der Polizist ruft in den Flur hinaus: Ist of ... – da kracht es, und vor Tereza stampft plötzlich ein Fuß über den Tisch, und etwas streift ihre Schulter –

Es gelingt ihm fast, er ist schon oben, da wirft sich der andere gegen ihn: Sie fallen dem Küchenbüffet entgegen, aber David unter dem Polizisten hindurch, dessen schwerer Körper hörbar gegen das Holz kracht.

Sie hört die Eingangstür gehen, viele schnelle Schritte, Rufen; irgendwie gelangt sie von ihrem Stuhl weg, in Richtung der Vorratskammer. Sie sieht David sich am Küchentisch hochdrücken, hinter den er mit dem ersten Polizisten gefallen sein muss, darum herum stolpern, immer hinter sich tretend, um seinen Fuß aus der Umklammerung des Anderen zu befreien.

Drei Männer eine Frau warum so viele warum so viele es ist doch nur er er ist es doch bloß

Ein, zwei Schritte schafft der Lehrer auf Tereza zu, will in den Flur offensichtlich aber da sieht er die Neuankömmlinge schon, ändert, so scheint es jedenfalls in dieser allgemeinen Explosion von Gliedmaßen, Augen und Stimmen, im Sprung die Richtung, hechtet auf die Garagentür zu;

da hat ihn einer bei der Schulter, im Nacken, er drückt ihn zu Boden, ein Polizist und die Polizistin halten seine Beine fest; Davids Rücken bäumt und windet sich in alle Richtungen, er krümmt sich zusammen und schnellt wieder auseinander, keuchend, während die Beamten ihn anschreien, er solle sich beruhigen. Mittlerweile haben sich alle fünf auf ihn geworfen, die ganze Menschenmasse schwankt und brodelt –

Tereza hat Schwierigkeiten zu glauben, was sie sieht.

Der erste Polizist ist gleichsam an David hoch gerobbt, Schulter drückt auf Schulter, Gesicht schiebt sich an Ohr, und plötzlich hört Tereza überdeutlich:

Es ist vorbei. Verstehen Sie das nicht? Es ist vorbei, Mann!

Ganz still wird es auf einmal. Niemand kämpft mehr, niemand brüllt mehr. Nur lautes Atmen ist noch zu hören.

Einer nach dem anderen stehen sie auf; zwei halten David zwischen sich.

»Werden Sie nun mit uns kommen, ohne weitere Schwierigkeiten zu machen?«, fragt der erste Polizist. David nickt, die Augen halb geschlossen, wie befreit nach der Erfüllung einer großen, schweren Aufgabe. Tereza geht auf ihn zu, doch die Polizistin kommt zu ihr und fasst sie am Arm. »Sie müssen bitte auf Abstand bleiben.«

»Nur verabschieden« sagt Tereza. Die Polizistin betrachtet sie, das Gesicht gerötet, die Augen schmal. Dann nickt sie ihren Kollegen zu und geht mit Tereza zu David hinüber.

Nah stehen sie nun voreinander, und Tereza weiß erst nicht genau; dann lässt sie sich ein wenig nach vorne sinken, sodass sie fast an ihm lehnt; er drückt seine Schläfe gegen ihre. Ein Atemzug, zwei, drei; schließlich tritt sie einen halben Schritt zurück, sie nicken einander zu: Er wird hinausgebracht, verschwindet. Die neuen Klamotten, denkt sie unsinnigerweise; die sind schon wieder schmutzig.

Der erste Polizist sagt: Sie kommen mit uns beiden.

Kann ich nicht noch aufräumen, fragt Tereza, das Haus gehört einer Freundin von mir. Ich möchte es ihr nicht so hinterlassen.

Zuerst müssen Sie jetzt leider mit uns kommen. Wir brauchen Ihre Aussage, und wir müssen wissen, wie genau Sie in diese Geschichte verstrickt sind. Sofern Sie nicht in Untersuchungshaft müssen, können Sie danach Ihren freundschaftlichen Verpflichtungen nachkommen.

Tereza nickt – was bleibt ihr übrig? – und erklärt den beiden, wo sie den Schlüssel deponieren sollen, wenn sie abgeschlossen haben, worauf sie beim Garagentor achten müssen; wo sich der Gashahn befindet. Der Mann und die Frau nicken, wundern sich wohl ein wenig – nehmen aber sogar ihre Tasche mit. Die hatte sie noch gar nicht ausgepackt.

Im Grunde ist alles wie immer.

***

Zweiundzwanzig Grad. In ihrem Leben hätte Carine nicht gedacht, dass ihr die sommerliche Höchsttemperatur von zweiundzwanzig Grad einmal als das Beste an ihrem Geburtsort erscheinen würde. Höchsttemperatur, wohlgemerkt, die dort auch nur an den besonders klaren Tagen gemessen wird.

Möglicherweise haben die Dürren der letzten Jahre das verändert. Und möglicherweise würde sie sich in diesem Moment auf jeden Ort freuen, an dem die Frage, warum sie ihren Sohn nicht gleich wieder zu dessen Vater begleiten kann, sich gar nicht erst stellt.

Zweimal haben sie ihn gesehen, seit er zurückgebracht worden ist, und es war wie zu erwarten herzzerreißend. Der Junge, der nicht aufhörte zu fragen, ob Papa genug zu essen bekomme, ob er seine Schallplatten hören dürfe, ob (und dabei hatte Jakob die Stimme gesenkt und verstohlen nach rechts und links geblickt) »die Leute hier« denn fair mit ihm umgingen. Und David, der seine Stimme dann doch wieder nicht ruhig halten und von Glück sagen konnte, dass Jakob noch klein genug ist, um ihn an seine Brust zu drücken, und so die feuchten Augen vor ihm zu verbergen. Carine, die keinen Platz fand auf dem abgewetzten Zweisitzsofa, mit verschränkten Armen an die Wand gegenüber gelehnt, Jakobs Zeugnis zusammengerollt in der Hand, dieses nutzlose Ding – dass sie so etwas einmal denken würde. Über ein Schuldokument.

Der Junge hatte es selbst mitnehmen wollen, Papa sollte sich freuen; und der freute sich. Es sah nur eben nicht mehr so aus wie früher, wenn er sich gefreut hat. Carine schmerzten die Beine, der Schlafmangel sorgt dafür, dass ihr ständig irgendetwas wehtut. Das Herz immerhin nicht. Da geht sie nicht hin. Ihr scheint, es bliebe nichts von der Welt übrig, täte sie es einmal doch.

Einen guten Moment hat David hinbekommen. Als kurz die Stille wie ein Bleiquader die Wände des Raums auseinanderzudrücken drohte, hat er sich ganz ruhig, ganz sicher, mit aufmunterndem Blick seinem Sohn zugewandt und zu ihm gesagt: »Weißt du, Jakob, das hier wird wahrscheinlich lange dauern. Mehrere Jahre vielleicht. Aber ich habe schon gefragt: Einmal die Woche kannst du mich besuchen kommen. Wir können dann zwar nichts Großes unternehmen und du kannst auch nicht bei mir übernachten; aber du kannst den Rest der Zeit alles Mögliche erleben, und davon erzählst du mir dann, wenn du herkommst.«

»Aber ich will doch richtig Zeit haben mit dir«, hatte der Junge protestiert, und sein Vater gelächelt: »Das will ich auch. Mehr als alles andere. Und bestimmt werden wir beide oft traurig sein deswegen. Aber wenn du dich in deine Traurigkeit verkriechst, geht es dir ja noch schlechter. Und dann kannst du mir bei deinen Besuchen gar nichts erzählen, oder?«

Alles klar?

Carine zuckt so heftig zusammen, dass sie fast mit dem Schlüsselbund, den sie in der auf dem Autodach abgelegten Hand hält, einen Kratzer in den Lack reißt. Sie wird nie begreifen, wie ein Mensch von Hakans Ausmaßen sich so geräuschlos bewegen kann.

Alles klar, murmelt sie, fasst nach seinem Hemdkragen und zieht ihn zu sich herunter.

Wo ist Jakob?, fragt er.

Bei einem Freund. Ich hole ihn dort ab.

Schön, dass du vorher noch vorbeikommen konntest.

Sie lässt ihren Kopf kaum merklich erst auf und ab, dann hin und her wackeln. Schließlich entfährt ihr: »Es ist scheiße, Hakan. Es ist alles scheiße.«

»Nein«, begütigt er, »nicht alles. Du hast einen gesunden Sohn, mit dem zusammen du in Urlaub fahren kannst. Und einen Typen, den du von seinem Schreibtisch weglocken kannst, um mit ihm auf der Straße herumzuknutschen. Ist das nichts?«

»Und du, was machst du mit deinem Urlaub?«

»Um mich mach dir keine Sorgen. Dafür, dass ich bei meiner Schwester wohnen darf, lässt sie mich in jeder freien Minute im Garten schuften. Nicht, dass ich etwas dagegen hätte. Und dass mich niemand mehr anzuquatschen braucht, sobald ich mit meinem Feierabendbier im Schwimmteich sitze, kapiert sogar ihre Rasselbande.«

»Wow.«

»Vielleicht kann ich mich irgendwann bei deinem Sohn rehabilitieren, indem ich auch in eurem Garten einen Schwimmteich anlege. Ich weiß jetzt *alles* über das Thema.«

Sie schluckt irgendetwas herunter und geht entschlossener, als sie eigentlich ist, zum Kofferraum.

»Das Letzte, was noch von dir in der Wäsche war«, erklärt sie, während sie eine Tasche heraushebt. »Und deine Winterstiefel.«

»Meine GEO-Sammlung hat wahrscheinlich nicht mehr reingepasst?«

»Doch, natürlich. Aber die behalte ich. Damit klar ist, du kommst irgendwann zurück.«

»Wenn nicht wegen der Hefte, weswegen dann?«

»Er wird dich schon nicht bis in alle Ewigkeit umbringen wollen. Kinder sagen manchmal Sachen … Meinetwegen hättest du nicht gehen müssen.«

»Doch, hätte ich. In dieser Phase zusammenzuwohnen, das hätte keinen von uns unbeschadet gelassen. Gib euch Zeit. Fahrt in euer Häuschen, lass ihn in den Besuchsrhythmus finden, schau, wie es in der Schule weitergeht – dann sehen wir schon. Bis dahin bin ich einfach wieder dein heimlicher Geliebter. Wie viele Paare können diesen Zustand schon zweimal genießen?«

Sie lacht, und sie schluchzt, und sie boxt leicht seinen Oberarm, und dann gibt sie schon bald ihre Zieladresse in das Navigationsgerät ein, während Jakob in einem anderen Teil der Stadt einen Kiesweg herunter auf das Auto zurennt.

Temperatur vor Ort, blinkt es: *19 °C.*

On y va?, fragt Jakob, während er sich anschnallt.

On y va, sagt Carine.

Das Nostalgie-Radio spielt *Things can only get better.*

EPILOG

D er Tag, an dem Mad-T begriff, dass ihr ureigenstes Leben nun ein für alle Mal beginnen würde, war auf eine seltsame Art kühl und stickig zugleich. Die ganze Stadt vegetierte in einem alle Schatten relativierenden Grau dahin, jedes Geräusch schien zugleich gedämpft und stach doch unangenehm aus der allgemeinen Flachheit hervor. Von dort, wo Mad-T's Eltern wohnten, konnte man die Berge erahnen; doch das Wissen, dass man an ihnen hinauf in die Sonne fahren könnte, an einem gewissen Punkt einfach die Dunstglocke durchbrechen und dann, in strahlender Weite, umgeben von klarer Luft und tatsächlichen Farben, unter dem Meer aus Wolken die Stadt gar nicht mehr sehen würde – der Gedanke schien, selbst wenn man die Erfahrung mehrmals gemacht hatte, mehr als weit hergeholt.

In dem Moment, in dem Mad-T den alten Schlüsselbund in den Briefkasten neben der Tür warf, ergriff sie ein kleiner Schauer, unten, an der Wirbelsäule. Und sie verstand, dass, wie sehr sie sich immer von hier weggewünscht hatte, sie nun alles hinter sich ließ, was ihr je vertraut gewesen war. Dass ihr das schwerer fallen wollte, als sie gedacht hätte. Und dass es vielleicht doch auch in ihr selbst Gründe dafür gegeben hatte, dass es ihr so lange nicht gelungen war.

Hinter sich hörte sie eine Wagentür sich öffnen: »Na«, fragte ihr Freund, »doch was vergessen?«

Mad-T atmete aus. »Nein«, sagte sie dann. »Nichts.«

Schnell wandte sie sich um, umrundete die Vorderseite des Transporters und kletterte auf den Beifahrersitz. Ihr Freund hatte sich zunächst gewundert, dass sie diese entscheidende, so lang herbeigesehnte Fahrt nicht selbst bestreiten wollte. Sie hatte geantwortet, vielleicht, zwischendurch, oder am Ende, wenn es nun wirklich wahr würde, wenn sie endlich in die aufregende fremde Stadt einführen. Sie hatten nicht weiter darüber gesprochen, und sie wusste schon nicht mehr, ob sie es während der letzten Monate ihm gegenüber erwähnt hatte: Sie konnte es nicht mehr ertragen, beim Fahren jemanden neben sich sitzen zu haben. In einem Transporter womöglich. Das letzte Mal, dass sie einen gefahren hatte, hatte es Schwierigkeiten gegeben. Das letzte Mal, dass sie einen Mann neben sich auf dem Beifahrersitz gehabt hatte, hatte es Schwierigkeiten gegeben. Sie wollte das jetzt nicht. Später. Nicht jetzt.

Kaum saß sie, vibrierte ihr Telefon. Während ihr Freund den Kleinbus aus der Einfahrt manövrierte, las sie die Textnachricht; dann legte sie dem jungen Mann neben sich die linke Hand auf den Unterarm: Wir müssen einen Zwischenstopp in der Stadt einlegen.

In der *Stadt?!*, fragte er entgeistert. Weiß du, was das bedeutet?

Ja, sagte sie schlicht, ich weiß. Aber ich muss da jemanden treffen. Unbedingt, bevor wir ganz weg sind.

Während sie die Antwort tippte, spürte sie den Seitenblick ihres Freundes auf sich. Es war nicht angenehm, dass er seit dem Sommer immer wieder so verstohlen zu ihr herüber schielte. Sie hatte mit seiner Mischung aus Schock, Erleichterung, Bewunderung und Ratlosigkeit, als sie ihm eröffnete, dass sie statt drei Tagen nur eine Nacht am Meer und den Rest der Zeit in eine ziemlich unwahrscheinliche und gefährliche Geschichte verwickelt gewesen war, nicht wirklich umgehen können. Zu begreifen, was sie da gerade hinter sich gebracht hatte, war Arbeit genug gewesen.

Die Eltern hatten sie fast stumm und mit großen Augen wieder aufgenommen. Der Bruder war an einem Abend gekommen und fast vierundzwanzig Stunden geblieben. Einmal hatte die Mutter, was noch nie vorgekommen war, ihr abends einen Kakao ans Bett gebracht, obgleich die Nächte noch immer warm waren. Sie hatte lange dagesessen und gedruckst und schließlich eine Frage herausgebracht: »Aber dir – dir hat er nichts getan?«

Und da hatte Mad-T fast lachen müssen. Nein, hatte sie geantwortet. Fürchterliche Angst hat er mir eingejagt, aber ansonsten – nein.

In der Nacht darauf hatte sie sehr schlecht geschlafen, und am nächsten Tag die Anwältin angerufen, zu der ihr Freund den Kontakt hergestellt hatte. Die hatte ihr versichert, dass sie höchstwahrscheinlich nicht einmal mit einem Verfahren zu rechnen haben würde. Danach war Ti nicht mehr aufzuhalten gewesen: Ihre Unterlagen hatte sie in die Stadt im Norden geschickt, die Jobs gekündigt, einen neuen vor Ort schon besorgt, ebenso wie das WG-Zimmer – alles innerhalb einer Woche. Die Tanzschule, die sie im Netz ausgespäht hatte, würde sie sich nach dem Umzug ansehen müssen. Sie brauchte ja erst noch ihren Stundenplan. Ihr eigener Vater hatte sie zu den Terminen hin- und wieder zurückgefahren, ohne mit der Wimper zu zucken die Elternbürgschaft unterschrieben und am Ende gebrummt: Das Kindergeld kriegst du ja eh. Können wir auch ein bisschen … aufrunden.

Die plötzlich so nah rückende Abreise hatte die Stimmung zwischen dem Freund und ihr nicht unbedingt entspannt; zeitweise hatten sie einander gefragt, ob sie denn noch zusammen seien, oder es bleiben sollten oder wollten oder konnten. Jedes hatte ein wenig für sich getrauert und gerätselt und dann festgestellt, dass es das andere behalten wollte in seinem Leben, wie auch immer dies nun zu gestalten sein würde.

Jetzt fluchte der Freund nur ein ganz klein wenig, während er den Kleinbus zwischen zwei anderen Wagen in einen Parkplatz am äußersten Ende der Fußgängerzone quetschte. Was sie hier sollten, hatte Mad-T ihm auf dem Weg kurz erklärt, und auch gefragt, ob er mit dabei sein oder lieber im Wagen warten wolle; es werde sicher nicht lange dauern.

»Mir das entgehen lassen?«, hatte er protestiert. »Machst du Witze?«

So gingen sie nun gemeinsam über das Kopfsteinpflaster, Hand in Hand. Augenblicke wie dieser konnten ihr noch immer sagen, dass das hier richtig war, dass es stimmte, dass sie es jetzt nicht einfach aufgeben würde, dass da noch mehr kommen könnte nach dieser Zeit der Gesprächspausen und fragenden Blicke.

Die Eisdiele war gut besucht, auch wenn die Saison der endlosen Schlangen nun hinter ihnen lag. Mehrere Menschen mit Kindern waren da, und Mad-T wollte schon die Frage eintippen, wie man einander erkennen sollte. Da fror sie fest unter dem Blick zweier dunkler Augen, erstarrte – bis sie auch den Rest des Gesichts erkennen konnte.

Der Junge war alleine hier. Er gab ihr mit der Hand ein Zeichen, und sie zog ihren Freund in die entsprechende Richtung. Dieser schaute wieder stirnrunzelnd auf sie, dann auf das Kind, verständnislos angesichts dieser einvernehmlichen Gruß-, ja Wortlosigkeit.

Dann saßen sie da, und Mad-T nickte dem Jungen zu.

Du bist das, sagte der.

Ich bin das, sagte Mad-T.

Danke.

Wofür?

Weißt du doch.

Das ergriff sie sehr stark. Um dem nicht ausgerechnet an diesem harmlosesten aller denkbaren Orte nachzugeben, wandte sie sich nüchtern dem Freund zu: »Jakob hier ist Davids Sohn. Und das ist Jaron, mein Freund.«

Die Stirn des Freundes glättete sich, eine Mischung aus Respekt und Neugier trat auf seine Züge, und er reichte die Hand über den Tisch: »Hi Jakob, wie geht's dir?«

Gut. Ganz gut, ja. Eigentlich.

Mad-T blickte auf die Tasse vor dem Jungen. In den Resten von Milchschaum war noch das gelbliche Braun von Kaffee zu erkennen, nicht das zu erwartende Kakao-Rosé. Das einzige Kind in dem Laden, dachte sie, das kein Eis isst.

Wir haben schon mal ein paar Sachen aus der Wohnung von meinem Vater geholt, sagte der Junge nun. Wir werden sie wohl vermieten.

(Wir.)

Mad-T spürte förmlich, wie die Brauen ihres Freundes bei dieser Formulierung minimal in die Höhe zuckten.

Ich war aber als Erster da, fuhr Jakob fort. Ich habe ja einen Schlüssel von ihm. Und er hat mich gebeten, bevor irgendjemand anderes da drin rum räumt … soll ich das hier für dich holen.

Damit griff er in den Rucksack neben sich auf der Bank und beförderte eine Schachtel heraus: einen mit grünem Stoff überzogenen Kubus, dem man ansah, dass er etwas Wertvolles enthalten musste. Den stellte er auf den Tisch. Mad-T und ihr Freund blickten ratlos darauf.

Ich hab nicht reinguckt, beteuerte der Junge. Und mein Vater hat gesagt, du sollst auch nicht reingucken, bevor wir uns verabschiedet haben.

Okay, murmelte Mad-T. Okay.

Dann nimm es jetzt, sagte das Kind. Es war ihm wirklich sehr wichtig, dass du es nimmst.

Einen Moment noch zögerte sie; dann nahm sie den Würfel, der einiges Gewicht besaß, an sich. Saß da mit ihm und konnte sich nichts vorstellen.

Die Augen des Jungen schienen etwas hinter ihr zu erblicken: Ach, sagte er, die Stimme verändert. Du bist schon da.

Mad-T und ihr Freund wandten sich um: Auf sie zu eilte eine sportlich gekleidete Frau mit spitzer Nase und kastanienfarbenem Pferdeschwanz, die Augen beständig verengend und weitend, wie bemüht, sich nicht das kleinste Detail der Situation entgehen zu lassen. Ihre Schritte verloren an Regelmäßigkeit, sobald sie Mad-T genauer betrachtete, hielten aber erst kurz vor der kleinen Gruppe an.

Das ist Tereza, Mami, sagte das Kind. Weißt du – die Papa gefahren hat.

Ja – ja … murmelte die Frau, während sie mehrmals langsam nickte, von Ihnen gab es ja auch Bilder … Sie streckte Mad-T die Hand hin: Ich bin Carine. Jakobs Mutter.

Mad-T nahm die Hand, ohne zu wissen, was in einem solchen Moment zu sagen sein könnte, bis es ihr einfiel: Sie passen gut auf ihn auf, ja?

Kurz schien es so, als würde die Mutter zurückweichen wollen, bis ihr ein nicht ganz ironisches Lächeln gelang: Wen genau meinen Sie?

Da lächelte auch Mad-T, ohne sich daran zu stören, dass selbst das die Spannung im Raum nicht vermindern konnte; sie wandte sich dem Jungen zu, nahm seine beiden Hände und sagte: »Danke, du. Wenn du mich was fragen willst, rufst du an, ja?«

Ja.

Alles Gute euch. Wir müssen jetzt los.

Möchten Sie nicht noch einen Kaffee …?, begann die Mutter, aber Mad-T schüttelte den Kopf: Wir haben noch einen sehr weiten Weg vor uns. Je schneller wir auf die Autobahn kommen, desto besser.

Verstehe.

Nein, sicher verstand die Frau das nicht. Sicher war sie schon ganz zermürbt von allem, was in letzter Zeit Unverständliches auf sie und ihren Sohn eingeprasselt war, und sicher hatte ihr Kaffee-Angebot nichts mit

Höflichkeit zu tun gehabt. Aber auch in Mad-T war eine große Erschöpfung und keine Kraft und keine Geduld mehr für Erklärungen und dem Suchen nach Zusammenhängen, und ja: Sie wollte, sie konnte jetzt nur noch los. Dorthin, wo alle Zusammenhänge erst noch zu knüpfen wären.

Sie nahm den grünen Würfel, lächelte den beiden so seltsam mit ihr verbundenen Fremden zu und verließ mit ihrem Freund das Eiscafé.

Sobald sie sich angeschnallt hatten, fragte der Freund, ob sie die Schachtel jetzt gleich öffnen wolle, oder …

Da musste sie lachen: Das willst du schon wissen, oder, was mir dieser Freak für ein Geschenk macht?

Er drehte sich eingeschnappt dem Lenkrad zu und wollte starten, doch sie hielt ihn auf: Ist doch schon gut. Ich mache auf, siehst du? Keine große Sache.

Und dann erblickte sie eine Weltkugel aus Silber, hob sie heraus: Da war ein Scharnier auf der einen und ein halbrundes Loch auf der anderen Seite. Mad-T öffnete und fand ein Päckchen aus Scheinen, so kompakt, dass man es in einem herausnehmen konnte.

Wow, bemerkte der Freund. Das nenne ich mal einen wertvollen Aschenbecher.

Mad-T nickte abwechselnd und schüttelte den Kopf und sagte vor sich hin: Er hat mal erwähnt, dass er früher eine Zeit lang nicht geraucht und da erst bemerkt hat, wie viel das ausmacht – als er das Geld, das er sonst für Zigaretten ausgegeben, beiseitegelegt hat …

Zumindest musst du jetzt nicht bis zum Ende des Prozesses auf deine Entschädigung warten.

Ja. Das zumindest.

Sie klappte Kugel und Würfel wieder zu, strich sich über die Stirn und fragte: Wollen wir?

Jaron nickte und griff nach dem Zündschlüssel. Doch noch einmal unterbrach sie ihn und drehte sein Gesicht zu sich; wusste erst einmal wieder nicht, was sie sagen sollte, und fragte schließlich: Gut, oder?

Und seine Augen blickten einfach zurück, ganz offen, ganz weit. Ohne Frage, ohne Erwartung. Und er sagte: Genau.

Bald war das Holpern des Pflasters einem gleitenden Brummen gewichen. Schon wurden die Berge flacher, schon kapitulierten die Wolken und schlugen als Tropfen gegen die Windschutzscheibe.

Mad-T stemmte die Knie gegen das Handschuhfach und schlief ein.

ENDE.

DANKSAGUNG

Ich danke von Herzen Gabi Deeg und Manfred Jahnke für die Zeit und das Interesse, mit denen sie den Überarbeitungsprozess dieses Buches angestoßen und begleitet haben. Erst durch Euren scharfen Blick und Eure klugen Nachfragen wurde Tereza zu Mad-T.

Besonderer Dank geht auch an Stella, deren Nachnamen ich leider nicht wiederfinde und die sich spontan bereit erklärte, das Manuskript aus der Sicht einer echten Polizeibeamtin zu prüfen, nachdem ich sie auf einer Party angequatscht hatte.

Ebenso danke ich Dirk Peschl von den Buchprofis für seine Hilfe beim Finden des richtigen Titels.

Und natürlich all meinen TestleserInnen und MutmacherInnen: Eva, Isabelle, Beate, Caroline, Christian, Matthias, Fabian, dem Oheim und natürlich meinen Eltern. Alles Liebe.